THE METRO TRILOGY

地铁 2034

〔俄罗斯〕德米特里·格鲁霍夫斯基 著

李春雨 译

上海文化出版社
SHANGHAI CULTURE PUBLISHING HOUSE

果麦文化 出品

目 录

001　序

002　第一章
　　　保卫

017　第二章
　　　回归

033　第三章
　　　来世

047　第四章
　　　交织

062　第五章
　　　回忆

079　第六章
　　　真相

093　第七章
　　　密道

108　第八章
　　　面具

122　第九章
　　　空气

136	第十章 死后	**230**	第十六章 囚笼
152	第十一章 天赋	**247**	第十七章 抉择
167	第十二章 预兆	**263**	第十八章 拯救
181	第十三章 童话	**283**	尾声
197	第十四章 火花	**287**	番外故事 道路尽头
213	第十五章 两个		

序

公元二〇三四年。

整个世界一片废墟，人类几乎全部灭绝，核辐射导致半毁的城市不再适宜居住。而在城市之外，据传言，是无边无际的焦土和变异树种构成的莽林。但没有人确切知道，那里到底有什么。

文明正在熄灭，关于人类辉煌历史的记忆在不断虚构中变成了传说。距最后一架飞机飞离地面已经过去了二十多年，被铁锈吞噬的铁轨通往虚无，那些跨世纪建筑在竣工之前就变成了遗迹。无线电空间死气沉沉，只能听到凄厉的蜂鸣声，任通信员千百万次地调试频率，纽约、巴黎、东京、布宜诺斯艾利斯依旧沉默不语。

那件事发生后仅仅过去了二十年，但人类已然不再是地球的霸主。核辐射产生的物种对于新世界的适应能力远超人类。人类的时代已走向终结。

只有为数不多的人拒绝接受这一事实——总共几万人。他们并不确定，还有没有其他幸存者，他们是不是地球上最后的人类。他们生活在莫斯科的地铁世界——人类有史以来最为庞大的核弹防空洞，人类最后的避难所。

那一天，他们碰巧都在地铁中，因而幸免于难。气密门将核辐射和突变体怪物挡在外面，破旧的过滤器清洁水和空气，人工组装的发动机供应电力，地下农场种蘑菇、养猪。

中央控制系统早已瘫痪，地铁站各自为政，变成一个个独立王国。人们依靠各种理念甚或是普通的净水器凝聚在一起。

这是一个没有明天的世界。这里容不下梦想、计划和希望。情感让位于本能，而最大的本能，就是活下去，不计代价地活下去。

第一章
保卫

他们还是没回。周二没回,周三没回,周四也没回,而周四是约定的最后期限。第一哨所昼夜执勤,哨兵哪怕听到了微弱的呼救,哪怕看到了阴暗潮湿的隧道墙壁上的微弱反光,站台也会立即派出突击队前往纳希莫夫大道站方向。

紧张气氛与时俱增。装备精良、训练有素的精英战士们须臾不敢合眼。平素用来打发时间的那副纸牌,已经在警卫室的抽屉里躺了两天。平日里的闲聊先是为焦虑的低声交谈所取代,最后又变成了令人窒息的沉默:每个人都期待着率先听到回归商队脚步声的回响。因为,这关系到太多东西。

地铁塞瓦斯托波尔站早已被居民锻造成了一座碉堡。这里的每一位居民,从五岁娃娃到耄耋老者都会使用武器。这座布满机枪巢、铁丝网甚至由铁轨焊制的菱形拒马的堡垒站台,看似坚不可摧,实则随时可能陷落。

其阿克琉斯之踵是经常性的弹药不足。

塞瓦斯托波尔站人每天遭遇的那些,换作其他任何站点的居民,肯定会毫不犹豫地弃站而逃,像耗子逃离被淹没的隧道那样。即便是强大的汉萨同盟,在核算了必要开支之后,也未必会同意调动兵力保卫塞瓦斯托波尔站。不错,它的战略意义的确重要,但终究得不偿失。

在地铁世界,电力十分昂贵。而塞瓦斯托波尔站居民修建了全地铁最大的水电站之一,他们可以通过向汉萨供应电力以换取成箱成箱的弹药，在此之外还能有所结余。然而，他们中的很多人为此所付出的不仅仅是弹药，还有自己伤痕累累的生命。

地下水，塞瓦斯托波尔站的祝福与诅咒，从四面八方向它流过来，仿佛冥河之水托举着摆渡人卡戎那条朽败的船只。地下水转动数十个水磨机的桨叶，这些水磨机是本站的能人自发研制的，被安置在了隧道、人工空洞、地下河道，总之，被安置在了所有工程勘探队所及之处。它们不仅为本站台提供光和热，还兼顾着环线三分之一站点的需求。

与此同时，地下水却也无时无刻不在削弱着防御，腐蚀着接缝处的水泥，在主厅墙壁背后淙淙地唱着催眠曲，企图麻痹站台居民的警惕性。也正是因为地下水，站台才投鼠忌器，不敢对闲置不用的区间进行爆破，以致噩梦般的变异物种源源不断地拥入塞瓦斯托波尔站，如同一只长不见尾的巨大蜈蚣爬向绞肉机。

站台居民，这座在阴间航行的幽灵战舰的船员们，注定要每日不停地检修船身不断出现的窟窿。他们已经航行了太久，但能让他们停靠休憩的码头根本不存在。

不仅如此，他们还要阻击从地表切尔坦诺沃大道和纳希莫夫大道拥进来的怪物。它们顺着通风井爬下来，随着排水沟污浊的急流冲下来，从南部隧道奔过来……

好像整个世界都在与塞瓦斯托波尔站人为敌，不遗余力地想把他们的庇护所从地铁版图上抹去。而塞瓦斯托波尔站人则誓死捍卫自己的站台，仿佛这是他们在全宇宙唯一留存下来的东西。

不管塞瓦斯托波尔站的工程师再怎么心灵手巧，不管战士们再怎么身经百战、英勇无畏，假如没有弹药、探照灯泡、抗生素和绷带，他们也守不住自己的家园。没错，塞瓦斯托波尔站的确可以发电，而汉萨也愿意出高价购买电力，但汉萨毕竟还有其他的供电商和自己的电源，而塞瓦斯托波尔站人倘若断了外部供给，连一个月也未必撑得住。最可怕的，就是弹药用光。

护卫森严的商队每周都会去谢尔普霍夫站，以汉萨商人开立的信用贷款采购一切必需品，随后毫不耽搁地立即返程。只要地球还在转，地下河还在流，地铁还未坍塌，这个规矩就不会更改。

但这次商队却耽搁了，而且超出了允许的极限，所以很明显：发生了某种可怕的、无法预见的不幸，某种无论是全副武装的精英护卫队，还是跟汉萨领导层多年疏通的关系都无法阻止的不幸。

若是通信还在，一切都不至于绝望。但通往环线的电话线不知出了什么故障，通信早在周一就断了，派出排查故障的工程队无功而返。

* * * *

宽大的绿色灯罩下面，一盏电灯泡低垂在圆桌之上，照亮了发黄的纸页，上面用铅笔画着表格和图表。灯泡很暗，只有四十瓦，倒不是图省电，而是这间办公室的主人不喜亮光。烟灰缸里堆满了廉价自卷烟的烟头，刺鼻的灰蓝色烟雾徐徐飘起，在低矮的天花板下方聚成一团团散漫的烟球。

站长擦擦额头，抬起手，用独眼看了看表盘——这已经是半小时内第五次了。然后他十指交叉，将指关节掰得咯吱响，吃力地站起身来。

"该做决定了，再拖下去毫无意义。"

一位身材敦实的老者，身穿带斑点的粗呢上装，头戴破了洞的蓝色贝雷帽，坐在桌子对面，刚要开口说话，就被呛得咳嗽起来。他一边用手驱赶烟雾，一边不满地皱着眉头道："我再说一遍，弗拉基米尔·伊万诺维奇，南部隧道我一个人手也抽不出来。闭塞区间受到了极大冲击，正在勉强支撑。最近一周那边已经负伤三人，重伤一人，这还是增援之后。我不能让你削弱南边。不仅如此，还得不时增派两个三人小组的侦察兵过去，巡逻通风井和交接处。至于北边，除了接应队的三名战士，没有多余人手。你要能找，就自己找去。"

"你是外围守备指挥官,你去找,"站长粗鲁地答道,"我有我的事。无论如何,一小时后搜救队必须出动。你要知道,我跟你考虑的范畴不一样。不能只想着解决眼皮子底下的问题。万一那边真有大麻烦呢?"

"照我说,弗拉基米尔·伊万诺维奇,你也太沉不住气啦。5.45 的子弹[1]咱还有两盒没开封的,撑上十天绝对没问题。另外,我枕头底下还藏着一些呢。"指挥官嘿嘿一笑,露出一口结实的黄牙,"问题不在于弹药,在于人手。"

"还是让我来告诉你问题在哪儿吧。再过两星期,要是供应还解决不了,那我们就不得不关闭南部隧道的气密门,因为没有弹药我们根本守不住。那样的话,三分之二的水磨机都没法检修,过不了一个星期全得出故障。一旦电力供应中断,汉萨的人肯定大为光火。往好里说,他们会另找供电商,往坏里说……已经五天了,隧道里别说人,连个鬼影都没有!万一发生了坍塌、破裂呢?万一我们已经被切断了呢?"

"别瞎说!动力电缆还好好的,电表走得也正常,说明汉萨还在用我们的电。要是发生了坍塌,你肯定当时就感觉到了。就算有人搞破坏,他也会掐电线,而不是电话线。至于隧道,如今有谁会上咱们这儿来呢?咱们混得最好的时候都没人来,光是纳希莫夫大道站就把外人给吓住了。而那些强盗呢,肯定忌惮我们的威名——我们每次放一个活口回去可不是白放的。所以说,别担心。"

"你说得倒轻巧!"站长抬起扣在空眼窝上的眼罩,擦去脑门沁出的汗珠。

"我给你三个人,没法再多了,真的。"指挥官语气稍微松软下来,"别再抽啦,我不能吸二手烟,你是知道的,对你自己身体也不好!咱还是喝点茶吧……"

---

[1] 5.45 毫米口径子弹是用于 AK-74 突击步枪的小口径子弹,杀伤力极强。俄军铁皮子弹盒规格为 35 厘米长,15 厘米宽,可容纳 5.45 毫米口径子弹 1080 发。——译者注,下同

"这个倒是可以有。"站长擦擦手,拿起话筒,"我是伊斯托明,给我和上校来点茶。"

"把执勤军官也叫来吧,"上校摘下贝雷帽,"我跟他交代一下抽调人手的事儿。"

站长伊斯托明的茶非同一般,是来自展览馆站的极品特供。这茶跨越了整个地铁,先后被汉萨征收了三道关税,到达此地已是价值不菲,几乎没人喝得起。就连伊斯托明本人,之所以能够享用这种奢侈品,也多亏自己在多勃雷宁站有关系。他跟那里一个管事的一起打过仗,从那以后,每月一次,从汉萨返回的商队领队都会雷打不动地带回一小包包装精美的茶叶,伊斯托明每次都是亲自去取。

一年前,茶叶供应出现了断裂。塞瓦斯托波尔站听说了令人恐慌的传闻,说展览馆站乃至整个橙线都面临着新的可怕威胁:一群前所未见的突变体怪物从地表侵入,据说它们黑黢黢的,会读心,会隐身,而且根本打不死。谣传展览馆站已经陷落,汉萨为避免入侵炸毁了和平大道站方向的隧道。茶叶价格飞涨,后来曾一度断货,令伊斯托明茶瘾难耐。过了很长时间,商队才重新开始定期给他带回珍贵的香茗。还有什么能比喝上这口茶更享受的事呢?

伊斯托明取过一只镶着金边、局部已经掉漆的陶瓷茶杯,给上校斟了一杯茶,嗅着芳香的茶雾,愉悦地眯起了自己的独眼,然后给自己也斟了一杯,吃力地坐到椅子上,开始用银茶匙叮叮当当搅拌糖片。

两人默不作声地专心品茶,只有忧郁的叮当声回响在烟气缭绕、灯光幽暗的办公室内,足足有半分钟之久。随后,这种宁静被骤然打破,歇斯底里的警报声从隧道方向闯入——

"警报!"

上校以相对于自己年龄而言不可思议的敏捷腾身而起,冲出房门。远处传来一声枪响,随后自动步枪相继响应,一支,两支,三支……钉了铁掌的士兵靴在站台上响成一片。上校那洪亮的男低音已经飘到了远处,他在下达各种命令。

伊斯托明站起身,伸手去够架子上那支锃亮的警备自动步枪,突然腰部一阵剧痛,他"啊呀"一声撑住腰,烦躁地一甩手,坐回椅子上,呷了口茶。在他对面,上校还没来得及喝的茶已经不再冒热气了,那顶蓝色贝雷帽也被落下了。伊斯托明对着贝雷帽撇了撇嘴,对着帽子继续刚才的争论,仿佛那帽子是上校本人似的。

*　　*　　*　　*

塞瓦斯托波尔站流传着不少关于邻站——切尔坦诺沃站[1]名称由来的黑色幽默。尽管水磨机全部分散在两个站台之间的隧道深处,但从来没有人想过为了方便起见,占据并开发荒废的切尔坦诺沃站,像合并卡霍夫卡站一样把它合并过来。为了维修隧道深处的发电机,工程师分队只有在重兵护卫之下才敢小心翼翼地靠近切尔坦诺沃站,即便如此,在一百米开外就再不敢向前一步。每次出这种任务,除了那些最顽固的无神论者,几乎所有人都会偷偷地画个十字,有些人甚至会提前跟家人道永别。

这是个不祥的站台,这一点所有人在五百米开外就能感受到。曾几何时,无知无畏的塞瓦斯托波尔站人派出了几组重装突击队,幻想着开疆扩土,但每次顶多回来一半人,更多时候则是全军覆没。侥幸逃回来的士兵全被吓得一个劲儿打嗝儿,哈喇子流到下巴颏,坐得离篝火那么近,衣服都快被燎着了,身子仍止不住地打冷战。他们使劲回想自己所遭遇的,但他们的回忆彼此之间出入很大。

据传言,在切尔坦诺沃站后面,有一些侧面支线离开主隧道向下延伸,通往由天然洞穴组成的巨大迷宫,那里聚集着形形色色的怪物,塞瓦斯托波尔站人称其为"祭坛之门"。不过,这当然只是想象,毕竟从来没

---

[1] 切尔坦诺沃站,俄文为 Чертановская,字面意思为"魔鬼之站"。

有一个活人亲眼见过。倒是有这么一件事：据说在开发这条线路之初，有个规模庞大的侦察队拿下了切尔坦诺沃站，发现了祭坛之门。侦察队随身携带了一台发报机，有点类似于有线电话。通信员通过这部电话联络了塞瓦斯托波尔站，说他们正站在一个几乎垂直向下的狭窄通道的入口处。话音刚落，听筒里就传来一阵阵声嘶力竭、撕心裂肺、充满恐惧的哀号。在接下来漫长的几分钟里，围在听筒前的站台领导只听到侦察队员的哀号声一个接一个地终止，直至通信完全中断。没有一个人试图开枪射击，似乎所有人都心知肚明，对付眼前的威胁常规武器根本无济于事。最后一个停止哀号的是侦察队长，来自中国城站的雇佣兵，一个喜欢收集敌人小拇指的亡命徒。他距离被通信员丢掉的话筒显然较远，很难分辨出他嘴里喊的是什么，但根据他临死前的呜咽，站长猜测那是祷告词——而且是信神的父母教给小孩子的、最简单的那种。

自那以后，针对切尔坦诺沃站的一切探索计划都被叫停，人们甚至一度打算放弃塞瓦斯托波尔站，迁往汉萨。这个被诅咒的站台似乎构成了地铁世界的界桩，划定了人类领地的界线。盘踞在那个站台之后的生物着实令塞瓦斯托波尔站人不堪其扰，但它们毕竟不是打不死，如果防御组织得力，这些入侵还是相对容易打退的，而且做得到几乎零伤亡，但前提是弹药必须充足。

个别情况下，偷袭岗哨的怪物十分凶悍，只有爆破弹或者高压捕捉网才能对付。但更多时候，巡逻兵们需要应付的那些畜生虽不至于这么恐怖，却也极度危险，人们管它们叫"吸血蝙蝠"。

"头顶还有一只！那边！"

照明灯从棚顶支架脱落，吊在一根电线上悠悠荡荡，活像绞刑犯的尸体吊在绞索上。白惨惨的灯光洒在岗哨前的空地上，时而将吸血蝙蝠那鬼祟干瘪的身形从黑暗中掏出，时而又将它们再次隐入黑暗，时而又猛然捅到哨兵的眼睛里。诡异的影子在周围跳来跳去，时而收紧，时而绷直，时而抽搐，时而扭曲——人的影子和兽的影子纠缠在一处。

岗哨的位置设计得很好，刚好位于隧道交会处。末日战争爆发之前不久，地铁建设局启动了一项改造工程，但未能竣工。在这个枢纽处，塞瓦斯托波尔站人建设了真正意义上的小型碉堡：两个机枪巢、一点五米厚度的沙袋掩体、菱形拒马、轨道拦路杆、高压捕捉网以及精心设计的警报系统。然而，这次入侵的吸血蝙蝠如潮水般前赴后继，防线眼看顶不住了，随时可能崩溃。

机枪手嘴里嘟囔着，鼻孔里吹出带血的泡沫，惊惧地望着被鲜血染红的手掌。佩切涅格机枪周围的空气热得直发颤。接着，他像困极了似的，一头扎在身旁一位戴头盔的强壮战士的肩膀上，沉沉睡去。

一秒钟过后，前方响起令人毛骨悚然的尖鸣声，浑身灰白、干瘪龌龊的吸血蝙蝠已然逼近，伸展虬筋盘结的前爪，撑开皮肤上的皱褶，从隧道顶棚滑翔而下。这些畜生速度快得惊人，不给反应迟缓者以任何机会。因此，在此执勤的哨兵都必须是最敏捷、最勇猛的。

戴全封闭式钛合金头盔的强壮战士推开倒在他身上的鲜血淋淋的机枪手，从胸墙后面站起身来，端起自动步枪，射出整整一梭子子弹。铅弹的呼啸盖过了怪物的尖鸣，被射穿的吸血蝙蝠随着惯性狠狠砸下来，一百多公斤的躯壳重重地撞在胸墙上，沙袋扬起团团沙尘。

"好像没了……"

就在两分钟前，从头顶被截断的管道里拥出的吸血蝙蝠还像是没完没了，但眼下似乎的确消失了。哨兵们陆陆续续试探着从掩体中钻出来。

"担架抬过来！医护兵！赶紧把他送回站台！"

干掉最后一只吸血蝙蝠的强壮士兵给自动步枪插上刺刀，开始不慌不忙地巡查交火地带横七竖八的蝙蝠尸体。他用靴子照准蝙蝠尖牙利齿的巨嘴狠踹，又用刺刀快速精准地刺入它们的眼睛。一遭走下来，才背靠在沙袋上，脸冲隧道，掀起头盔脸甲，对准军用水壶猛灌一气。

这时，站台派出的增援部队才匆匆赶到。外围守备指挥官也赶来了，粗呢上装敞着怀，喘着粗气，嘴里骂骂咧咧："妈的，叫我上哪儿给他抽三个人出来？难道叫我从心窝子里掏吗？"

"您这是跟谁呀，丹尼斯·米哈伊洛维奇？"一位哨兵盯着指挥官问。

"还能有谁，伊斯托明！非让我立即派三个侦察兵去谢尔普霍夫站，他担心商队。可你让我上哪儿找去？你瞅瞅眼下这形势……"

"商队还是没有任何消息吗？"抱着军用水壶的强壮士兵头也没回地问。

"没有，"指挥官说，"但其实也没过多久啊。再者说了，到底哪儿更要紧？假如今天我们丢了南部隧道，一周以后，就算商队回来了也不会有人迎接他们了！"

强壮士兵晃了晃脑袋，陷入沉默。指挥官又发了一通牢骚，然后问哨兵们，谁愿意去谢尔普霍夫站？牢骚归牢骚，人手该派还得派，不然站长那边绝对没完，非得为这事把他烦死。

但强壮士兵仍旧一言未发。

人手很快就凑齐了——哨兵们早就在这儿待腻了，再者说，还有什么能比这儿更凶险的呢。

报名者总共有六个，上校从中挑选了三个在他看来战斗力最弱的。事实证明，这个做法是明智的，因为被派去谢尔普霍夫站的这三个人，再无一人生还。

* * *

搜救商队的三人侦察小组已经出发三天了，上校总感觉背后有人窃窃私语，到哪儿都能觉察到质询的目光。本来聊得热火朝天，只要他从旁边一过，立刻鸦雀无声。他走到哪儿，哪儿就会被令人窒息的沉默所笼罩，在这沉默当中，上校听到了要求解释的无声抗议。

作为外围守备指挥官，他只需恪忠职守，确保外围防御。他只是战术家，而非战略家。当每一位士兵都不可或缺时，他完全没有权利将他们分散，派去执行可疑的甚至是无谓的任务。

就在三天以前，对于上述想法他还深信不疑。而眼下，当一切恐慌的、怀疑的、敌意的目光在他背后狠狠鞭打时，他的信念开始动摇了。轻装简行的侦察小组原本一昼夜之内便可往返汉萨，这还是考虑到可能发生的战斗以及在独立小站的等候时间。三天杳无音信，这就意味着……

上校将自己反锁在自己的小屋里，命令任何人都不得入内，开始自言自语，一遍又一遍地逐一思忖商队和搜救队可能遭遇的任何情形。

在地铁世界，除汉萨军队之外，人人对塞瓦斯托波尔站敬畏有加。自从几个目击者见识了塞瓦斯托波尔站人为生存所付出的高昂代价之后，他们的故事就被口口相传，后来再经过倒爷们添油加醋，以讹传讹，塞瓦斯托波尔站便名声在外了。站台领导层很快就意识到这种声望对本站台有利而无害，便借势造势，大肆渲染。情报员、商队、潜行者、外交官统统被官方授意，散播关于塞瓦斯托波尔站的谣言，越恐怖越好。谣言涉及到的不仅仅是站台本身，也包括站台之后的整段地铁线路。

几乎没有人能够看破这层烟幕，意识到塞瓦斯托波尔站的诱人之处与真正价值。最近几年，只有两伙不知死活的毛贼试图突破哨卡，但站台强大的战争机器不费吹灰之力就碾碎了前来冒犯的乌合之众。

即便如此，被派出搜救的三人小组在出发之前仍收到了明确指示：一旦出现威胁，切不可与敌交战，要尽快返回。

纳戈尔诺站是最大的障碍之一，这个站台虽不像切尔坦诺沃站那样怪物扎堆，却同样凶险可怕。再就是纳希莫夫大道站，那里的顶部气密门无法完全闭合，经常有怪物从地表侵入。但塞瓦斯托波尔站人并不打算炸毁这一出口，因为本站台的潜行者还要从这里出入地表。只身穿越纳希莫夫大道站绝无可能，但三人小组应该足以应付可能出现的怪物。

难道是发生了坍塌？地下水倒灌？敌特破坏？汉萨不宣而战？眼下是他，而非伊斯托明，必须给失踪的侦察兵们的家眷一个交代。这些女人找到他，像群被遗弃的小狗，用可怜兮兮而又充满希冀的眼神望着他，想在他的眼睛里看到承诺和安慰。他也必须给那些仍然信任他、至今保持沉默的士兵一个交代。他还必须安抚所有惊惶不安的居民，他们每天傍晚收工之后就会聚集在站台钟表旁，计算着商队离站的时间。

站长说，最近几天越来越多的人问他站台为什么调暗了照明，并要求恢复之前的亮度。但事实上，谁也没有调低电压，灯泡仍然保持全功率工作状态。其实并非站台变暗了，而是笼罩在人们心头的阴云加重了，即便最明亮的水银灯也无法将其驱散。

与谢尔普霍夫站的电话通信仍未修复，自商队离站的一个星期时间里，和很多的塞瓦斯托波尔站居民一样，上校也失去了地铁居民最难能可贵的情感——对于人的亲近感。

当电话通信还在时，当商队定期出发并且在一天之内往返汉萨时，塞瓦斯托波尔站的每一位居民都来去自由，他们笃定地坚信，五站地之外便是大地铁世界，文明，人类……

这种心境像极了从前那些极地勘探者：他们为了科学探索或者高额报酬，自愿深入北极荒原，自绝于人类世界，忍受长年累月的极寒与孤独。尽管距离人类世界数千公里，但只要无线电通信还在，便仿佛近在咫尺；更何况，每月一次，空中必能传来飞机的轰鸣，用降落伞为他们投下装有罐头焖肉的食品供给箱。

但如今，承载他们站台的冰山一角脱落了，每过一小时都越漂越远，向着莽莽冰原，向着漆黑的深海，向着未知与虚无。

期待被一再辜负，上校心中对于商队和搜救队命运的隐约担忧逐渐变成了一种悲哀的信念：所有这些人，他今后再也见不到了。该怎么办？再从外围守备抽调三名战士，跟上回一样将他们抛向未知的凶险，甚至于必然的死亡？——这无异于让他们白白牺牲，丝毫无济于事，他根本没有权利这样做。那么，关闭气密门，封锁南部隧道，将部队收缩集结？——似乎又为时过早……唉，要是能有人替他做出决断该有多好——因为任何决断注定都是错的。

上校叹口气，打开一条门缝，觑见四下无人，将卫兵叫到跟前："给我来根烟……这可是最后一根了，以后我再怎么管你要也别给我了！还有，别对任何人讲，啊。"

* * * *

娜佳，一个碎嘴的胖大姐，戴着破了洞的绒毛头巾，围着满是污渍的围裙，端来了一锅热气腾腾的肉菜，哨兵们一个个立刻生龙活虎。土豆、黄瓜、番茄，是地铁世界最难得的美味，除了塞瓦斯托波尔站之外，恐怕只有在环线或者波利斯的一两家最高级的餐厅才能享用到。不光是因为蔬菜水栽法所需要的复杂装置，还因为很少有站台舍得像塞瓦斯托波尔站这样，将大把大把的电力挥霍在丰富士兵的食谱上。

即便本站领导层的餐桌上，也只是逢年过节才见得到蔬菜，通常它们都只用于宠爱站台的孩子们。伊斯托明费了好半天唇舌才说服厨房，在每逢单号供应的猪肉之外，给战士们又加了一道炖土豆，外加每人一个番茄，以便激发斗志。

这一招十分奏效：只要娜佳一出现，笨拙地从肩头取下自动步枪，揭开锅盖，哨兵们脸上的皱纹就立刻舒展了。吃着这样丰盛的晚餐，再没有人愿意继续关于失踪的商队和耽搁的搜救队的扫兴话题了。

一个棉袄上戴地铁肩章的白发老头儿，一边搅拌着铝盆里的土豆一边说："也不知怎么的，今天我一整天都在想共青团站，真想再去那儿看看，那儿的马赛克多美啊！照我说，那是全莫斯科最美的站台。"

"得了吧荷马，那是因为你在那儿住过，所以才觉得它最美。"一个头戴护耳皮帽、胡子拉碴的胖子立刻反驳道，"新村庄站门窗上的彩色玻璃呢？马雅科夫斯基站的圆柱和天花板上的壁画呢？"

"我最喜欢革命广场站。"一位安静沉稳的狙击手大叔难为情似的说，"我自己也知道这很蠢，但革命广场站那些雕像：严肃的水兵、飞行员、牵着警犬的边防军人……我打小就最喜欢那个站台！"

"这怎么就蠢了？那些青铜士兵本来就挺可爱的。"娜佳刮着锅底的剩菜，冲一旁高喊，"喂，队长，再不来晚饭就没啦！"

独坐一旁的强壮战士这才不慌不忙地走近篝火，拿了一份晚餐，又回到原来的位置——靠近隧道，远离人群。

"他是不是从来就没回过站台呀？"胖子朝隐没在幽暗中的那个宽肩膀的背影一努嘴，低声问道。

"他往那儿一坐就是一个多星期，"狙击手低声回答，"睡觉就在睡袋里。真不知道他的神经怎么受得了……不过，没准儿他就好这口呢。三天前，就吸血蝙蝠差点没把利纳特吃了那回，战斗结束之后，他又用刺刀把那些怪物尸体挨个捅了个遍，足足十五分钟。等他回来的时候，靴子上、枪上全是血……而他看起来可享受了。"

"简直不是人，是终结者……"一个细麻杆儿似的机枪手插嘴道。

胖子说："我躺在他边上睡觉都害怕。你看见他那张脸了么？我都不敢看他的眼睛。"

"我跟你恰好相反，只有跟他在一块儿心里才踏实。"那个叫荷马的老头耸了耸肩，"再说你们干吗都针对他啊？他是个好人，只是性格有些古怪罢了。长得好不好看有什么关系，需要漂亮的不是人，是站台！而你说的那个新村庄站，简直俗气透顶！除非喝醉了，否则那些彩色玻璃根本没法看……那也算艺术？"

"满天花板都是集体农庄的马赛克贴画，这你就不觉得俗了？！"胖子恼羞成怒。

"共青团站哪有那样的马赛克？"荷马据理力争。

"整个苏联艺术都是那些见鬼的东西，不是集体农庄，就是英雄飞行员！"胖子怒道。

"谢廖沙，不许你侮辱飞行员！"狙击手警告道。

"共青团站、新村庄站，全是狗屁。"突然传来一个沙哑低沉的声音。

胖子吃了一惊，刚到嘴边的话又咽回去了，惊讶地盯着突然开口的队长。其余人同样哑口不言,等着听下文。队长几乎从不参与他们的谈话,就算回答问题也总是惜字如金,有时候根本就不理睬。

队长仍然背对人群坐着,眼睛须臾不离隧道口,沉声说道:"共青团站拱顶太高,柱子太细,如果受到车道方向的火力控制,整个站台就跟被人攥在手心里一样,通道封锁起来也麻烦;新村庄站所有墙壁都裂缝了,再怎么修补也没用,一颗手榴弹就能把整个车站炸平了。彩色玻璃也早就没了,全碎了,易碎品。"

没有一个人敢反驳。沉默片刻,队长又抛过来一句:"我去站台。荷马跟我一起去。一小时后换班,阿尔图尔代理队长。"

阿尔图尔——那个狙击手——闻声立刻跳起身,冲着队长的背影恭敬地点头。荷马也站起身,手忙脚乱地收拾东西,把散落在周围的零零碎碎全部装进背包,盆里的土豆都还没吃完。队长再次走近篝火时,已经整装待发,戴着自己那顶全封闭式钛合金头盔,背着一个超大背包。

狙击手看着两个背影——强壮魁梧的队长和瘦小干巴的荷马——在半明半暗的隧道里渐行渐远,搓了搓冻僵的双手,将身体蜷缩起来,说:"好像变冷了,再添点煤块吧?"

一路上,队长一句话也没说,只是向荷马确认,他以前是否只做到助理司机,再之前是否只是一名普通的巡道工。荷马惊异地看着他,却没有抵赖。他此前总对人宣称自己做到了列车司机,至于当过巡道工这事儿,因为觉得有损颜面,一直以来他都绝口不提。

来到站长办公室门前,队长朝闪到一旁的卫兵潦草地敬了个礼,门也没敲就径直走了进去。看见他进屋,站长和上校不约而同地从桌子后面站起身来,两人都是蓬头垢面,疲惫的脸上满是惊诧。荷马则胆怯地停在门口,踌躇不前。

队长摘下头盔,直接放在伊斯托明的办公桌上,用手掌抚过剃得精光的脑壳。只在灯光下才能看清,他的脸被毁到了何等恐怖的程度:左侧脸颊覆盖着大面积的疤痕,像是烧伤,眼睛只剩下一条窄缝,从耳朵到嘴角爬着一宽道弯弯曲曲的雪青色刀疤。尽管荷马自认已经熟悉了这张面孔,但此时仍和第一次看见时一样,内心涌起一股令人颤抖的寒意。

"我亲自去一趟环线。"队长连声好也没问,开门见山。

房间里充斥着紧张的沉默。荷马早就听说,队长是自由战士,跟车站领导层的关系非同一般。但直到现在他才意识到,这位队长似乎完全不受车站领导层管辖。

包括眼下,他似乎根本不是在征求两位憔悴的老男人的同意,而是在向他们传达命令,而他们必须遵照执行。荷马又一次——已经不知道第多少次了——暗自纳罕:这到底是个什么人?

上校跟站长对视一眼,本想驳回,最后却无奈地挥了挥手:"你自己决定吧,猎人。反正谁也拦不住你。"

第二章
回归

听到"猎人"这个名字,畏缩在门口的老人突然警觉起来。他从来没有在塞瓦斯托波尔站听说过这个名字,这甚至不像名字,更像绰号——就跟他自己一样,只是普普通通的尼古拉·伊万诺维奇,之所以有幸被冠以古希腊神话作家的名号,完全是站台居民为了调侃他对于一切传说和流言不可遏止的兴趣。

想当初,上校向战士们引见猎人时,大家一个个皱着眉头,好奇地观望着自己的新队长——身穿凯夫拉防弹衣,头戴全封闭钛合金头盔,高大魁梧,肩膀宽厚。而新队长却懒得客套,冷漠地背过身去,望向隧道和掩体,仿佛它们远比眼前这些被托付给他的活人更令他感兴趣。战士们逐一走到他面前自我介绍,他只是用铁钳般的大手捏了捏他们伸过来的手,一言不发地点点头,记住每一位士兵的绰号,并朝他们脸上喷出蓝色烟雾,以此划出界限。那只被疤痕包围、形同炮眼的眼睛,从被掀起的脸甲的阴影里放射出黯淡、死亡的光芒。无论是那时候还是事后,都没有任何一个士兵敢询问新队长的姓名,因此两个月来只称呼他为"队长"。他们只知道,站台花大价钱聘请了一位顶级雇佣兵,没有过去,无名无姓。

猎人。

荷马无声地咀嚼着这个奇怪的字眼。较之于人名,这更适合中亚牧羊犬。他偷偷地对自己笑了一下:你可真行,怎么会想起这个来?不过,那是多么好的狗啊:斗士的血统,尾巴像被截断了,耳朵像被齐头削短了,浑身上下一点多余的地方都没有。

但暗自重复久了,这个名字隐隐令他感觉似曾相识。在哪儿听说过呢?这个名字也许是被夹在无数传说和谣言之间,无意中触动了他,沉淀在了记忆的最深处。而在其上逐渐堆积了厚厚的一层名字、事实、传言、数字,所有这些关于其他人生平的无用信息,对于荷马却具有莫大的吸引力,他每次都听得兴致勃勃,并用心记忆。

猎人……是那个被汉萨悬赏缉拿的惯犯吗?老人朝自己的脑洞里投了一块问路石,凝神谛听——不,不是。那就是潜行者?也不像。战地指挥员?应该是,而且是个传奇人物……

荷马又偷偷瞟了一眼队长那张毫无表情、形同面瘫的脸。那个酷似牧羊犬的绰号仍令他惊诧莫名。

"我需要两个人。荷马算一个,他熟知这里的隧道。"猎人没看荷马,也没有征求他的同意,兀自说道,"第三个人选,你们随便。我今天就出发。"

站长连忙点头表示同意,随后才像意识到了什么似的,用探询的目光望向上校。上校皱着眉头嘟囔了一句,也没有表示反对,尽管最近这些天他一直在为每一位人手跟站长据理力争。似乎没有一个人打算征求荷马的意见,但荷马全不在意,虽然他年事已高,却从不拒绝此类任务。他有自己的打算。

队长将自己那顶足有十五公斤重的钛合金钢盔从桌上拿起,转身朝门外走去。走到门口,他略微驻足了一秒钟,对荷马命令道:"跟家人道个别。做好长期在外的准备。弹药不用带,我会发。"说完,便阔步走开了。

老人本想追上去,以便从他口中好歹获知这次远行将面临什么。但当他来到站台时,猎人已在十阔步以外,荷马也没追,只是摇了摇头,目送队长远去。

有别于往常,队长没有罩上那顶全封闭式钢盔,也许是想事情忘记了,也许是站台令他感觉憋闷。当他光着头走过一群正在午休闲聊的年轻养猪女工身边时,身后立刻传来一阵叽叽喳喳:"哎呀,姑娘们,看看哟,这人可真丑!"

*　*　*　*

"这家伙你是从哪儿找来的?"站长如释重负地瘫软在椅子上,向桌上一摞剪裁好的卷烟纸伸出胖乎乎的手掌。

据说,站台的男人们抽得津津有味的那些烟叶,是潜行者深入比特采夫森林公园所在的地表区域收集来的。有一次,上校纯粹是因为好奇,把辐射剂量检测仪伸向一包烟叶,仪表登时鸣声大作,吓得上校当下就戒了烟。从那以后,每天夜里折磨他、让他疑心肺癌的咳嗽,竟逐渐止息了。可站长却对烟叶有辐射的说法不以为然,并振振有词地提醒上校,地铁里一切东西或多或少都带有辐射。

"我跟他是老熟人了,"上校不情愿地说了一句,沉默片刻又补充说,"以前他不是这样的。应该是遭遇了什么事情。"

"那还用说,看他那张脸就知道了。"站长哼了一声,随即朝门口瞟了一眼,像是害怕猎人会在门口逗留,听到他们谈话一样。

猎人从布满寒冷迷雾的过去意外回归,这令上校喜出望外。他一现身车站,立即成了最主要的防御支点。但上校至今仍不敢完全相信。

关于猎人恐怖而诡异的死亡传闻,早在去年就如同隧道回声一般传遍了整个地铁。因此两个月前,当猎人突然出现在上校的小屋门外时,上校倒吸一口凉气,手忙脚乱地画了个十字,完全不敢去给他开门。这个死而复生之人何以如此轻易地通过了岗哨,简直就跟从哨兵身体里径直穿过去的一般,不得不令人生疑,眼前这个到底是人是鬼?

透过蒙上水汽的门眼,上校分明看到了熟悉的身影:牛一样粗壮的脖颈,刮得精光发亮的脑壳,略微扁平的鼻子。但这位深夜来访的不速之客不知为何侧身僵立,脑袋低垂,完全不打算稀释越发浓稠的死寂。上校懊恼地望了一眼桌上开启的家酿啤酒瓶,深吸一口气,撤掉了门闩。守则规定：自己人必须帮，无论是死是活。

直到屋门完全敞开，猎人才将视线从地面抬起，上校这才明白他为何把另外半张脸藏起来：他担心上校认不出自己。饶是上校见惯了大风大浪——较之于大半辈子的腥风血雨，掌管塞瓦斯托波尔站的卫戍部队对他而言简直是退休养老——但猛一看见猎人，仍像是被烫到了一样，不由得面容扭曲，许久才愧疚地笑道："抱歉，失态了。"

来客毫无反应，连笑也没笑。将他毁得面目全非的伤痕已经基本愈合，但在他身上老人仍旧找不到一丁点之前那个猎人的影子。

对于自己奇迹般的获救和后来的失踪，猎人断然拒绝做出任何解释，对于上校提出的一切问题也一概不予回答，就跟没听见一样。不仅如此，猎人还请求上校不要将自己回来的事告诉任何人，以此作为对自己的报答。上校因此不得不把立即报告站长的合理念头打消掉，让猎人好好休息。

不过上校暗地里还是派人做了调查。猎人并没有惹上任何麻烦，也早就没有人通缉他这个死人了。派出打探的人信誓旦旦地回来报告，说猎人肯定是死了，尸体虽然没有发现，但假如他还活着，一定不会这么悄无声息的。的确如此，上校说。

然而，就像失踪者经常会发生的那样，猎人——准确地说，是他那模糊而矫饰过的形象——出现在十多个半真半假的神话和传说中。而这个角色形象似乎很令他满意，因此他并不急于纠正那些将他提前"活埋"的人。

为了偿还猎人的救命之恩，上校对此予以默认，甚至开始配合掩饰，当着外人的面从不叫他本名。眼下虽然向伊斯托明稍微透露了秘密，但同样没有交代细节。

伊斯托明其实根本无所谓。无论白天黑夜都守在南部隧道的猎人，早就把自己的伙食挣出来了。他几乎从不在站台上露面，一周只回来一次，在自己固定的洗澡日。就算他到这儿来就是为了躲避追杀，伊斯托明也不在乎，他从来不会拒绝有不良记录的雇佣兵的效力，只要他们能打仗就行，而猎人在这方面无可挑剔。

第一场战斗下来，那些对新队长的傲慢怨声载道的战士就立马消停了。只消看见一次，队长是如何好整以暇、干净利落，而且带着魔鬼般的恣意享受将一切可消灭之物悉数消灭的，战士们就明白了他是怎样一个人。再没有人试图跟这位性格孤僻的长官套近乎，所有人对他的任何命令都无条件服从，因此他从来无需提高自己那沙哑低沉的嗓门。他的嗓音似乎带有某种催眠的魔力，就连伊斯托明站长也无法抗拒，不管猎人对他讲什么，他都会顺从地点头，甚至不等猎人把话说完就率先表明态度。

　　眼下，几天来头一次，站长办公室里的气氛松弛下来，仿佛刚刚结束了无声的雷暴，终于等来了期待已久的平静一般。这下再没必要争吵了，比猎人更优秀的战士根本不存在，假如他也陷落在隧道里，那么等待塞瓦斯托波尔站的就只剩下一个结局。

　　"我去下令做好战斗准备吧？"上校率先提议，他知道就算自己不说，站长也会提的。

　　"三天时间应该足够了，"站长被烟熏得眯缝起眼睛，"我们最多只能等他们三天。你觉得需要多少人手？"

　　"一支突击队已经整装待命，我去筹备另一支，那里还有二十来人。如果后天……"上校朝门口一扬头，"他们还没有任何消息传来，那你就发布全体动员令，我们突围出去。"

　　站长眉毛一挑，本想反对，最后却只是深深吸了一口噼啪燃烧的自卷烟。上校将几张散放在桌上的草稿纸扒拉过来，用自己的近视眼贴近纸张，开始在纸上画些令人费解的图形，在一个个小圆圈里写上姓氏或绰号。

　　突围？站长垂眼看着上校灰白的后脑勺，又抬起眼皮，透过飘浮的烟雾，望向贴在上校身后墙壁上的巨幅地铁示意图。示意图已经发黄了，油渍斑斑，上面用墨水涂满了各种标记：箭头是进攻，圆圈是围攻，五角星是哨卡，感叹号是禁区，这张示意图浓缩了塞瓦斯托波尔站最近十年的战斗史。整整十年，没过过一天安生日子。

　　自塞瓦斯托波尔站南部隧道以下，地图上没有任何标记：在站长的印象当中，还从来没有人从那里活着回来过。如纵横的根脉一般向下延伸的地铁线路，至今仍像处女一般保有贞洁。征服整条谢尔普霍夫地铁线——别说塞瓦斯托波尔站人力不从心，就算所有因辐射病而孱弱不堪的地铁居民联合起来，也未必能行。

而眼下，未知的白色迷雾弥漫开来，吞没了他们赖以生存的联络通道——那条向上延伸，通往汉萨、通往人类的生命线。任何一位战士都会无条件地执行上校的战斗命令。在塞瓦斯托波尔站，消耗人命的战争二十年来须臾没有停过。当你长年累月与死亡比邻而居，对于死亡的恐惧会让位于麻木的宿命论、迷信的护身符以及野兽本能。但没有人知道，在纳希莫夫大道站和谢尔普霍夫站之间，会有什么东西在等待他们；同样没有人知道，他们能否突破这一神秘障碍，也不知道在那之后是否有路可走。

伊斯托明回想起自己最后一次去往谢尔普霍夫站的情形：月台上一排排货摊，一处处流浪汉的铺盖，还有一扇扇破旧的围屏，稍微富裕点的居民住在里面。谢尔普霍夫站并不出产任何东西，既没有种植蔬菜的温室，也没有饲养牲畜的畜栏。贼头贼脑的当地居民靠偷奸耍滑过活：他们从误期的商队那里低价买入已不新鲜的商品，然后倒卖出去；要么就向汉萨居民提供某些在汉萨被明令禁止的服务。这与其说是一个站台，莫如说是寄生在汉萨这棵大树上的一丛蘑菇。

所谓"汉萨"，是由环线富有的商贸站台组成的联盟，名字源自德国历史上由商贸城市组成的汉萨同盟[1]。在陷入偷盗和贫困泥潭的地铁世界，拥有一支正规军的汉萨就是文明的堡垒。在汉萨，哪怕最贫穷的偏远小站也有照明，不管是谁，只要护照上盖着汉萨的钢印，就永远不会饿肚子。正因如此，伪造的汉萨护照在黑市上被哄抬到天价，不过，一旦被汉萨边防军查出持用假护照，那可是要掉脑袋的。

---

[1] 历史上的"汉萨同盟"指的是德意志北部沿海城市为保护其贸易利益而结成的商业联盟，13世纪逐渐形成，14世纪达到鼎盛，加盟城市超过160座。15世纪转衰，1669年解体。

汉萨的财富和实力归功于环线得天独厚的地理位置：环线将其他所有辐射线路联系起来，控制着所有中转站，将其整合于一处。无论是从展览馆站贩卖茶叶的倒爷，还是从鲍曼站运送弹药的轨道车，都情愿在最近的汉萨海关交割货物，然后平安回家。宁肯少卖点钱，也好过冒着生命危险在全地铁长途跋涉。

汉萨偶尔会吞并邻近的辐射线站台，但更多的时候，这些站台在汉萨授意之下变成了灰色地带，汉萨高官在这里从事密不告人的勾当。这些站台尽管名义上独立，实际上到处潜伏着汉萨特工，而且从根上已经被汉萨商人收买。谢尔普霍夫站便是其中之一。

在谢尔普霍夫站的一段隧道里永久停靠着一列地铁，当世界末日来临时，它未能及时赶到附近的图拉站。天主教徒在这趟列车上聚居，将其变成遗落在黑色荒原中央的教会。在伊斯托明的示意图上，此地以一个干巴巴的十字架作为标记。对于天主教徒伊斯托明本来并无成见，奈何这些以上帝的牧羊犬自居的传教士，总是在邻近站台四处搜罗迷失堕落的羔羊。但好在他们还没有闹到塞瓦斯托波尔站来，对于过路的旅人也没有造成什么麻烦，顶多会扯些灵魂救赎之类的鬼话让他们耽搁些时间。再者说，从图拉站到谢尔普霍夫站的另一条隧道是畅通无阻的，本站的商队可以走那条路。

伊斯托明将视线继续下移。图拉站？这个站台日渐颓废，居民各寻出路糊口，有人靠修理各种废铜烂铁，有人去汉萨边界打短工，一天到晚蹲守在那儿，等着一副奴隶主派头的包工头现身。他们虽然也很穷，却不像谢尔普霍夫站人那么贼眉鼠眼，而且站台秩序也好得多，大概是危险使人团结吧，伊斯托明想。

下一个站台，纳加金诺站，在伊斯托明的示意图上用一个短连字符表示，意思是空站台。但事实上也不尽然。这个站台的确无人常住，但偶尔也会有形形色色的败类聚集于此，过着蛮野的半兽人生活；避人耳目的男女会跑到这里偷欢；站台圆柱中间时而会燃起昏暗的篝火，那是隧道里的亡命徒在此秘密集会。

有种在这里过夜的，不是不知情，便是不要命，因为造访这一站台的并非都是人类。在充斥站台的黏稠漆黑里，不时发出诡异的动静，倘若仔细搜寻，便会发现噩梦般的剪影。时不时爆出的一两声惨绝人寰的哀号，撕裂着站台的混浊空气，那是某个无家可归的可怜人被什么东西拽进了巢穴，被当作餐食享用了。

纳加金诺站以下直至塞瓦斯托波尔站防御阵地的整个空间都属于"无主之地"。但这个称谓当然是象征性的，这片区域自然也有其主人，它们会不时巡视自己的领地，就连塞瓦斯托波尔站的重装护卫队也尽量避免和它们遭遇。

眼下，这片看似久已熟知的隧道里出现了某种前所未见的威胁，吞噬了所有试图穿越者。塞瓦斯托波尔站能否召集足够的兵力抵御它的入侵，仍是个未知数。就算将所有拿得动武器的居民全部武装起来，也不一定有十足的把握。伊斯托明吃力地从椅子上站起身，拖着脚步挪到示意图跟前，用彩色铅笔在图上画了一条线，将标着"塞瓦斯托波尔站"的点和"纳希莫夫大道站"的点连接起来，接着又在旁边画了一个粗重的问号。他本想把问号画在纳希莫夫大道站旁边，却不偏不倚地画在了塞瓦斯托波尔站的正对面。

* * * *

乍一看去，塞瓦斯托波尔站似乎无人居住：站台上看不到一顶其他站台习以为常的军用帐篷，在几盏昏暗灯光的照射之下，只能隐约看见一排排沙袋垒起来的密集掩体，但射击阵地却无人驻守，而在低矮的菱形立柱之间积攒了厚厚一层灰尘。这一切都令误入此地的外人得到一种印象——这个站台久已荒废。

但只要不速之客试图再多逗留片刻，就有可能永远留在这里。在一步之遥的卡霍夫卡站昼夜执勤的自动枪手，不消一分钟便可到位。顶棚上暗弱的灯光将被亮如白昼的探照灯取代，能让习惯了隧道漆黑的人或怪物的眼睛瞬间被刺瞎。

站台是塞瓦斯托波尔站人最后一道，也是设计得最为精心的一道防线。而居民的住处则藏在车站的肚子里——在站台下方，花岗岩地板下面，还有不为人知的一层空间，面积不小于主厅，被分割成无数独立房间，一间间灯火通明，干燥温暖，空气净化器和净水器发出有节奏的嗡鸣，还有培植蔬菜的水栽温室……只有在这里，在比地铁更深的地底，塞瓦斯托波尔站人才能感觉到安全与舒适。

荷马知道，等待他的决定性战役并不在北部隧道，而在自己家里。他沿着狭窄廊道，走过一扇扇半开的房门，越靠近自家房子，脚步就越发沉重迟缓。他觉得有必要再次审视战术，排练编排好的答话，但时间剩得越来越少了。

"有什么法子呢？军令如山……眼下的局势，你自己也清楚，压根就没人征求我的意见。你怎么跟个小姑娘似的？简直可笑！不是我上赶着要去的！不行，我没法推辞。你是怎么回事！当然没法推辞。躲起来？那可是逃兵行径！"他一边设想，一边嘟嘟囔囔，时而装出愤慨、决绝的样子，时而又换成伤感、温柔的腔调，像在努力说服谁似的。

挪到自家门槛外，荷马又重新温习了一遍。眼泪肯定在所难免，但他并不打算妥协。他缩紧身子，做好战斗准备，将门把手向下按压。

他们的房间足足有九平方米，这在局促的地铁世界已经相当奢侈了。这间房是他排了五年队才分到的，在此之前他只能跟别人一起挤在公共宿舍里。房间里，一张军用上下铺占去了两平方米，铺着漂亮桌布的餐桌占去了一平方米，而光是旧报纸就占去了三平方米。那么一大摞，都快顶到天花板了。要是他孤身一人，这座报纸山早晚会坍塌，将他埋在底下。所幸，十五年前他遇到了一个女人，她不仅愿意忍受自家小屋容纳这么多布满灰尘的废纸，还日复一日地精心整理它们，以免自己的爱巢像庞贝城那样被"纸火山"吞没。

她的确容忍了很多。那些没完没了的剪报的标题总是那么触目惊心：《军备竞赛加速》《美试验新型反导弹系统》《俄核盾牌升级》《挑衅在继续》《忍无可忍》……它们像墙纸一样糊满了整间屋子的所有墙面。丈夫每天夜里不睡觉，只顾在小学练习本上写个没完，圆珠笔头都被他啃坏了，写完的本子已经攒了一摞。而且只能开着电灯，多费电哪，点蜡烛根本连想都不用想，房间里有这么多纸呢，着了火可不是闹着玩的。还有他那个滑稽可笑的绰号——荷马，其他人这么叫他时都带着讥诮调侃，而他本人却不以为耻，反以为荣。

她可以容忍很多，但绝非全部。她受不了丈夫那份毛头小伙子般的好奇心，就像是飓风来了，别人都慌着逃命，他却探着脑袋往风暴眼里钻，好看个究竟。他可是都快六十的人了！她同样受不了丈夫那股子冒失劲儿，无论领导给他摊派什么任务他都不会拒绝，忘了自己上次出任务就在鬼门关走了一遭。

她受不了整日提心吊胆，害怕会失去他，再次变得孤苦无依。

每次送丈夫去隧道执勤之后——他每周轮一次——她从来不会在家里枯坐。为了避免胡思乱想，她会去邻居家串门，或者去上工，哪怕不是她的班。在她看来，男人对于自己性命的满不在乎是愚蠢，是自私，是犯罪。

她没料到丈夫会这么早回来。她刚从班上回到家里，衣服都还没换好，刚把胳膊伸进打着补丁的棉袄，一见他进屋，当下就愣住了。她黯淡的褐色眼睛里写满了惊恐，蓬乱的黑发中已经夹杂着扎眼的银丝——尽管她还不到五十岁。

"亲爱的，出什么事儿了？你不是要到很晚才结束吗？"

荷马突然觉得于心不忍，没法当即宣布自己的决定。他拿不定主意，也许应该先安抚她一下，等吃晚饭时再慢慢告诉她？

但她立刻就察觉到了丈夫游移的目光，警告道："你跟我说实话……"

"莲娜，是这么回事——"

"难道又有人……"她当即做出了最可怕的猜测,但不愿说出那个字眼,唯恐一语成谶。

"不是,不是,"荷马连连摇头,"有人替我执勤了。"说完,他又若无其事地补充道,"又要派人去谢尔普霍夫站了。"

"可是,"叶莲娜讷讷道,"不是已经……难道他们已经回来了?那儿是不是——"

"没有的事,胡说八道。那儿什么都没有。"荷马忙打断妻子的话。

叶莲娜转过身,走到桌边,莫名其妙地将盐罐挪了个地方,又抻平了桌布上的褶子。

"我做了个梦。"她咳嗽一声,清了清沙哑的嗓子说。

"你总是胡思乱想……"

"一个不祥的梦。"她固执地说,突然无助地啜泣起来。

"你怎么又来了?我有什么办法……军令如山……"荷马心慌意乱,他明白,自己准备好的说辞在妻子的眼泪面前一文不值。他只能一边语无伦次地说着,一边轻轻摩挲着妻子的手指。

"那个独眼龙为什么不去!"她噙着眼泪,甩开丈夫的手,恶狠狠地说,"那个戴贝雷帽的死鬼为什么不去!他们就会派别人去送死!他横竖都一样!他一辈子把枪当婆娘搂着睡觉!他懂什么?"

一旦把女人弄哭,就没法把她哄好,除非自我妥协。荷马感到愧疚,觉得对不起她,他几乎就要让步,答应拒绝这项任务,好让她停止哭泣,可这样的机会一旦错过,必定追悔莫及。这兴许是他这辈子最后一次机会了,按照地下世界的人均寿命,他活得已经够久的了。

于是他只好默不作声。

* * * *

上校早该起身告辞,召集全体军官下达指示了,可现在他仍端坐在站长办公室，对平日里让他又气又馋的烟雾毫不在意。

伊斯托明出神地念叨着什么，用手指在那张饱经沧桑的地铁示意图上指指点点。而上校则一直在为一个问题绞尽脑汁：为什么猎人要这么做？看来，他在塞瓦斯托波尔站的神秘现身，他在此安身的愿望，以及他每次现身站台必以头盔遮面的那份小心谨慎都不是无缘无故的，也许伊斯托明的猜测是对的，猎人的确在躲避某人的追捕。他拼死拼活地为自己挣取更多的工分，没日没夜地驻守在南部隧道；他以一当十，逐渐让自己变得无可替代。现在，不管是谁敦促把他交出去，也不管为他的项上人头开出多少赏金，站长和上校都绝对不可能出卖他。

塞瓦斯托波尔站无疑是绝佳的藏身之处。这里极少有外人出现，而本地商队，不同于其他站台多嘴饶舌的倒爷，他们在外人面前从不乱讲话。这个在地铁世界最边缘地带固守一隅的站台俨然一个小小的斯巴达，这里最崇尚的就是战士们在战斗中展现出的忠诚可靠和勇猛无畏。对于秘密，这里的人懂得尊重。

既然如此，猎人为何要舍弃这一切，冒着被人认出的风险，主动请缨前往汉萨呢？要知道，伊斯托明大概是没有胆量委派他这项任务的。若说是因为他担心失踪的侦察队员，上校总觉得不大可信。就像他拼死守卫塞瓦斯托波尔站，也并非出于对车站的热爱，而只是出于某种特殊的、只有他自己知道的目的。

也许他是在执行某项秘密任务？若果真如此，那他的突然回归，他的遮遮掩掩，宁肯在隧道里睡睡袋也不肯回站台，还有他即刻动身前往谢尔普霍夫站的临时决定，这些事情就全都说得通了。他之前为什么要求自己对其他人保守秘密？难道他真的是受人差遣？那是受谁指派呢？游骑兵团吗？

上校好不容易才压制住抽根卷烟的强烈愿望。不，不可能的，猎人不可能是游骑兵的人。要知道，他可是救了数十人乃至数百人的性命，包括上校本人。

"以前那个猎人绝对不会这样。"上校在心里谨慎地自我反驳,"可是,这个起死回生的猎人,还是从前那个猎人吗?"

假如他当真在执行某人的命令,那他有没有可能是收到了某种信号?而这是否意味着,运送弹药的商队和侦察队的失踪都不是偶然,而是精心策划的阴谋?那样的话,在这场阴谋当中,猎人扮演的又是什么角色呢?

上校使劲儿晃晃脑袋,想甩掉重重怀疑,它们像一群水蛭一样叮在他身上,大口喝血,迅速膨胀。他怎么能这样猜忌自己的救命恩人呢?更何况,猎人自始至终都对站台忠心耿耿,没有任何理由招致怀疑。上校暗下决心,以后再不会疑心猎人是间谍或者敌特了。

他把手指关节攥得咯吱响,故作激昂地说:"再喝杯茶,然后我就去找弟兄们。"

伊斯托明将视线从示意图上移开,疲惫地笑了一下,刚要伸手去摸话筒,呼叫勤务兵,电话机就骤然尖叫起来,将两人吓了一跳,不由得对视了一眼。这个声音他们已经有一个星期没听见过了:如果底下人有事汇报,总是会敲门通报,除此之外,站台上没有其他人能直接致电站长。

"我是伊斯托明。"他谨慎地说。

"站长……图拉站打来了电话,"齇鼻儿的接线员慌里慌张地说,"但听得很不清楚……好像是我们的人……只是信号……"

"赶紧接进来!"站长咆哮着,猛然一拳砸在办公桌上,将电话机震得一跳多高。

接线员不敢吱声了,紧接着,电话扬声器里传来砰砰的枪响,沙沙簌簌的声音,以及无限遥远的、扭曲到不可辨识的人声。

* * * *

叶莲娜转过脸,面朝墙壁,把自己的眼泪藏起来。除了流泪,她还能用什么来挽留他呢?为什么他从不肯放过任何一个从车站溜走的机会呢？而且每回都以上级命令不容违背、逃兵行径必遭严惩作为借口？这十五年来，为了把他拴住，她什么没付出过，什么没做过！而他呢，一次又一次地前往隧道，好像那里除了黑暗、空洞和死亡之外，还有别的什么东西在吸引着他似的。他到底想要什么呢？

荷马清清楚楚地听到了她的责备，仿佛每一句话她都说出口了一样。他知道自己是个浑蛋，但现在想反悔也来不及了。他本想开口道歉，说几句暖心窝子的话，但他张不开嘴，他很清楚，眼下说什么都无异于往火堆里添柴。

而在叶莲娜头顶，是哭泣的莫斯科——那是挂在墙上的一幅彩色图片，被精心地裱在画框里，图片上是沐浴在清澈夏雨中的特维尔大街，是荷马从一本铜版纸画册上剪下来的。很久以前，当荷马还在地铁里漫游时，其全部财产就是一身行头，外加这幅图片。其他流浪汉口袋里装的都是从男性杂志上扯下来的、皱巴巴的裸女图，但荷马却从来没法用它们来替代活生生的女人，哪怕是在那些短暂的、可耻的几分钟里。而这张照片却能让他回想起某种无比重要、无比美好却永远遗失的东西。

他只是嘟囔了一句"对不起"，就走出房间，轻轻带上房门，浑身无力地蹲下身子。隔壁家房门开着，两个瘦弱苍白的孩子——一个小男孩和一个小女孩——正在门口玩耍。看见老人，两人一下子瞪直了眼睛，手中争抢着的一个粗劣缝制、塞着破布头的玩具熊顿遭遗弃，掉落在地。

两个孩子开心地朝荷马跑过来："尼古拉叔叔！给我们讲个故事！你说好的，回来给我们讲故事！"

"讲什么呢？"荷马没法拒绝。

"讲无头突变体的故事！"小男孩儿兴奋地大叫。

"不要！我不要听突变体的故事！"小女孩儿皱着眉头说，"它们太可怕了，我怕！"

"那你想听什么，塔纽莎？"荷马问小女孩儿。

"那就讲坏蛋！游击队！"小男孩儿抢着说。

"不要……我想听翡翠之城的故事……"塔纽莎一笑，露出豁开的牙齿。

"翡翠之城我不是昨天才给你们讲过吗。不然我给你们讲讲汉萨和红线打仗的故事吧？"

"翡翠之城！翡翠之城！"两人异口同声地嚷嚷起来。

"那好吧，"荷马只好同意，"在很远很远的地方，从狩隼站向下，走过七个荒废的站台，走过三座坍塌的地铁桥，走过千千万万根枕木，就能来到一座神奇的地下之城。这座城被施了魔法，普通人进不去，城里住着巫师，只有他们能够出入城门。而在城上方的地表有一座雄伟的带塔楼的城堡，那些聪明的巫师从前就住在这里。那座城堡的名字叫——"

"大鞋！"小男孩儿迫不及待地喊出来，一脸得意地扭头看着妹妹。

"是大学。"荷马纠正道，"当最后的战争爆发时，核弹从天而降，巫师们跑进了自己的地下城，对入口施了魔法，让那些挑起战争的坏蛋无法入内。于是他们就过起了幸——"话说到一半儿，荷马突然噎住了。

叶莲娜正倚在门框上听他讲故事，荷马都没察觉，她是什么时候开门出来的。

"我给你收拾行囊。"她声音嘶哑地说。

荷马走向叶莲娜，握紧她的手。当着别人家孩子的面，她有些难为情地抱了抱丈夫，问："你很快就会回来，对吧？你不会有事的，对吧？"

在自己漫长的一生中，荷马无数次惊异于女人对于承诺的渴求，而从不管这些承诺能否兑现。他只好又一次承诺道："不会有事的。"

"都老夫老妻的啦，还这么搂搂抱抱，不害臊！"小女孩儿嫌恶地扮了个鬼脸。

"我爸爸说了，根本就没有什么翡翠之城，都是骗人的。"小男孩儿也不怀好意地说。

"也许的确没有，"荷马耸耸肩，"这只是童话而已。在地底下生活，没有童话怎么能行呢？"

* * * *

信号的确糟糕透顶。夹杂在一片咔嚓声和沙沙声中间的那个嗓音,令伊斯托明隐约觉得耳熟,好像是被派去谢尔普霍夫站的三个侦察员之一。

"在图拉站……我们无法……图拉……"他极力地想要报告什么。

"收到!收到!你们在图拉站!"伊斯托明对着话筒喊,"出了什么事?你们为什么没有返回?"

"图拉站!这里……不要……千万不要……"该死的干扰吞没了这句话的结尾。

"不要什么?请重复,不要做什么?"

"不要强攻!千万不要强攻!"话筒里的声音突然变得无比清晰。

"为什么?你们在那儿到底遭遇了什么?出了什么事?!"站长急吼吼地喊。

但声音随后再也听不到了,噪声如汹涌的潮水灌满了听筒,随后便是一片死寂。伊斯托明不敢相信这一切,久久不肯放下听筒。

"到底出了什么事?!"

第三章
来世

荷马到死都忘不了北部哨卡哨兵跟他们道别时的眼神,那是仪仗队以同时射击向烈士们致以最后的敬意时,人们凝望烈士遗体的眼神,充满崇敬与缅怀,意味着永别。

那绝不是送别生者的眼神。荷马感觉自己像个决心为帝国玉碎的日本神风敢死队队员:踩着摇摇晃晃的舷梯钻进了局促的战斗机,经过阴险的日本设计师的改造,战斗机已经无法降落,变成了名副其实的地狱战机。帝国的太阳旗在腥咸的狂风中摇曳,飞行场上机械师们忙忙碌碌,马达轰鸣转动,矮胖的将军抬手敬礼,一双浮肿的小眼睛里射出对帝国武士的钦羡之色……

"你在做什么美梦呢?"阿赫梅特没好气地打断了老人的遐想。

不同于荷马,阿赫梅特对于谢尔普霍夫站的遭遇可没么好奇。月台上还站着他那沉默寡言的妻子,左手牵着大儿子,右臂环抱着一个喵呜直哭的襁褓,小心翼翼地贴在胸前。

"这就好比冲出战壕,迎着机枪,跟敌人决一死战。多么惨烈悲壮!等待我们的,将是致命火力……"荷马试着解释。

"哼,决一死战。"阿赫梅特嘟囔着,扭头望了一眼隧道尽头的站台,站台闪着微亮,变成了一枚五戈比硬币,"你以为谁都跟你一样想死吗?正常人才不会心甘情愿地去堵机枪眼呢。没有人会稀罕这种功勋的!"

沉默片刻,老人才徐徐道:"你知道吗,等你活到一定岁数,你就会想，我还来得及干成点事吗？等我死后，会有人记住我吗？"

"有没有人记得你我不知道，我可是有孩子的。他们是肯定不会忘了我的……"顿了一下，他又沉重地补上一句，"至少大儿子不会。"

被揭破伤疤的荷马本想反唇相讥，但阿赫梅特的最后一句话又让他心生怜悯。是啊，自己无儿无女，糟老头子一个，的确死不足惜，可这个年轻人今后的路还长着呢，的确没必要过早操心死后的事。

前方只剩下最后一盏灯了，灯泡罩在一个玻璃罐里，玻璃罐外面又加了一圈钢筋焊成的防护罩。玻璃罐里堆满了被烤焦的苍蝇和蟑螂尸体。黑乎乎一团，隐约还在蠕动，有些还活着，正挣扎着往外爬，仿佛被扔在死人沟里还没死透的死刑犯。

这盏坟冢似的灯，晃出幽暗昏黄的灯光，投下颤抖、濒死的光斑，不由得令荷马怔住了神。他深吸一口气，跟着另外两人走进了漆黑如墨的黑暗，黑色墨汁从塞瓦斯托波尔站的边界泼出，淹没了通往图拉站要冲的整个空间——当然，他们并不知道那个车站还在不在。

* * * *

那位愁眉苦脸、拖着两个孩子的妇女仿佛跟脚下的花岗岩地砖长在了一起，但她并不是空荡荡的站台上唯一的送行者。稍远处，一个肩膀如摔跤手一样宽阔的独眼胖子也在目送远去的出征者，在他身后一步开外，一位身穿粗呢短大衣、精瘦干练的老者正跟传令兵低声说话。

"现在只有等待了。"伊斯托明说着，漫不经心地将已经熄灭的烟卷从一个嘴角倒到另一个嘴角。

"你自己等吧，我还有事情要做。"上校固执己见。

"我敢肯定，那人就是安德烈，我们最后派出去的三人侦察小组的组长。"伊斯托明脑海里又一次响起了电话筒里传来的那个挥之不去的声音。

上校眉毛一竖："那又怎样？没准儿是有人逼他这么说的呢？那些审

讯专家有的是法子。"

"不像,"伊斯托明沉吟着摇了摇头,"你没听见他当时的语气。那里肯定发生了没法解释的怪事,一些无法用武力解决的……"

"让我来告诉你发生了什么,"上校满有把握地说,"图拉站被匪徒占领了,他们在那儿设下了埋伏,我们的人有的被杀了,有的被抓了做人质。他们之所以没断我们的电,是因为他们自己也要用,而且他们也不想激怒汉萨。但电话线给我们切断了,不然怎么会一会儿通,一会儿不通的?"

伊斯托明像没听见他说话似的,继续自说自话:"他的声音听起来那么——"

"那么怎么?!"上校勃然大怒,吓得传令兵连退了好几步,"要是有人用大头针扎你的指甲盖,你叫出来的声音比这还惨!要是再用上老虎钳,能让你一下子从男低音变成女高音!"

上校自认洞悉了一切,做出了决断。他排除了一切疑虑,又变回了那个横刀立马的将军。伊斯托明并没有急于反驳,而是让气炸了肺的上校把心头的怒火发泄出来。

沉默良久,伊斯托明终于以平静却坚决的语气说:"再等等吧。"

"就等两天。"上校双臂交叉抱在胸前。

"两天就两天。"伊斯托明点点头。

上校原地向后转,阔步朝兵营走去。分秒必争,他可不想白白浪费宝贵时间。各突击队的队长已经在司令部等了他整整一个钟头,他们在狭长的会议桌两侧就座,只空出了桌子两端两个相对的座位——那是留给站长和上校的。但这次,他不得不在站长缺席的情况下开始会议了。

对于上校的离开,沉思中的站长并没有察觉,兀自说道:"真好笑,咱俩现在像换了个角色,是不是?"

没等到回应,站长转过脸,却撞上了传令兵窘迫的目光。他这才反应过来,大手一挥,让传令兵退下。"这个老头子,前几天还一个人都不肯抽调,现在简直像换了个人。"伊斯托明想,"他一定是觉察到了什么,这匹老狼。可是,他的直觉会不会出错呢?"

伊斯托明本人的直觉则完全相反:应该按兵不动,静观其变。诡异的电话进一步加重了他的不祥预感,他几乎断定,他们的重步兵在图拉站正面遭遇了无法战胜的神秘敌人。

伊斯托明在所有衣袋里翻了个遍,找到了打火机,擦出火苗。直到头顶升起不规则的烟圈,他的身子都一动没动,像中了邪似的眼睛直勾勾地盯着漆黑的隧道口,仿佛一只兔子正盯着蟒蛇的血盆大口。

抽完那根烟,他又一次使劲儿晃晃脑袋,踽踽朝办公室走去。传令兵从黑暗中走出,毕恭毕敬地保持着一定距离尾随身后。

* * * *

"咔嗒"一声,漆黑的隧道被瞬间点亮至五十米开外。无论是从尺寸上还是从亮度上来说,猎人的手电筒都更像探照灯。荷马悄悄地舒了口气,他已经被一个愚蠢的念头纠缠了好几分钟,那就是队长也许根本不打算打开手电筒,因为凭他的视力也许根本用不着。

自打进入没有照明的区间之后,队长变得更加不像常人,甚至根本不像人类。他的动作变得跟野兽一样敏捷而富于爆发力。他的手电筒似乎只是为了迁就两位同伴才打开的,而他本人则更多地依赖于其他感官。他不时摘下头盔,将耳朵转向隧道前方凝神谛听,偶尔还会屏息伫立,用鼻子吸入生锈的空气,这一切的一切越发加重了荷马的怀疑。

他悄无声息地走在前面几步开外,从不回头,仿佛忘了身后还有两位同伴。阿赫梅特很少在南部哨卡执勤,对古怪的队长不甚了解,疑惑不解地捅了捅荷马:"他这是怎么了?"荷马苦笑着把双手一摊,这岂是一两句话能解释清楚的?

其实猎人何必把他们两个叫上呢?对于这里的隧道,他看上去比荷马——这个他亲选的"土著向导"——更加了如指掌。不过,假如被问起来，荷马关于这些地方自会侃侃而谈，既有真事，也有传说。其中有些真事比哨兵们围坐在篝火旁闲聊时讲述的最离奇的传说更加可怕、更加古怪。

荷马脑袋里装着自己的地铁示意图，跟伊斯托明那张大相径庭。那些在伊斯托明的地图上标注着空白的地方，在荷马的地图上则写满了标记和说明：垂直通风井、开放或封闭的办公场所、地铁线之间的连接线路等。在他的示意图上，在切尔坦诺沃站和南区站——塞瓦斯托波尔站往下第二站——之间，在铁路主线之外延伸出一条支线，通往巨大的华沙站地铁维修车库，那里交会着数十个死岔线和污水井。对于视地铁机车为圣物的荷马而言，维修车库就像传说中的大象墓地一样忧郁而神秘。关于它，只要能找到感兴趣的听众，老人可以滔滔不绝地讲上好几个钟头。

在荷马看来，塞瓦斯托波尔站和纳希莫夫大道站之间的区间不同寻常。无论是出于安全考虑，还是出于正常人的本能反应，都应该抱成一团，小心谨慎前进，警惕墙壁和脚下。尽管塞瓦斯托波尔站的工程队已经先后三次彻查并砌死了这段隧道的所有孔洞和缝隙，但无论如何也不该把后背不加防守地暴露出来。

被手电筒光束劈开的黑暗在他们背后立即合拢，脚步的回声扩散开去，碰碎在无数弧形拼板上，困在通风井里的风在远处凄惨地哀嚎着。黏滞的液体在顶棚缝隙缓慢汇聚，随后大颗大颗地滴落，那也许只是普通的水，但荷马仍尽量避免被砸中，小心点总是没坏处。

* * * *

在遥远的往昔岁月，在如今怪兽横行的那座地表城市里，人们还过着热火朝天的生活，而地铁在行色匆匆的市民眼里还只是冷冰冰的交通体系时，年轻的荷马——那时还仅仅被大家唤作尼古拉——已经拿着手电筒，背着工具箱在地铁区间巡视了。那些地方，普通地铁乘客是禁止入内的，他们的活动范围只有一百五十个锃光瓦亮的大理石站台以及贴满花花绿绿小广告的拥挤列车。成百上千万的乘客每天在呼啸颠簸的车厢内度过两三个钟头，却从来没有意识到，他们所见到的还不及庞大地铁王国的十分之一。为了避免人们对地铁王国的未知领地发生兴趣，避免他们对那些不起眼的铁门和节流阀、隧道侧壁上黑洞洞的支线以及永远在施工、禁止通行的通道胡乱猜疑，眼花缭乱的图片、挑逗人心的广告以及呆板机械的广播多管齐下，分散人们的注意力，即使在自动扶梯上也难以消停。至少尼古拉在探知到地铁王国的秘密之后，是这么认为的。

张贴在地铁车厢里的那幅五颜六色的地铁线路图，只是为了掩人耳目，好让人们确信，他们所处的不过是一个民用交通设施。而事实上，在那些花花绿绿的地铁线路背后，缠绕着密如蛛网的秘密隧道，里面是数不清的军事和政府地堡。

在尼古拉年轻时，他的国家过于贫困，无法跟其他强国较量力量和野心，而末日审判似乎还遥遥无期，因此，那些为世界末日而准备的地堡和防空洞便被永久闲置下来。但随着国家日渐富裕，昔日雄风得以重振，敌国开始虎视眈眈。于是，已经爬满铁锈的数吨重的铁门被隆隆开启，食品和药品储备得到更新，空气净化器和饮水过滤器也被调试到可用状态。

后来，这些东西果然派上了用场。

对于尼古拉这样一个外省来的穷小子来说，被录用到地铁系统无异于拿到了共济会的入场券。这意味着他将从一个落魄的无业游民变成强大组织的一员，这个组织将为他微不足道的服务支付慷慨报酬，并且许诺向他吐露关于自己真实构造的重大秘密。在尼古拉看来，地铁巡道工招工广告上标注的工资是相当诱人的，而对于应聘者的条件资质则几乎没有任何硬性要求。

过了好长一段时间，尼古拉才从老员工们吞吞吐吐的解释中，逐渐开始明白地铁为什么会开出那么高的基本工资和工伤补贴。并不是因为高负荷的工作量，也不是因为暗无天日的工作环境，完全是因为另一种性质截然不同的危险。

作为一位怀疑论者,他原本对于那些屡禁不止的、关于妖魔鬼怪的恐怖传说不以为然。直到有一天,他的同伴出去巡视一段没有照明的短区间,之后就再也没能回来。但值班队长只是绝望地把大手一挥,没有展开任何搜救行动,后来所有关于同伴的证明文件也不翼而飞,仿佛地铁里从来就没有过这么个人似的。只有年轻而天真的尼古拉始终不肯接受同伴的离奇失踪,终于有一天,一个老员工趁着四下无人,偷偷地告诉他,他的同伴是"被叮走了"。因此,荷马比任何人都清楚,早在哈米吉多顿之战[1]将这座大都市变成死城之前很久,可怖的事情就已经在莫斯科地铁里时有发生……

照理说,失去同伴、获知惊天秘密的尼古拉铁定会被吓跑,辞掉这份工作,另谋生计。但造化弄人,起初只因利益而和地铁建立的这段关系,莫名演变成了炽热的爱情。在他徒步漫游隧道多年之后,他终于被擢升为助理司机,在地铁系统森严的等级制度中开始占据更加稳固的地位。

对于这个少有人知的世界奇迹,这个复古怀旧的地下迷宫,这个大头朝下、隐藏在莫斯科褐色土层里的庞大王国,荷马接触得越久,了解得越深入,就越发爱得不可自拔。这座人造的地狱之城毋庸置疑配得上一部真正的荷马史诗,再不济也该由斯威夫特以其生花妙笔加以描绘,一定能够超越他所臆造的天空之城拉普达[2]……只可惜,它的狂热爱恋者和讴歌者只是微不足道的尼古拉,尼古拉·伊万诺维奇·尼古拉耶夫,一个可笑的无名小卒。

爱上铜山女巫[3]或许还情有可原,但荷马却爱上了铜山本身。然而,恰恰是这份不容第三者插足的偏执爱恋,在夺去尼古拉家人的同时,拯救

---

[1] 《圣经》传说中世界末日之时一场旷古空前的大战。

[2] 又译飞岛国,出自乔纳森·斯威夫特作品《格列佛游记》。

[3] 铜山女巫是苏联童话作家巴若夫·帕维尔·彼得罗维奇(1879—1950)笔下的人物形象,铜山指的是乌拉尔山脉,铜山女巫是其守护神。

了他的性命。

　　　　＊　　＊　　＊　　＊

　　猎人冷不丁地停在原地，一头扎在汹涌回忆之中的荷马没来得及回过神来，猝不及防地撞到了队长身上。队长没有发出任何声响，只是将老人推开，再次屏息凝神，将自己那只残耳转向隧道深处，仿佛一只瞎眼的蝙蝠在捕捉只有它才能听到的声波。

　　而荷马觉察到的则是另外的东西——纳希莫夫大道站的气味，一种绝无可能与其他气味相混淆的独特气味。他们到得好快……他们到得如此轻而易举，现在是不是要补交买路钱了呢？阿赫梅特似乎猜到了他的想法，忙将自动步枪从肩上卸下，一把拉开保险栓。

　　"那边是什么？"猎人突然转头询问老者。

　　荷马哑然苦笑：鬼才知道那里是什么东西。纳希莫夫大道站通往地表的气密门四敞大开，旋涡一样将形形色色的突变体怪物卷进地铁里来。这个车站也有其"常驻民"，尽管通常认为其危险指数并不高，但老人对它们有种混杂着恐惧与憎恶的异样感觉。

　　"个头不大，没有毛发。"队长刚说到这儿，荷马已经猜到了：正是它们。

　　"食尸者。"他低声回答。

　　如今这种东西遍布从塞瓦斯托波尔站到图拉站的整个区域。地铁世界的其他边缘地带恐怕同样如此。

　　"它们会攻击人吗？"猎人问。

　　"食腐动物。"老人的回答听上去模棱两可。

　　这种恶心的生物长得既像蜘蛛又像灵长目，一般不会冒险主动攻击人类，通常只会从地表搜罗死尸，然后拽到被它们选中的地铁站台慢慢享用。盘踞在纳希莫夫大道站的种群很大，以至于附近所有隧道都充斥着一股甜腻腻的、令人作呕的腐臭。在纳希莫夫大道站，这种腐臭更是能将人熏倒，很多人离老远便不得不戴上防毒面具。

熟知此事的荷马早有防备，忙从背囊中掏出防毒口罩戴上。阿赫梅特来前收拾得匆忙，忘了戴防毒用具，嫉妒地瞟了荷马一眼，用袖口掩住口鼻。从纳希莫夫大道站台弥漫过来的瘴气逐渐笼罩了周身，鞭打着、驱赶着他们。

唯独猎人若无其事。

"这气味有毒吗？"猎人向荷马确认。

"没有，就是臭。"荷马透过防毒口罩瓮声瓮气地说，随即皱紧眉头。

队长审视着老人，似乎想确认后者是否在嘲笑自己，随后耸了耸宽厚的肩膀，说了一句："一般般。"说完，便扭过头去。

他将自己的短自动步枪抱得更顺手些，招呼两位同伴跟紧，蹑手蹑脚走在前面。又走了五十步左右，在熏天的恶臭之外，又掺杂了一些若有若无、难以分辨的低语声。荷马不住地从额头擦拭渗出的冷汗，拼命压制快要跳出胸腔的心脏——越来越近了。

终于，手电筒光束探到了什么：破碎的车头灯仍向虚无探望，车头玻璃上的裂痕纵横交错，落满了灰尘，蓝色的钢铁外壳固执地拒绝生锈……那是地铁列车的头一节车厢，像一个巨大的瓶塞堵住了隧道的瓶颈。

列车早就绝望地死去了，但每次看见它，荷马都像个小孩子一样，忍不住想要钻进破破烂烂的驾驶室，用手指一一抚过仪表盘上的按键，闭上眼睛，想象列车重新在隧道里全速疾驰，身后拖着一连串灯火通明的车厢，车厢里挤满了乘客——读书的，打盹的，浏览广告的，在发动机的轰鸣声中费力交谈的……

  一旦核警报发布，应立即驶向最近的站台，停止列车，开启车门，协助民防局和部队疏散乘客，关闭地铁站台气密门……

这份地铁列车司机的核警报应对指南简单明了。但凡可能的地方，规定都得到了遵照执行。大部分列车在停靠站台之后，便陷入了永久的沉睡，零件则被地铁居民陆续拆除、偷光。原本承诺的最多几周的临时避难，最后变成了在地底深处的永久蜗居。

有些地方的机车被保存下来，改造成了住所，但对于视列车为某种灵性生物的荷马来说，这无异于一种亵渎，就像有人将死去的爱猫做成塞满败絮的标本一样。而在纳希莫夫大道站这种不适宜居住的车站，列车被时间和流民啃光了，但大体上仍保存完好。

荷马的视线怎么也无法从车厢剥离，而他的耳朵屏蔽掉了从站台传来的越来越响的沙沙、簌簌、咝咝的声音，只听到尖厉的警报声正发出前所未闻的恐怖信号：

"核警报！"

……刹车的吱嘎声经久不绝，每节车厢里都响起了惊慌失措的广播："尊敬的各位乘客，由于技术原因，列车无法继续行驶……"但无论是对着话筒广播的司机，还是他的助手尼古拉，都没有立即意识到，这些例行公事的套话预示着怎样的绝境。

一道道气密门隆隆关闭，将生界与死界永远隔开。依照应对指南，所有气密门都必须在核警报发布后六分钟之内彻底关闭，无论还有多少人滞留在死亡之地。试图阻挠关闭气密门者，一律射杀。

一位平素以保护车站不受流浪汉和醉鬼骚扰为职责的普通保安，能否朝一位因为跑断了鞋跟的妻子来不及进入车厢而试图阻止气密门关闭的男人开枪？一位将两种技能——禁止通行和吹哨叫人——掌握到炉火纯青、在地铁里工作了三十年之久的看守旋转栅门的大婶，会不会将一个跑得上气不接下气的老人放进来？从人变成机器再变成魔鬼，应对指南只预留了六分钟时间。

女人们的尖叫，男人们的怒吼，孩子们的号啕。手枪的砰砰声和自动步枪的嗒嗒声。所有扬声器都在以机械而冷漠的声音呼吁人们保持镇静,那显然是提前录制好的,因为任何一个身在现场的人都不可能保持镇静,更不用说呼吁别人了……

哭喊,哀求,祈祷……

枪声再次响起。

警报声响起之后整整过了六分钟,在哈米吉多顿之战爆发的前一分钟,气密门轰然关闭,发出丧钟般的哀鸣,随后门闩咔嚓锁死。

一片死寂,如同墓室。

荷马一行只有贴着隧道壁才能挤过车身——这趟列车当年刹车刹得太晚了,也许是司机被当时月台上的乱象分散了注意力。他们蹬着铸铁阶梯向上,很快便来到一个惊人宽敞的大厅。一根圆柱都没有,只有一个半圆形的拱顶,上面有很多椭圆形凹坑,是之前用来挂吊灯的。拱顶很大,不仅盖住了月台,还盖住了两侧车道和停在上面的机车。整个站台的构造设计无与伦比:简洁、朴素、轻盈……但千万别往下看,别看自己的脚下,也别看自己的前方。

站台如今已经面目全非,惨不忍睹。它变成了一个诡异的乡村墓地,灵魂无法在此得到安息;它变成了一个瘆人的屠宰场,堆满了剔净的白骨、腐烂的尸体、被大卸八块的残肢断臂。恶心而贪婪的食尸者将搜罗到的所有死尸都搬运到这里,远远超出了当下所需,吃不了的就留作储备。这些储备已经腐烂发臭,但它们仍然没完没了地往这里搬运。

一堆堆腐肉在不合常理地缓慢蠕动、起伏,四面八方传来令人头皮发麻的刮擦声。手电筒光束捕捉到了一个奇形怪状的形体:细长的、骨节宽大的四肢,皱皱巴巴、光秃裸露的灰色皮肤,扭曲歪斜的脊背……浑浊而暗弱的眼睛眨巴着,巨大的耳廓呼扇着。

被照亮的食尸者发出嘶哑的叫喊,四肢着地,不慌不忙地跑进敞开的车厢门,其余食尸者也懒洋洋地从肉堆里跑出来,不满地哼哼着,冲着来人龇牙咧嘴,宣示抗议。

就算它们直立起来,也许还到不了个头不高的荷马的胸口位置,而且他很清楚,这些畜生生性胆小,断然不会攻击健康的人类。但荷马对它们的恐惧是非理性的,源于无数次重复的噩梦:奄奄一息的他被同伴抛弃,孤零零地躺在荒废的站台,而这群恶魔逐渐逼近。就像海里的鲨鱼能够嗅到数公里外的一滴血腥,这些怪物同样能够感知迫近的死亡,迅疾赶来见证。

"老年恐惧症。"荷马鄙夷地自嘲道。他年轻时读过不少实用心理学著作,只可惜,这并没有让他的病症有所缓解。

射杀这群令人作呕但危害不大的食腐动物,在塞瓦斯托波尔站人看来是对弹药的极大浪费。因此,过往商队总是尽量对它们视而不见,而食尸者因此肆无忌惮,偶尔还会主动挑衅。

食尸者在这里大量繁殖。随着越发深入它们的巢穴,三人的皮靴不断踩碎遍地都是的零碎骨头,发出令人头皮发麻的咯吱声。越来越多的食尸者极不情愿地中断饕餮盛宴,纷纷跑进掩体。它们的巢穴就建在车厢里,这令荷马对它们更加深恶痛绝。

纳希莫夫大道站的气密门此时是敞开着的。据说,如果快速通过站台,辐射剂量不会很高,对健康不会产生什么危害,但切不可在此停留。也正因如此,停靠在这里的两列机车保存得还相对完好:车窗玻璃还在,透过门洞还能看见脏兮兮的座椅,铁皮车身上的蓝色油漆也尚未剥落。

站台中央耸立着一座真正意义上的坟冢,由不明生物的残骸堆积而成。走到近前,猎人突然停下来。荷马与阿赫梅特紧张地对视一眼。但猎人之所以停下另有原因。

距离三人不远处,两只体形不大的食尸者正津津有味地撕扯一只死掉的野狗,发出吧唧吧唧、咕噜咕噜的声音。它们没来得及躲藏,或许是吃得太投入,没注意到同类发出的信号;又或许是无法抑制自己的贪婪,不愿离去。

它们被猎人夺目的手电筒光束刺得眯起眼睛,嘴里继续嚼着,开始向最近的车厢缓慢撤离。但噗噗两声轻响,两头畜生如两只装满杂碎下水的口袋,几乎同时闷声瘫倒在地板上。

荷马惊诧地望向猎人,他正将一只加了消音器的重型手枪插入肩膀下面的枪套。他的脸上仍像往常一样毫无表情,死气沉沉。

"它们可能是太饿了。"阿赫梅特捂着口鼻嘟囔道,嫌恶地望着地上的两摊黑血,那是从两个畜生被打碎的脑壳里淌出来的。

"我也是。"猎人突然含混地说了一句,瞅也没瞅同伴,阔步朝前走去。

猎人的话令荷马浑身一颤。他自己每次见到这群畜生,也恨不得将子弹狠狠地射入它们体内,每次都好不容易才克制住冲动,告诉自己,你是成年人,能够抑制自己的噩梦,不能让它们逼疯自己。而猎人则似乎根本不打算压抑自己的欲望。

那么,那会是什么样的欲望呢?

两个同类悄无声息的死亡震慑到了其余的食尸者,就连最胆大的以及最慵懒的也低声吠着,匆忙逃离了月台。它们迅速塞满了两列机车,将身子贴在车窗玻璃上,挤在车厢门口,一声不吭。

但它们丝毫没有表现出复仇或者反击的意愿。只要三人一离开站台,它们便会立刻吃掉被射杀的同类。"侵略是捕猎者的天性,"荷马想,"而食腐动物并不需要,它们无须杀戮。一切活着的,迟早都会死去,死去之后就会变成它们的食物。它们只需要等待。"

手电筒光束中,透过肮脏的浅绿色玻璃,可以看见贴在上面的丑恶嘴脸,扭曲的身体,长着利爪的四肢,正从里面不断挠着这辆车厢,这个属于魔鬼的水族缸。在一片绝对的缄默中,数百双黯淡的眼睛死死盯着三人不放,脑袋以惊人一致的节奏转动,长久地目送着三人逐渐远去。荷马不由得想到,珍奇动物陈列馆里那些泡在福尔马林液里的怪胎,也许同样会这样透过玻璃罐盯着游客看——如果它们的眼皮没被人缝合的话。

尽管抵达人生终点的日子越来越近,但荷马依旧无法强迫自己信仰上帝或者撒旦。假如炼狱真的存在,在老人看来,那大概就是这个样子的。西西弗斯注定永世背负巨石，坦塔罗斯[1]注定永世忍受饥渴。而在荷马的死亡站台，等待他的将是一身皱皱巴巴的列车司机制服，以及这趟载满了食尸者的幽灵列车。促狭的众神最擅长捉弄。而在列车驶离站台之后，就像一个古老传说中所讲到的那样，地铁将首尾合拢，变成一条莫比乌斯环[2]，一条啃噬自己尾巴的巨龙。

对于这个站台及其居民，猎人已经完全失去了兴趣，加快脚步穿过了大厅。阿赫梅特与荷马一溜小跑紧随其后。

荷马忍不住想要回过头去，大吼一声，射出一梭子子弹，将这群下贱坯子吓跑，从而终结自己的噩梦。但他终究没有这样做，他只是低着头，谨慎地迈着小碎步，尽量避免踩在腐尸烂肉上。阿赫梅特同样耷拉着脑袋，想着自己的心事。三人就这样匆匆忙忙地从纳希莫夫大道站撤离了，谁也没有心思再环顾四周。

猎人的手电筒光束急促地来回扫射，仿佛在追踪某个正在这凶险圆顶下表演空中飞人的隐身杂技演员。但猎人已经不再去仔细分辨灯光探到的是什么了。有什么东西在光束中闪现，但不等他们反应过来，就又重新被埋入黑暗。

那是一具新鲜的尸骸，头骨还没被啃干净，明显是人类的。旁边胡乱遗弃着一顶钢盔和一件防弹背心。褪色的绿色钢盔上用漏字板写着白漆文字：

"塞瓦斯托波尔站"。

---

1 希腊神话中主神宙斯之子，起初深受众神宠爱，获得别人不易得到的荣誉，而他也因此变得骄傲自大。侮辱众神后，他被打入地狱，永远受着痛苦的折磨。
2 1858 年，德国数学家莫比乌斯（1790—1868）发现，将一根纸条扭转 180 度后，两头再连接起来做成的纸带圈具有魔术般的性质。普通纸带具有两个面，而这样的纸带只有一个面，一只小虫可以爬遍整个曲面而不必跨过它的边缘。这种单侧曲面的纸带圈被称为"莫比乌斯环"。

第四章
交织

"爸爸……爸爸,是我呀,萨莎!"

她小心翼翼地解开勒在肿胀得可怕的下巴上的粗帆布系带,从父亲头上取下钢盔,又将手指伸进他湿漉漉的头发,扯下防毒面罩,扔到一旁,远远看去像是从俘虏头上剥下来的头皮。他的胸口高高隆起,手指抠住花岗岩地面,泡肿的眼睛定定地注视着她。他不回答。

萨莎将背囊垫在父亲头下,朝门口走去。她用瘦弱的肩膀顶住钢铁门,深吸一口气,将牙齿咬得咯吱直响。数吨重的钢铁门极不情愿地屈服了,开始缓慢移动,最后轰然复归原位。萨莎咣当一声插上门闩,瘫软在地上。但她只坐了短短一分钟,一口气还没喘匀,就又朝父亲走来。

每一次新的出征,都让父亲付出比前一次更大的代价,而那些微薄的战利品根本不足以补偿他所耗费的精力。为了这些远行,他在过度透支自己的生命,不是以天,而是以月,甚至以年为单位。他不得不这样做,如果他们没有任何东西拿来卖,那就只剩下一条出路:吃掉自己驯养的那只小老鼠——这个贫瘠的车站上唯一的一只,然后饮弹自尽。

萨莎很想替父远征。她恳求过父亲无数次,让他把那件防毒面罩给她,由她上到地表,但父亲坚决不同意。因为他很清楚,那件破旧防毒面罩里的过滤装置早就堵满了,作用不比那些辟邪符坠强到哪儿去。但他从来没对她这样讲过。他总是骗她,说自己会清洗过滤装置,说他即便在地表溜达一小时也没什么大碍,说他只想一个人静静,其实是怕她撞见自己吐血。

弱小的萨莎无力改变现状。那些将他们父女二人驱逐到这个偏远小站的人，之所以没对他们赶尽杀绝，并非出于怜悯，而是出于邪恶的捉弄。他们相信，父女俩在这儿连一个星期也撑不过去，但父亲凭借意志和坚忍，一撑就是好几年。那些人对他们既敌视又鄙夷，但偶尔也会接济他们一下，当然，并非无偿的。

在远征的间隙，难得有珍贵的闲暇，父女俩会围坐在一小堆暗弱的篝火旁，父亲会给萨莎讲从前的事。还在几年前他就想通了，自己已经时日无多，没必要再自欺欺人了。所幸，往事是任凭谁也无法从他生命中夺去的。

父亲说："从前，我的眼睛跟你的一样，也是天空的颜色。"萨莎总感觉，自己记得那些日子。那时父亲的甲状腺还没有肿大，他的眼睛也还没有失去光彩，和她的眼睛一样明澈。

父亲所说的"天空的颜色"，当然是指他记忆中的那片蔚蓝色天空，而非如今每天夜里上到地表时，笼罩在他头顶的那片暗红色天空。他已经足足二十年没见过白昼了，而萨莎则只在梦里见过，但谁敢肯定，她梦里见到的天空是不是那个样子呢？就好比一个天生的盲人，他梦里的世界会和常人一样吗？再者说，他们到底会不会做梦呢？

* * * *

当小孩子们闭上眼睛时，会觉得黑暗笼罩了全世界，会以为周围所有人都跟他们一样看不见东西了。而置身于隧道的成年人就像这些小孩子一样弱小而天真。他们手里把玩着手电筒，自诩光明与黑暗的操纵者，殊不知，即便周遭最无法穿透的黑暗里也有可能隐藏着很多双眼睛。自从遭遇了那些食尸者之后，这个念头就再也挥之不去了。"别想了。"荷马劝自己，"想点别的吧。"

真奇怪，猎人怎么会不知道纳希莫夫大道站有什么东西呢？当队长两个月前出现在塞瓦斯托波尔站时，所有哨兵都觉得不可思议，这个大块头是怎样神不知鬼不觉地穿越了北部隧道里所有哨卡的？好在上校没向值班人员追问此事。

如果他没走纳希莫夫大道站，那他是怎么到塞瓦斯托波尔站的呢？其他出入地铁站台的通路早就被切断了。久已荒废的卡霍夫卡站也可以排除，由于某种众所周知的原因，那里的隧道已经很多年没出现过一个生物了。切尔坦诺沃站吗？也不可能，纵然是这样一个骁勇善战的斗士，也绝无可能单枪匹马突破那个被诅咒的车站；再说，想要到达那里，只能取道塞瓦斯托波尔站。

排除了周边四个方向，荷马只能设想，这个神秘来客是从地表潜入塞瓦斯托波尔站的。尽管通往地表的所有出入口都被严密封锁并昼夜监视，但是……他完全有可能，比方说，打开封闭的通风竖井。反正塞瓦斯托波尔站人打死也想不到，在那些被烧为灰烬的预制板居民楼里还会有智能生物，能够切断他们的报警系统。

地表那些星罗棋布的居民小区，早在二十年前就被坠落在城市的核弹头碎片辐射污染，人类居民或死或逃，无一留存。如今，那里已经被丑陋可怖的物种占据，新的主人设立了新的秩序。人类已经再没机会夺回失地了。

他们唯一能做的就是突然偷袭，搜罗尚未彻底腐烂的一切有用之物，在原本属于自己的住宅进行仓促而可耻的劫掠。穿上辐射防化服的潜行者上到地表，第一百次地毯式搜索附近的预制板楼房的残骸，但从不敢对新住民发起正面战斗。他们能做的无非是狠狠射上一梭子子弹泄愤，然后立即躲进沾满老鼠屎的房间里，瞅准时机向通往地底的救命坡道紧急撤退。

莫斯科的老地图早就失去了一切现实意义：原先动辄堵车数公里的主干道，如今也许是一条深深的鸿沟，也许是一片黑黢黢的莽林；居民住宅楼也许变成了烂泥塘，也许变成了一片焦土。即便最勇敢无畏的潜行者也顶多敢在本站台一公里范围内探索地表，其余潜行者的活动范围比这还要小得多。

位于纳希莫夫大道站之后的纳戈尔诺站、纳加金诺站和图拉站，都没有通往地表的出口，那里的居民也没有胆量出入地表，这些站台上方的地表区域一片荒芜。荷马想不通，那里怎么可能会冒出个大活人来。但不管怎样，荷马仍然愿意相信，猎人正是从地表潜入他们站台的。

因为，除此之外，还有另外一个，也是最后一个可能性。这个念头不由自主地钻进了荷马这个无神论者的头脑里。猎人的黑色剪影几乎足不点地向前飞掠，荷马气喘吁吁，勉强跟上。

——难道，他来自更深的地底？

"我有种不祥的预感……"阿赫梅特压低声音，以免被走在前面的队长听见，"我们来得不是时候。你应该相信我，我护送商队来过这儿无数次了。纳戈尔诺站今天不适合去……"

那些平日里杀人越货，闲时在远离环线的偏远小站安营扎寨的一小撮匪帮，已经很多年不敢打塞瓦斯托波尔站商队的主意了。只要一听到齐刷刷的钉了铁掌的皮靴声，宣告着重步兵的靠近，他们就慌忙夹着尾巴让路，唯恐避之不及。

因此，塞瓦斯托波尔站商队的失踪肯定不是这些流寇所为，也不会是因为纳希莫夫大道站的那些食尸者。塞瓦斯托波尔站的护送队训练有素，悍勇无畏，能够在数秒钟之内合拢成一只铁拳，将一切有形的威胁消灭在猛烈的火力中。在从塞瓦斯托波尔站至谢尔普霍夫站的整段线路上，他们完全有可能成为无可匹敌的隧道主宰——假如没有纳戈尔诺站的话。

尽管纳希莫夫大道站的噩梦已经被远远地甩在了后面，但无论是荷马还是阿赫梅特，都丝毫没有感觉到轻松——同样因为纳戈尔诺站。这个站台既简陋又难看，毫不起眼，却成了很多麻痹大意的漫游者的终点站。那些偶然造访邻站——纳加金诺站的可怜人，提心吊胆地缩成一团，尽量远离通往纳戈尔诺站的隧道口，以为这样就能侥幸逃过一劫……但那些在南部隧道出没的恶魔，为了捕获适合口味的猎物，从来不会在意这段距离。

在通过纳戈尔诺站时，只能寄希望于运气，因为这个车站不遵守任何规律。有时它会大发慈悲，放你通行，只用那些骇人的血掌印吓唬吓唬你，它们被烙在墙上或者槽纹铁柱上，似乎有人绝望地想要爬到高处逃命。但仅仅几分钟之后，下一拨过路者也许就会被迫留下新的血掌印，能有一半人逃出生天就谢天谢地了。

这个站台从不餍足，它神秘莫测，通吃一切。对于附近所有站台的居民而言，纳戈尔诺站便是命运主宰的化身；而对于从环线往返塞瓦斯托波尔站的人来说，纳戈尔诺站同样是最严峻的考验。

"单是纳戈尔诺站，未必能干成这件事。"和众多迷信的塞瓦斯托波尔站人一样，阿赫梅特在提及这个站台时，总会将其等同于有生命的活物。

荷马也正在思忖这个问题，便随口附和道："就是，商队和那些搜救队这么多人，一下子都吞了，还不得撑死？"

"别瞎说！"阿赫梅特被荷马亵渎的话吓坏了，恨不得给这个没轻没重的老头儿来上一个脖儿拐，"吃掉你绰绰有余！"

荷马咽下了侮辱，没有吭声。他根本不相信纳戈尔诺站会听到他们并记恨在心，至少隔着这么远的距离绝对不会……迷信，全是迷信！地底世界的各路神魔太多了，想全部顶礼膜拜根本不可能，一不小心就会冒犯到谁。对于这一点，荷马早就不再纠结了，而阿赫梅特却不这么认为。

阿赫梅特把手探到粗呢上装口袋里，摸到一串用圆头手枪弹壳穿成的念珠，一边转，一边念念有词，为荷马的亵渎向纳戈尔诺站祈求原谅。可惜，站台似乎听不明白他所说的，又或者此时请罪为时已晚。

猎人的超自然感觉似乎捕获到了什么信息，将戴着手套的大手一摆，放缓了速度，悄无声息地蹲下身去。

"那边有雾，"他随口说着，用鼻孔吸了一口空气，"那是什么？"

荷马跟阿赫梅特对视一眼。他们两个都很清楚这意味着什么：狩猎正在进行中。想要活着通过纳戈尔诺站，除非上帝和魔鬼同时庇佑。

"怎么说呢,"阿赫梅特不情愿地开了口,"那是它呼出的气……"

"它是谁？"队长漫不经心地问着,将背包从肩头抖落,大概想在自己的小型军火库里寻找合适口径的武器。

"纳戈尔诺站。"阿赫梅特以极低的声音回答。

"走着瞧。"猎人鄙夷地撇了撇嘴。

就在这一瞬间,荷马恍惚觉得,队长那张丑陋的脸上闪过一丝兴奋。但这只是光影造成的错觉,事实上那张脸仍跟往常一样,如同石刻。

又行进了一百米左右,荷马和阿赫梅特也看见了：一股股湿重的淡白色烟雾贴着地面朝他们爬过来,先是舔住了他们的皮靴,接着抱住了他们的膝盖,随后又没过了腰际……他们仿佛正缓步走入一片冰冷漠然的幻影之海,踩着充满欺骗性的缓慢斜坡,每走一步就陷得愈深,直至混浊的海水完全没过头顶。

能见度极低。手电筒光线被这诡异的迷雾吞噬,如同苍蝇被缚在了蛛网上。光束只能勉强突围到几步开外,随后便成了强弩之末,跌落在虚空之中。声音的传播同样异常艰难,像被蒙在羽绒被子里一样。就连动作都变得更加吃力,好像不是走在枕木上,而是跋涉在河底的淤泥中似的。

呼吸也变得十分沉重,但不是由于湿度过大,而是由于空气中夹杂着一股呛鼻的邪味儿。荷马极不情愿地把它吸入肺里,随后涌上一股摆脱不掉的感觉,仿佛这真的是某个庞然大物的呼吸——它将空气中的氧气一吸而光,全部换成了自己有毒的恶气。

为谨慎起见,荷马戴上了防毒面具。猎人瞟了一眼老人,也将大手探入肩下的粗麻布袋,掏出一个橡胶面罩,套在普通面罩外面。只有阿赫梅特一个人没有防毒用具,只好再次用胳膊肘挡住了口鼻。

队长又一次停住脚步,将自己的残耳转向纳戈尔诺站方向,但越发稠密的白色雾瘴妨碍了他,让他没法分辨从站台断断续续传来的声响,从中组织起完整画面。那声音听上去仿佛某辆满载货物的列车在不远处被掀翻,又像是某种生物在以低得过分的音调发出长长的喟叹,又或者是某只巨手将墙边的钢筋管道拧成了麻花。

猎人像要甩掉脸上的泥浆一样猛一甩头，麻利地将手里的短自动步枪换成了双弹匣带枪榴弹的 AK 自动步枪。

"终于来了。"猎人含糊不清地说。

尚未来得及察觉，他们已经进入了站台区域。纳戈尔诺站被猪奶一样浓稠的迷雾湮没了，荷马透过蒙着水汽的玻璃眼窗察看着站台，感觉自己像个蛙人，潜入了一艘沉没的远洋巨轮。

站台墙壁上的浮雕装饰进一步增强了这种相似度，那是用模压方式刻在金属上的海鸥造型，看上去更像是夹在岩层中的古生物化石。"变成化石——这就是人类及其艺术创作的必然命运。"荷马脑海中闪过这样的念头，"只是，会有人挖掘吗？"

环立四周的海市蜃楼在流动，在颤抖。其中不时地隐约闪现一些黑色形体，乍一看去，像是扭曲变形的车厢和锈迹斑斑的值勤岗亭，随后又觉得像是长满鳞片的庞大身躯和神秘怪兽的巨大头颅。荷马想想都觉得可怕：盘踞在这艘失事二十余年的远洋巨轮里的，究竟是什么怪物？关于纳戈尔诺站他耳闻已久，但正面遭遇还是头一回……

"它在那儿！右面！"阿赫梅特惊叫着，拽了拽荷马的衣袖。

话音未落，便爆出一声被自制消音器压住的沉闷枪响。

荷马以风湿病患者最为忌讳的速度将身子猛然一拧，将手电筒循声刺过去。但变钝的手电筒光束只照出一小块铁皮棱柱。

"后面！柱子后面！"阿赫梅特边喊，边打出一个短点射。

但他的子弹仅仅击碎了站台墙壁上残存的大理石贴面。阿赫梅特在流动的雾瘴中捕捉到的那个未知身形，早已消失得无影无踪。

"这下完蛋了……"荷马心想。

就在这时，他的眼角余光似乎扫到了什么东西——一个庞然大物，蜷曲在对它而言过于低矮的四米高的站台顶棚之下。较之于庞大身形，它的动作敏捷得不可思议，从雾瘴中探出身形，旋即又退回雾瘴之中，荷马都没来得及将自动步枪对准它。

荷马仓皇无助地四下寻找队长，却哪儿也看不见他的身影。

* * * *

"没事……没事……别怕……"父亲每说两个字就要停下来喘口气，但仍勉力安慰着女儿，"你知道吗……地铁里有些地方，人们所面对的比这要可怕得多……"

他努力挤出一个笑容，但那笑容看上去很骇人，像是颌骨从颅骨上脱落了一般。萨莎微笑着回应，抹了烟黑的颧骨上却淌过一颗明亮的泪珠。不管怎么说，父亲总算醒过来了，在他昏迷的这漫长的几个小时中，她已经什么情况都设想过了。

"这次非常不顺，原谅爸爸。我打算走到汽车房那儿，但那儿有点远。我找到了一个还好着的不锈钢门锁，砸不开，我废掉了最后一发子弹。本指望里头能有汽车、零配件什么的。进去一看，空的，什么都没有。空的你锁它干什么，浑蛋！刚才那一枪动静太大了……我拼命祷告，求上帝保佑谁也别招来。出来一看，围了一群野狗。我心说，完了，这下完蛋了。"

父亲合上眼皮，不作声了。萨莎慌了，忙抓住父亲的胳膊，父亲没睁眼，只微微摇了摇头——别担心，我没事。他完全没有力气说话，但他想对女儿解释，自己为什么会两手空空地回到家里，想请她原谅，这个星期他都站不起身子，他们要饿肚子了。但没等说完，就又昏睡过去了。

萨莎察看了父亲受伤的小腿上缠的绷带，已经被温热的黑血浸透了。她给父亲换上新的绷带，然后站起身，走到老鼠窝前，打开窝门。小老鼠犹疑地向外张望，本想藏起来，但终于还是给了萨莎一个面子，跑到外面来舒展筋骨。老鼠的敏觉是不会错的，眼下隧道里平安无事。萨莎放了心，走回父亲身边。

"你一定会好起来的,你还会继续远征的。"她对父亲低声说,"你肯定会找到一个车库,里面会有一辆完好的汽车。我们一起开着车,离开这里,走到十站地、十五站地以外,找一个没人认识我们的车站,重新开始。那里不会有人排挤我们。一定会有这样的地方的……"

她向父亲复述的这个美好的童话故事,父亲曾经给她讲过无数遍。如今,当这个支撑父亲信念的故事从自己口中讲出时,她对它的信仰增强了一百倍。她一定会治好父亲的伤,让父亲康复的。在这个世界上,一定能找到一个没人挤对刁难他们的地方。

在那里,他们将过上幸福生活。

* * * *

"它在那儿!那儿!它在盯着我!"

阿赫梅特的尖叫中充满难以形容的恐惧,仿佛他已经被捉住,正在被拖走似的——他这辈子还从来没有这样尖叫过。自动步枪的弹匣又打光了。阿赫梅特一改往日的镇定,浑身哆嗦着,手忙脚乱地更换新弹匣。

"它选中了我……我……"阿赫梅特喃喃自语。

不远处什么地方响起了另外一支自动步枪的噗噗声,停顿一秒钟,又开始噗噗噗,有节奏的三发连射——是猎人,他还活着!也就是说,他们还有希望。枪声忽远忽近,很难确定有没有射中目标。荷马竖起耳朵,期待听到怪物负伤之后暴怒的咆哮,但终究未能如愿。站台重新陷入令人压抑的死寂,那神秘莫测的怪物要么是钢筋铁骨,要么就是根本没有形体。

在月台另一端进行的战斗十分诡异,时而猛射,时而哑火,仿佛队长正陶醉于跟幽灵的缠斗,完全不顾及部下的生命安危。

……荷马浑身上下的皮肤、头顶、脖颈上的每一根寒毛,都无比清晰地感受到一种目光的压迫,那目光冰冷而极具威慑力,让他忍不住想要抬眼望去。漫长的几个瞬间之后,他终于再也压制不住这种不祥的预感,深吸一口气，缓慢而僵硬地抬起头……

在他头顶高处，透过雾瘴，从车站顶棚垂下一个头颅。那头颅如此巨大，以至于荷马一下子没能反应过来那是什么东西。巨兽的身体仍然隐藏在站台的雾瘴之中，只探出一只脑袋，微微摇晃着，高悬在渺小人类的头顶上方，看着他们摆弄可笑的玩具枪，却并不急于发动攻击，似乎想让他们多活一会儿。

老人被吓傻了，顺从地跪倒在地，自动步枪从手中滑落，掉在铁轨上，发出可怜的叮当声。阿赫梅特扯破喉咙嘶喊起来。巨兽悄无声息地向前移动，峭壁般庞大的黑色身躯填满了整个视野。荷马闭上眼睛，准备受死。他的脑海中只有一个念头、一个遗憾，他的意识完全被一种痛苦的思绪占据："没写完……"

就在这时，一枚枪榴弹爆炸了，爆炸波在耳边炸裂，震耳欲聋，只听见绵延不绝的尖细鸣音，烧着的肉块纷纷坠落。阿赫梅特率先回过神来，一把抓住老人的后脖领子，拽起来就跑。

二人没命地朝前跑，无数次绊倒在枕木上，无数次立刻爬起，根本觉不出疼。他们抓紧彼此的手，因为在这惨白的迷雾中，一臂之外就什么都看不到了。他们逃得如此绝望，仿佛追赶他们的不仅仅是死亡，而是比死亡更可怕一千倍、一万倍——那是没有轮回的彻底消亡，肉体与灵魂的双重毁灭。

看不见的、几乎也听不见的怪物阴魂不散地紧跟在一步开外，却并不急于攻击，好像在戏弄自己的猎物，故意让他们心生获救的幻想。

墙壁上破碎的大理石贴面终于变成了隧道的弧形拼板，他们从纳戈尔诺站逃出来了！守护站台的巨兽，仿佛被与站台等长的锁链拴住了，停止了追杀。但现在还不能停下……阿赫梅特走在前面，摸索着墙壁，在前方开路，不停地催促落在后面、大口喘气的荷马。

"队长怎么办？"荷马哑着嗓子问，边走边把令人窒息的防毒面具扯下来。

"走到前边雾散的地方,我们就停下来,等等他。很快就到了!也就还剩下二百米……眼下最重要的就是走出雾瘴,走出雾瘴……"阿赫梅特像念咒语一样重复着,"我来数步子……"

过了二百米,三百米,笼罩周身的雾瘴丝毫没有减退的迹象。"要是这雾瘴已经蔓延到了纳加金诺站怎么办?"荷马想,"要是它已经吞没了图拉站和纳希莫夫大道站怎么办?"

"不可能啊……不会的……就快到了……"阿赫梅特第一百次这样嘟囔着,突然停在原地。

荷马收步不及,一头撞在他身上,两人双双倒地。

"路走到头了……"阿赫梅特怔怔地摸着枕木、铁轨、潮湿粗糙的混凝土地面,似乎害怕地面也会背信弃义地从脚底消失,就像原本在前方延伸的隧道一样。

荷马闻言吃了一惊,连忙伸手在周边摸索,过不多时,摸到一块弧形拼板,抓住,小心地站起身,如释重负地喘了口气:"这不是好好的吗,你咋了?"

"对不起……"阿赫梅特如梦初醒,难为情地说,"你知道吗,刚才在车站……我以为我永远也出不来了。它那样地盯着我看……盯着我,你明白吗,它决定带走我。我以为自己要永远留在那儿了……连葬礼都不会有……"

这番话令他很难启齿,犹豫了好久才说出来。他为自己刚才女人似的号叫感到羞耻,想为自己辩解,但他知道,这种事越描越黑。

荷马摇摇头:"得了。我都被吓得尿裤子了,那又咋了?走吧,这回应该真没多远了。"

索命的厉鬼已经停止了追杀,可以喘口气了。再说,他们也实在跑不动了,只能摸着黑扶着墙壁,一步一步脱离险地。最可怕的已经被甩在后面了,尽管雾瘴还不打算退去,但凛冽的隧道穿堂风迟早会将它咬死,撕碎,拖进通风竖井。他们迟早会逃出生天,然后等候耽搁在后面的队长归队。

事情来得竟然比他们预想的还要快——莫非迷雾中的时间和空间都会变形？——墙边出现一道竖着的铁梯，那是通往月台的。隧道的浑圆剖面被方形剖面所取代，铁轨之间开始出现一些凹槽，那是为不慎从月台坠落的乘客预备的临时避难所。

"看那儿……"荷马不由得欢呼，"好像是站台！站台！"

"喂！有人吗？"阿赫梅特用尽全身力气高喊，"兄弟们！有人吗？"喊完，阿赫梅特突然爆发出一阵兴奋狂喜的大笑。

发黄暗弱的手电筒光线从雾气弥漫的黑暗中照出墙壁上剥落的大理石贴面，纳加金诺站的彩色马赛克却一块都看不见，贴着石砖的圆柱也看不见。这是怎么回事，难道……

得不到回应的阿赫梅特仍在呼喊，狂笑。他们大概是被吓昏了头，在雾瘴中跑得过远了，跑到了另外一个站台，但这完全不能影响他死里逃生的狂喜。而生性谨慎的荷马却用手电筒在墙上探来探去，不安地寻找着什么，心中的疑虑吓得他浑身发冷。

终于被他找到了：在布满裂缝的大理石墙壁上，有几个醒目的铸铁大字——

"纳戈尔诺站"。

*   *   *   *

她父亲相信，回归从来不是偶然的，一定是为了改变什么，纠正什么。有时，上帝会亲自拎起我们的后脖领子，将我们放回那个我们曾经偷偷溜走的地方，以便执行它的判决，或者给予我们第二次机会。

因此，父亲解释说，他再也没法从流亡途中回归从前的车站了。他已经没有力气去报复，去斗争，去证明了。他也再不需要任何人的悔过。他说，在那段消耗了他的整个过往，甚至差点要了他的命的遥远往事中，每个人都得到了自己应得的。冥冥之中，他们注定要永远流亡，父亲自己不想回去纠正任何东西，而上帝绝不会注意到这个偏远小站。

在地表找到历经二十余年仍未朽烂的汽车，将它修好，加满油，逃出命运划定的怪圈——这场救赎计划，早就变成了父亲讲给女儿的睡前故事。

对于萨莎自己而言，还有另外一条出路，那就是进入中心地铁。当她按照约定日期来到贸易点，用勉强修好的电器、发黄暗淡的首饰、发霉的书籍交换食物和少量弹药时，经常会收到一些前景诱人的提议。

当轨道车探照灯照出萨莎那瘦弱的身板时，倒爷们总会相互使个眼色，吧唧着嘴，把她叫到跟前，对她做出许诺。但这个小妮子野得很，总是皱着眉头，一声不吭地瞪着他们，身体绷紧，背在身后的右手里抓着一把匕首。松松垮垮的男式工作服掩饰不住她的曼妙身姿；抹在脸上的污泥和机油使得她那双蔚蓝色的大眼睛变得更加明亮，逼得人不敢直视；浅色头发略微盖过了耳朵，是她自己用那把永远藏在右袖筒里的匕首随便修剪的；紧闭的嘴唇从不微笑。

轨道车上的人当即明白，光用肉骨头是无法驯服这匹小母狼的，于是便拿自由来诱惑她，但她从来没有回应过。他们怀疑小女孩是个哑巴，那样的话就更好办了。而萨莎心里却明镜似的：不管她答应什么，都绝不可能换回两张轨道车票，将父亲一起带走，父亲与太多人的恩怨纠缠是没法清算的。

这些戴着黑色军用防毒面罩、看不清面目、鼻音浓重的人，在她看来不仅仅是敌人，甚至是洪水猛兽。她在他们身上找不到任何的人性，找不到任何令她心存幻想的东西，哪怕是在夜梦中。

因此，她每次都将电话、电烙铁、电茶壶等物件放在枕木上，退到十步开外，静等买主自己取走货物，然后将一小包风干猪肉或者一小把子弹扔在车道上。他们扔子弹时故意一颗一颗扔得遍地都是，然后站在一旁，幸灾乐祸地看着她跪下双腿，将它们一一捡起。

然后，轨道车就慢慢悠悠地驶向真正的世界了，而萨莎只得落寞地回到家中，那里等待她的是堆积如山的破旧用具，一柄螺丝刀，一架电焊机,以及一辆被改造成直流发电机的破自行车。她骑在上面,闭上眼睛,飞出去好远好远,几乎忘记了它永远无法挪窝。是她自己拒绝赦免的——每每想到这点,她就又会增加些许力量。

*　*　*　*

这是什么鬼?!他们怎么又回到了这个站台?荷马惊慌失措,找不到合理的解释。阿赫梅特看见荷马手电筒光束照出的字,顿时呆若木鸡。

"它到底不肯放过我……"阿赫梅特用嘶哑的、低不可闻的声音说。

笼罩周身的雾瘴变得如此黏稠,二人几乎看不见彼此。无人造访时酣睡打盹儿的纳戈尔诺站如今苏醒来了,湿重的空气以不易察觉的波动对二人的话语做出回应,形同鬼魅的影子在迷雾深处时隐时现。哪儿也看不见猎人的身影……血肉之躯不可能战胜怪影,等站台跟他玩腻了,便会用毒气将他熏死,生吞活剥。

"你走吧,"阿赫梅特认定自己必死无疑,凛然对荷马说,"它要的是我。你不了解它,你不经常来这儿!"

"少说屁话!"荷马突然怒叱,嗓音之高连他自己都吓了一跳,"咱们不过是陷在雾里了,往回走!"

"咱们俩是走不掉的。如果你跟我一起,就算再怎么跑,到头来还是得回到这儿。除非你把我留下,自己一个人冲出去。走吧,算我求你了……"

"够了!走!"荷马一把抓住阿赫梅特的手腕,拽向隧道口,"一小时之后你就会感谢我了!"

"请你转告我——"

话音戛然而止,一股难以想象的可怕力量将阿赫梅特的手腕从荷马手中挣脱,猛然拽向上方,瞬间消失在迷雾与虚无之中。阿赫梅特连喊都没来得及喊,就这样没了,仿佛分裂成了原子,仿佛从来没有存在过一样。悲愤哀惧的老人发出骇人的哀号，端起自动步枪，疯狂地原地转圈，将珍贵的弹药尽数射出。

突然，他的后脑勺遭受了致命一击，力量之大只有这里的恶魔才有可能拥有。

整个宇宙随之坍塌了。

第五章
回忆

萨莎跑到窗边,敞开护窗板,将新鲜的空气和胆怯的日光请进屋内。木板窗下面,白茫茫一片轻柔的晨雾深不见底。第一缕阳光便会驱散雾气,届时窗外不仅能够看到峡谷,还能看到远处覆满松林的山峦,山峦间延绵的青草地,散落在山谷中的火柴盒大小的木头房子和子弹壳一样的钟楼。

清晨是属于她的时光。她总能预感到日出,然后早起半小时,抢在太阳前面爬上山顶。在他们那个不大、打扫得一尘不染、既温暖又舒适的窝棚后面,一条砾石小径蜿蜒爬上山顶,小径两侧开满了明黄色的野花。脚下的碎石经常向下滑落,在挨近山顶的几分钟路程里,萨莎有时会连摔几跤,磕破膝盖。

萨莎想得出了神,用袖子揩一揩被夜气打湿的窗台。夜里她做了个很不好的梦,足以将她无忧无虑的当下生活一笔勾销,然而,只消凉爽的轻风一触到她的肌肤,残存的不安幻想便会烟消云散。现在她已经懒得去回忆梦里让她伤心的是什么了。眼下,她要赶到山顶去迎接太阳,然后沿着砾石小径下山,赶回家里,做好早饭,叫醒父亲,帮他准备好出门用的包袱。

接下来的整整一天,父亲会在山里狩猎,而萨莎就在家里尽情玩耍。直到晚饭前,她可以捉一整天的蜻蜓和蚱蜢。草丛里的野花开得那么明黄,像地铁车厢里涂的黄漆。

她踮起脚尖,蹑手蹑脚地走过吱呀作响的木地板,微微开启一条门缝，静静地笑了……

父亲已经有好几年没在女儿的脸上见过如此幸福的笑容了，他实在不忍心打断她的美梦。那条伤腿先是肿胀，继而麻木，血怎么都止不住。据说，被野狗咬伤是无法愈合的。

叫醒她吗？但他已经有一天一夜没有回家了。当初在他动身前往车库之前，他决定先到离站台两个街区之外的楼房一趟。但等他咬牙爬到第十六层，便再也支撑不住，一头栽倒了。他知道，在这期间萨莎肯定一直没合眼——在父亲"散步"回来之前，女儿是永远不肯先睡的。

"还是让她再多睡会儿吧。"他想，"都是瞎说的，伤口会好起来的。"

他很想知道，女儿这会儿在梦里见到的是什么。不知怎的，他自己就算在梦里也没法对现实释怀。只是偶尔，潜意识才会施舍他一两个小时，放他回到无忧无虑的青年时代。但通常情况下，他会没完没了地在熟悉的、被掏空内脏的死屋之间来回游荡，若能发现一间没人动过的房子，里面堆满了奇迹般幸存下来的家电和书籍，那便是求之不得的美梦了。

每次临睡前，他都祈祷能够回到过去，至少回到与萨莎母亲初识的那段时间，那时他才二十岁，但已经是站台卫戍部队的指挥官了。起初所有站台居民都相信，站台只是临时的避难所，不想后来却变成了服苦役的矿井，将他们终生囚禁。

但梦境却总是将他抛回不远的过去，让他记起五年前的那段恩怨。那一天不仅决定了他的命运，也决定了女儿的命运，而这才是最可怕的。尽管理智上他已经接受了自己的失败和流亡，但只要理智一打盹，心灵就会渴望复仇。

……他又一次站到了卫队前面，卫兵们向前斜挎着 AK 自动步枪，严阵以待。而他自己则佩戴着与军阶相符的马卡洛夫手枪。在当时的情境之下，这把手枪顶多能够用来自我了断。除了他身后的二十名弟兄，站台里已经没有人再效忠于他了。

暴乱的人群汹涌而来，百十双手摇撼着路障，原本嘈杂不堪的呐喊，在一根无形指挥棒的引导下，变成了整齐的呼啸。眼下他们还仅仅要求他退位，但过不了几分钟，他们就会想要他的脑袋了。

这并非自发的抗议示威，而是外部奸细的挑拨离间。将奸细逐个甄别清除已经没有意义了。想要镇压暴乱、捍卫权力，他唯一能做的就是命令士兵朝人群开枪。如果当时下令，一切都还来得及。

他的手指握紧一个无形的手枪柄，眼珠在微肿的眼睑下不安地转动，嘴唇翕动着，发出含混的命令。在他的身下，黑色血汪每一分钟都在扩大，不断吞噬着他那逐渐逝去的生命。

* * * *

"它们在哪儿？！"

刚从昏迷的黑色沼泽中拔出身来，荷马就像一条被鱼钩钩住的鲈鱼一样，胡乱挣扎着，急促呼吸着，呆滞的眼睛定定地望向上方。纳戈尔诺站的守护者，那神秘巨兽的庞大身形仍在眼前晃动，朝他伸出尖利的巨爪，轻而易举便可扯下他的一条腿，或者挤碎他的肋骨。只要他一闭上眼睛，它们就会朝他围拢过来，直到他再次睁开眼睛，才不慌不忙地、极不情愿地向后退去。

荷马试图坐起身，但那只按在他肩头的大手，重新变回了将他拽出昏睡沼泽的铁钩。他逐渐调匀呼吸，终于将视线聚拢在一张刀砍斧凿的脸孔上，聚拢在一双漆黑的、闪动着机械油光的眼睛上……猎人！他还活着？老人小心翼翼地将头转向左侧，再转向右侧，生怕自己又回到了那个被诅咒的站台。

不，眼下他们正置身于空旷、安全的隧道中间，几乎看不到纳戈尔诺站的雾瘴了。荷马用迟钝的脑子估摸着，看来，队长至少将他背出了半公里。他心下稍安，但以防万一，又问了一遍："它们在哪儿？"

"这里谁也没有。你很安全。"

"那些怪物……是它们攻击了我,把我打晕了?"老人皱着眉头,轻轻揉着头顶隆起的一个大包。

"是我打的。你当时发了狂,很可能会误伤我。"

猎人终于松开了虎钳般的大手,慢慢站起身,一只手捋过宽宽的军官皮带。皮带上束着斯捷奇金手枪皮套的另一侧有一个皮革套子,不知道是装什么的。他"咔嗒"一声弹开套扣,从里面掏出一个扁平的军用水壶,摇了摇,打开水壶嘴,也没让荷马,自顾自地喝了一大口,眯起眼睛呆了一秒钟,似乎很享受的样子……老人浑身一阵发冷,他看见队长的左眼没法完全闭合。

"阿赫梅特呢?他怎么样了?"想到自己的同伴,荷马又扭动起来。

"死了。"队长冷漠地说。

"死了……"老人呆呆地重复道。

当怪兽把同伴的手腕从他手中拽走时,他就已经想到了:没有任何一个活人能从这样的巨爪之下逃出来。荷马走了狗屎运,纳戈尔诺站没有选中他。老人再次环视四周,他无法相信阿赫梅特已经永远消失了。他怔怔地盯着自己的手掌,血肉模糊……这双手没能抓住自己的同伴。一时间,他感到大脑缺氧。

"阿赫梅特知道自己在劫难逃。"荷马低声说,"为什么被吃掉的是他,不是我?"

队长道:"他比你生命力旺盛,它们是靠活人续命的。"

老者摇头道:"这不公平。他还有两个小孩子,他是有家室的人……而我,只是一个流浪汉、糟老头子……"

"放着肥肉不吃,谁会啃骨头?"队长打断老人,一把将他从地上拽起来,"够了!走吧,我们快来不及了。"

荷马小跑着跟在昂首阔步的猎人身后,绞尽脑汁也想不通:他们当时怎么会又回到了纳戈尔诺站呢?那个站台就像食人兰一样,用自己的瘴气使他们产生幻觉,将他们又引诱到了自己身边。要知道,逃命时他们从来没有掉头,对此荷马百分之百确定。他几乎已经要相信莫比乌斯环的传说了,他本人就非常热衷于向天真的哨兵们讲述这一传说。但忽然间,他恍然大悟,一拍脑门:顺向道岔!

在纳戈尔诺站后面几百米的地方,左右隧道的正线之间有一条单轨支线,是用于机车掉头的。它的偏离角度很小,他们当时摸着黑,扶着墙壁前进,起初走的是平行车道,随后,当阿赫梅特说墙壁消失了时,走上了单轨支线,误打误撞地又折返回了站台。

"根本就没有什么鬼怪。"荷马并不十分确定地想。他需要再确认一件事。

"喂!"他冲猎人喊,"等等!"

但猎人充耳不闻,继续大步向前,老人只好气喘吁吁地加快了步伐。走到与队长并排,老人盯住队长的眼睛,厉声质问:"你为什么丢下了我们?"

"我?丢下了你们?"

在队长金属般冰冷的声音中,老人听出了讥讽,不禁轻轻咬住了舌头。的确,逃离站台的人可是他跟阿赫梅特,是他们抛下了队长,让他一个人面对一群怪兽……

他回想起来,猎人当时是怎样激烈而毫无效果地与怪兽搏斗的。他一直无法摆脱一种印象,那就是怪兽根本不打算接受猎人的挑衅。是它们害怕了,还是在猎人体内感受到了同类的灵魂?老人鼓足了勇气,问出了最后一个,也是最艰难的一个问题。

"请告诉我,在纳戈尔诺站,它们……为什么没把你吃掉?"

足足过了漫长而又沉重的几分钟,荷马才听到猎人低沉的声音:

"它们嫌弃我。"

* * *

"美拯救世界。"父亲经常半开玩笑地说。

萨莎每次都会面颊一红,将一个画着图案的空茶叶盒掖进工作服的胸前口袋。这个塑料方盒,纵使世界毁灭,仍然奇迹般地留存着绿茶香气的遥远回甘,是她最珍爱的宝贝。它时刻提醒着她,宇宙并不仅仅局限于他们的站台,这个站台没有头,只有躯干和四条残肢——隧道,而且被深埋于墓地之城莫斯科地下二十米深处。它还是一个魔法通道,能够带着萨莎穿越数十年和数千公里。总之,它是无可比拟的珍宝。

在这里的潮湿空气中,任何纸张就像肺结核病人一样,会迅速朽烂。霉菌吞噬的不仅仅是书籍和杂志,它们将人类的过往也连带销毁了。没有了图画和文字,人类的瘸腿记忆就失去了拐杖,跌跌撞撞,难以前行。

但这个盒子是塑料的,不受霉菌和时间的侵蚀。父亲告诉萨莎,直到数千年之后,它才会开始分解。萨莎想,这么说,她的子孙后代可以将这个盒子作为传家之宝世代传承下去。

这是一幅真正意义上的图画,尽管小了点。盒子的金边依旧那样鲜亮,大概仍跟它从生产线的传送带上下来时一样,而金边画框圈住的景色令萨莎为之窒息:悬崖峭壁,云雾缭绕,枝繁叶茂的松树生长在近乎垂直的岩壁上,湍急的瀑布飞流直下,坠入深潭,冉冉升起的太阳映红了天边的云霞……萨莎平生从没看见过如此美妙的景象。

她可以整日整日坐着,将盒子放在膝头,怎么看都不会厌倦。她的视线也陷入了那笼罩远山的黎明前的薄雾中。尽管在换子弹之前,她把父亲带来的书籍全部看了个遍,但她在那上面读到的所有文字加起来,仍然不足以向父亲描述,当她凝视那些几厘米高的山岩、呼吸着松针芳香时的确切感受。这个幻想的世界注定是无法实现的,但也正因如此才拥有无法抗拒的吸引力……那种甜蜜的忧伤,以及第一时间迎接太阳的欢喜……她总是忍不住设想,在那个写着茶叶品牌名称的小牌子后面会藏着什么。一棵神奇的大树,老鹰的巢穴,还是依山而建、能住下她和父亲的一所小房子?

这个盒子是萨莎还不满五岁那年,父亲带给她的。当时这个盒子里的茶叶还满着——那可绝对是稀罕货!父亲想用真正地道的茶水给萨莎一个惊喜,可萨莎的表情却像吞药汁一样洋溢着某种"勇敢",让人哭笑不得。不过，那个塑料盒子却令她爱不释手。那时萨莎还小，还需要父亲给她讲解盒盖上画的是什么——那是中国的山水景致，最适合用来装饰茶叶包装盒了。一晃已经十年过去，可萨莎看这幅画时的眼神依旧如此着迷，就跟她第一次见到时一样。

而父亲却愧疚地认为，这个盒子充当了女儿对于整个世界的可怜幻想。

每当女儿沉浸在愉悦的幻想中，为拙劣画者的蹩脚想象陶醉不已时，父亲就隐隐觉得，女儿是在为自己黯淡贫瘠、了无生趣的生活而向他发出谴责。他总是尽量压制自己的不快，但每次都按捺不住，带着难以掩饰的愤怒，第一百遍质问萨莎，一个破盒子有什么好看的。

而女儿总是慌忙将小盒子掖进工作服口袋，难为情地回答：

"爸爸……我觉得它好美！"

* * * *

若不是因为猎人一秒钟也没停歇，荷马恐怕要花上三倍的时间才能走完这段去往纳加金诺站的路。他永远也不可能像猎人这样肆无忌惮地在隧道里疾行。

他们的小队向纳戈尔诺站缴纳了可怕的过境税，但毕竟三人当中有两个活了下来。假如他们当时不在雾瘴中迷路，三个人也许都能活下来。但实际上这份过境税并没有什么稀奇的，无论是在纳希莫夫大道站，还是在纳戈尔诺站，他们所遭遇的境遇之前已经上演过无数次。

这就是说，问题出在通往图拉站的区间？眼下，这些隧道阒寂无声，但这种寂静是紧张的、不祥的。诚然，猎人能在数百米外嗅到危险，哪怕他一次也没有到过那里，也能预感到前方站台等待他的是什么。但在这些地方，他的直觉会不会背叛它？就像此前被直觉出卖的数十名经验丰富的战士一样？

或许，所有的秘密，就隐藏在这个他们正一步步靠近的纳加金诺站。

荷马尽力克制住被加快的脚步搅得纷乱的思绪，试图集中精神设想，在这个他曾经至爱的站台，等待他们的将是什么。以收集传说奇谈为癖好的老人，随便就能想到无数种可能性，比如撒旦在站台上设立了魔鬼巢穴啊，比如站台被沿着人类无法通行的鼠洞蜂拥而至的耗子大军啃光了啊……

没错，假如老人孤身一人，那他行进的速度也许要慢得多，但他是绝不会掉头逃跑的。在塞瓦斯托波尔站生活了这么多年，老人早就不怕死了。

在踏上这段旅程之前，荷马就很清楚，这很有可能是他最后一次历险了，他已经做好准备为之献出全部残生。

在遭遇纳戈尔诺站的怪兽之后，仅仅过了半小时，他就忘却了恐惧。不仅如此，当他倾听自我内心时，竟依稀捕捉到了某种含混、怯懦的蠕动，内心深处似乎有什么东西萌芽或者觉醒了，而那正是他无比期冀的东西，是他在一次次历险中苦苦追寻的东西。

眼下他有相当重要的理由，尽力延缓死亡的到来。只有在完成自己的使命之后，他才肯坦然赴死。

末日之战比以往任何一次战争都更加惨烈，因此没用几天就终结了。当时距离第二次世界大战已经更迭了三代人，最后一批"二战"老兵已经溘然长逝，生者的记忆中已经没有了对于战争的真正恐惧。战争，再次从一种夺去数百万人性命的"集体疯狂"变成了标配的政治工具。筹码急速飙升，根本来不及做出理智决定。核禁忌被轻而易举地打破，它就像戏剧开场时挂在墙上的那杆猎枪，在倒数第二幕终于打响了。至于究竟是谁率先按下了死亡按钮，已经不再重要了。

地球上的所有大都市瞬间化为废墟和灰烬。少数部署了反导弹系统的城市同样一命呜呼，尽管表面看去还完好无损。强辐射、军用毒剂和细菌武器将居民赶尽杀绝。所剩无几的一小撮幸存者起初还拥有脆弱的无线电通信，但没过几年便彻底中断了。对于如今的地铁居民而言，那些处在边缘但尚有人居住的站台，就是世界的边界。

曾几何时无比熟悉、过于拥挤的地球，重新变成了上古时代那片无边无际的混沌与忘却之海。

脆弱的文明之岛一个个相继沉没，失去了石油和电力的加持，人类迅速野化。

大荒时代开启了。

千百年来，学者们努力从出土的莎草纸和羊皮纸上，从残存的古抄本和巨著中重现历史的脉络。随着印刷术的发明和报纸的出现，印刷机开始通过报纸记载历史进程。在最近二百年的记录中没有任何疏漏，每一位书写世界命运的人物的每一个姿势和感叹词都被详细记录在案。但突然之间，全世界的印刷业尽数毁灭，被永远遗弃。

历史的织布机停滞了。在一个没有未来的世界，有谁还会关心历史呢？布匹被撕裂了，只剩下一根细线勉力支撑。

在末日浩劫之后的头几年，荷马，也就是当年的尼古拉·伊万诺维奇，在人头攒动的各个车站苦苦寻觅自己的家人。希望破灭了，茫然无措的他继续在地铁的黑暗中漫无目的地游荡，不知该如何规划自己的地底生涯。那个揭示其存在意义、在这无穷无尽的隧道迷宫中为其指引正确方向的阿里阿德涅线团，从他手中滑落了。

怀着对往昔岁月的依恋，他开始收集杂志，以此唤醒自我回忆，沉浸于幻想世界中。为了解答末日战争能否避免的疑问，他迷上了编年史和报纸评论。后来自己也开始尝试写作，模仿着新闻报道的语气讲述他在地铁里漫游的所见所闻。

就这样，丢掉了引路线团的尼古拉·伊万诺维奇找到了另外的人生指引——他决心成为一位编年史作者，书写当下历史，从世界末日直至自己生命终结。原本毫无头绪、漫无目的的收集如今获得了确定意义，现在他需要细致耐心地修复遭到破坏的时间布匹，并一针一线地将其继续编织下去。

对于尼古拉·伊万诺维奇的热衷，别人只将其视为无伤大雅的怪癖。他舍得用自己的份粮交换一堆旧报纸，无论命运将他带到哪个站台，他都会将自己在那里的立锥之地变成名副其实的档案馆。他当上了一名哨兵，因为只有在距离站台三百米远的篝火旁，平日里不苟言笑的男人们才会像小孩子一样喜欢听故事、传故事，从中他能够提炼出若干可信的信息，以此了解到地铁另一端发生的事情。他经常会比对数十种流言蜚语，从中甄别出一些较为可靠的事实，认真地记到自己的学术笔记本上。

工作能让他投入、忘怀，但尼古拉·伊万诺维奇总摆脱不掉一种感觉——这些工作都是徒劳无功的。在他死后，那些记载着由他精心收集整理的新闻摘要的笔记本，将因得不到妥善保管而迅速化为灰烬。假如有一天他去了岗哨就再没回来，他的那些报纸和编年史将会被人拿去生火，用不了多久就会被烧光。

那些年深日久、昏黄乌黑的纸张将只剩下一堆堆灰烬，原子将重新排列组合，获得新的形式。物质几乎是不朽的。而他想为子孙后代保存的那些东西，那些捉摸不定的、转瞬即逝的、拥挤在纸页上的，将永远消失，彻底破灭。

人类历来就是如此：中学课本上的内容在其记忆中只能保存到毕业考试结束。在将那些死记硬背的内容抛诸脑后时，他会感受到难以言喻的轻松。"人类的记忆就像沙漠里的沙，"尼古拉·伊万诺维奇想，"数字、日期和政治家姓名在其中留存的时间，不会长于木棍在沙漠中划出的记号。一阵风吹过，便会了然无痕。"

唯一能够奇迹般留存的，只有那些能够激发人类幻想，让人们心跳加速，鼓动人们去思考、去感受的事物。伟大英雄的传奇和爱情将比整个人类文明更为长久，它会像病毒一样植入人脑，父子相传，直至百千万代。

当老人终于领悟到这一点时，他开始刻意地由自封的学者转型为神话作家，由尼古拉·伊万诺维奇转变为荷马。现在每天晚上，他不再忙于记录编年史，而是寻找不朽的公式：像《奥德赛》那样具有旺盛生命力的故事情节，像吉尔伽美什那样流芳千古的英雄。在这个英雄史诗中，荷马将串联起自己积累的全部知识……在现实的地铁世界，所有纸张全部被拿去取暖，历史被轻易背叛，以便换取当下的短暂一瞬，而荷马的英雄史诗将感染人们，将他们从无限蔓延的失忆中拯救出来。

然而，这个梦寐以求的公式却迟迟不来，千呼万唤的英雄迟迟不肯现身。对报纸文章的模仿没有教会老人该如何编造传说，向泥胎中注入生气，虚构出比现实更引人入胜的故事。笔记本纸页被一张张撕下，揉成一团，堆满了他的办公桌，上面全部是未完成的第一章，其中的人物苍白无力，这让他的办公桌如同人流室。无数个不眠之夜，唯一的成果就是黑眼圈和咬出血的嘴唇。

尽管如此，荷马仍不愿放弃自己的新使命。他极力避免去想，也许他天生就不是这块料，他并不具备创作传世巨著所需要的天赋。

只是缺少灵感而已——他这样安慰自己。

生活在这样一个沉闷的站台，叫他上哪儿去寻找灵感呢？这里的家庭聚餐、种植劳作乃至巡逻执勤都循规蹈矩，更何况，随着年纪增大，连巡逻也越来越少让他参加了。他需要震撼，需要历险，需要激情——也许只有这样他才会茅塞顿开，文思泉涌？

即使在最最艰难的时代，人们也没有彻底放弃纳加金诺站。这个站台其实并不适宜居住：这里寸草不生，通往地表的出口也被封死了。但对于那些被放逐者、躲避追捕者或者私奔男女而言，这个站台还是很不错的临时之所。

眼下，站台上空无一人。

猎人轻手轻脚地沿着吱呀作响的铁梯爬上月台，驻足察看。荷马气喘吁吁地跟上来，忐忑不安地四下环顾。大厅很昏暗，空气中悬浮着尘埃，在手电筒的照射下银光闪烁。地板上胡乱扔着一些破布或者硬纸板，那是纳加金诺站访客的铺盖。

老人背靠圆柱，慢慢坐到地板上。曾几何时，纳加金诺站拥有各色大理石拼凑而成的精美马赛克,是他最心仪的地铁站台之一。如今,那些马赛克变得黑黢黢的,生气全无,较之于原本的样子,正如墓碑上的陶瓷头像较之于活人——墓主在一百年前拍摄这张证件照时,绝对不会想到,有朝一日自己注视的将不再是镜头,而是永恒。

"一个活人都没有。"荷马失神道。

"你不是吗?"队长反驳道。

"我是说——"还没等老人说完,队长就用手势打断了他。

在站台另一端,在柱廊尽头,连队长的强光手电筒都无法彻照的地方,有什么东西缓缓地爬了过来……

荷马当即被吓瘫了,双手撑住地板,吃力地爬起来。猎人关闭了手电筒,整个人融化在了黑暗中。老人被吓得冷汗直流,哆嗦着摸到保险栓,将后坐力极强的自动步枪的枪托抵在肩窝。远处响起两声噗噗的射击声。荷马壮着胆子从圆柱后面钻出,疾步朝枪响处走去。

在月台中央,猎人昂身而立,脚下蜷缩着某个可怜兮兮的模糊身形,像是用破纸盒子和破布头拼凑而成的,一点也不像个人,却又分明是人无疑。那人肮脏透顶,看不清年龄和性别,脸上只有一双眼睛清晰可见,嘴里含糊不清地嘟囔着,拖着两条刚被射穿的伤腿,拼命想从凶神恶煞的猎人身旁爬走。

"人们在哪儿?为什么这里一个人也没有?"猎人用靴子踩住那人的破衣烂衫问。

"都走了……把我扔下了。这里只有我一个人。"那人哑着嗓子,双手在光滑的花岗岩地板上竭力扒着,却丝毫不能挪窝。

"去哪儿了?"

"图拉站……"

"那里出了什么事?"荷马插嘴问。

"我哪儿知道?"流浪汉撇着嘴道,"凡是去了那儿的人,都死了,你自己问他们去吧。我没有力气走了,我就在这儿等死了。"

"他们为什么走了?"猎人追问。

"他们害怕。这个站台越来越荒,于是他们决定铤而走险,之后就再没有一个人回来过。"

"一个人都没有?"猎人抬起枪管。

"没有……只有一个。"流浪汉看见黑洞洞的枪口,慌忙改口,身子缩成一团,活像被放大镜炙烤的一只蚂蚁,"那人往纳戈尔诺站方向去了……不过,我当时在睡觉,也许是看花眼了……"

"什么时候?"

"我又没表,"那人摇摇头,"也许是昨天,也许是一周前。"

问题都问完了,猎人的枪口仍旧对准流浪汉的眼睛。他陷入沉默,仿佛上满弦的发条突然用尽了,呼吸也变得出奇困难,仿佛与流浪汉的对话耗费了他太多力气似的。

流浪汉怯懦道:"我能走了——"

"你去死吧!"猎人突然咆哮一声,没等荷马反应过来,便连续两次扣动扳机。

黑色的血液涌出被射穿的脑门,淹过了不幸者瞪大的眼睛。他被子弹揿在地板上,重新变回了一团破布和硬纸板。猎人连眼皮都没抬,往斯捷奇金手枪里续了四颗子弹,纵身跳下车道。

"我们很快就会搞清楚了。"他对老人喊。

荷马朝尸体俯下身子,顾不得恶心,捡起一块破布,盖在流浪汉被射穿的脑门上。他的双手止不住地颤抖。

"你为什么要杀他?"他无力地问。

"问你自己。"猎人沉声回答。

* * * *

眼下,即便集中全身力气,他所能做的也只是垂下或者抬起眼皮而已。奇怪，他竟然醒了过来……在他昏迷的一个钟头里，麻木感像一层冰裹住了他的全身，舌头被黏在上颚，胸口像压着一个二十公斤重的壶铃。他甚至没办法跟女儿道别，尽管这是支撑他醒来的唯一动力，为此他甚至中断了梦中的那场陈年战斗。

萨莎脸上的笑容已经不见了。现在她似乎正在做一个紧张的梦，身体在小床上缩成一团，环臂抱住自己，眉头紧蹙。从小到大，每次见女儿做噩梦，他都会叫醒她，但眼下他的力气只够眨动眼皮。

渐渐地，连这个动作也变得极为艰难。

为了等萨莎自己醒来，他还要继续咬牙坚持。最近二十多年来，他从未间断战斗，日日夜夜，每分每秒，他已经厌倦透顶了。他厌倦了斗争，厌倦了躲藏，厌倦了狩猎，厌倦了证明，厌倦了希冀，厌倦了掩饰……

在他那逐渐消逝的意识里，只剩下两个愿望：一是再看一眼萨莎的眼睛，二是让灵魂获得安息。但两个他都无法如愿……他的眼前又开始闪现来自过去的场景，与现实相互交织。他必须做出最终决定了：毁灭，还是自我牺牲；惩罚，还是宽恕。

……卫兵们合拢了队形，他们每个人都对他忠心不二，每个人都做好了两种准备：或者被平民扯碎，或者向暴民射击。他，是最后一个独立站台的卫戍司令，是已经不复存在的独立站台联盟的盟主。对于卫兵们而言，他的权威无可撼动，而他本人绝对正确，他的任何命令都将得到立即执行。他将一如既往，为一切担负全责。

假如他退却，站台将陷入无政府状态，继而被日益膨胀的红线吞并，像其他所有的邻近站台那样；假如他下令向暴乱者开火，他将守住自己的权力，但终究无法长久；假如他毫不手软地实施大规模死刑和严惩，那他就能永远大权在握。

他举起手枪，所有卫兵立刻步调一致地重复了他的动作。瞄准镜里与其说是一群疯狂的暴民，莫如说是一群看不清面目的野兽：龇牙咧嘴，双目圆睁，双拳紧握。

他打开保险，卫队同样照做。

是时候锁住命运的咽喉了。

他将枪管抬高，扣动扳机，砰的一声巨响，石灰从顶棚纷纷掉落。人群瞬间安静下来，他示意战士们放下武器，上前一步。

这就是他的抉择。

回忆终于放过了他。

萨莎仍在酣睡。他吸入最后一口气，想最后再看她一眼，却终究没能抬起眼皮。但呈现在他眼前的，并非永恒、无尽的黑暗，而是不可思议的蔚蓝天空，清澈明亮，宛如女儿的眼睛。

　　　　　*　　*　　*　　*

"站住！"

荷马冷不丁被吓了一跳，差点就把双手举起来了，但随即稳住了心神。从隧道深处传来的鼻音浓重的扩音器喊声，只吓到了荷马，队长却毫不在意，他像眼镜蛇预备攻击那样绷紧身子，不动声色地从背后抽出了自动步枪。

从纳加金诺站到图拉站的一千五百米，荷马感觉像通往殉难地的路途一样漫长难熬。他知道，这段区间几乎会确定无疑地将他引向死亡，因此很难强迫自己加快脚步。趁眼下还有工夫，荷马抓紧时间开始了临死前的回忆。他想到了叶莲娜，咒骂自己自私，向她请求原谅；他带着明媚的忧伤回到了那个神奇的夏日，走在特维尔大街，沐浴在清凉的细雨中；他想到了自己珍藏的报纸，后悔上路之前没处理好它们。

他已经准备好赴死了，被怪兽撕碎，被巨鼠啃光，被毒气熏死……不然还能怎样呢？图拉站为何会变成了一个宇宙黑洞，将一切东西吸进去，却什么也不吐出来？

而如今，当他在图拉站的要冲前听到寻常的人声时，他完全蒙住了。难道车站没有被毁灭，只是被人占领了？可是，有什么人能将塞瓦斯托波尔站的几个突击队悉数歼灭呢？又有什么人会将所有前来投奔的流浪汉统统杀害，甚至连妇女和老人都不放过？

"前进三十步！"遥远的人声说。

这声音听上去无比熟悉，假如给荷马足够的时间，他一定能够锁定声音的主人。难道是塞瓦斯托波尔站的人？！

猎人手持自动步枪，开始顺从地计算步数，但猎人走三十步的距离，老人整整走了五十步。前方隐约出现了街垒，像是用乱七八糟的东西随意堆砌的，但守卫者不知为何没有开灯。

"关闭灯光！"街垒后面有人命令，"你们两个人中的一个，再前进二十步！"

猎人"咔嗒"一声关闭手电筒，继续向前走去。荷马孤零零地站在原地，不敢违拗。四周漆黑一片，为了安全起见，荷马原地坐到了枕木上，小心地摸到墙壁，贴了过去。

猎人的脚步声在规定的步数之后停下，传来人声，有人在盘问他什么，猎人以断断续续的咆哮作为回答。气氛焦灼起来，原本紧张但克制的音调变成了叱骂和威胁。似乎猎人向守卫者提出了什么要求，但后者拒绝执行。

双方后来几乎已经是扯着嗓子相互对骂了，荷马感觉就要听清楚了……但他只听出了唯一一个，也是最后一个字眼：

"严惩！"

与此同时，带消音器的自动步枪噗噗响起，打断了对话，立即招来了佩切涅格机枪的嗒嗒嗒嗒声。荷马扑倒在地，拉开保险栓，但不知道该不该开枪，该往哪儿打。但还没等他瞄准目标，事情就出现了转机。

在机枪摩尔斯电码似的"嗒嗒嗒嗒"的短暂间隙，隧道腹部传来一阵拖长的轧轧声——荷马无论如何也不会将它和其他声音混淆。

那是气密门关闭的声音！随即，像为了证实他的猜测似的，前方传来咣的一声，数吨重的铁门将喊叫声和射击声轰然斩断。

通往大地铁的唯一出路被切断了。

塞瓦斯托波尔站的最后希望破灭了。

第六章

真相

过了片刻，荷马开始怀疑这一切都只是他的幻觉：隧道尽头模糊的街垒轮廓，以及被旧扬声器扭曲的、恍惚熟悉的声音。灯光和声音全部消失了，他感觉自己像个临刑前被罩住头的死刑犯。在伸手不见五指的漆黑与突然降临的寂静中，整个世界都仿佛消失了。荷马不由自主地伸手去摸自己的脸，以便确认自己还没有消融在这个宇宙黑洞之中。

过了好一会儿，荷马才回过神来，摸到手电筒，将颤抖的光线投向前方——几分钟前那里刚刚爆发了激烈的枪战。在离他三十米远的地方，隧道被封锁了。一扇钢铁气密门，像一口轰然斩下的断头台的铡刀，将整个区间堵了个严严实实，密不透风。

他那时没有听错，的确有人启动了气密门。荷马知道这里有气密门，但没想到它居然还能用，功能似乎丝毫没有受到影响。

他那被常年案牍工作减弱的视力没能立即发现趴在铁门上的人影。荷马端起自动步枪，后退一步，以为那是对方的人慌乱之中被卡在了外面，后来才认出那是猎人。

猎人一动不动。被吓出一身冷汗的老人跌跌撞撞地朝队长走去，暗自为喋血铁门的悲惨场面做好了心理准备。然而并非如此。尽管猎人无遮无拦地站在隧道当间，被人用机枪扫射，却仍旧毫发无伤。此刻他正将残耳贴在铁门上，捕获着只有他自己才能听到的声波。

"怎么回事？"荷马小心问着，靠了过来。

队长好像根本没注意到他。他嘴里咕哝着什么，像在重复气密门后面人的话。过了好几分钟，他才从气密门上挪开耳朵，扭头看向荷马。

"我们得回去。"队长说。

"怎么回事？"荷马又问。

"里面是匪帮，我们需要增援。"

"匪帮？"荷马疑惑地问，"可我明明听到……"

"图拉站被匪帮占领了，得把它夺回来。我们需要喷火兵。"

"要喷火兵干什么？"荷马完全蒙了。

"以防万一。我们现在回去。"猎人转过身，大步走去。

荷马没有立即跟上去，他仔细地检查了气密门，也将耳朵贴在冰冷的钢铁上，试图听到只言片语，但里面一片沉寂……

老人隐约觉得，自己并不相信队长所说的。不管占领图拉站的人是谁，其行动都是不合常理的。有谁会用气密门来对付区区两个闯入者呢？又有哪个匪帮会跟全副武装的不速之客做那么长时间的交涉，而不是直接将其射杀呢？

最重要的是，神秘守军所说的那句不祥的"严惩"，又是什么意思呢？

* * * *

萨莎的父亲说过，没有什么能比人命更宝贵。对他而言，这并非空洞的套话，也不是老生常谈的至理名言。父亲之前完全不这样认为，否则他何以成为地铁世界最年轻的卫戍司令呢。

人在二十啷当岁的年纪，对于杀戮和死亡的态度都十分轻率，甚至认为整个人生不过是场游戏，死了还能重新开局。正因如此，世界各国的军队才喜欢从刚出校门的学生中补充兵员。而作为这些将战争当儿戏的年轻人的指挥官，必须能够透过成千上万流血牺牲的活人，看见地图上的红蓝箭头。他必须忽略被炸飞的断腿、流出的肠子以及被打爆的头颅，在牺牲一个连或者牺牲一个团之间做出选择。

曾经的父亲既漠视敌人的生命，也漠视自己的生命，以令所有人都折服的干脆态度，接受了一项又一项足以让他掉脑袋的任务。他并不是疯子，相反，他的一切行动都是经过严密策划的。他睿智，勤奋，对生命却态度冷淡；他不受现实羁绊，不考虑后果，也不受良心折磨。当然，他从来没有朝妇女或儿童开过枪，但他亲手处决过逃兵，冲锋陷阵也总是身先士卒。他几乎感觉不到疼痛。总之，他对一切都无所谓。

直到他遇见萨莎的母亲。

她的冷若冰霜让习惯于胜利的他受到了刺激。虚荣心——他唯一的弱穴，此前已经无数次将他抛向了机枪，而这一次又催他发起了新的猛烈冲锋。然而，这次冲锋意外地变成了旷日持久的围攻。

在此之前，他在情场上一向无往不利，女人们总是主动臣服在他的脚下。轻而易举的征服让他变得负心薄情，每一任女伴还没等爱上他就已经感到厌倦，一夜风流之后便失去了任何兴趣。他的显赫功勋和猛烈攻势总能蒙住姑娘们的双眼，她们中间很少有人能够想到采取传统而有效的策略——先让男人等待，然后利用这段时间去仔细了解他们。

唯独她觉得他枯燥乏味。无论是功勋、荣誉，还是战场与情场上的所向披靡都无法令她心动。她不去回应他的目光，对他的玩笑取悦只是摇头。赢得这位姑娘的芳心变成了前所未有的挑战，比征服一个车站还要困难。

很快他就发现，和她的亲近不再只是他辉煌情史中新的一笔，而越来越获得了更加深刻的意义。只要能跟她在一起待上一个小时，就会令他喜不自胜。而她却时不时打击他，质疑他的战功，嘲笑他的原则，指责他的冷酷，不断动摇着他对于自我力量和目标的自信。

而他却忍受着这一切，甚至可以说，他喜欢这一切。直到跟她在一起他才开始思考、开始犹豫，后来又增加了很多前所未有的感受：无助有之——因为不知道该拿她怎么办；遗憾有之——为那些没有和她一起度过的时光；恐惧亦有之——害怕失去她，尽管他还没有真正得到。这，也许就是所谓的爱情吧。

　　终于,当他已经完全离不开她的时候,她投降了,向他授予了新的奖章——一枚银戒指。

　　一年后,萨莎降生了。如此一来,已经至少有两条生命他再也无法漠视了。另外,对于他自己的命,他也再不能不当回事了。

　　当你年仅二十五岁,却执掌着世界可见范围内最强大的军队时,很难摆脱这样的感觉,即自己的命令足以使地球停止转动。然而,就算他能够轻易夺去很多人的性命,却无论如何也没法让死人复活。

　　命运给了他一个机会去确认这一点,让他眼睁睁地看着肺结核夺去了妻子的生命。妻子死后,他内心深处似乎也有什么东西死掉了。

　　那年萨莎刚满四岁,但她清晰地记得妈妈,也记得妈妈走后留下的像隧道一样可怕的空虚。近在咫尺的死亡像无底深渊一样呈现在她的世界,她经常向渊底凝望。深渊的边沿以极其缓慢的速度闭合着,足足过了两年,或者三年,她才渐渐地不在梦中呼喊妈妈了。

　　而他,时至今日,仍时常在梦中呼唤妻子。

*　　*　　*　　*

　　也许,荷马应该转换一下思路?既然史诗中的英雄不想主动现身,那何不从他未来的爱人着手,然后再用她的美貌和清新将其引诱出来呢?

　　先将美人的故事写出来,英雄也许就会浮出水面?为了英雄美人的爱情故事能够功德圆满,英雄必然会理想地将其补充完整,也就是说,史诗当中的英雄应该是一出场就塑造完毕的。

　　英雄与美人应该彼此完全吻合,就像新村庄站同一块彩色玻璃的两块碎片。他们原本就是一个整体,注定会重新结合……将早已作古的经典作家们的这一成功套路窃为己有,荷马并不觉得有何不妥。

　　但这远没有想象的那么简单:用纸笔勾勒出一个活生生的姑娘,对于荷马而言是个力不从心的任务，就连所谓的爱情他也未必真懂。

他与叶莲娜的结合充满了老夫老妻式的柔情，但他们相遇得太晚，没办法爱得义无反顾。到了他们这把年纪，心灵渴求的已经不再是激情，而是排解孤独。

尼古拉·伊万诺维奇今生唯一的真爱被埋葬在了地表。数十年过去，那场爱情的所有细节——除了一个——都已褪色、磨灭，无法凭记忆还原了。更何况，那场爱情并没有任何的英雄主义色彩。

就在莫斯科遭受核打击那天的早些时候，尼古拉·伊万诺维奇终于得到通知，自己被擢升为列车司机，一星期后就将接替退休的谢洛夫。工资几乎比之前翻了一番，升职前还得到了几天休假。他激动地给妻子打电话报喜，妻子当即宣布要烤苹果奶油布丁庆祝，然后就出门去买香槟酒了，顺便带孩子们出去散散步。

而他还得站好最后一班岗。

尼古拉·伊万诺维奇以未来列车长的身份走进了列车驾驶室，他——婚姻美满，家庭幸福，事业有成，踌躇满志，正站在隧道的起点，即将驶向美好、光明的未来。但他万万没有想到，接下来的半个小时，他会一下子苍老二十岁。抵达终点站的尼古拉已经变成了一个失魂落魄、无家可归的流浪汉。正因如此，每当他看到奇迹般幸存的列车时，心头都会涌起难以抑制的愿望，想要占据列车司机的合法位置，以主人的姿态抚摸仪表盘，透过车头玻璃注视隧道前方，幻想着列车还能重新启动。

能够倒车，回到出发地……

队长一定有一种黑魔法，能在自己周身设立特殊的防护罩，阻挡任何危险。返途中，抵达纳戈尔诺站的路他们没用一个小时就走完了。隧道没有给他制造任何障碍。

荷马总有这样一种感觉：塞瓦斯托波尔站的商队和侦察队，以及任何胆敢踏入隧道的人类，对于地铁而言都是异类，如同进入其血液循环系统的细菌。只要他们一跨出站台界线，周遭的空气就会发炎红肿，现实就会出现裂缝，一些难以想象的生物就会凭空出现，那是地铁之神派来对付人类的。

唯独猎人是个例外，他于隧道而言并非异质物，也不会惹怒地铁之神。有时，他会关掉手电筒，自己也化身为填满隧道的一团黑暗。每当此时，他就仿佛被无形的气流托举一般，以加倍的速度向前疾驰。荷马在后面拼命追赶，但有时仍被甩开太远，只得叫喊停下，猎人这才如梦初醒，停下脚步，等老人赶上。

再次通行时，他们竟然被纳戈尔诺站顺利放行了。雾瘴已经散去，车站兀自沉睡。眼下整个站台一览无遗，完全设想不出，那些幽灵巨怪究竟藏身何处。看上去这不过是个毫不起眼的废弃站台：天花板上积攒着咸咸的附着物，地板上铺着羽绒褥子厚度的灰尘，被烟熏黑的墙壁上用煤炭胡乱涂写着脏话。只是随后，目光才会发现地板上的一些诡异花纹，像是某人的癫狂舞步留下的；以及被刮花的圆柱上、被打碎的吊灯上的一些红褐色斑点，似乎是有人擦碰所致。

纳戈尔诺站一闪而过，很快就被甩在身后。两人健步如飞，就连荷马，当他紧紧跟在队长身后时，仿佛也被纳入了那个魔法气泡中，受到结界庇护。老人自己也惊讶不已，他哪儿来的这么多体力完成这样的长途急行军……

至于聊天，老人实在是匀不出呼吸了。再说猎人也再没有回答过他一个字。在这漫长的一天里，荷马已经不知道第多少次问自己，为什么会对这个沉默寡言、冷酷无情的队长俯首帖耳？况且，他还动不动就把自己抛诸脑后。

纳希莫夫大道站的恶臭悄然逼近，令人窒息。这个站台连荷马都顾不上小心谨慎，恨不得尽快通过，而队长却一反常态，放慢了脚步。老人纵然戴着防毒面罩也不堪忍受，猎人却若无其事，甚至还嗅来嗅去，仿佛在这窒闷的恶臭中察觉到了某种特殊气息。

这次，食尸者见到二人便乖乖散开，扔下没啃完的骨头，吐出嘴里没嚼完的肉。猎人走到站台正中央，走上不高的坟冢，脚下的腐肉没过脚踝，他缓慢地环视了站台一周。随后他不满地挥了挥手，驱走疑虑，继续朝前走去，终究没能发现自己要找的东西。

而荷马却找到了。

他不小心摔了一跤，四肢着地趴在了地上，惊动了一只幼年的食尸者。他惊惧地发现，后者正在撕咬一件湿透的防弹背心，不远处还滚落着一只塞瓦斯托波尔站的制式头盔。老人顿时吓出一身冷汗，模糊了防毒面罩的玻璃视窗，几乎让他窒息。

他强忍住呕吐的欲望，爬到尸骨旁翻捡起来，试图找到战士的身份铭牌。铭牌没有找到，却发现了一个小笔记本，已经被血染红了。笔记本被翻到最后一页，上面赫然几个大字：

"千万不要强攻。"

* * * *

父亲从小就告诉萨莎不能哭泣，但眼下，她再没有其他方式来回应命运了。眼泪不由自主地顺着脸颊流淌，微弱的悲恸哀号从胸腔挤出。几个小时过去了，她仍然无法说服自己接受这一事实。

父亲有没有呼唤过她？临终前有没有想要对她交代些什么？她已经不记得自己是什么时候睡着的了，也无法确定，眼下是否已经醒来。也许她仍在做梦，而在梦境之外的世界，父亲还活着，没被自己的昏睡、软弱和自私害死。

萨莎双手抓住父亲已经变凉但仍然柔软的手，想要给他焐热，嘴里不住地劝慰他，同时也在劝慰自己："你会找到完好的汽车的。我们会一起上到地表，坐进车里，远走高飞。你还会冲我笑，就像那天你带回来那台带音乐CD的唱片机时一样……"

起初父亲坐在那里，背靠圆柱，下巴抵在胸口，看上去似乎只是在打瞌睡。但后来，他的身子开始慢慢往下滑，倒在逐渐黏稠的血泊中，仿佛他已经装腻了活人，不想再欺骗萨莎了。

父亲脸上沟壑纵横的皱纹，几乎完全舒展开来。

她放下父亲的手，帮他躺得更舒服些，用一床破棉被将父亲连头盖住。她没有别的方式来安葬父亲。她很想将父亲背到地表，让他躺在地面，好让他能够望见天空。总有一天，天空会再次变得澄澈。但这样一来，父亲的遗体很快就会变成饥肠辘辘的地表畜生的腹中食。

而在这个站台，父亲的遗体不会被糟践。毁弃的南部隧道不会有任何危险，那里只有带翅膀的蟑螂可以生存；北部区间被阻断了，它通往一座生锈的、半坍塌的铁路桥，只有一条铁轨幸存。

铁路桥后面有人居住，但没有人会出于好奇而到这边来。所有人都知道，铁路桥这侧是一片荒土，只在其边缘地带有一个弹丸车站，里面住着两位等死的流亡者。

父亲是不会允许她独自留在这里的，而且继续留下去也不再有任何意义。只是在很久之后，萨莎才明白：无论她逃出去多远，无论她怎样努力地想要冲出这间囚室，她都永远无法真正摆脱它。

"爸爸……请原谅我。"她啜泣着，知道自己不值得原谅。

她从父亲手指上取下银戒指，放进上衣口袋，拎起鼠笼，向北踽踽而去，在布满灰尘的花岗岩地板上留下一串血脚印。

当萨莎走下车道、走进隧道之后，这个已经变成墓地的空荡荡的站台上，发生了某种异兆：从对面的隧道口里喷出一条长长的火舌，竭力扑向她父亲的遗体。但它终究没能得逞，又退回到了漆黑的隧道深处，极不情愿地承认了死者安息的权利。

* * * *

"回来了！他们回来了！"话筒里传来惊喜的大呼小叫。

伊斯托明站长将听筒从耳边拿开，难以置信地瞅了它一眼，好像它变成了活物，刚刚给他讲了个愚蠢的故事一样。

"谁回来了？！"伊斯托明没好气地问。

丹尼斯·米哈伊洛维奇上校从凳子上蹦起来，将茶杯里的茶溅出来，在裤子上留下一片尴尬的水迹。他低声骂了一句，也问了一声："谁回来了？"

"谁回来了？"伊斯托明对着话筒再次机械地问道。

"队长跟荷马，"话筒里伴着沙沙的杂音，"阿赫梅特死了。"

伊斯托明用手帕擦掉秃脑门上的汗水，又撑起黑色的海盗眼罩，擦了擦鬓角。向牺牲士兵的家属通知噩耗是他最不愿意干的。他瞅一眼门外，对副官喊道："把两个人都带过来！传令，备饭！"

他在办公室踱来踱去，莫名其妙地整了整挂在墙上的照片，在地图旁嘀咕了几句什么，然后扭头看向上校。后者双臂交叉抱在胸前，正龇牙咧嘴地坏笑："沃洛佳，我说你怎么跟个大姑娘要约会似的？"

"还说我呢，你怎么不瞅瞅你自己，喏。"站长反唇相讥，朝上校被打湿的裤子努了努嘴。

"我咋了？我这边一切就绪。两个突击队已经整装待命，离总动员令还有一天富余呢。"上校爱惜地抚摸着放在桌上的蓝色贝雷帽，站起身，戴在头上，摆出一副郑重其事的样子。

接待室里响起一阵急促的脚步声，餐具叮当作响，勤务兵打开一条门缝，手里拿着个水汽蒙蒙的装着酒精的玻璃瓶，用问询的目光望着站长。伊斯托明不耐烦地一挥手："回头再说！"

终于响起一个熟悉的低沉声音，办公室的门一下子被撞开，门洞被一个宽肩膀的身影堵得严严实实，是猎人。瘦小干巴的荷马怯懦地藏在队长身后。

"欢迎！"伊斯托明坐到自己椅子上，旋即又站起身，随后又重新坐下。

"那里是什么情况？"上校直奔主题。

队长用沉重的眼光扫视了两人一眼，对站长说："图拉站被匪盗占领了,所有人都被杀了。"

"我们的人也都被杀了?"上校浓眉倒竖。

"据我所知是的。我们到了站台边境,发生了战斗,他们关闭了气密门。"

"关闭了气密门?"伊斯托明微微站起身,手指紧紧抓住办公桌边沿,"那我们现在该怎么办?"

"强攻!"队长和上校异口同声地说。

"不能强攻!"从接待室意外地传来荷马的声音。

* * * *

她需要等到约定的时间。如果她没记错日子的话,轨道车很快就会从漆黑潮湿的夜色中钻出来了。站在入口处望去,开在厚厚土层中的隧道仿佛是被割开的静脉,她感到每多站一分钟都像一天一样漫长。但她只有一个办法:继续等下去。在长得似乎没有尽头的地铁桥的另一端,她只能牢牢地反锁气密门,一周才敢出来一次,在交易日这天。

今天萨莎没有任何东西要卖,而她想要买的,却比以往任何时候都要多得多。不管轨道车上的人想让她用什么来交换活人世界的通行证,她都已经无所谓了。父亲死后如坟墓般的冷漠和冰冷已经传染给了她。

萨莎曾经无数次幻想过,她和父亲能够来到另一个车站,周围全是活生生的人,在那里她可以找到朋友,遇到心上人……她一遍遍地向父亲询问他的青年时代,不仅仅是为了重温自己光明的童年,还因为,她会在心里偷偷地把故事中的母亲换上逐渐长大的自己,而把父亲换成某个相貌模糊、总是变来变去的男子,笨拙地构想属于她自己的爱情。她担心,即便他们真的回到了大地铁,自己也没法跟其他人找到共同语言。跟她能有什么好谈的呢?

可眼下,当距离轨道车的抵达越来越近,她忽然对其他人毫不在意了,不管是男人还是女人,甚至连回到大地铁的念头本身都是对父亲的背叛。假如她的留下能让父亲起死回生，那她会毫不迟疑地选择在这个站台过一辈子。

玻璃罐中的蜡烛头颤颤巍巍，垂死挣扎，她把烛火续到新的灯捻上。在一次地表搜索中，父亲带回来整整一箱蜡烛，她总是随身揣几支在男式工作服的宽敞口袋里。萨莎愿意设想，人的身体也像这蜡烛一样，父亲身上的某些分子在他本人熄灭之后，转移到了她的身上。

轨道车上的人能看见她从迷雾中发出的信号吗？

一直以来，她都是计划好时间，从不肯在外面多待一分钟。父亲不允许，他肿大的甲状腺就是足够的警告。在这里萨莎感觉很不自在，像一只被逮住的地鼠，不安地四下环顾，偶尔才壮着胆子迈上地铁桥的头一级阶梯，从上面俯视桥下流过的黑色河水。

等了太久，她在潮湿的秋风中弯腰塌背缩成一团，朝前走了几步，在枯树后面的昏暗中现出了坍塌的多层楼房。油污泥泞的河水中，某种庞然大物掀起水浪，而在不远处，某种未知的怪兽发出酷肖人类的呻吟声。

突然，在这呻吟声中加入了凄苦哀婉的轧轧声……

萨莎跳起来，高高举起蜡烛，桥那头有人用急促的、鬼头鬼脑的手电筒光线给出了回应。迎面开来一辆老旧的轨道车，吃力地挤过棉花般的浓雾，以微弱的灯光楔进黑夜，将其劈开。萨莎不由自主地向后退去：轨道车不是平时来的那辆。它行进得十分艰难，仿佛每走一步，转动摇臂的人都需要花费很大力气。

轨道车终于在离萨莎十步远的地方停下了。从车上沉重地跳下一个大胖子，身上裹着防化服。防毒面罩的玻璃视窗上跳动着两点鬼魅的烛火，将胖子的眼睛隐藏起来。他手里抓着一把AK自动步枪，枪托是木质的。

"我想离开这里。"萨莎抬起下巴，大声宣布。

"离开这里？"胖子重复道，拖长的声音里带着惊讶和挖苦，"你有什么东西好卖的？"

"我什么都没有了。"她盯着来人闪动着火焰的眼窝。

"任何人都有东西可卖，尤其是女人。"轨道车主哼哼一声，随后像想起了什么似的，问道，"把你老爹扔下了？"

"我什么都没有了。"萨莎垂下眼皮，重复说。

"到底还是死了，"胖子如释重负，又有些失落地说，"好吧。他要是还活着，一定会很伤心的。"说着，他用枪管挑起萨莎男式工作服的背带，慢慢往下拽。

"住手！"她嘶哑地大叫一声，使劲向后挣脱。蜡烛罐掉在铁轨上，咣当一声撞碎，黑暗立刻吞噬了火苗。

"你难道还不明白，来了这儿就回不去了？"丑八怪用已经熄灭的、死气沉沉的玻璃眼睛冷漠地盯着她，"你的身体还不够我一张单程票的，权当替你父亲还债吧。"说着，他将自动步枪在手中一转，枪托朝前，一下子敲在她的太阳穴上，熄灭了她的意识。

* * * *

在纳希莫夫大道站之后，猎人再也没有放荷马离开过自己身边，荷马根本找不到机会研究他捡到的那个笔记本。猎人不知为何突然变得对他小心在意，非但不让他落下太远，甚至还刻意放慢速度与他并行。有那么一两次，他突然停住脚步，像在察看是否有人跟踪似的，将强光手电筒猛然向后一扫，每次都不可避免地照在荷马脸上，让老人感觉自己像个被突击审讯的嫌犯。他眨巴着眼睛，感觉队长锐利的目光在他身上上下睃巡，像是要搜出他在纳希莫夫大道站捡到的东西似的。

想太多了！猎人不可能看到的，当时他离得太远了。也许猎人只不过觉察到了自己情绪上的波动，因此才会有所怀疑。但每次二人目光交汇，老人都会浑身冒汗。他在捡到的笔记本上只来得及读到很少的内容，但那已经足以令他对队长心生戒备。

那是一本日记。

有些纸页已经被干掉的血渍粘在一起了，荷马没去碰它们，害怕因紧张而过于僵硬的手指会将它们扯碎。前几页的记录前言不搭后语，作者显然连字母都已经无法约束，而他的思路则像受惊的马群一样，完全失控。

"纳戈尔诺站毫无损失地顺利通过，"日记本上写道，随即话锋一转，"图拉站一片混乱。进入地铁的通道没了。汉萨封锁了。家回不去了。"

荷马刚翻了一页，眼角余光便扫到，队长已经走下坟冢，正朝他走过来。他想，日记本绝不能落到猎人的手里。就在他把日记本塞进背囊的同时，眼帘中映入了下面几句话："控制住了局面，封锁了站台，选出了卫戍司令，"紧接着便是，"谁会下一个死去？"

除此之外，在这个问号上方还注明了日期，并着重框了起来。尽管日记本那枯黄的纸页让人难免觉得上面记载的恐怕已是十年前的往事了，但据日期显示，这几行字迹实际上是几天前才写下的。

老人迟钝的大脑以久违的敏捷将零散的马赛克碎片拼凑到一起：纳加金诺站那个不幸的流浪汉恍惚看到的神秘过客，图拉站气密门旁那个守卫熟悉的嗓音，"家回不去了"……他眼前渐渐浮现出一幅完整画面。那些被粘在一起的纸页上的潦草字迹，不知能否为他解开谜团？

毫无疑问的是，图拉站根本没被匪帮占领，那里真正发生的要比这复杂得多，诡异得多。猎人在气密门前对守卫逼问了一刻钟，他所知道的绝不会比荷马少。也就是说，猎人在撒谎。

所以，绝不能让他知道这个日记本。

也正因如此，荷马才胆敢在站长办公室公然反对队长。

"不能强攻。"荷马又重复了一遍。

猎人缓慢地，像战列舰掉转大口径火炮一样，朝荷马转过头来。伊斯托明连人带椅朝后挪了挪，终于还是从办公桌后面绕出来。上校则疲惫地皱起眉头。

荷马继续道："爆破气密门绝对不行，图拉站四面全是地下水，瞬间就能淹没整条地铁线。图拉站最怕的就是决堤，这你们是知道的……"

上校反问:"那怎么办,难道要敲门,等着有人给我们开门?"

"还有迂回的路线。"伊斯托明提醒说。

上校似乎感到十分意外,剧烈地咳嗽了一阵,冲站长吵嚷起来,指责后者意欲葬送他最好的战士。

这时,队长发话了:"图拉站必须被清洗……形势所迫,我们必须逐个清除站台上的所有人。你们的人已经一个都没剩了,全死了。如果你们不想造成更大的伤亡,这是唯一的选择。我有确切消息。"

最后一句显然是冲着荷马说的。老人感觉自己就像只任性胡闹的小狗崽,被人抓着后脖子在空中筛糠,被迫学会一些规矩。

"考虑到隧道从我们这侧被封锁了,"伊斯托明将制服上衣拉平整,"只有一个办法突破图拉站,就是从另一侧进去,取道汉萨。但我们不能带武装人员过去,这是被禁止的。"

"人我来找。"猎人大手一挥说,上校闻言竟然猛一哆嗦。

"想要取道汉萨,必须沿着卡霍夫卡线走两个区间,直到卡希拉站……"站长突然意味深长地收住了话头。

猎人双臂交叉抱在胸前:"那又怎样?"

上校代为解释道:"卡希拉站的隧道辐射超标,距那里不远处坠落了一块核弹头碎片。尽管没有爆炸,但也够受的了。受辐射的人,有一半会在一个月之内死去。"

房间里陷入一阵令人压抑的寂静。荷马趁此机会,开始不动声色地从站长办公室悄悄撤离。

最后,伊斯托明明显是担心桀骜不驯的猎人会私自跑去炸门,便做出让步:"我们有防化服,但只有两身。你可以带上最强壮的战士,任何一个。我们会等你们回来。"说罢,向上校投去探询的目光,"还有什么?"

"去跟弟兄们说吧,"上校叹口气道,"你来挑选自己的副手。"

"不必了,"猎人摇摇头,"我要荷马。"

第七章
密道

轨道车驶过了地面和墙壁上用明黄色颜料画出的警示带。驾驶员再也无法对辐射剂量检测仪越发尖锐的警报声充耳不闻了。他抓住刹车杆，用歉疚的语气低声说："丹尼斯·米哈伊洛维奇……没有防化服不能再往前去了……"

"至少再走上一百米吧，"上校扭头看着他，用商量的语气说，"然后我放你一个星期的假，让你好好休息休息。咱们开轨道车两分钟就到了，可他们穿着这宇航服得走半个小时。"

"这里已经是车站边界了，丹尼斯·米哈伊洛维奇。"驾驶员抱怨着，但没敢减速。

"停车，"猎人命令，"接下来我们自己走。他说得没错，辐射的确升高了。"

刹车片吱吱作响，挂在车顶的灯泡晃了几下，轨道车停了下来。坐在轨道车边沿的猎人和荷马垂下双腿，爬下车道。含铅布制成的防化服十分笨重，看上去的确很像宇航服。它们难以想象地昂贵而稀有，整个地铁世界总共也找不出二十件，塞瓦斯托波尔站的这两身从来没用过，就为了等今天。这种防化服足以抵御最强烈的辐射，但穿着它连正常走路都变得十分吃力——至少对于荷马来说的确如此。

上校将轨道车留在身后，跟二人一起又朝前走了几分钟，跟猎人说了几句话。两人说得藏头藏尾，像是有意避讳荷马似的。

上校含糊地对猎人说:"你上哪儿去找?"

猎人直视前方,瓮声瓮气地说:"他们会给我的。"

"已经没有人在等你了,对他们而言你已经死了。死了,明白吗?"

猎人停顿了一秒钟,声音不大,似乎不是对上校,而是对自己说:"要真有这么简单就好了。"

上校却急得大喊:"游骑兵惩治逃兵,比死刑还可怕!"

猎人什么也没说,抬手向上校敬了个礼,以此割断了无形的锚绳。上校只好还礼,留在栈桥上,目送猎人跟荷马缓慢地劈开逆流,离开岸边,驶向深邃无尽的黑暗之海。

上校将手掌从鬓角移开,招手示意驾驶员启动马达。他感觉心里空落落的,今后他再没有人可以提出最后通牒,也再没有对手可以较量了。作为深海孤岛上的军事长官,他现在唯一能指望的,就是这支探险小队不会被海洋吞噬,有朝一日会平安返回——从另一侧返回,并以此证明地球是圆的。

最后一个岗哨设置在紧挨卡霍夫卡站的区间,几乎无人驻守。在荷马的记忆中,塞瓦斯托波尔站似乎从未遭遇过来自这面的攻击。

画在混凝土路面上的黄色边界线更像是一架宇宙电梯,将两个相距数百光年的星球连接起来。在电梯之外,有生命的地球空间悄然换成了死寂的月球表面,两者之间的任何相似之处都不过是欺骗性的表象。荷马全神贯注地挪动着因十几公斤的防化靴而负重的双脚,倾听着由波纹板和过滤器构成的复杂系统之下的沉重呼吸,感觉自己像一名着陆在遥远星球的宇航员。他没有责怪自己孩子气,这样的幻想能让他更为坦然地面对这身沉重的防化服,也能坦然地面对另外一个不争的事实:在接下来的数公里,自己和队长将是绝无仅有的生命体。

荷马想,无论是科学家还是科幻作家,没有一个准确地预言过未来。当他还是个孩子的时候,就听到过这样的豪言壮语,说到了二〇三四年,人类将统治一半的银河系,至少也得是整个太阳系。但科幻作家也好,科学家也罢,都是基于一个设想,即人类是绝对理性、一以贯之的。好像人类并非由数十亿懒惰、轻率、七情六欲的个体组成的,而是一巢具有集体理性和统一意志的蜜蜂;好像人类一旦开始探索宇宙,便会郑重其事地坚持下去,而不会在三分钟热度之后又转向电子学,继而又转向生物科技,最终在任何领域都没能达到伟大成就——当然,除了核物理学。

就这样,这个不会飞的、全靠笨重宇航服续命的宇航员,在自己的星球充当着异类,探索并征服着从卡霍夫卡站到卡希拉站的区间。至于其他什么宏愿,他,以及其他幸存者还是统统忘掉为好——反正在这里是无论如何也望不到星星的。

有一点很奇怪:在这里,在黄线以外,他的身体由于一点五倍的重力而不堪重负,而心灵却处于失重状态。一个昼夜以前,在告别叶莲娜前往图拉站时,他还指望着能够活着回来。但当猎人再次说出他的名字,连续两次将他选作自己的副手时,他便立刻放弃了苟且度过余生的想法。他那么多次地祈求考验、开悟,终于得到了回应,此时再去推诿无疑是愚蠢而可耻的。

他明白了,毕生事业不能当兼职做,不能跟命运卖弄风情,向它承诺一定会委身于它,但不是现在,要晚些时候,等下一次……也许根本就不会再有下一次了,如果现在他畏缩不前,那他之后的存在又有何意义?难道他要以无名小卒尼古拉·伊万诺维奇的身份了结此生,至死做个装疯卖傻的老说书的?

但是,为了从滑稽的说书人变成真正的荷马,从神话痴迷者变成神话创造者,为了从灰烬中涅槃重生,必须先焚毁原来的自我。他凭直觉感到,如果他继续犹疑不定,放任自己儿女情长,瞻前顾后,那他必将错过前方十分重要的东西。他必须当机立断。

他未必能从这次新的征程中全身而退,甚至可能根本回不来。当他回到站里时,叶莲娜起初喜出望外,丈夫竟然一天之后就平平安安地回来了,随后又痛哭流涕,因为转眼又要面对生离死别。不管荷马怎么心疼叶莲娜，他终归没有对她做出任何承诺。他把妻子紧紧搂在怀里，越过她的肩膀望向钟表——他该走了。他知道，十年的夫妻生活绝非一刀就能斩断的，必然会以难以名状的疼痛提醒他。

他原本以为自己会一步三回头，然而，当他跨过那条宽宽的黄线时，他仿佛真的死掉了，灵魂挣脱了沉重的肉身和笨重的行头，升腾而起。他自由了。

至于猎人，防化服似乎并没有给他造成任何不便。肥大的衣服将他肌肉发达的狼躯变成了庞大的一坨，却丝毫没有滞缓他的敏捷。他步履轻盈地跟气喘吁吁的老人并排而行，但这仅仅是因为自纳希莫夫大道站之后，他就开始密切监视老者的一举一动。

在一起通过纳加金诺站、纳戈尔诺站和图拉站，拥有那些所见所闻后，荷马原本很难再与猎人同行了。但他找到了办法说服自己：正是跟猎人一起，他才开始了期待已久的蜕变，有望迎来重生。他不在乎猎人究竟为何继续拽着自己，是为了引导他走上必由之路呢，还是想拿他充当行走的干粮？对他而言，必须不顾一切地抓住这次机会，充分利用好它，从中捕捉写作的灵感……

还有一点：当猎人点名要荷马跟他同行的时候，荷马隐约觉得，不光是他需要猎人，猎人也同样迫切地需要他。但并非为了让他在隧道里引路，或者预警危险。也许，在供给老人的同时，队长也在从他这里擅自获取什么东西，但又能是什么呢？

猎人冷漠的外表已经无法再欺骗老人了。在那僵死的面孔之下是汹涌的岩浆，偶尔会从火山口一样冒烟的眼睛中喷涌而出。他的内心并不平静，他同样在寻找什么。

猎人似乎正适合未来史诗中的英雄角色。荷马在几经犹豫和试探之后，终于选定了他。但与此同时，猎人身上的很多特质，比如对于杀戮的狂热、含糊的话语和吝啬的手势，都令老人心存戒备。他更像一个跟刑侦人员玩猫鼠游戏、渴望被抓捕的变态连环杀手。老人不知道他在猎人眼中是什么角色——接受忏悔的神父？英雄传记作者？还是行走的干粮？但他感觉得到，两人之间原本单向的畸形依赖开始变为相互的。这种感觉变得越发强烈，甚至压过了恐惧。

荷马一直有种感觉，就是猎人一再推迟着某场至关重要的谈话。有时他会扭头看向他，似乎想问什么，最后却什么都没说。不过，这也许又是老人的胡乱猜测，也许猎人只不过是想将他带往隧道的更深处，以便扭断他这个多余目击者的脖子。

猎人的视线越来越频繁地打量老人的背囊，而在背囊底部躺着那本死亡日记。猎人当然不会透视，但他似乎猜到了，在荷马的背囊里藏着什么东西，一直在牵扯着老人的思绪。他追踪着荷马的思绪，逐渐逼近谜底，老人试图不再惦念笔记本，却怎么也做不到。

出发前，他们几乎没有收拾行囊的时间，荷马总共只跟日记本独处了几分钟。他来不及沤软、揭开粘在一起的纸页，但走马观花地翻看了一下其他纸页上的内容——那些潦潦草草、断断续续的文字。日记的时间顺序是被打乱的，仿佛记录者费劲地捕捉着四处游走的思绪，捉到一个便随手记在纸上。想要重现它们的意义，先得给它们正确排序。

通信断了。电话没有声音。可能是敌特破坏。是被驱逐者在报复吗？在我们来之前……

陷入绝境。无人支援。请示塞瓦斯托波尔站，就会害死自己人。只好忍耐……多久？

不放我去……都疯了。我不去谁去？必须跑出去！

还有其他别的字句。而最后一页，在警告不要对图拉站发动强攻的那些话下面有个模糊的签名，上面还按了个血指印。那个名字荷马不仅听说过,还经常挂在嘴边——是一周前被派往图拉站的商队通信兵。

他们走过了通往电机车车库的渡线,若非这里辐射过高,机车库肯定早被洗劫一空了。通往车库的铁轨被焊接钢筋条隔离起来,但焊接得很匆忙,很粗劣。钢筋条上用铁丝绑着一块铁皮牌,上面画着一个可怖的骷髅头,隐约还可辨认出红漆涂写的警示标语,不知是被时间磨损了,还是被人刮掉了。

荷马的视线陷进这口用格栅围起来的深井里,好不容易才抽回来。他想,这条线路也许并不像人们所想象的那样,总是没有生命的。

二人走过了华沙站,这个生锈发霉的站台看上去很骇人,像一具被打捞起来的浮尸。贴着瓷砖的墙壁渗出脏水。从气密门微微开启的缝隙中,冷风从地表灌进来,似乎有个庞然大物正冲着这个腐烂已久的站台呼吸。辐射剂量检测仪歇斯底里地跳动,催促他们立刻逃离此地。

快走到卡希拉站时,一个辐射剂量检测仪坏掉了,另外一个指数已经爆表。荷马感觉舌尖发苦。

"辐射最高的区域在哪儿?"

队长的声音听上去很模糊,好像荷马将脑袋扎进了灌满水的浴缸里一样。荷马稍微顿住脚步,喘了口气,用戴着手套的手朝东南方向一指。

"在坎捷米尔站。那里地面大厅的屋顶破了,要不就是通风竖井坏了,确切情况没人知道。"

"这么说,坎捷米尔站废了?"

"早就废了。坎捷米尔站之后的整条线路都是荒的。"

"可我听说……"猎人话到嘴边又咽回去了,并且示意荷马噤声,自己则屏息凝神,似乎在捕捉某种细微的声波,过了半晌,才继续问道,"你知道坎捷米尔站出了什么事吗?"

"我哪儿知道?"老人不知道从呼吸过滤器里传出来的瓮声瓮气中,能不能掺杂一些嘲讽的腔调。

"我来告诉你:那里的辐射一分钟之内就能把咱俩烧成煤渣。防化服也不顶事。不能去那里，我们掉头。"

"回去？回塞瓦斯托波尔站？"

"对。上到地面，从地表过去。"猎人沉吟道，似乎已经开始在头脑里规划路线。

"你打算一个人去？"荷马试探着问。

"在地表我没法一直保证你的安全，连我自己都没有十足的把握，咱们两个人根本过不去。"

"你不明白，我必须跟你一起，我得……"荷马慌乱地寻找由头。

"你得有意义地死去吗？"队长冷漠地替他把话说完了。

荷马这下听清楚了，防毒面罩的过滤器会滤掉一切杂质，放进去的只有无味无菌的空气，而放出来的只有机械冷漠的声音。

他眯起眼睛，努力在记忆中搜索一切有用信息，关于卡霍夫卡线，关于被辐射污染的莫斯科河南岸区线路末端，关于从塞瓦斯托波尔站到谢尔普霍夫站的区间……什么都行，只要能不掉头，回到自己枯燥乏味的生活中去，回到对伟大故事和不朽传说的假妊娠中去。

"跟我来！"荷马突然嘶哑地说，以出乎自己意料的敏捷向东走去，"去坎捷米尔站，去那个炼狱！"

* * * *

她梦见自己正在用锉刀锯镣铐，镣铐另一端锁在墙上。锉刀发出刺耳的尖叫，她总感觉锉刀的锯齿已经咬进镣铐有半毫米深了，但抽出来一看，只有一道道浅得几乎看不见的割痕。

但萨莎没有气馁，重新拿起工具，忍着手掌疼痛，保持着严格的节奏，继续跟坚硬的钢铁死磕。最重要的是不能挪位，照着一个地方下手，一分一秒也不停歇。脚踝已经被镣铐勒得肿胀发麻。萨莎很清楚，就算她锯断了镣铐，也不可能逃脱——到时候脚肯定已经不听使唤了……

她醒了，吃力地抬起眼皮。

镣铐的梦并不是假的，她的确戴着手铐。此时萨莎躺在一台老旧轨道车的肮脏车厢里，轨道车发出单调的吱呀声，速度慢得令人抓狂。她的嘴被一团沾满油污的破布堵住，鬓角隐隐作痛，还往外渗着血。

"他没有杀我，为什么？"

从车厢抬眼望去，只看见一角顶棚，破碎的光斑中不断闪现出弧形拼板——轨道车正行驶在地铁隧道里。萨莎想方设法试着将铐起来的双手从背后移到胸前。过了片刻，墙壁上的弧形拼板变成了脱落的白漆。萨莎心里一紧：这是哪个站台？

这里的情况很不妙：寂静而荒僻，一个人也没有，死气沉沉，一片漆黑。她以前想当然地以为，铁路桥后面的每一座车站都挤满了人，热热闹闹的。看来，她想错了？

头顶的顶棚不动了。绑架她的人气喘吁吁、骂骂咧咧地跳下轨道车，爬上月台，钉了铁掌的靴跟咚咚作响，像巡视要塞一样四下察看了一圈，然后用低沉粗重的嗓门喊道："咱们又见面了！久违了！"听声音，他应该是摘下了防毒面罩。

说完，他从肺里呼出一口长气，重重地一拳——不，应该是一脚踢在某个笨重的死物上，听声音像个塞满东西的口袋？……

萨莎一阵惊惧，紧紧咬住发臭的破布，哞哞叫着，身体绷紧，拼命挣扎。她猜到了胖子把她带到了什么地方，也猜到了他在跟谁说话。

* * * *

想从猎人身边逃走简直是痴人说梦。猎人像一头雄狮，一个纵身就逮住了荷马，一只大手死死按住老人的肩膀，晃得他生疼："你想干吗？！"

"前面不远……"荷马哑着嗓子说，"紧挨着莫斯科河南岸区，有个通道，还没到卡希拉站。穿过那个通道，能直接进入隧道，不必穿过站台。

从那儿绕过去，就可以直达科洛姆纳站。应该不会太远。请放开我……"

荷马趁机从猎人手底下挣脱出来，一不小心绊到防化服的裤腿，摔在铁轨上，随即爬起来，又朝前走去。猎人像拽住拴在绳子上的小老鼠一样，轻而易举地将老人按在原地，扳过他的身子。他低下身，让两人的玻璃视窗平齐，盯着荷马看了几秒钟，这才松开了大手："好吧。"

现在换成队长拖着老人走了，一秒钟也没停歇。血液敲击耳膜的声音盖住了辐射剂量检测仪的疯狂警告，荷马的两条腿变得木头一样僵硬，不听使唤，肺部像用力过猛被撕裂了似的，疼得要命。

他们险些错过了狭窄通道的墨黑洞口。他们挤进通道，行进了漫长的数分钟，终于钻进了另一条隧道。队长迅速扫视一圈，扭头朝老人怒吼："你把我带到哪儿来了？！你之前来过这儿吗？"

通道口左侧三十米左右，他们即将前进的方向，隧道被一张巨大的白色蛛网封了个严严实实，上面满是变异蟑螂的残骸。

荷马匀不出呼吸说话，只是一味摇头。的确，他以前从没来过这里。至于那些听来的传闻轶事，眼下应该不是跟猎人讲的好时机。

猎人走到蛛网跟前，将自动步枪交到左手，右手探入背包，抽出一把方刃大砍刀，用力朝蛛网砍去，黏在上面的蟑螂残骸纷纷抖动，发出簌簌的声音，但蛛网韧劲十足，砍刀甫一抽出，被劈开的蛛网立即合拢，像是伤口自愈一般。猎人扒开蛛网半透明的丝线，将强光手电筒探进去，光线所及，全部被层层叠叠的蛛网覆盖，想要打通这条路得好几个小时。

猎人瞅了一眼辐射剂量检测仪，喉头发出一声奇怪的咕噜，忽然发疯似的对准蛛网一顿猛砍。蛛网极不情愿地向后退却，同时耗费着他们并不充裕的时间。足足十分钟，他们只前进了三十米，而蛛网却越发密集，像一团白色棉絮塞住了通道。

好不容易来到了被封死的通风竖井，地面散落着一只丑陋的双头怪物的残骸，队长颓然将砍刀扔到地上。两人也像两只蟑螂一样被黏在了这密集的蛛网上，就算织网的怪物早就死掉了，不会来吃他们，他们也会因辐射过量而难逃一死。

在猎人做出决断的短暂时间里，老人忽然心念一动，想起了什么。他单膝跪地，从备用弹匣中取出几颗子弹，用铅笔刀将弹壳旋开，将里面的火药倒在掌心。

猎人一下子就明白了。几分钟后，他们退回到隧道起点，在蛛网上撒上一小堆火药粉，用打火机点着。

火药刺啦一声被引燃，冒起烟气，随即不可思议的事情发生了：火焰迅速向四面八方蔓延开来，爬到墙上，够到高高的顶棚，吞噬了整个隧道空间。火焰舔舐着蛛网，迅猛地向隧道深处突蹿。烈焰毕毕剥剥地响着，照亮被熏黑的弧形拼板，不可遏止地向前蔓延。随后，火势急剧合拢，火圈向科洛姆纳站滚去，像一个巨大的活塞吸入空气。隧道在前方转了个弯，大火也随之隐在了拐角后面，身后摇曳着一片深红色的火光。

当火势蔓延到遥远的前方时，在匀整的噼啪声中隐约掺入了一阵非人的绝望哀嚎，以及嘶哑的啌啌声……不过，那很可能只是荷马的幻听而已，他已经被眼前的景象催眠了。

猎人将砍刀重新装入背包，又从背包里掏出两个未开封的滤毒罐。

"原本留着回去的路上用的。"他更换了自己的滤毒罐，然后将第二个递给荷马，"大火让这里变得很脏，不亚于刚经历一场爆炸。"

老人点点头。火焰将长年累月沉积在蛛网上的、浸入蛛丝中的放射性粒子全部被扬起，融入了空气中。隧道的黑色真空如今充斥着致命颗粒，像数十亿颗悬浮在半空中的水雷，封锁住二人的去路，避无可避。

只能硬着头皮往前闯。

* * * *

"真该让你老爹看看你现在这个样子。"胖子挖苦地嘲弄着。

萨莎坐在父亲尸体的正对面，父亲脸朝下倒在血泊中。她的男式工作服的两根背带都从肩头滑落，露出里面洗出洞的汗衫，上面画着一头可爱的小兽。绑架者不想被她看清面目，每次她一抬头，手电筒强光便立即捅进她的双眼。萨莎嘴里的破布已经被拿掉了，但萨莎不愿开口求他任何事情。

"可惜，你长得不像你妈妈。我多么希望……"

裹着高筒橡胶靴的两条大象腿已经沾满了血，又开始绕着萨莎背靠的圆柱转悠起来。粗哑的声音从萨莎背后传来："你的老爹可能会以为，随着时间的流逝，一切都会被遗忘。但有些罪行是没有追诉期的……比如诽谤，比如背叛。"

肥大的剪影从另一侧的黑暗中凸显出来，停在父亲的遗体旁，用靴子践踏着，重重地吐了一口痰。

"可惜，老头子没用我帮忙就自己蹬了腿。"胖子用手电筒光束扫过凄凉单调的站台，扫过一大堆破烂家什，停在了一辆无轮自行车上，"你们这儿还蛮舒服的嘛。我想，要不是你，你老爹恐怕早就上吊了。"

趁着手电筒光束从自己身上移开，萨莎企图爬到一边，但没过一秒钟，就又被光束从黑暗中揪了出来。

"我能理解他，"绑架者一步跳到萨莎身边，"女儿长得这么标致。只可惜，你长得不像你妈妈。我想，他肯定也很失望。但没关系，"他用靴尖将她的身子掀翻，"也不枉费我穿越了整个地铁来这儿一趟。"

萨莎浑身颤抖，拼命摇头。

"你看，世道好轮回，别佳。"他扭头看向萨莎的父亲，"想当年，你把自己的情敌全部送上了审判庭。我得感谢你，你没有处决我，只判了我一个终身流放。一辈子很长，风水轮流转。现在我回来了，虽然比我计划的多花了十年时间。"

"回归从来不是偶然的。"萨莎低声重复着父亲的话。

"真是至理名言……"胖子挖苦地评论道，突然警觉地一回头，大喊道,"谁?!谁在那儿?!"

月台另一侧像是从棚顶掉了个什么笨重东西,随后隐约传来嚓嚓的声音,好像某头野兽在蹑足潜踪……不真实的、被撕裂的寂静重新笼罩了站台,萨莎和绑架者不约而同地感觉到,有什么东西正从南部隧道朝他们逼近……

胖子一把拉开自动步枪的保险栓,单膝跪在萨莎身旁,将枪托抵在肩窝,用颤抖的光束察看了邻近的圆柱。已经荒废近二十年的南部隧道竟然出现活物,这简直比中央站台的大理石雕塑突然活过来还要恐怖。

在扫向一旁的光线中,一个模糊的身形迅速一闪。无论是从轮廓,还是从移动速度来看,那肯定不是人。但当光线再次转回去时,神秘的影子已经不见踪迹了。直到一分钟之后,仓惶四窜的光线才再次探到了它——距离他们仅仅二十步左右。

"熊?!"胖子难以置信地嘟囔了一句,下意识地扣动扳机。

子弹射到柱子上,接着又射到墙壁上,但那头熊仿佛消失了形体一般,没有一颗子弹命中目标。突然,胖子中止了无意义的射击,自动步枪掉在地上,双手捂住腹部。手电筒滚落到一边,投下一道流转的圆锥体光束,从下方照出胖子那蜷曲的肥大身形。

从黑暗中不疾不徐走出一个人,步履惊人得轻盈,沉重的靴子落在地板上几乎悄无声息。他身上的防化服即便相对于他的魁梧身躯也过分宽松,不知情者真的会误以为是一头直立的熊。他脸上没戴防毒面罩,布满伤疤的秃头酷似一片烧焦的荒土。他的面孔充满男人气概,线条粗犷硬朗,犹如石刻,部分脸孔甚至堪称英俊,另一部分脸孔则丑陋可怖,纵横交错的伤疤看似神秘怪物的面甲,令萨莎不寒而栗。不过,最骇人的还是他那双眼睛:他的目光四处睃巡,几近疯狂,让他僵死的面部活动起来,但仍未给那张面孔增添丝毫生气。

胖子试图直起身,随即"扑通"一声跪倒在地,捂着被射穿的膝盖,嘶声叫喊。来人蹲在他身旁,将一根被消音器增长的手枪枪管抵在他的后脑勺，扣下扳机。哀号声瞬间中断，而回声则继续回荡了数秒钟，仿佛胖子被挤出天灵盖的魂魄。

子弹的炸裂令绑架者的下巴向后仰起，他躺在那里，望向萨莎……脸已经变成了一个血窟窿。萨莎将头缩进脖颈，吓得低声抽泣。可怕的来客缓慢地、思忖着将枪口对准她。

但随后他四下看看，改变了主意，将手枪插回肩下的枪套，向后退去，像是在逃避自己犯下的罪行似的。他抽出一个扁平的军用水壶，拧开盖子，放到嘴边。

被滚落的手电筒照亮的方寸舞台上，另一个人物登场了——一个老头，双手撑着肋骨，跑得上气不接下气。

他身上穿着跟杀人者一样的防化服，看上去不伦不类。他显然好不容易才追上自己的同伴，当下就累瘫在地板上，甚至没有察觉到周围淌满了血。过了好一会儿，他才缓过气来，睁开眼睛，这才发现两具可怖的尸体，以及蜷缩在尸体中间被吓傻了的姑娘。

* * * *

荷马刚刚平复的心脏再次剧烈跳动起来。念头还没有来得及转换成语言，但他已经确切知道：他找到她了。在无数个深夜里，他徒劳无功地为自己的史诗设想着女主角，想象她的嘴角和手腕，衣着和体香，动作和心理，而眼下却突然遇见了一个活生生的少女，完全符合他的一切愿望。不，他之前的设想并非如此……要比眼前这个更优雅，更柔和，至少更成熟。而她却倔强得多，有太多的棱角，当老人注视她的眼睛时，看见的不是脉脉温情，而是两道冰凌。她完全是另外的形象，但荷马知道，她本来就该是这个样子的。错的人是他，是他没有猜中。

她那惊慌失措的眼神，扭曲变形的面孔，被铐起的双手，无不令老人疑窦丛生。即便他这个讲故事的高手，也很难设想这个姑娘经历过的悲惨遭遇。她的无助，她的绝望和离奇获救，以及她与他们命中注定般的相遇，都在向老人宣告，他的想法是对的。

尽管她还一言未发，但他已经预先相信了她。毕竟，除去其他一切不论，她那乱蓬蓬的、胡乱修剪的浅色头发，尖尖的耳朵，抹着炉灰的颧骨，白皙高突的锁骨，少女所特有的丰满下唇，一切的一切都散发着一种独特的美。

这令老人在好奇之外，又掺杂了一丝怜爱和意外的柔情。

他靠过去，蹲在女孩身边。女孩蜷缩成一团，眯起眼睛。"看来是吓怕了。"他想着，伸手轻轻拍拍她的肩膀，想出言抚慰，却找不到合适的话语……

"该上路了。"猎人突然说。

"那她呢……"荷马用头指点着姑娘问。

"不管。与我们无关。"

"不能把她一个人丢在这儿！"

"那就一枪打死。"猎人决绝道。

"我不跟你们走，"女孩突然鼓起勇气说，"我只求你们帮我打开手铐。钥匙应该在他身上。"她指了指近旁那具尸体。

猎人在尸体上搜了三处，从内袋里掏出一串钥匙，扔给女孩，扭头看向老人："好了？"

荷马仍在想方设法推迟分别，问女孩："这个畜生对你做了什么？"

"没什么，"女孩用钥匙试探着锁孔，"他还没来得及做什么。他不是畜生，他是人，跟所有人一样残忍、愚蠢、记仇。"

"并非所有人都这样。"老人底气不足地反驳。

"所有人都这样。"女孩固执地说，皱着眉头，撑着麻木的双腿站起身来，"但没关系，做人也不容易。"

她竟然这么快就抛开了恐惧！她再也不垂下眼皮，而是蹙着眉头，挑衅地盯着面前的两个男人。她走向其中一具尸体，小心翼翼地将他翻正，摆正胳膊，俯下身去吻了吻他的额头。

随后她走向猎人，眯起眼睛，嘴角抽动了一下，低声说："谢谢。"

她没捡任何东西和武器，径自爬下车道，微瘸着走向隧道。猎人皱着眉头看着她的背影，一只手在刀和水壶之间的皮带上迟疑地游走。良久，他抬起下巴，冲她的背影喊道：

"等等！"

第八章
面具

鼠笼还躺在胖子将它从萨莎手上打掉的地方。笼门半开着，老鼠已经跑了。"让它走吧，"萨莎想，"老鼠也应该获得自由。"

萨莎没别的选择，只得套上那个死胖子的防毒面罩。防毒面罩里似乎还残留着死人腐臭的呼吸，但萨莎已经足够庆幸了，幸好胖子在被射杀之前就把它摘了下来。

走到铁路桥中段，辐射再次激增。

她身上套着肥大的防化服，活像一只蟑螂幼虫在卵鞘里挣扎。而被胖子的大脸盘和厚嘴唇撑大的防毒面罩，却严丝合缝地贴在她脸上。萨莎使劲儿呼气，尽力赶走软管和过滤器里残存的空气，那是属于那个死人的。当她透过玻璃视窗向外看去时，她一直无法摆脱一种感觉，就是自己不仅钻进了别人的防化服，甚至还钻进了别人的身体。就在一小时前，这里面裹着的还是那个狩猎自己的冷酷恶魔。而现在，为了跨越地铁桥，她不得不自己化身恶魔，用恶魔的眼睛注视世界。

那些将他们父女二人驱逐到科洛姆纳站，并将其囚禁于此那么多年的人也长着这样的眼睛，而他们之所以这样做，只是因为贪婪盖过了仇恨。难道说，为了混迹于这些人中间，萨莎自己也不得不戴上这样的橡胶面具，伪装成别的什么人，没有面孔、没有感情的人？假如这样做能将她的回忆清零，萨莎也并不反对，她愿意相信，没有什么不可挽回，一切还能从头开始。

萨莎愿意设想，这两个人的到来不是偶然，他们就是被派到这儿来救她的。但她很清楚，事实并非如此。她不知道他们为何带上了自己——为了寻开心？出于可怜？还是为了向彼此证明什么？在老人向她抛来的只言片语中，隐约能够察觉到一丝同情，但他每次跟自己说话都支支吾吾，还不停地看同伴的脸色，像害怕为此招致责难似的。

而他的同伴，在答应将她带到最近的有人居住的站台之后，再没有朝她这边看过一眼。萨莎故意放慢脚步，让他走到自己前面一点，好让自己看清他的背影。但他似乎能觉察到她的目光，每次都会将身子绷紧，脑袋猛然一晃，却从不回头，不知是有意纵容少女的好奇心，还是不愿意流露自己对她的注意。

这个光头男人的魁梧身躯和野兽习性，让胖子将其误当成了熊，也令萨莎感觉他像一头独狼。不光是他的块头或者宽厚肩膀，还有由内而外散发出的一种力量，即使他瘦小干巴，那力量也会同样可触可感。这样的人几乎能够让所有人臣服，任何违拗者都将被立刻消灭。

早在萨莎抑制住自己对他的恐惧之前，早在她试图看清他、进而看清自己之前，一个在她内心深处刚刚觉醒、尚不熟悉的女人的声音就明白无误地向她宣告：她也已经臣服于他了。

* * * *

轨道车以惊人的速度向前疾驰。荷马几乎没有感受到任何来自摇臂的阻力，全靠队长一力承担了。尽管荷马的双臂也在象征性地一起一落，但毫不费力。

敦实的地铁桥像一条巨大的蜈蚣从黑色黏稠的河面上空爬了过去。混凝土肉块从它的钢铁骨骼上剥落，步足发软无力，两条脊椎之一断裂坍塌了。这座地铁桥纯粹是实用主义的，千篇一律，和围绕在其周围的所有建筑以及整个呆板的莫斯科郊区一样，完全不具备任何优雅之美。但即便如此，行驶在桥上的荷马仍然兴奋地四下环顾，脑海中浮现出了圣彼得堡神奇的开合大桥，以及乌黑镂空的克里木大桥。

在地铁世界度过的二十余年间，老人总共只上过地表三次。每次他都尽量看到更多的东西。他试着复活自己的回忆，用被岁月混浊的眼睛审视故城，试图打开视觉记忆生锈的阀门，收集足够多的印象留待余生回味。万一他今后再没机会上到地表了呢？科洛姆纳站、河运站、暖营站以上的地表，都让他觉得美得不可思议，而在从前，老人和大部分莫斯科人一样，竟然对它们全都不屑一顾。

年复一年，他的莫斯科在不断老去，逐渐破碎，风干。荷马情不自禁地想要伸出手去，抚摸日渐腐朽的地铁桥，就像女孩在科洛姆纳站最后一次亲吻血已流干的男人一样。地铁桥，工厂的灰色墙角，人去巢空的居民楼……老人怎么也看不够。他想要触摸它们，以便确信，自己真真切切地站在它们中间，而非置身于梦境中。他想向它们告别，也许，这次真的是永别了。

能见度极低，银色月光无法穿透层层云翳，老人并不能将那些风景看得真切，多半都是靠猜。但这并不碍事，他本就擅长以幻想替代现实。

荷马完全放任自己的遐想，忘记了他要编造的传说，忘记了最近几个小时一直萦绕不去的那本神秘日记。他就像一个参观展览的小孩子，被形形色色的展品搞得眼花缭乱，好奇地四下张望，兴奋地自言自语。

而其他两人却似乎没有感到任何愉悦。队长脸朝前坐着驱动摇臂，只是偶尔停住动作，侧耳倾听从下方传来的声响。剩余时间里，他的注意力全部集中在那个遥远的、只有他一个人能看见的黑点。在那里，轨道将再次钻入地底。女孩则坐在猎人身后，双手紧紧抓住捡来的防毒面罩。

很显然，她在地表很不自在。当三人在隧道中行进时，女孩显得个子很高，但一来到地表，她整个人就蜷缩起来，仿佛钻进了无形的贝壳中，就连从胖子尸体上扒下来的肥大的防化服也无法使她看起来更高大一些。对于桥上呈现的美景她完全无动于衷，眼睛只是一动不动地盯着身子前方的路面。

轨道车驶过了技术园站的废墟，这个车站是战争之前不久才仓促修建的，它之所以坍塌并非因为轰炸，而是因为时间的侵蚀。终于快接近隧道了。

在朦胧的暗夜中，隧道的洞口被深邃的黑暗掩盖。荷马感觉身上的防化服变成了真正的铠甲，而他本人则变成了中世纪骑士，正要闯入盘踞着恶龙的神秘洞穴。轨道车在寂静深夜发出的噪声于洞口处戛然而止，猎人下令丢弃轨道车，改为徒步。现在他们只能听到三位步行者窸窣的脚步声，偶尔交换的只言片语，以及撞碎在弧形拼板上的回声。但这段隧道的声响似乎有些反常，连荷马都清晰地感觉到了空间的封闭性，仿佛他们正穿过瓶颈，走进一个玻璃瓶中。

"前边堵住了。"队长证实了荷马的担忧。

队长的手电筒光束探到了瓶底：远处，封锁的气密门像一堵墙堵住了去路。被气密门截断的铁轨隐隐泛光，粗重的铰链上涂着褐色润滑油。门旁地面上还胡乱堆放着一些旧木板、折断的枯枝、炭火块，似乎有人不久前在这里烤过火。气密门显然处于使用状态，但看样子只出不入，因为外侧没有任何门铃之类的通报装置。

队长扭头盯着女孩："这里一直是这样吗？"

"里面的人有时会出来，到我们那儿去，买卖东西。我想，今天……"

看她的样子像在辩解。难道她早就知道这里过不去，却隐瞒没说？

猎人抽出砍刀，用刀背照准气密门，敲锣似的猛捶了一下，但发出的并非尖锐的锣音，而是沉闷的鼓声。钢板太厚了，就算门后有人，这声音也未必传得过去。

猎人不死心地连敲了几下，却始终无人回应。

* * * *

萨莎抱着一丝渺茫的希望，祈祷这两个人能够打开大门。她没敢告诉他们这扇门是关闭的——万一他们决定走另一条路，而把她扔在原地呢？

但大地铁里没有人在等待他们，而气密门是任何人都无法摧毁的。

光头检查了一下门扇，试图找到薄弱点或者暗锁，但萨莎知道，门这侧没有任何机关，只能从另一侧开启。

"你们在这儿等着，"光头对老人和女孩说，"我去那边侦察，看看第二隧道的闸门，找找通风竖井，"沉默片刻，他又补充道，"我一定会回来的。"说完，很快就消失了。

老人将四周散落的木板和枯枝拢在一处，点起一堆微弱的篝火。他一屁股坐在枕木上，双手探进背包，翻腾起来。萨莎在他身旁坐下，暗自观察。老人上演了一出奇怪的哑剧——不知是为她表演的，还是为了自己：只见他从背包里掏出一本破破烂烂、脏兮兮的笔记本，警惕地瞅了萨莎一眼，侧身挪到离她稍远的地方，垂下头去看本子，随即又以超乎年龄的敏捷跳了起来，蹑手蹑脚地朝隧道深处走了十步左右，确认光头真的走了，这才如释重负地走回原地，背靠着气密门，用背包隔住萨莎的视线，一头扎进本子里。

但这出哑剧还没演完：只见他满脸焦虑，嘴里含混地嘟囔着什么，随后摘下手套，取出水壶，朝纸页上蘸水；又读了一阵，忽然在裤腿上使劲儿搓手，懊恼地拍了一下脑门，又莫名其妙地摸了一下防毒面罩，连忙继续读下去。萨莎也不由得被他的焦虑传染了，抛下了自己的思绪，挪得近了些，但老人读得过于投入，并未察觉。

他那双黯淡的绿色眼睛里灌满了篝火的火光，透过视窗玻璃狂热地闪烁着。他像一个潜水者，时不时浮出水面，换口气，担心地朝隧道尽头的漆黑夜空张望，确认没有光头的身影，便又一个猛子扎进笔记本里。

她终于知道老人为何用水沾湿纸页了：有些纸页黏在一起了，得把它们揭开。看得出来并不好揭，有一回他突然低呼一声，像手指被割到似的，原来是不小心扯坏了一页。他狠狠地骂了一句，发现女孩正疑惑地望着自己，微微一怔，整了整防毒面罩，但一言未发，直到全部读完。

他走到篝火旁，将笔记本扔进火堆。从始至终，他一眼也没看萨莎。直觉告诉女孩，问也白搭，老人要么不会说，要么不会说实话。再者说，眼下她还有更值得担忧的事呢。光头走了怕有一个小时了,他会不会把他们两个累赘给扔下了?萨莎朝老人身边挪了挪,低声说:"第二隧道也是封锁的,附近所有的通风井也全都堵死了,只有这一个入口。"

老人茫然地看了她一眼,半晌才反应过来自己所听到的,笃定地说:"他会找到办法进去的,他有魔法。"

老人不再言语了,过了一分钟,像是为了避免失礼似的问:"你叫什么名字?"

"亚历山德拉,小名萨莎。"女孩认真地回答完毕,又问,"你呢?"

"尼古拉……"老人边说边伸出手去,但还没等萨莎握住,又突然神经质地抽了回去,改口说,"荷马,我叫荷马。"

"荷马?真是有趣的绰号。"

"这是真名。"荷马郑重其事地说。

她该不该告诉他,只要他们把自己带在身边,门就永远不会开启?倘若只有他们两个,大门原本完全有可能是四敞大开的。是科洛姆纳站不肯放走她,它要惩罚她对父亲的背叛。她仿佛被无形的锁链锁着,无论跑出多远,都无法挣脱。科洛姆纳站已经将她抓回去过一次,一定还会有第二次……

这些想法和形象像一群吸血的蚊虻,被她赶得狠了,便暂避到一臂之外,但没过一会儿就又飞回来,围着她转啊,转啊,刺入她的耳朵、眼睛。

老人又问了萨莎些什么,但她没再回应,泪水模糊了她的视线,耳朵里萦绕着父亲的声音,那声音一直在重复:"没有什么能比人命更宝贵。"这一刻,她真正地理解了父亲这句话。

* * * *

图拉站到底发生了什么,对于荷马来说这已不再是个秘密。真相比他想象的要简单得多,也可怕得多。然而破解这本日记之后,他才意识到更可怕的事情现在才刚刚开始。对于荷马而言,这本日记本变成了一个黑暗符咒，一张死亡车票，一旦抓在手里就再也摆脱不掉，哪怕将其烧成灰烬也无济于事。

除此之外，如今也有了更加确凿的证据，让他加重了对猎人的怀疑，尽管他完全不知道该如何是好。他在日记本里读到的全部内容，都和猎人的说法截然相反。猎人在撒谎，而且是有意为之。老人必须查清楚，猎人撒谎的目的何在，是否正当。这个问题的答案将决定自己要不要继续跟他走下去，也决定这场冒险究竟会变成一首英雄史诗，还是一场噩梦般的、不留任何活口的血腥屠杀。

日记本上最早的文字是在商队顺利通过纳戈尔诺站，进入图拉站那天留下的，商队一路上没有遭遇任何抵抗：

"直至图拉站，隧道几乎全部是安静而空旷的。行进速度很快，这是好兆头。指挥官计划最晚明天返回。"已经死去的通信兵这样写道，"图拉站的入口无人把守，我们派出了侦察兵，但失踪了。"之后几个小时，他开始担忧，"指挥官决定所有人一起向站台进发，准备强攻。"又过了一段时间，他写道，"我们搞不清楚是怎么回事……我们向当地人了解了情况。情况很糟糕。发生了疫病。"紧接着他解释道，"站台上有几个人染上了……未知的疾病……"商队显然试图给病人医治，但"随队医生找不到解药"。他说："看着像狂犬病……患者感觉疼得要命，无法自制……表现出了攻击性。"紧接着，"患者被疾病折磨得十分虚弱，不会造成太大的危害，但麻烦在于……"接下来的几页偏偏粘在了一起，荷马只得蘸着水耐着性子将其揭开，"畏光，恶心，口腔出血，咳嗽，然后浮肿……变成……"后面那个词被重重地涂抹掉了，"如何传染尚不明确，空气？接触？"这已经是第二天的记录了，显然商队也被困在此处。

"为什么没有报告呢？"老人自问，随即想起，似乎在什么地方已经读到过答案，便向后翻了几页——"通信断了。电话没有声音。可能是敌特破坏。是被驱逐者在报复吗？疫病在我们来之前就被发现了，最早一批被感染者被撵进了隧道。是不是这些人切断了电话线？"

读到此处，荷马将视线抬离纸页，茫然地看着前方。就算电话线被切断了，为什么他们不返回塞瓦斯托波尔站呢？

"情况更糟糕了。病情发作之前会潜伏一个星期，但万一更久呢？离发病到死亡只有两个星期。无法确定谁被感染了，谁是健康的。什么药都不管用，无药可救。死亡率百分之百。"一天之后，通信兵记下了另外一则笔记，荷马之前已经读到过，"图拉站一片混乱。进入地铁的通道没了，汉萨封锁了，家回不去了。"隔了一页，他继续写道，"健康的人开始射杀感染者，尤其是那些具有攻击性的……设置了疫病隔离区……感染者反抗，要求释放他们。"接下来是简短、骇人的字眼，"人们相互撕咬……"

通信兵也很害怕，但护卫队有效地阻止了恐惧升级为恐慌。即便在致命疫病的病源地，塞瓦斯托波尔站的护卫队仍然严守铁律："控制住了局面，封锁了站台，推举了指挥官。"荷马读道，"我们的人情况都还好，但毕竟现在还没过去多久。"

塞瓦斯托波尔站派出的搜救队也顺利抵达了图拉站，然后，自然也陷在这里。"人们决定留在这里，等疫病潜伏期过去，以免将病毒带回家……也许会永远留在这里。"通信兵绝望地写道，"陷入绝境，无人支援。请示塞瓦斯托波尔站，就会害死自己人……只好忍耐……多久？"

这么说来，与猎人在图拉站气密门旁对话的守卫也是塞瓦斯托波尔站人？难怪他们的声音荷马觉得那么熟悉：就在几天前，他们还一起抵御过来自切尔坦诺沃站方向的吸血蝙蝠！这些勇猛无畏的战士自愿拒绝返回，以免疫病传染自己的站台……

"通常是通过接触传播，但眼下看来，空气传播也有可能。不过，个别人似乎免疫。最初疫病暴发于两个星期之前，感染人数不多……但死亡人数越来越多。站台变成了停尸房。"通信兵匆忙写道，"下一个死的是谁？"写到这里，通信兵大概不禁发出了一声无助的哀号，但他很快便稳住了心神，继续写道，"必须采取行动，向站台预警。不必回到站台，只要找到电话线断口，接通站台就行！我去做！"

又过了一个昼夜，在此期间，通信兵可能一直在与指挥官交涉，跟其他战士争辩，与不断加深的绝望做斗争。通信兵想要传达给塞瓦斯托波尔站的所有信息，都被记录在了这本日记上："他们不明白，站台会怎么想！我们已经被困了一个星期了。站台又派出了新的三人小组，他们也回不去了。接着站台会宣布总动员令，率大部人马强攻。所有前来图拉站的人，都会有生命危险。万一有人感染了，又跑回站台，那就全完了！必须预警，阻止强攻！可他们就是不同意，怕我偷跑回去……"

通信兵又一次试图劝说长官，但跟之前一样徒劳无功："不放我去……都疯了。我不去谁去？必须跑出去。"

一天之后，他又写道："我装作不再坚持，同意等待，去气密门旁执勤。我喊了一声，说找到电话线断头了，拔腿就跑。他们朝我背后开枪，我中了一弹。"

荷马翻过一页。

"我这么做不是为我自己，而是为了娜塔莎，为了儿子。我自己根本就没想过要活命，但只要他们能活下来，只要儿子……"写到这儿，笔尖从虚弱的指间滑落。这句话也许是后来才加上去的，因为纸张用完了，就随便找了个地方。再往下，被打乱的时间重新接上了："纳戈尔诺站放我通过了，谢谢。我已经没有力气了。走啊，走啊。我昏了过去，睡了多久？不知道。这血是肺里头的吗？是弹伤，还是疫病？找……"弯曲的笔画延伸成一条直线，仿佛濒死者的脑电图，但他终于还是醒过来了，写完了这句话，"找不到断口。"

"纳希莫夫大道站。终于到了。我知道这里哪儿有电话。要通知站里的人……不可以！救救……娜塔莎……想你们……"通信兵的话越发不连贯，喷在纸上的血块也越来越多，"接通了。他们听到了吗？我就要死了。奇怪。我会睡过去。没子弹了。赶快死掉，趁那帮畜生……它们就在周围等着……我还没死，走开！"

日记本的最末一页似乎是提前写好的，字迹工工整整："千万不要强攻！"落款是日记本主人的姓名，为这句话，他献出了自己的生命。

但荷马感觉，在生命终止之前，通信兵来得及写下的最后一句话是："我还没死，走开！"

* * * *

挤在火堆旁的两个人被沉重的寂静笼罩了。荷马没再去宽慰女孩，只是默默地用木棍翻挑着篝火堆，看着被打湿的日记本一点一点被火舌吞噬，静静等待着内心呼啸的暴风雨停息。

真是命运的捉弄。他之前是多么渴望破解图拉站之谜！当他发现这个日记本，想到自己将率先揭开纷繁复杂的全部谜团时，他是何等骄傲和得意！可现在呢？当一切问题的答案都摆在面前时，他却开始咒骂自己——好奇害死猫。

没错，当他在纳希莫夫大道站捡起那个日记本时，是戴着防毒面罩的，现在他同样穿着密闭防化服。可是，没有人确切知道疫病是如何传播的！

他以前真是个十足的大傻瓜，竟会以来日无多吓唬自己！没错，这的确鞭策了他，帮助他克服了懒惰和恐惧。但死神是最讨厌受人摆布的。如今，死神借由日记本对他宣判了死期：自感染到死亡总共只有两三个星期，就算一个月吧，可在这短短的三十天内他要做多少事情啊……

该怎么办？向自己的同伴坦承，自己感染了致命疾病，然后独自去科洛姆纳站等死——死于疫病，或者饥饿与辐射？但假如可怕的疫病已经感染了他，那猎人和这个姑娘肯定也逃不掉，毕竟他们跟他呼吸着同样的空气。特别是猎人，他在图拉站的气密门前还跟那些卫兵说过话，离他们那么近。

还是说，心存侥幸，不露声色，静观其变？当然，这并不仅仅为了苟且偷生，而是为了能够继续跟猎人历险，继续从中获取灵感。

要知道，假如说随着死亡日记被开启，尼古拉·伊万诺维奇——这个糟老头子、百无一用的地铁居民、曾经的助理司机、只能在地上爬的毛毛虫死去了，那么荷马——编年史作家、神话创造者、绚丽的蜉蝣才刚刚羽化而出。或许，他生来就是为了完成这部旷古烁今的悲剧的，问题仅仅在于，他能否在上天给他限定的三十天内将其付诸纸笔。

他难道有权利放弃这个机会吗？他难道应该独自躲起来，忘掉自己的传说，自愿放弃真正的不朽，也让所有同时代人都无缘这些传奇吗？哪个才是更大的罪过、更大的愚蠢——将瘟疫传遍半个地铁，还是烧掉自己的手稿，同时也焚毁自己？

作为一个虚荣而怯懦的人，荷马已经做出了选择，现在他需要做的，只是为自己的选择寻找支撑。躲在科洛姆纳站的墓室里，与两具尸体为伴，将自己也活活变成一具干尸，对他有什么好处？他可不是为了牺牲才生下来的。身陷图拉站的塞瓦斯托波尔战士们选择了自我牺牲，那是他们的权利和自由，但至少，他们不必独自一人面对死亡……

再者说，就算他牺牲了自己，又能有多大意义呢？猎人他是无论如何都阻止不了的。就算他扩散了疫病，也纯属无心之举，而猎人早就心知肚明。难怪他坚决主张清除图拉站的所有居民，甚至包括塞瓦斯托波尔站的商队；难怪他还提到了喷火兵……

假如他们两个都已经感染，那么疫病不可避免地会在塞瓦斯托波尔站扩散开来。首先就是那些他们在返回后接触过的人——站长、上校、站长副官、叶莲娜。这就意味着，三个星期之后，站台就会群龙无首，陷入一片恐慌，随后，疫病就会吞噬其他所有人。

猎人呢，他何以确定自己没被感染呢？他又为何要冒着已经被感染的风险，坚持返回塞瓦斯托波尔站呢？荷马已经看清，猎人的行动并非下意识的，他在按部就班地实施某项计划。至少到目前为止，老人还没有打乱他的牌局。

如此说来，塞瓦斯托波尔站注定在劫难逃，而整个探险都是毫无意义的了？但是，就算是为了能够回到家中，与叶莲娜相拥而死，荷马也不得不将自己的冒险坚持到底。光是从卡霍夫卡站到卡希拉站的通道就把防毒面罩给废掉了，而身上的防化服恐怕已经吸收了数十伦琴、数百伦琴射线，必须尽快脱掉它们。原路返回已经绝无可能了，该怎么办？

女孩睡着了，身子蜷缩成一团。篝火终于完全吞噬了感染瘟疫的日记本，烧光了最后一根枯枝，渐渐熄灭了。为了节省手电筒电池，荷马黑着灯坐在那里。

不，他必须继续跟队长走下去。但他会尽量避免跟其他人接触，将自己的背包连同包里所有东西全部扔在这里，销毁自己的衣物，以最大限度降低感染风险……他将祈求宽恕，开启为期三十天的生命倒计时，他会每日不间断地写作，毫不懈怠。"事情总会得到解决的，"老人鼓励自己，"最重要的是跟定猎人，寸步不离。"

当然，前提是猎人还会出现……

距离猎人消失在隧道尽头的朦胧天光中已经过去两个小时了。荷马嘴上安慰着女孩，自己心里其实也在打鼓，队长会不会回来找他们。

关于猎人知道得越多，老人就越看不懂他。老人既无法完全质疑他，也无法彻底信任他。他神秘莫测，全无正常人的情绪。把身家性命托付给他，无异于听天由命。但荷马已经这样做了，再想后悔也来不及了。

在伸手不见五指的黑暗中，寂静已经不再像之前那么密不透风了。透过它那坚硬的外壳，仿佛有什么东西正啄壳而出，似有遥远的哀嚎，窸窸窣窣……那声音让老人联想起食尸者一溜歪斜的脚步，纳戈尔诺站幽灵巨怪的滑行，以及濒死者的呻吟……没过十分钟，老人再也挺不住了。

他"咔嗒"一声打开手电筒，当即被吓得猛一激灵。

在他两步开外，猎人正双臂交叉抱在胸前，盯着熟睡的姑娘。猎人抬手遮住一时难以适应的光线，平静地说："门就要开了。"

* * * *

萨莎梦见自己又独自一人留守在科洛姆纳站，等待父亲"散步"归来。父亲耽搁了，但她一定要等到他回来，好帮他脱下防化服，摘掉防毒面具，陪他吃饭。午饭早就准备好了，她完全没有其他事可做。她不敢从通往地表的大门前走开——万一父亲就在这时候回来了呢？谁来给他开门呢？她只好坐在门口冰冷的地板上，等啊，等啊，几小时过去了，几天过去了，父亲仍没回来，但她绝不会离开，直到大门打开……

她被门闩开启的叮当声吵醒了，那声音跟科洛姆纳站气密门发出来的一模一样。她笑着醒来了，是父亲回来了。她四下一看，立刻醒透了。

在迅速挥发的梦境中，唯一真实的只有沉重的铁门插销发出的响声。一分钟之后，门闩颤动起来，开始缓慢移动。逐渐开启的缝隙中射出一束光线，飘出柴油机的烟气。进入大地铁的入口开启了……

气密门被移向一旁，顶进卡槽，现出一条深邃的隧道，通往汽车厂站，继而通往环线。铁轨上停着一辆马达轨道车，发动机轰鸣着，车头亮着探照灯，车上坐着几名士兵。透过机枪瞄准镜，轨道车上的人发现了两个过路人，眼睛被车头灯刺得眯缝着。

"举起手来！"车上的人喝令。

萨莎学着老人的样子，顺从地举起了双臂。这辆马达轨道车正是每逢贸易日到桥那边去的那辆，车上的人对萨莎的身世了如指掌。这个名字怪怪的老头马上就要后悔了，自己怎么会随随便便就带上了一个被铐在荒废站台的陌生姑娘，甚至都没有盘问清楚，她是怎么出现在那儿的……

"脱掉防毒面罩，出示证件！"车上的人又命令道。

萨莎一边摘下面罩，一边责骂自己愚蠢。没有任何人能够释放她，父亲的刑罚尚未赦免，而她与父亲是捆绑在一起的。她怎么会天真地以为，凭这两个人就能把她带到大地铁呢？她怎么会指望着在边界不会被人发现呢？

"喂，你！你不能进去！"车上的人立刻把她给认出来了，"给你十秒钟，立刻消失。这人是谁？他是你——"

"这是怎么回事？"老人莫名其妙地问萨莎。

"不要！别开枪！他不是！"萨莎急忙大喊。

"赶紧滚！"自动枪手冷冰冰地说，"不然我们现在就……"

"连女孩儿也要杀？"另一个声音犹豫地问。

"我说过了！……"自动枪手拉开了保险栓。

萨莎后退一步，眯起眼睛，短短几小时之内第三次做好了面对死亡的准备。只听见噗噗噗噗几声急促的低响。射击命令终究未能发出，萨莎等得心里发虚，微微睁开了一只眼睛。

柴油机仍旧突突突突冒着烟，瓦灰色的烟团从探照灯的白色光柱中飘过，但那光柱不知为何是射向顶棚的。现在，当探照灯光柱不再刺向萨莎的眼睛时，她终于看清了车上那些人。

所有人都像稻草人一样歪七竖八地倒在车厢里或者车旁的轨道上。双臂无力地垂下，脖子不自然地扭曲着，身体被射穿了。

萨莎扭过头，光头站在她身后，正拎着手枪，仔细察看已经变成了运尸车的马达轨道车，突然举起枪管，又一次扣动了扳机。

"好了。"他心满意足地嗡嗡说道，"扒下他们的防化服和防毒面罩。"

"为什么？"老人的面孔极度扭曲。

"换装，开他们的轨道车通过汽车厂站。"

萨莎怔怔地看着这个杀手，心绪复杂——既有恐惧，也有崇拜；既有厌恶，也有感激。他一出手就结果了三条人命，违背了父亲最重要的信条。但他这么做是为了救自己，救老人。他又一次救了自己，这难道是偶然的吗？她是否错将坚毅当成了残忍？

只有一点她确定无疑：他的无畏掩盖了他的丑陋。

光头第一个走近轨道车，开始从被消灭的敌人身上扒战利品。突然，他惊呼一声，像看见了魔鬼一样，慌忙从马达轨道车旁跳开，连连后退，低头盯着摊开的双手，嘴里不断重复着一个词：

"黑的！"

第九章
空气

　　害怕和恐惧完全是两码事。害怕会鞭策人、激励人采取行动，创造发明；而恐惧则令人身体瘫痪，思维停滞，人性丧失。荷马这辈子经历过很多事情，足以分清两者的差异。

　　他的队长不具备感知害怕的能力，却突然被恐惧攫住。而让队长陷入这种状态的景象，却让老人感到更加惊诧。

　　被队长扒下防毒面罩的那具尸体非同寻常：黑色橡胶之下露出的是黝黑的皮肤，外翻的嘴唇，扁而宽的鼻子。荷马从前只在电视机的音乐频道见过黑人，最后一次见已经是二十多年前了，但眼前这个死者显然是黑人无疑。这的确很罕见，但有什么好怕的呢？

　　此时队长已经平复了情绪，突如其来的恐惧只持续了不到一分钟时间。他用手电筒照了照塌鼻子的脸孔，嘴里嘟囔了句什么，然后开始粗鲁地扒光这具恶作剧的尸体。荷马敢拿脑袋担保，他听到了手指被折断的脆响。

　　"嘲笑我……想再次提醒我，啊？……这样算人道吗？……这样的惩罚……"他嘶哑地嘟囔着。

　　他是把他错当成什么人了吗？他如此摧残这具尸体，只是为了报复刚刚短暂的羞辱，还是为了清算某些陈年旧怨？老人偷眼瞧了队长，忍着恶心开始扒第二具看上去毫不稀奇的尸体。

　　女孩没有动手，猎人也没有逼她参与。她走到一旁，坐到铁轨上，把脸埋进掌心。荷马感觉她似乎在哭泣。

猎人将三具尸体全部拖到气密门外，堆成一堆。过不了一个昼夜，这些尸体就会连骨头渣都不剩了。白天，城市的主宰权将移交到另外一些物种手里，可怖的夜兽会钻进深深的巢穴，耐心等待属于自己的时刻。

血迹在黑色制服上不是很显眼，但并没有很快干掉。它们冰冷地黏在腹部、胸前，似乎想再次流进活着的身体里，弄得皮肤和理智都奇痒无比。荷马暗问自己，有必要进行这样的换装吗？最后他只能自我安慰，这样也许可以避免汽车厂站更多的流血牺牲。假如猎人算得没错，他们会被当成自己人，顺利放行……但如果不呢？猎人会设法避免伤人性命吗？

队长的嗜血好杀不仅令荷马厌恶，也令他好奇。在他完成的所有杀戮中，自我防卫的情形恐怕都不及三分之一，但问题又显然不仅仅出于暴虐狂。最令荷马担忧的是，猎人之所以去图拉站，是否单纯为了满足杀戮的欲望？

就算那些身陷图拉站的人没能找到治愈神秘疫病的药物，但这并不能证明这种药就不存在！地下世界还有很多地方仍然保存着科学的火种，仍在进行研究，开发新药，配置血清。比如，波利斯——四条干线交会于此，阿尔巴特站、博罗维茨基站、亚历山大花园站、列宁图书馆站四个车站彼此相连，那里是地铁世界的心脏，聚集着幸存的医生和科学家。再比如，塔甘卡附近的庞大地堡，汉萨掌控的秘密科学城……

再者说，图拉站也许并非第一个暴发疫病的车站。万一已经有人找到了治愈的方法呢？"难道就这样轻易地放弃救赎的希望吗？"荷马自问。当然，荷马如今自己体内也携带着定时炸弹一般的病毒，他这样想也许不无私心。尽管理智上几乎已经默认了将死的事实，本能却极力抗争，试图寻找出路，拯救图拉站，挽救自己的家乡，从而获得自救……

但猎人根本就不相信有药可治。单凭与图拉站卫兵的简短交谈，他就对站台上的所有人宣判了死刑，并且准备立刻执行。他以匪盗的谎言蒙骗了塞瓦斯托波尔站的领导层，将自己的决定强加给他们，现在正全速逼近图拉站，准备执行审判，将整个站台付诸一炬。

又或者，关于站台真相，他还知道别的什么足以反转一切的隐情？连那个在纳希莫夫大道站留下日记本的通信兵都不知道的？

处理好尸体，队长从皮带上解下军用水壶，将里面剩余的液体一口气喝光。那里面装的是什么？是酒吗？那他喝酒是为了什么呢？是为了回味杀戮，还是为了忘却杀戮？抑或是为了压制内心深处的什么东西？

* * * *

在萨莎看来，这台冒烟的老轨道车，就像父亲讲的童话故事中经常出现的那台时间机器。它似乎不是将萨莎从科洛姆纳站载到了汽车厂站，而是将她从现在载到了过去。当然，恐怕只有她才会把那个囚禁她数年之久的石室——那个时间与空间的双重盲巷——称为"现在"。

她至今仍清楚记得当年她跟父亲被押往石室时的情形：父亲被五花大绑，眼睛被黑布蒙住，嘴巴被破布堵住。当时她还只是个小女孩，偎在父亲身边，一路哭个不停，负责押运的一名士兵便玩手影游戏哄她，他用手电筒在隧道顶棚照出一方小小的黄色舞台，晃晃悠悠地随着轨道车前进，各种各样的动物就在那方舞台上跳舞嬉戏。

轨道车穿过地铁桥，父亲被宣读了判决书。革命法庭宽大为怀，将死刑改判为终身流放。他们将父亲推下轨道车，又扶着萨莎下了车，扔给他们一支自动步枪，里面装有一个弹匣，一只旧的防毒面罩。那个给她扮马啊狗啊逗她开心的士兵临走前还朝她挥了挥手。

刚才被光头射杀的三个人中间，会不会有他？

当她钻进光头从尸体上扒下来的黑色防毒面罩时，她更加强烈地感觉到，自己在呼吸别人的空气，自己每走一段路，都以别人的生命作为代价。也许，即便没有她，光头照旧会射杀他们，但既然她在身边，便充当了帮凶。

她的父亲之所以不想回去，不仅仅是因为厌倦了斗争。他曾说过，他全部的屈辱和损失都抵不过一条人命。他宁愿自己痛苦，也不愿给别人带来痛苦。萨莎知道，父亲心中有架天平，装着被他杀死的生命的那盏托盘早就沉到最底下去了，父亲现在只想竭尽所能让天平恢复平衡。

要知道，光头原本可以早点出面干涉，也许他只要一现身就能镇住轨道车上的人，一枪不发就能让他们缴械投降。萨莎对此深信不疑。被杀的三人中没有一个能与之抗衡。

为什么他一定要杀戮？

童年时的车站比她想象中要近得多：还没过十分钟，站台灯光就在前边闪烁了。通往汽车厂站的要冲无人把守。看来，站台居民对于封锁的气密门是过于自信了。驶到离站台大概还有五十米远，光头将发动机调到最小转速，命令荷马掌舵，自己则换到机枪旁。

轨道车几乎悄无声息地缓缓驶入了车站。时间难道专门为萨莎停止了吗，好让她来得及在短短的几个刹那看见并想起一切？

那天，父亲把她交给了自己的勤务兵，吩咐后者把她藏起来，直到一切结束。勤务兵把她带到了远离站台的一个地下办公室。但即便在那里，也能听到数百人的齐声呼号，于是勤务兵又跑回了站台，去保护自己的指挥官。萨莎沿着空旷的隧道跌跌撞撞地追在后面，也跑到了大厅……

人群在月台两侧涌动，萨莎望着宽敞的居家帐篷，被改造成办公区域的车厢，孩子们在玩老鹰捉小鸡，老人们在扎堆聊天，面色阴沉的男人在擦枪……

但她眼睛里只有父亲，他站在一排卫兵前面，卫兵们一个个又恨又怕，试图制止鼎沸的人群。她跑到父亲身边，紧紧抱住父亲的大腿。父亲惊诧地扭过头，将她甩开，甩手给了勤务兵一个耳光。但他内心深处已经悄然改变。他朝天开了一枪，开启了向革命者和平移交站台的谈判。

她的父亲相信：人会收到各种预兆，只需要发现并正确解读它们。

不，时间之所以停滞，不仅仅为了让她再次回到童年的最后一天。那些迎着轨道车走来的巡逻兵，她是三人当中第一个发现的。她还看到，光头身形一晃便抓住了机枪柄，粗粗的烧蓝钢机枪筒瞬间转向了毫无防备的巡逻兵。

她先于老人听见了停下轨道车的嘶哑命令，当即明白，下一秒将死掉很多人，会让她一直到死都呼吸着别人的空气。但眼下她还来得及阻止屠杀，让这些人、自己还有老人全部幸免于难。

巡逻兵纷纷取下自动步枪，打开保险栓，但他们的动作太慢，比光头落后了好几个步骤。

萨莎下意识地做出了第一反应。

她噌地站起身，抱住光头钢铁般坚硬的后背，从后面箍住他的双臂，将双手交叠在他那一动不动、几乎没有起伏的胸口。光头的身躯猛然一颤，像被她抽了一鞭子似的，怔住了……原本准备开枪的巡逻兵也呆住了。

老人立刻心领神会。

轨道车从原地启动，喷出一股股苦涩的黑烟，将汽车厂站甩在了后面，永远地留在了过去。

* * * *

直到帕维列茨站，三人中谁也没有再说过一句话。猎人从猝不及防的拥抱中挣脱，仿佛环在他身上的不是弱女子的双臂，而是令他窒息的铁箍。穿过唯一的岗哨时，轨道车加足马力全速驶过，岗哨以扇形射出一排子弹，但全部咬在他们头顶的顶棚上。猎人抽出手枪，朝后面接连射出三发无声的子弹，似乎干掉了一个。其余人连忙贴墙隐蔽，躲在弧形拼板的凸起后面，这才保住了性命。

荷马瞟了一眼有些落寞的姑娘。他早有预料，女主角一旦出现，爱情线索便会立刻生成，但这一切未免来得太快，快到他非但来不及记录，甚至都没有反应过来。

驶出帕维列茨站，轨道车停下了。

老人之前曾经到过这个站台一次。与莫斯科地铁其他所有晚建的边缘站台不同，这个站台模仿的是哥特式传奇建筑，支撑穹顶的不是简单的圆柱，而是一排轻灵的、对于普通人而言过于高耸的浑圆拱门。就像哥特式传说中经常发生的一样，帕维列茨站同样受到了诡异的诅咒。每天傍晚八点整，原本沸腾的站台便会陷入一片死寂，变成幽灵幻影。原本精明务实的站台居民，除去几个最胆大的，其余的人会连同孩子，连同家具什物，连同塞满商品的旅行箱，连同板凳和轻便床一齐消失。

他们全部跑入了避难所——通往环线的近一公里长的通道，躲在那里瑟瑟发抖地熬过漫长的黑夜，而与此同时，在站台上方的帕维列茨火车站，从睡梦中醒来的可怕物种开始了巡猎。据知情者说，火车站及周边地区是这群怪兽的世袭领地，即便是在它们昏睡的白天，其他突变体也不敢前来冒犯。帕维列茨站的居民在它们面前无遮无拦：这里没有其余站台用来隔断升降扶梯的节流门，而通往地表的出口永远是四敞大开的。

在荷马看来，再也找不到比这儿更不适合歇脚过夜的地方了。而猎人却不这么认为，当轨道车驶到站台大厅远端时，他下令停下。

"天亮再走，在这儿过夜。"猎人摘下防毒面罩，用手朝车站比画了一下。

说完就阔步走开了。女孩目送他远去，然后在坚硬的轨道车车厢中蜷身躺下。老人也尽量躺得舒服些，闭上眼睛，想尽量眯一会儿。但他睡不着，自己正在向健康的站台传播瘟疫的念头再次袭来。女孩也无法入睡。

"谢谢你。我原本以为你跟他一样。"女孩说。

"像他那样的人大概不会有第二个。"老人回应道。

"你跟他是朋友？"

"我跟他，就好比䲟头鱼跟鲨鱼。"老人勉强笑笑，心想正是如此，吃人的是猎人没错，但自己也会捞到一两块血淋淋的人肉。

"什么意思？"女孩撑起身子问。

"他去哪儿，我就跟到哪儿。我感觉自己离不开他，而他……也许，他认为我会净化他。但他心里真正在想什么,没人知道。"

"你为什么觉得自己离不开他?"女孩坐起来,靠近老人。

"我感觉,只要我在他身边,灵感……就不会离开我……"老人试着解释。

"灵感,它的词根是吸气[1]吧,"女孩像跟老人确认似的说,"为什么你要吸入这些?它能带给你什么?"

老人耸耸肩:"灵感,并非我们吸入什么,而是别人向我们吹入什么。"

"我想,只要你还在呼吸着死亡,就不会有人愿意向你吹气的,人们都害怕尸体的气息。"女孩一边说,一边用指甲在脏兮兮的车厢底画着什么。

老人自我辩护:"当你看见死亡时,你就会思考很多事情。"

女孩反驳道:"但你没有权利以思考的名义召唤死亡。"

"我没有召唤它,我只是在一边旁观。再者说,这根本就与死亡无关……至少,不仅仅是死亡。我想体验一个故事,从而改变一切。我想得到振奋,开启新的生命历程……"

"你之前过得很糟吗?"女孩关切地问。

"很枯燥。你知道吗,假如日子每天都一个样,时间就会过得飞快,你就会觉得最后一天已经不远了,"荷马试着解释,"你会害怕什么都来不及。每一天都被成百上千件小事塞得满满当当,干完一件,喘口气,继续干第二件。而真正重要的事,就既没精力,也没时间去干了。你会想,没事儿,明天就开始。可明天永远不会到来,有的只是没完没了的今天。"

"你大概去过很多车站吧?"女孩似乎并没有注意听老人讲话。

"不知道,"老人有些莫名其妙,"大概都走遍了吧。"

"我只到过两个。"女孩叹口气,"起初我和爸爸生活在汽车厂站,后来被赶到了科洛姆纳站。我一直渴望再去别的车站看看,哪怕一个也好。这里好奇怪,"她扫视着一排拱门,"好像一千道入口,彼此之间连墙都没

---

[1] 俄语中"灵感"一词写作 вдохновение,其词根 вдох 有"吸气"的意思。

有。它们全部为我敞开着，但我已经不再想迈进去了，甚至有些害怕。"

"那是你父亲？另外一具……"荷马忙收住嘴，改口问，"他是被人害死的？"

女孩再次缩进自己的壳里，沉默了许久才道："是。"

"留下来跟我们一起吧，"老人打定主意，"我去跟猎人说，我想他会同意的。我跟他说，我需要你，为了……"他摊开双手，不知道该怎么跟女孩解释，现在给予他灵感的人应该是她。

"你跟他说，是他需要我。"萨莎把"他"字拖得很长。

萨莎跳下轨道车，爬上月台，从一排拱门中间走过，仔细观察着每一道拱门。

她的举止神态丝毫没有矫揉造作、卖弄风情的意味。似乎她不但鄙夷开火杀人的枪弹，就连寻常女人魅惑人心的手段——比如，浓妆艳抹，装腔作势，足以煽动起飓风的睫毛频闪，能怂恿人自杀或者杀人的低吟浅笑——也不屑一顾。还是说，她只是尚未学会使用它们？

事实上，这些手段她根本用不着。她只消一个眼神，便足以使猎人改变主意，一甩手就能给猎人罩上一张网，阻止他的杀戮。难道说她穿透了猎人的铠甲，触到了他内心的柔软部位？还是说，他对于她有某种需求？应该是后者，因为荷马实在无法设想，猎人也会有能被人触痛的弱穴。

* * * *

荷马怎么也睡不着。尽管他把令人憋闷的黑色防毒面罩换成了较为轻便的防毒口罩，但呼吸起来还是十分困难，此外，令他头痛欲裂的黑暗念头也丝毫没有放松纠缠。

荷马把所有旧东西都扔进了隧道里。之后，他又用一块灰色肥皂几乎把双手搓了一层皮下来，用一个长满青苔的旧油桶里的剩水冲掉了污渍，连睡觉都戴着防毒用具。除了这些，老人还能做什么来避免传染身边的人呢？

没什么可做的了，眼下就算他独自躲进隧道深处，变成一团裹尸布也无济于事了。然而，死亡的迫近再次将他送回到了二十多年前，当他刚刚失去挚爱亲人的岁月。这为他的计划增添了新的意义。

按照荷马的心愿，他该为死去的家人竖起一座纪念碑，或者至少是一座墓碑。他们出生的年份相隔了数十年，却在同一天死去——他的妻子，他的孩子们，他的父母。

还有他的小学同学，技校同学，他最喜欢的电影明星和音乐家，以及其他所有人：当那一刻降临时，他们有的仍在坚守岗位，有的已经回到家中，有的则被堵在半路。

有些人当场死去，有些人又挣扎着在被辐射污染的首都挨过了漫长的几天，无望地拍打着紧闭的地铁气密门。有些人瞬间分裂为原子，有些人则变得肿胀，被辐射疾病一点一点生吞活剥。

最早一批被派去地表侦察的战士，返回地铁后一连几天无法入睡。荷马在换乘车站的篝火旁见过其中几位，他注视着他们的眼睛，在里面看见了成千上万载着死亡乘客的汽车残骸，堵满了出城方向的街道和公路，如同一条条挤满了死鱼的冰河。尸体遍地都是，在城市被新的主宰者占领之前，这些尸体无人清理。

为了避免神经崩溃，侦察兵们尽量绕行学校和幼儿园。然而，只消透过积满灰尘的车窗玻璃，无意间触及轿车后排座位上一个小孩子的冰冷眼神，就足以令人失去理智的了。

数十亿生命戛然中断，数十亿思想未及说出，数十亿梦想尚未实现，数十亿委屈有待弥补。尼古拉的小儿子一直央求他给自己买一套彩色画笔，女儿不敢上花样滑冰课，妻子在入睡前向他憧憬有朝一日夫妻两个能去海边待上两天。

当他终于意识到，这些微不足道的愿望全部变成了遗愿时，它们突然具有了无法形容的份量。

荷马想为他们每一个人镌刻墓志铭。至少，整个人类毫无疑问配得上一段墓志铭，镌刻在那巨大的公墓上。如今，当荷马自己也来日无多时，他觉得自己应该能够为此找到准确的字眼。

他还不知道该以怎样的顺序排列这些字眼，但他已然感觉到，在这个于他眼前徐徐展开的故事中，他能够为每一个不肯安息的亡灵，为每一段感情，为每一点每一滴他费心收集的知识，为他本人找到位置。故事情节再合适不过了。

等地表天一亮，地底集市重新开张，他就要去买一个新笔记本和一支圆珠笔。他必须抓紧时间，未来长篇故事的轮廓如海市蜃楼在远方向他招手，假如他不赶紧勾勒在纸上，也许很快就会烟消云散；谁知道他还能在这沙丘顶端坐上多久，眺望着远方，期冀着从一粒细沙和氤氲的空气中再次建起属于他自己的象牙塔呢？

时间也许会不够用。

不管女孩怎么说，凝视死亡总是会令人心有触动的。荷马暗自嘲笑女孩，紧接着，他又想起了她那高高挑起的眉毛，她那闪亮如星的眼睛，她那轻轻咬住的下唇，她那蓬乱如稻草的头发，微笑便不由得爬上嘴角。

"明早在集市上还要买一样东西。"荷马想着，睡着了。

帕维列茨站的夜晚总是不安生的。冒烟的火把发出的光亮摇曳在被熏黑的大理石墙壁上，隧道时紧时慢地呼吸着，扶梯脚下隐约传来人们的窃窃私语。整个站台都在装死，指望着地表的怪兽不会对尸体感兴趣。

但有时候，好奇心重的怪兽会找到通往深邃地底的洞口，嗅到新鲜汗液的气味，听到心脏跳动的声音，感受到血管中奔流的血液，然后向地下发动攻击。

月台另一端的惊慌缓慢而扭曲地挤进了荷马的意识。突然，机枪骤然响起，彻底击碎了他纷扰的梦境。老人一下子跳起来，瞪大了眼睛，在轨道车上慌乱地摸索自己的武器。

机枪震耳欲聋的吼声中同时加入了好几支自动步枪的射击声，巡逻兵惊叫声中的惶恐逐渐升级为真正的恐惧。不管他们正在朝什么目标猛烈开火，但显然无法给对方造成任何伤害。枪声很快便由紧张有序的射击变成了杂乱无章的胡乱射击，人人都只求保住自己的小命。

自动步枪找到了，但荷马无论如何都不敢冲上大厅，他鼓足全部勇气才勉强抑制住发动轨道车、仓皇逃命的念头。他守在轨道车上，伸直了脖子，想尽力透过重重圆柱看清交火地带的情况。

守卫者的号叫和咒骂被一阵尖厉的吱吱声打断，那声音听上去非常之近。机枪卡壳了，有人发出恐怖的嘶喊，旋即戛然而止，仿佛脑袋被人扯掉了。耳边再次响起自动步枪的嗒嗒声，但已经是零星的了。哀号声再次传来，这次好像稍远一些……突然，又一声哀号像回声一样做出了回应，而且就在轨道车近旁。

荷马从一默数到十，哆嗦着双手发动引擎。"快，快！"他在心里默念，祈祷同伴们尽快回到车上，然后他们便可驱车逃离此地。他尽力让自己确信，发动车子是为了他们，而不是为了自己……轨道车震颤着，突突地冒着黑烟，慢慢预热，这时，圆柱之间似有什么东西一闪而过，瞬间消失在视野里，意识甚至来不及勾勒出它的形象。

老人紧紧地抓住操纵杆，脚掌轻踩油门，深深地吸了一口气。再等十秒钟，如果他们再不出现，那他就独自开车逃命……但后来，他自己也不知道为什么，竟然下了轨道车，将那把形同摆设的自动步枪端在身前，爬上了月台。也许，他只是为了确信，他再也等不到他的同伴了。

他紧紧贴住圆柱，探头向大厅方向望去……

他想喊，却喊不出来。

* * * *

萨莎早就知道，世界并不仅仅局限于她曾经居住过的那两个站台，但她从没想到，两个站台以外的世界竟然如此美妙。

科洛姆纳站熟悉而温馨，却实在单调乏味；汽车厂站很宽敞，但冰冷而傲慢，它驱逐、抛弃了自己和父亲，这令她永远无法释怀。

而她与帕维列茨站的关系则是全新的一页，在这里待得越久，萨莎就越发情不自禁地爱上了这个站台，爱上它那轻盈的立柱，具有吸引力的巨大拱门，墙壁上纹理动人、胜似美人肌肤的大理石贴面……相比之下，科洛姆纳站过于贫瘠，汽车厂站又过于古板，而这个站台却像一位窈窕美人，风姿绰约，风情万种，即便二十多年过去，依然风韵犹存。

"生活在这里的人们不可能和他们一样严酷凶残。"萨莎心想。难道说，她和父亲当年只需跨过一座敌对的站台，就能来到这片神奇国度？难道说，父亲只要再多撑一天，就能逃脱苦役，重获自由？如果有如果，她一定能够说服光头将父亲一起带过来……

远处闪烁着被巡逻兵团团围住的篝火，探照灯的光束打在高高的顶棚上，但萨莎不想去那里。那么多年来，她一直觉得，只要能够逃出科洛姆纳站，见到别的人类，她就会立刻变得幸福！可现在，她迫切需要的只是某一个人，这个人能够分享她的兴奋和惊讶——原来世界真的很大，比原来大整整三分之一；分享她的希望——希望一切还来得及纠正。但她心里明白，也许根本没有人会需要她，不管她对老人、对自己说了什么。

于是，她朝着相反的方向走去。前方右边隧道里，一辆破旧的机车半个车身扎入隧道，车窗玻璃被敲碎，车门四敞大开。她走进列车，跨过车厢之间的断裂处，一节一节察看下去。在最后一节车厢，她找到了一张奇迹般幸存的沙发，蜷身躺了上去。她四下环顾，想象列车马上就会启动，将她载向远方，载到全新的、光明敞亮、人语喧哗的车站。但无论是她的想象力还是她的信念都远远不足以推动这数千吨重的列车残骸，相比之下，她的自行车发电机实在是太小儿科了。

她到底没能藏住：站台上那场战斗所发出的喧嚣，跳过一节节车厢，终于抓住了她。

又是猎人？！

她跳起身，没命地朝站台跑去，那是她唯一能够做些什么的地方。

* * * *

巡逻兵残破的尸体四处散落：玻璃岗亭呆滞的探照灯旁，熄灭的篝火堆之上，大厅正中央，到处都是。战士们放弃了抵抗，四散逃窜，试图在通道里找到掩护所，却——一被死神截断去路。

在一具尸体上方，蜷缩着一个恐怖骇人的庞大身躯。从这么远的距离看去不太容易分辨，但荷马看到了平整的白色皮肤，不时抽动的粗壮脖颈，狂躁迈动的双腿弯成了不少足节。

战斗不可避免地输掉了。猎人呢？老人再次从圆柱背后探出身，瞬间石化。就在十步开外，一只怪兽正学着荷马的样子从圆柱背后探出头来，一张噩梦般的嘴脸正从两米多高"俯视"着老人——倾斜的脑门下方光秃秃的，并没有眼睛。肥厚的下嘴唇耷拉着，红色的黏稠液体顺着嘴角流淌，沉重的颌骨不住地一开一合，正在反刍食物。

荷马惊恐地向后退去，同时连连扣动扳机，但自动步枪偏偏在这时候卡壳了。无眼巨兽发出一声震耳欲聋的长嚎，一下子扑到站台中央——看来，没有眼睛丝毫没有阻碍它的移动和攻击。老人绝望地拉动被卡住的保险栓，心想，这下彻底完蛋了……

但巨兽突然对他失去了兴趣，注意力全部转移到了月台边缘。荷马急忙扭头，顺着怪兽的"视线"望去，心脏瞬间停止了跳动。

女孩正站在那里，惊惶四顾。

"快跑！"荷马声嘶力竭地朝女孩大喊。

无眼巨兽向前疾跃，一纵便是几米开外，刚好落在女孩近前。女孩抽出一把匕首——那东西顶多能用来切菜——警告性地劈了一刀。作为回应，巨兽前爪一挥，便将女孩拍倒在地，匕首飞出几步之外。

老人已经跳上了轨道车，但这次不是为了逃命。他喘着粗气，掉转机枪口，试图用瞄准镜锁定无眼巨兽不住扭动的身躯。不行，巨兽跟女孩挨得太近了。

短短数分钟之内就解决了所有巡逻兵的怪兽，对于最后两个猎物却并不急于索命。荷马感觉，它正像猫玩耗子一样逗弄他们。眼下它正弓起背伏在萨莎身子上方，白色的身躯挡住了老人的视线……

突然，巨兽身子一颤，忙往旁边一闪，用爪子挠着受到攻击的后背，怒吼着转过身来，准备吞掉敢于冒犯它的人。

迎面走来的正是猎人，他一手持枪，另一只手无力地垂在身侧，脚步踉跄，勉力支撑。

猎人照准无眼巨兽又射出一梭子子弹，但那畜生似乎打不死，只是微晃了几晃，立刻又稳住身形，向前扑去。子弹打光了，猎人奇迹般地躲开巨兽的攻击，拽出砍刀，刀锋深深割入巨兽的庞大身躯，巨兽整个坍塌在猎人身上……

似乎为了扼杀最后一线生机，第二头巨兽也奔袭过来。它在同伴颤搐的身体上方停下，用一根爪趾挠着同伴的后背，似乎想把它叫醒……然后缓缓地将没有眼睛的嘴脸对准了荷马。

荷马抓住机会，猛烈开火。大口径机枪弹射穿了巨兽的身躯，击碎了它的头颅，将其打翻在地，巨兽身后墙壁上的大理石贴面碎屑飞溅。过了许久，老人才抑制住剧烈跳动的心脏，张开弯曲痉挛的手指。

他闭上眼睛，摘下防毒口罩，吸入一口冰冷的空气，那空气中充斥着新鲜血液的铁锈味儿。所有人都牺牲了，只有他一人活了下来。

他的书未及开始，便已结束。

第十章
死后

人死后会留下什么?

我们每个人死后会留下什么?

墓碑会坍塌下陷,覆满苔藓,只消几十年,墓碑上的字迹便会模糊不清。

每隔一段时间,墓地就会在新老死者之间重新分配。前来凭吊死者的只有他们的孩子或者父母,很少会有孙辈,重孙辈则几乎从来没有。

我们所谓的"安息",实际上在大城市中仅仅意味着半个世纪的缓期,在此之后,尸骨便会遭到惊扰。有时是为了增大土地使用率,有时是为了将墓地改建成生者的住宅。土地变得越来越紧张,对于生者如此,对于死者也是如此。

但半个世纪的安宁已经足够奢侈了,只有死在世界末日之前的那些人才有机会享有。当整个星球遭遇毁灭,有谁还会去在意某一个死者呢?任何一个地铁居民都没有享受过被安葬的待遇,甚至连自己的遗体不会被耗子啃光都不敢奢望。

从前,遗体有权利存在足够长的时间,只要还有生者记得遗体主人。人能够记得自己的亲人、同学、同事,但他的记忆只够记得三辈人,顶多五十年。

就像我们每个人会轻易地将自己的爷爷或者小学同学从记忆中

放逐一样，总有一天，其他人也会同样轻易地将我们放逐到绝对的虚无中。关于一个人的记忆也许会比他的尸骸更加耐久，但当最后一个记得我们的人故去，我们便会随之彻底消融于时间。

照片？现在谁还会拍照片呢？即便每个人都会随手拍照的那个年代，又有多少照片保存下来了呢？从前，在每一本厚厚的家庭相册里，最后都会珍藏几张发黄的老照片，但翻看相册的人很少能够确知，照片上的人究竟是哪个祖辈。逝者的照片充其量不过是从遗体上拓下来的石膏面具，绝对不会是生前制作的凝模塑像。更何况，照片腐烂的速度并不比照片主人的尸骸慢多少。那么，人死后究竟能留下什么呢？

子女吗？

荷马用手指去触碰蜡烛的火焰。阿赫梅特的话至今仍令他隐隐作痛。作为一个痛失子女、注定无法延续自己血统的老人，荷马只得否认这种不朽的途径。

他再次提起笔。

也许子女会跟我们长得很像，我们能在他们的面庞里隐约看见自己五官的影子，它们神奇地与我们所挚爱之人的五官合而为一。在孩子的举手投足、一颦一笑之中，我们能够感动地认出自己。朋友们会说，我们的儿女跟我们太像了，简直像从一个模子里刻出来的。这似乎能视作在我们去世之后，自我存在的某种延续。

但要知道，我们每个人其实都不是某种原创形象。我们同样是复制品，来自父母双亲相貌与性格的对半组合，而我们的父母又是他们的父亲母亲的对半组合。如此说来，我们中的任何人都不具备任何独特性，有的只是细小的马赛克拼图块的无穷无尽的重新组合。这些拼图块实际上仍是各自独立的，即便它们组合成了数十亿偶然的、不具备特殊价值的、注定凋零的装饰画。

既然如此,还有必要为在子女脸上看见熟悉的鹰钩鼻或者小酒窝而沾沾自喜吗?我们以为那些特征为我们所专属,但实际上它们已经在五十万年之久的时间里、在数千人脸上游历过。

在我死后,到底能否留下一些真正属于我的东西?

荷马比其他任何人都更加沉重。他由衷地羡慕那些拥有信仰、期冀着冥世与来生的人。而荷马自己对于死后世界的第一联想,便是纳希莫夫大道站的情形。也许,构成荷马的并不仅仅是将被食尸者扯碎、消化的皮肉。但纵使还有别的什么,没有了骨骼和血肉,它们同样是无法存在的。

古埃及国王身后留下了什么?古希腊英雄身后留下了什么?文艺复兴的艺术家身后又留下了什么呢?他们真的留下什么东西了吗?——他们真的存活于他们所留下的东西当中吗?

假如没有,人类还能指望怎样的不朽呢?

荷马重新审视一遍自己写下的文字,苦苦思索一番,然后将写满的几页纸从本子上轻轻撕下,揉成一团,放到铁盘中,用烛火引燃。他花了整整三个钟头写下的文字,不到一分钟便化为灰烬。

* * * *

她死了。

一直以来,萨莎正是这样设想死亡的:最后一束光线熄灭,一切声音陷入沉寂,身体彻底失去知觉,唯一剩下的只有永恒的黑暗。黑暗与寂静——人类从中而来,也注定回归于此。萨莎听说过关于天堂与地狱的故事,但她从来不觉得地狱可怕。在她看来,在绝对的黑暗、寂静和无所事事之中度过的永恒，要比滚沸的油锅更可怕一百倍。

随后，前方出现了微弱颤动的火苗。萨莎向它伸出手去，却怎么也够不到，它像一只翩翩起舞的萤火虫，忽远忽近、若即若离地逗弄着她，引诱她追逐自己。她知道这是什么——隧道萤火。

父亲说过，地铁世界的人死去之后，其灵魂会茫然无措地在漆黑的隧道迷宫里来回游荡，但每一条隧道都是死胡同。灵魂还没有意识到，它已经不再束缚于肉体了，它的尘世生活已经结束了。它会一直游荡下去，直到遥远的前方出现幽灵萤火。这时它需要赶紧追上去，因为这萤火是派来引领它的，会将它带到安息之所。但萤火偶尔会大发善心，将灵魂带回迷失的肉体。这样的人，据说就是从阴间还魂的，但更准确地说，他们是被黑暗释放了。

萤火在前方固执地召唤，萨莎终于屈服了。她感受不到自己的双腿，但实际上她并不需要它们，想要跟上忽紧忽慢的萤火，只需要死死地盯住它，不让它脱离自己的视线就行了。

萨莎终于抓住了它，萤火带她穿过了密不透风的黑暗，走出了单凭她自己恐怕永远无法走出的隧道迷宫，带她来到了生命中的最后一个站台。前方微微泛亮了，萨莎现在感觉到，引路者为她勾勒出了某个遥远的居所，那里有人在等她。

"萨莎！"一个无比熟悉的声音在呼唤她，但她想不起那是谁。

"爸爸？"她不可置信地问，在陌生的音色中听到了亲切的音调。

他们终于抵达目的地了。隧道的幽灵萤火停下来，变成了普通的火焰，跳上了正在淌泪的蜡烛的灯捻，舒舒服服地坐在上面，懒散得像只散步归来的猫。

她的手被某人的手掌盖住，那手掌冰凉粗糙。萨莎害怕再次沉入深底，怯怯地摆脱了萤火，慢慢苏醒过来。被割伤的前臂剧痛不已，磕伤的太阳穴也隐隐作痛。从黑暗中逐渐浮现出一套寻常家具：两张椅子，一个小柜子……她自己则躺在一张真正的床上，那么柔软，软得萨莎几乎感觉不到自己的后背。仿佛她的身体是渐次回归的,现在还没轮到后背。

"萨莎?"关切的声音再次响起。

她将视线转移到问话者,微微一怔,随即把手抽了回来。床边坐着跟她一起乘坐轨道车的那位老人。他的触摸并不带有任何非分的企图,既没有刺痛,也没有羞辱到萨莎。她之所以抽回自己的手,只是出于难为情——她居然会把别人的声音错当成了父亲;也是因为失望——萤火没有带她到想去的地方。

老人宽慰地笑了,看到她醒来,他就已经心满意足了。萨莎仔细看去,在老人的眼睛里看到了温暖的光泽,长这么大,她只在一个人的目光中见过那样的光泽。难怪她会搞混淆。她突然觉得有愧于老人。

"对不起。"她说。

说完,她猛然想起了在帕维列茨站的最后几分钟,一下子坐了起来。

"你的朋友怎么样了?"

* * * *

她好像既不会哭,也不会笑,又或者,是没有力气哭或者笑了。幸运的是,锋如利刃的爪子没有割伤她,巨兽发出的那下攻击是横拍过来的。但单是这一击之力,便让她昏迷了一天一夜。现在她已经无性命之虞,这是医生对荷马说的。至于自己的伤势,荷马并没有向医生提及。

萨莎——在女孩昏迷的这段时间里,老人已经习惯这么叫她了——又一次虚弱地倒在了床上,而荷马则坐回桌边,桌上摊放着一个厚厚的笔记本,整整九十六页。他将圆珠笔在指间转动一下,从刚才被萨莎呓语打断的地方继续写下去。

……但这次商队却耽搁了,而且超出了可以允许的极限,所以很明显:发生了某种可怕的、无法预见的不幸,某种无论是全副武装的精英护卫队,还是跟汉萨领导层多年疏通的关系都无法阻止的不幸。

若是通信还在,一切都不至于绝望。但通往环线的电话线不知出了什么故障,通信早在周一就断了,派出排查故障的工程队无功而返。

荷马抬起眼,吓了一跳:姑娘就站在他身后,正越过肩膀辨认着他的潦草字迹。看得出来,她全靠难以抑制的好奇心才勉强让自己站起来。

老人一阵发窘,忙合上笔记本。

"你就是为了这个才需要灵感的?"姑娘问。

"我这才刚刚开始。"不知道为什么,荷马感觉有些没底气。

"商队出了什么事?"

"我不知道,"荷马下意识地在标题四周画框框,"故事还没结束呢……快躺回去,你需要休息。"

"故事结局不是由你来定吗?"她站着没动,反驳道。

"在这个故事里,任何事情都不是我决定的。"老人将圆珠笔搁在桌上,"这个故事不是我虚构的,我只是把发生在我身上的事情原原本本记录下来而已。"

"这么说的话,那就更加取决于你了。"女孩沉吟道,"我也会出现在故事中吗?"

"我正想征求你的同意呢。"荷马苦笑一声。

"我考虑考虑。"萨莎郑重回答,"你为什么要写它?"

老人站起身,好避免自己一直仰视女孩。

在上一次对话之后,荷马就明白了,这个小姑娘的年轻和不谙世事只是一种假象,也许,在他们捡到她的那个站台,一年抵得过其他车站两年。她每次回答老人的问题,从不理会问题本身,而是直指问题背后的问题;而每次她问老人的那些问题,连老人自己都不知道答案。

此外他还感觉到，如果他希望女孩是真诚的（否则她何以成为自己的女主人公呢？），那他自己也应该对她坦诚相待，不能把她当成小孩子糊弄，也不能对她有所隐瞒，而要对她和盘托出。

"我想让人们记住我以及我所看重的人；想让人们知道，我所热爱的世界曾经是什么样子的；想让人们知道我弄清楚的最重要的事；我希望自己不是白活一场，希望自己能留下些什么。"

"你向这里倾注了自己的灵魂？"说着，她将头扭向一边，"可这只是个笔记本而已，它完全有可能丢失或者被烧毁。"

"你想说，这是个不可靠的灵魂容器，是吗？"荷马叹口气，"不是的，这个本子的任务只是按照顺序把情节编排起来，以免遗漏任何重点，直到故事最终写完。接下来，只需要把这个故事讲给几个人听就好了。如果一切顺利，最后就不再需要这个笔记本，也不再需要我这副皮囊了。"

"你大概知道很多不该被遗忘的事吧，"女孩耸耸肩，"不像我。没必要把我写到笔记本里，别在我身上浪费纸张。"

"唔，你的路还长着呢，而我——"老人打住了，他本想说他就快走到头了。

女孩没有回应，荷马怕她就此沉默下去。他尝试继续谈话，却怎么也找不到合适的话题。

女孩突然问："在你记忆中最美的是什么？最最美的？"

荷马愣住了，不知该如何回答。跟一个认识还不到两天的人吐露心底的秘密，总感觉怪怪的。他连叶莲娜都没告诉过，妻子还一直以为，自家小屋墙上挂着的只是一张普通无奇的城市风景画而已。再说，一个从小到大窝在地底的小姑娘，理解得了吗？

"夏天的雨。"他终于下定决心。

"那有什么美的呢？"女孩果然疑惑不解。

"你见过下雨吗？"

"没有，"女孩摇摇头，"爸爸不让我到地面上去。但我还是上去过两次，不过我感觉很不好，周围没有墙，让我感到害怕……下雨，就是从天上掉水滴吗？"

但荷马已经没有在听她讲话了。他仿佛又回到了那个遥远的夏日，像个通灵术士，被自己召唤出的灵魂附身，怔怔地盯住虚空，兀自不停地说啊，说啊……

"整整一个月都很干燥、炎热。我的妻子快生了，她本来就呼吸吃力，偏偏天气还那么热……产科医院一整个病房里只有一台电风扇，她总是抱怨憋闷。我自己也被压得喘不过气来，急得不行。我们俩备孕好几年了，好不容易怀上了，医生还吓唬说有流产的危险。所以我们才搬到产科医院去住的，为了保险，可是太遭罪了，还不如待在家里呢。预产期已经临近了，但一点动静也没有，没有宫缩。我又不能天天请假。听人说，如果怀胎过月，产下来的有可能是死婴。我急得坐立不安，一下班就往医院跑。隧道里手机没信号，我每到一个站台就察看一下有没有未接来电。最后终于收到了医生发来的信息：'速回电。'我一边找个安静的地方回电话，一边提前在脑子里把妻子和孩子都安葬了，我这个蠢货。我拨出了电话……"

荷马屏住呼吸，仿佛在倾听电话那头的嘟嘟声。女孩没有打断他，耐心地等待着。

"医生对我说：恭喜，您生了个儿子。这话现在听着是没什么——生了个儿子，可对于当时的我来说，这就等于把我妻子从阴间给救回来了，另外还有来自上天的恩赐……我上到地面，外面在下雨，清凉的雨滴，空气顿时变得无比清新、透彻，好像整座城市原来包着的那层落满灰尘的玻璃纸一下子被揭去了。树上的枝叶闪闪发亮，天空终于流动起来了，楼房也变得年轻了。我沿着特维尔大街一路飞奔，跑进花店，幸福得直哭。我身上带伞，但我没有撑开，我想好好淋淋雨，感受感受那雨滴。那种感觉现在已经说不上来了……好像不是我生了个儿子，而是我自己重新生了一回似的。我看着这个世界，像是头一回见。这个世界也是新生的，像是刚被剪断脐带、第一次沐浴似的。一切都将重新开始，所有不顺心的、糟糕的，如今都能得到纠正。毕竟，我现在有了两段生命了：我来不及做的，我儿子会替我完成。一切都还在前头等着我们呢，所有人都是如此……"

老人陷入沉默，盯着飘浮在玫瑰色晚霞中的住宅楼，沉浸在特维尔大街嘈杂的忙碌与喧嚣之中，吸入一口微甜的、夹杂着汽车尾气的空气，闭上眼睛、仰起脸，接受夏日暴雨的洗礼。许久，他才回过神来，脸颊和眼角还闪烁着来自那个遥远夏日的晶莹雨滴。

他迅速抬起袖口将它们拭去。

"你知道吗，"女孩几乎跟荷马一样难为情地说，"也许，雨真的可以很美，但我自己从来没有过这样的回忆。我可以记住你的吗？还有，如果你愿意，"她对老人笑笑，"就把我写进你的故事里吧。总得有人来决定故事的结局，不是吗？"

* * * *

"现在还为时过早。"医生断然拒绝。

萨莎没办法跟这个老古板解释，她所央求的事情对自己有多么重要。她又深吸了一口气，想搬出其他论据，最后却什么也没说，使劲挥了挥没受伤的手臂，背过身去。

"别着急，再等等。要是你能下地，而且感觉不错，那你可以试着走一走。"医生把自己的工具装进一个磨破的食品袋，握了握老人的手，"我过两小时再来。领导专门交代过，你们可是我们的大恩人呢。"

老人给萨莎披上一件带斑点的士兵粗呢短大衣，她走到门外，尾随医生穿过了医务室的其他病房，走过一排大大小小的摆满了桌子和病床的房间，爬上两层楼梯，穿过一扇不起眼的小门，来到一间宽敞无比的长椭圆形大厅。萨莎怔怔地呆立在门口，许久不敢迈步走进去。她之前从来没有一下子见过这么多人，甚至都不敢想象，世界上真的有这么多活生生的人。

足足有数千人，没戴面具的人！他们的长相各不相同……既有老态龙钟的老人，也有乳臭未干的婴孩，还有数不清的男人：蓄着胡子的，剃得精光的；高大的，矮小的；羸弱不堪的，身材魁梧的；在战斗中致残的，天生有残疾的；长相英俊的，相貌平平的。还有同样多的女人：既有大屁股、红脸膛、包着三角巾、穿着棉袄的女商贩，也有身材瘦弱、面色苍白、穿着艳丽服装、戴着精巧珠串的年轻姑娘。

他们会不会发现萨莎这个另类？她又能否隐身于人群，伪装成他们中间的一个？还是说，他们随时有可能朝她扑过来，像一群耗子一样将她这个异乡人啃个精光？起初她感觉所有眼睛都在盯着她一个人看，每一道不经意间交汇的目光都会令她浑身发烫。但一刻钟过后，她就慢慢适应了：在看她的人中间，有些带有敌意，有些是出于好奇，还有些死乞白赖，但大部分都是漫不经心的。他们的目光从萨莎身上扫过，随即又探向别处，根本没在意她。

她不由得想，这些散漫的、迟滞的目光好比庸碌人群中间的润滑油。假如他们对彼此过分关注，齿轮间的摩擦力势必过大，整个机器将陷入瘫痪。

想要融入人群，并不需要改变服装或者发型，而只需避免注视别人即可，每当视线刚一接触，就立即收回目光。当萨莎给自己涂抹上了冷漠的伪装，她终于也能在站台居民之间自如穿行，而不再步履维艰了。

起初几分钟，人群散发出来的混合气味令她鼻子发呛，但很快嗅觉就迟钝了，学会了从中捕捉重要气息，而自动忽略其余的气味。在陈旧肉身散发出的酸臭之间，她隐约嗅到了细微的青春香气，偶尔会有女人身上散发出的香水味道，如海浪般冲刷过来。掺杂其间的还有烤炉飘出的肉香和污水坑腾起的瘴气。总而言之，在萨莎看来，换乘车站帕维列茨站的两个站台之间的通道散发着生命的味道，她对这味道闻得越久，就越觉得它美妙无比。

这段货廊似乎长得没有尽头，想要逛完恐怕要花上整整一个月的时间。在萨莎看来，这里的一切都如此令人着迷……

一连串的首饰摊，有些首饰是用几十个黄澄澄的金属环串联而成的，金属环上还带有压花，让人恨不得一连看上好几个小时；还有巨大的书摊，那些书上记载的神奇知识，恐怕她一辈子也学不完。

她在写着"鲜花"的货摊旁停下脚步，货摊上摆满了各式各样的贺卡。卡片上画着一束束漂亮的鲜花，虽然已经褪色了。萨莎小时候曾经有过一张这样的贺卡，而这里竟然有这么多！

婴儿在母亲怀里吃奶，稍大些的小孩子在逗猫。一对对情侣，有些还停留在眉目传情的阶段，有些已经开始互相摸索。

很多男人也在对萨莎眉目传情，甚至想动手动脚。

她本可以将他们对自己的兴趣视为热情好客，或者公平交易的愿望，但他们的油腔滑调令她窘迫和厌恶。他们何必来纠缠她呢？这里的女人难道还不够多吗？何况其中有些那么漂亮，穿着花衣服，宛如贺卡上含苞待放的花蕾。那些男人大概只是想取笑她吧……

再说，她真的能引起男人的兴趣吗？这种陌生的怀疑令她一阵刺痛。她体内有什么东西在骚动不安，就在她肋骨交汇处的三角形拱门下方，只不过再深一些。那个地方的确存在，她也是前天才发现的。

为了赶走慌乱，她沿着货廊不停地走动，一个个货摊上摆满了琳琅满目的商品，枪套、小饰品、衣服、工具，但它们已经不再那么吸引她了。她这才发现，内心对话竟然能够盖过人语喧哗，而记忆勾勒的人像有时比真人更加鲜活。

她值得他牺牲自己吗？在那件事之后，她还能再去谴责他吗？最重要的是，她的这些胡思乱想还有什么意义呢？她已经无法为他做什么了……

就在这时，还没等萨莎反应过来是怎么回事，怀疑就自动消退了，心绪又恢复了平静。她倾听着自我的内心，捕捉到了某种遥远旋律的回响，那声音自外而内渗透进来，跟混浊的人声同时喧嚣，却又特立独行。

跟其他任何人一样，萨莎的音乐启蒙也是从母亲的摇篮曲开始的，但与其他人所不同的是，她的音乐熏陶也是以母亲的摇篮曲作为结束的。父亲毫无乐感，也不爱唱歌，汽车厂站也没有流浪歌手或其他卖艺者。哨兵们围坐在篝火旁时，偶尔会用公鸭嗓唱起忧伤或豪迈的军歌，但那些沙哑的歌喉既不能唱动吉他的琴弦，也无法撩拨萨莎的心弦。

但眼下，她听到的不是单调的吉他声，更像是少女轻柔、灵动、婉转的歌喉，却又高亢得根本不像人的嗓音能发出的，而且不可思议地强大。萨莎还能用什么来比拟这样的声线呢？

这未知的乐器声令人迷醉，将人托举到空中，带到无限遥远的远方，带到地铁一代无从知晓甚至难以想象的世界。它催人幻想，给人希望，让人相信任何梦想都能实现。它能引发莫名的慵倦，却又能让人立刻摆脱。它让人精神振奋，好比迷失在漆黑隧道中的人，突然发现了一盏灯，在灯光下又找到了出口。

她站在卖武器的货亭旁，在她正前方竖着一块贴面板，上面挂着各式各样的刀，小到折叠铅笔刀，大到锋利的狩猎匕首。萨莎呆住了，痴痴地看着刀刃的锋芒。

她心里有两个小人激烈地掐斗起来。脑子里冒出的想法尽管简单，却让人蠢蠢欲动。老人给了她一捧子弹，刚好够买一把乌钢刀——宽刀身，锋利无比，跟她设想的一模一样。

挣扎了一分钟，萨莎终于下定决心，买了一把。她把买到的刀藏在工作服的胸前口袋，靠近她想要麻醉的那个地方。接着她朝着医务室走去，忘记了太阳穴的酸痛，也忽略了粗呢短大衣的重量。

周围的人群比萨莎整整高出一头，她到底没能看见远处那个吹奏出惊人天籁的乐手。但那旋律仍试图追上她，劝阻她。

但全是白费力气。

* * *

外面又有人在砸门。

荷马哼哼着站起身，用袖口揩净嘴唇，按下了冲水阀门。脏兮兮的绿棉袄被沤湿了一大块。一个昼夜他已经吐了五回，却还没有正经吃过东西。

生病可能是各种原因的，老人自我安慰道。谁说一定是病情急速恶化所致呢？问题有可能出在……

"好了没？！"一个尖厉的女声不耐烦地催促。

天哪！难道他着急忙慌，误入了女厕？荷马用肮脏的袖口擦掉额头的汗珠，尽量装出若无其事的样子，拽开了插销。

"醉鬼！"一个花枝招展的少妇一把将他推开，"咣当"一声关上了门。

好吧，就让她误以为自己是喝多了吧……老人走到盥洗池的镜子前，额头顶在玻璃上，调匀呼吸。直到他发现玻璃蒙上了一层雾气，才发觉防毒口罩脱落了，耷拉在下巴上，于是忙把口罩戴好。荷马闭上眼睛，想到自己正在将死亡带给每一位遇到的人，又一次陷入了深深的不安。现在想弥补也来不及了：假如他真的被感染了，假如症状没有搞错，那么整个站台已经在劫难逃了。首当其冲的就是这个女人，而她唯一的罪过就是上厕所挑错了时候。假如他现在告诉她，她最多还能再活一个月，那她会做何反应呢？荷马暗想，真是愚蠢，愚蠢至极。他本想给自己遇见的每个人带来不朽，不想却充当了死神的使者。他被剪断了翅膀，戴上了圈环，设置了三十天的倒计时，然后就被推上路了。

这难道是上天对他自命不凡的惩罚？

不，老人无法再沉默下去了，但这世界上只有一个人，能让他对其坦白。他反正也瞒不了这个人多久，把底牌亮开，大家出牌都会更轻松些。

他迈着迟疑的步子，走向病房。

他要去的那间病房位于走廊最尽头，平时都有一名助理护士值班，现在位子却空着，透过门缝传出断断续续的低语声。荷马屏住呼吸，却只能听到一些字眼，很难将其排列成有意义的话语：

"坚强……必须斗争……还有意义……抗争……记住……还可以……我们错了……错怪了你……可是……"低语变成了呜咽，显然讲话者再也忍不住悲痛，情绪也决了堤。

荷马轻轻地推开门。猎人正昏迷不醒地仰面躺着，身下的床单被揉得皱皱巴巴，被高烧退后出的汗水沤透了。头部缠的绷带盖住了他的眼睛，突出的颧骨上满是汗滴，胡子拉碴的下颌无力地张着。宽厚的胸膛像铁匠的风箱一样急剧起伏，吃力地在过于庞大的身躯中维持着微弱的火苗。

床头背对荷马站着一位姑娘，纤细的手臂背在身后。荷马看了好一会儿才发现，姑娘手中紧握着一柄黑刀，刀身乌黑，几乎和她的工作服布料融在一处。

* * * *

嘀——1235。

嘀——1236。

嘀——1237。

阿尔乔姆·波波夫这样计数并非为了向长官汇报，而是想寻求精神寄托。唯其如此，他才能感觉自己正朝着什么方向行进，似乎正在逐渐远离计数的起点，而这就意味着，每"嘀"一声，他就更加靠近这令人发疯的任务的终点。

自欺欺人吗？好吧，就算是吧。但听着这些单调且似乎永无止境的嘀嘀声，实在令人不堪忍受。虽然头一次值班时，他甚至还挺喜欢的，感觉这声音息止了纷扰思绪的杂音，将他的头脑清空，将他那狂跳的脉搏调整到一个平稳的节奏。

但很快他就发现，被这些单调声音切割的分分秒秒，彼此间变得毫无差别，让他感觉像被困在了某个时间陷阱里面，永远无法逃脱。在中世纪有种酷刑，将罪人的头发剃光，在其头顶上方悬挂一只大水桶，桶底正中钻一个细孔，桶里的水透过孔眼，一滴一滴敲在罪人的脑壳上，慢慢将其逼疯。拷刑架做不到的，换成普通的水滴，却屡试不爽。

阿尔乔姆像被拴在电话线上一样，一秒钟也不得离开。整个值班期间他滴水不沾，以免内急。就在昨天，他实在憋不住，冲出房门，奔到厕所，完事之后立即奔回。还没跑到门口他就竖起耳朵，结果冷汗一下子就冒了出来：节奏变了，嘀嘀声比原来密集了，不再是不疾不徐的调子了。他心里很清楚，只能有一种解释：就在刚才，他期待已久的那一刻终于来了，可他却偏巧溜号了。他慌忙扭头朝门口望去，唯恐被人发现，然后急忙重新拨号，把听筒堵在耳边。

电话拨过去，蜂鸣声在清零之后，重新回到正常节奏。但从那以后，再没有出现过占线的情况，也再没有人接听过。从那以后，阿尔乔姆再也不敢放掉话筒，即便偶尔将听筒从微微冒汗的耳朵转向另一只冻僵的耳朵时也小心翼翼，唯恐记岔了数。

这个情况他没敢向上级汇报，现在就连他自己都不相信，嘀嘀声有可能会变成另外的节奏。他接到的命令是打通电话，在过去的整整一周时间，这是他存在的唯一目的。违抗命令是要接受审判的，而疏忽大意和消极怠工同罪。

此外，蜂鸣声还能向他提示，离值班结束还剩多长时间。阿尔乔姆没有手表，但在长官巡察时，他用长官的手表测算了一下，发现嘀嘀声每五秒钟重复一次。以此推算，十二声就是一分钟，七百二十声就是一小时，一万三千六百八十声值班就结束了。嘀嘀声仿佛一粒粒细沙，从某个无形的玻璃烧瓶漏到另一个无底的烧瓶，而在两者之间的细瓶颈处端坐着阿尔乔姆，听着时间缓慢滴落。

他之所以不敢放下话筒，只是因为指挥官随时可能突击巡察，但从他内心来讲，阿尔乔姆认为这项任务是毫无意义的。电话那头肯定已经连一个活人都没有了。每当阿尔乔姆闭上眼睛，眼前就不由得浮现出一幅场景——

站长办公室的门从里面堵上了，站长脸朝下趴在办公桌上，食指扣在马卡洛夫手枪的扳机上。他的两只耳朵被贯穿了，自然是听不到电话铃声的。老式电话机绝望的震颤声，穿过锁眼和缝隙，飞到月台，那里堆满了肿胀的尸体……曾几何时，盖住电话铃声的，是人群的喧嚣、脚步的窸窄、孩童的哭叫，而现在，除了这电话铃声，再没有一丝一毫的声音搅扰亡灵。处于濒死状态的应急蓄电池闪烁着血光。

嘀——1563。

嘀——1564。

嘀——1565。

依旧无人回应。

第十一章
天赋

"汇报！"

别的且不说，搞突击可是指挥官的拿手好戏。卫戍部队里流传着各种关于他的传说。这位前雇佣兵精通各种冷兵器，擅长在黑暗中隐身。很久以前，在他还没定居塞瓦斯托波尔站时，他曾经单枪匹马干掉过很多个敌人的岗哨，哪怕敌方哨兵有那么一丁点麻痹大意，就会让他钻了空子。

阿尔乔姆一下子跳起来，用肩膀把话筒夹在耳边，向指挥官敬了个礼，因为计数被打断而颇为懊恼。指挥官走到值日表前，对了对时间，在日期（十一月三日）旁边画了个标记——922，签了个字，扭头看着阿尔乔姆。

"无人接听……嗯，一个人也没有。"阿尔乔姆汇报说。

"没人回应？……"指挥官吧唧两下嘴，扭了扭脖子，把颈椎弄得嘎巴直响，"我不信。"

"您不信什么？"阿尔乔姆小心地问。

"我不信多勃雷宁站这么快就玩完了，难道说疫病已经蔓延到汉萨了吗？假如汉萨也被感染了，你知道后果会有多么严重吗？"

"没准儿已经感染了呢？"阿尔乔姆不确定地说，"通信不是已经断掉了吗？"

"如果只是电话线断了呢？"指挥官低下头，用指关节在桌面敲打着。

"如果是电话线断了，那就和基地一样，"阿尔乔姆将头摆向通往塞瓦斯托波尔站的隧道方向，"电话拨过去什么声音都没有。可这里不一样，还有嘀嘀声，说明电话还能工作。"

"既然再没有人来过这里，那看来塞瓦斯托波尔站是放弃我们了，要么就是站台已经不存在了，多勃雷宁站也没了。"指挥官语气平淡，"听着，波波夫……如果那里一个活人都不剩了，那我们很快也就要死光了，没有人会来救我们的。那样的话，隔离也是白费劲。也许，我们该去他娘的，爱谁谁？啊？"他说着，又吧唧了两下嘴。

"绝对不行，必须隔离。"阿尔乔姆慌忙画了个十字，脑补了一个指挥官处置逃兵的画面：先照逃兵的肚子开一枪，然后宣读判决书。

"必须隔离。"指挥官若有所思地重复着，"今天又有三个人病了，两个当地人，一个我们的人，阿科波夫。阿克肖诺夫死了。"

"阿克肖诺夫？"阿尔乔姆艰难地咽了口吐沫，皱起眉头。

"他说他脑袋疼得厉害，撞铁轨死了，"指挥官的语气依旧平淡如水，"他不是头一个这么干的。你想想看，脑袋得疼到什么份上，才能逼得人跪在铁轨上，拿脑袋撞铁轨，一撞半个小时，硬生生把脑壳撞碎，啊？"

"是……"阿尔乔姆听着指挥官的描述，不由得一阵恶心。

"你有没有呕吐乏力的症状？"指挥官关心地问着，将手电筒光束打到他的脸上，"张开嘴，说'啊'……好样的。所以，波波夫，你最好还是趁早接通多勃雷宁站，打听到一些好消息。比如汉萨已经有疫苗了，他们的医疗救护队很快就到，会把我们这些健康的人救出去，把感染者治好。我们不会永远困在这地狱里，很快就能回家去找各自的老婆，你去找你的加利娅，我去找我的薇拉。明白了吗，波波夫？"

"明白！"阿尔乔姆连连点头。

"稍息。"

* * * *

猎人的砍刀没能承受住压在他身上的无眼巨兽的重量，齐根折断。

刀锋砍入巨兽体内太深，甚至无法将刀抽出。猎人自己也被巨兽抓得遍体伤痕，已经昏迷了三天三夜。

萨莎一点也帮不上忙，但她仍然忍不住要来看他。至少得对他说声谢谢，哪怕他根本听不到。但医生不让萨莎进入猎人的病房，说病人现在需要静养。

光头为什么要杀死轨道车上的人，她并不确知。假如他是为了救自己，那她就应该原谅他。她很想这样认为，但她做不到。更接近真相的是另外一种解释：跟请求相比，光头更喜欢也更擅长杀戮。

但在帕维列茨站所发生的则完全是另外一回事。毫无疑问，他就是来救萨莎的，甚至准备为她牺牲性命。这就是说，她并没有猜错，他对自己确实萌生了某种情愫？

当他在科洛姆纳站叫住她时，她原以为等待她的会是一颗子弹，完全没想到他会同意自己跟他们继续同行。而当她顺从地转过身时，立刻发现他的神情发生了某种变化，尽管他那张骇人的脸看上去依旧冷漠无情，但透过那双坚毅的黑色瞳仁的缝隙，却似乎有另外一个人在向外张望，一个对她感到好奇的人。

一个两次救了她性命的人。

她在想，要不要把那只银戒指送给他作为暗示，就像当年母亲对父亲所做的那样？但她又害怕光头猜不透。除此之外，她还能怎样表达谢意呢？也许该送他一把刀——他那把不是为了救她而折断了么。

当她站在武器摊前突然想到这个主意时，踌躇了许久，心里只盘算着该怎么送给他，而他会用怎样的眼神看着她，对她说些什么……却完全没有意识到，自己正打算给杀手买武器，而他将用这把刀割断别人的喉咙，豁开别人的肚子。

在那一刻，他在她的眼里不是匪盗，不是杀手，而是英雄，是战士，但最主要的，是男人。除此之外，在她脑海里还萦绕着另一个没有说出口，甚至没想通透的念头：他的刀断了，而他自己则身负重伤，很可能再也醒不过来了；假如他的刀没断，或许他也会平安无事……刀在人在，刀亡人亡……

她终于还是买了。

眼下，她正站在他的病床前，把礼物藏在身后，耐心地等待他感受到自己，或者至少感受到刀刃的气息。光头身子猛一抽搐，喉咙里发出呼噜呼噜的声音，似乎在说什么，但终究没能醒过来——黑暗将他包裹得太紧了。

到目前为止，萨莎一次也没叫过他的名字，甚至没在心底默念过。在叫出声来之前，她低声念叨着，熟悉着，许久才鼓足勇气，大声地喊出口：

"猎人！"

光头顿时安静下来，倾听着这声遥远的呼唤——似乎声源在非常遥远的地方，传到他耳畔的只有依稀可辨的回声——但终究没有回应。萨莎又喊了一声，声音更大，语气更为坚决。在他醒来之前，她会一直这样喊下去。她要做他的隧道萤火。

走廊里突然传来一声惊呼，随即响起了急促的脚步声，萨莎连忙蹲下身，将刀放在猎人床头柜上，说："这是给你的。"

萨莎的手突然被一只铁钳紧紧箍住，几乎将她的骨节捏碎。重伤的猎人抬起眼皮，眼球茫然无神地四处乱转，在任何东西上都不作停留。

"谢谢你——"萨莎说着，并没有试着挣脱。

"你在这儿干什么？！"一个白大褂上沾满油污的男护理员跳过来，对准光头扎了一针，光头的大手立刻软软地垂了下去。护理员一把拽起萨莎，咬牙切齿地骂道："你怎么回事？他现在这种情况……医生不是说了吗……"

"你不明白！他需要的是精神上的支撑，你们给他扎针只能让他消沉……"

护理员使劲将萨莎朝门口一推，萨莎踉跄了几步，站定身，扭过头，倔强地盯住他。

"别让我在这里再看见你！……这又是什么鬼？"他发现了床头柜的

那把刀。

"这是他的……我给他带来的。"萨莎结结巴巴地说,"要不是他……我早就被那些怪物撕成碎片了。"

"要是让医生知道了,被撕成碎片的就是我了!"护理员吼道,"够了,走吧!"

萨莎又迟疑了一秒钟,终于走向被药品麻醉的猎人,说完了那句话:"谢谢你救了我。"

她转过身,刚走出病房,便听到一个微弱的声音从背后传来:"我只是想……杀死它……那畜生……"

她猛然扭过头,但门"砰"的一声在她脸前关死,锁孔里发出钥匙转动的声音。

*　　*　　*　　*

那把刀别有用途,荷马一眼就看出来了。他听见姑娘是怎样呼唤仍在昏迷中挣扎的队长,那声音里充满了急切、柔情和哀求。他本想出面劝阻,却忽然一阵发窘,又打了退堂鼓。他的存在显然是多余的。眼下他唯一能做的,就是赶紧离开,别惊动萨莎。

也许她是对的,猎人真的需要她?毕竟,在纳加金诺站,猎人完全置同伴于不顾,任凭他们被怪兽撕碎,可为了她却甘愿牺牲。难道说,这个姑娘在他心目中真的占有一席之地吗?

荷马沉思着,沿着走廊走回自己的病房。一位男护理员慌慌张张地迎面跑来,肩膀狠狠地撞在了他身上,但荷马连看也没看一眼。他估摸着,萨莎这时应该在给猎人送刀了吧。

荷马回到病房,从抽屉里拿出一个纸包,捧在手里端详。没过几分钟,萨莎也闯了进来,满脸愤恨,茫然无措。她一下子扑倒在床上,脸冲着墙壁。荷马静静地等待,不确定暴风雨会不会降临。但萨莎只是默不作声，开始啃手指甲。荷马知道，是时候采取行动了。

"我有一件礼物送给你。"荷马从桌子后面绕出来，将那个纸包放在萨莎身边。

"为什么？"她又咬了一下手指，仍没从自己的壳里钻出来。

"送礼物还用为什么吗？"

"为了还人情。"萨莎确定地说，"要么是已经欠下的，要么是即将欠下的。"

"那就算我还你的人情吧。"荷马笑道。

"我对你有什么人情？"萨莎问。

"我的书啊。我已经准备把你写进去了。我得答谢你，我不想欠人情。好了，赶紧地，拆开看看。"荷马特意加入了一些玩笑的语气。

"我也不喜欢欠人情，"萨莎边说，边拆开纸包，"这是什么？哇哦！"

那是一个红色的塑料圆盒，揭开盖子，盒底被平分成两半，盖子内侧镶嵌着一面小镜子。那原是一个姑娘们用的随身香粉盒，一半装香粉，一半装胭脂，香粉和胭脂自然早就空了，但那面小镜子却还好好的。

"这可比水汪里照得清楚多了，"萨莎滑稽地鼓起眼睛，仔细端详着自己的影像，"你为什么要送我这个？"

"人偶尔需要从旁边看看自己，"荷马笑道，"这样有助于了解自我。"

"我需要了解自己什么？"萨莎警觉地问。

"有些人从来没见过自己的影像，一辈子都会把自己当成某个旁人。人的内心通常看不清自己，又不会有旁人提示，他们便会一直错下去，直到无意间碰到一面镜子。甚至当他们见到镜中的影像时，还经常无法相信，他们看见的正是自己。"

"不是自己还会是谁呢？"萨莎反问道。

"你来告诉我。"荷马双臂交叉抱在胸前。

"就是自己……嗯，一个小女孩。"为了确定，她先将半边脸转向镜子，然后另半边。

"是一个姑娘，"荷马纠正她说，"而且是个相当邋遢的姑娘。"

她又将脸来来回回扭了好几次，然后将目光射向荷马，像要问什么似的，随即又改变了主意，沉默片刻，终于还是鼓起勇气，吐出一句将荷马呛得咳嗽的话：

"我丑吗？"

"说不好，"老人好不容易才绷住笑，"脸上有泥，看不出来。"

"就因为这？"萨莎剑眉一挑，"你们男人难道感应不到女性的美吗？非得一样一样给你们展示？"

"恐怕正是如此，所以我们男人才经常上当受骗。"荷马笑道，"化妆品能在女人脸上创造出真正的奇迹。但具体到你，需要做的不是肖像画的修复，而是挖掘。就好比一尊希腊雕像，单凭露出地面的脚后跟很难判断它的美丑。"说罢，他又宽容地补充了一句，"不过，基本可以断定是美的。"

"什么叫'希腊'？"萨莎问。

"就是'古老'的。"荷马有意逗她。

"人家才十七岁好吗！"萨莎抗议。

"这要等挖掘出来才能断定。"老人不动声色地走回桌旁，坐下，将笔记本翻到写满的最后一页，开始重新审视写下的内容，脸色渐渐凝重起来。

挖掘……或许，有朝一日，这个姑娘，他自己，连同其他所有人都会被挖掘出来。他曾经这样设想过：或许，几千年后，未来人类的考古学家在研究古代莫斯科的废墟时——那时莫斯科恐怕连名字都剩不下了——他们可能会找到一个入口，进入这座地下迷宫，那时他们会做何设想呢？他们也许会认为，这是一座庞大的集体墓坑。估计没人会相信，人类能够在地底生活。他们会断定，曾经高度发达的文明穷途末路，头领们被葬在这些墓坑中，他的家具、武器、奴仆和妻妾则作为陪葬。

他的笔记本还剩下八十多页空白。这些纸够他写完两个世界吗？——地表那个，以及地下这个？

"你听见我说话了吗？"萨莎碰碰他的胳膊说。

"嗯？对不起，走神了。"荷马擦擦额头说。

"那些古老的雕塑真的美吗？我是说，从前人们觉得美的，现在还一样美吗？"

"是的。"老人耸了耸肩。

"那将来也是喽？"

"也许吧，如果将来还有人会去鉴赏的话。"

萨莎不说话了，像在思考什么。荷马重新浸入了沉重的思绪之中，没有急于搭话。

"就是说，如果离开了人，那美也就不复存在了？"沉默了一会儿后，萨莎道出了心中的疑问。

"应该是。"荷马漫不经心地回答，"如果没有人鉴赏的话……动物是不懂得欣赏美的……"

萨莎沉吟道："假如动物和人的区别仅仅在于，动物不懂得欣赏美，那就是说，假如没有美，人也是无法生存的，对吗？"

"不是，"老人摇摇头，"很多人根本就不需要美。"

姑娘将手插入口袋，从里面掏出了一样东西：一个带有图案的方盒，不知是聚乙烯的还是塑料的。她带着羞怯而又骄傲的神情，像在展示奇珍异宝一样，把那东西送到荷马面前。

"这是什么？"荷马问。

"你来告诉我。"萨莎狡黠地一笑。

"嗯，"他小心翼翼地接过方盒，看了看上面的文字，还给萨莎，"一个茶叶盒子，还有图案。"

"是图画，"她郑重其事地说，"一幅美丽的图画。要不是它，我早就……疯了。"

荷马怔怔地看着她，突然鼻子一阵儿发酸，眼泪就要溢出眼眶，呼吸也变得困难起来。伤感的老傻瓜，他在心里狠狠地骂了自己一句，假咳了几声，叹了口气。

"你之前从来没上去过，到过城里，除了这次以外？"老人的语气充满同情。

"那又怎么了？"萨莎将盒子重新藏好，"你想告诉我，地上的一切跟图画上的完全不一样？图画上那些根本就不存在？这我都知道。我知道城市是什么样子的，房子、桥梁、河流，可怕又空旷。"

"正好相反，"老人说，"我从没见过比这座城市更漂亮的地方。你刚才所说的，好比通过一根枕木评判整个地铁。我甚至都没法跟你描述。那里的楼房高过任何一座山，街道像山涧一样喧闹流淌。天空永远不会熄灭，雾气中透着灯光……这座城是爱慕虚荣的，昙花一现的，就像它千百万居民中的任何一个，匆匆忙忙，庸庸碌碌。整座城市是由不可融合之物融合而成的，它的建设没有任何规划。它绝不是永恒的，因为永恒过于冰冷和迟钝，而它是那么生机勃勃！"他攥紧拳头，猛然一挥，"这些你是没法理解的，除非你亲眼看见……"

在那一刻，他几乎确信，假如萨莎能够上到地表，她同样能够看见这座城市的幻影。但他全然忽略了，想要看见城市的幻影，必须得见过城市活着时的样子。

*　*　*　*

荷马费了好大力气，总算疏通好关系，让萨莎通过了汉萨的边防线。她假装自己要被拉去枪毙，被几名士兵押送着穿过了整座站台，进入了当地公共澡堂所在的办公区域。

换乘站帕维列茨站拥有两个站台，两者的共同之处只在于名字。好比一出生就被分别领养的一对双胞胎姐妹，一个到了富贵人家，一个到了穷苦人家。辐射线的站台虽然高大宽敞，却又脏又乱；环线的站台虽然低矮狭小，却锃光瓦亮，一尘不染，盛气凌人。眼下这个点儿，环线站台上几乎没什么人，除了在站台工作的人，其余人似乎都更喜欢辐射线站台的随意自由，而不是环线站台的严苛压抑。

更衣室里只有她一个人。墙壁上整齐地镶着瓷砖，地板花砖很多都碎了，装衣服和鞋子的铁箱全都喷上了油漆，乱麻似的电线上亮着一盏灯泡，两条长凳包着人造革……

萨莎兴奋得无以复加。

干瘦的女服务员递给她一方白得离奇的毛巾和一小块坚硬的灰色肥皂，嘱咐萨莎将浴室从里面插上插销。

毛巾的粗糙触感，肥皂呛鼻的气味，全部属于遥远的过去，那时萨莎还是汽车厂站戍司令的掌上明珠。她几乎已经不记得世界上还有这些东西了。

萨莎解开因太久没有清洗污垢而变得梆梆硬的工作服，麻利地从里面钻出来，扯下汗衫，脱下短裤，连蹦带跳地来到锈迹斑斑的水管旁。水管上挂着一只自制喷头，她紧紧握住灼热的铁阀门，费了好大力气才放出热水——好烫！她连忙身子贴墙，以免被开水溅到，又旋开了另一个阀门。终于将冷热水调到了合适的比例，她不再躲闪，整个站到水流之下。

浇在她身上的水浑浑的，夹杂着灰尘、烟黑、机油、鲜血——她自己的和其他人的鲜血，以及疲惫、绝望、愧疚、焦虑……流了好久好久，才渐渐清亮起来。

这回老人就不会再打趣她了吧，萨莎想着，以旁人的目光凝视着自己被泡软的粉红色脚掌和白得有些不习惯的手掌。这样一来，男人就能发现她的美了吧？也许，荷马是对的，她真不该那样蓬头垢面地去探视猎人？这些东西也许真得好好学学。

他会不会注意到自己的变化呢？她拧紧阀门，趿拉着鞋走到更衣室，打开荷马送她的那面小镜子……不可能注意不到的。

热洗澡水使她肌肉松泛，也打消了她心头的疑虑。光头说的那句关于怪兽的话并非想要推开她，他只是还没有完全清醒而已；他也不是在对她说，而只是在继续噩梦中的激烈争吵。她只需要耐心地等他醒过来，她必须守在他身边，好让……好让他第一眼就能看见自己，立刻就能明白。接下来呢？她完全没有必要操心，他经验丰富，她可以全心全意地信赖他。

想到光头在昏迷中胡言乱语的情形，萨莎凭直觉感到，他恰恰在寻找她，因为只有她能够抚慰他，减轻他的高烧，帮他找回平衡。她越是这么想，就越是浑身发烫，也像发了高烧似的。

女服务员将她肮脏的工作服收走了，说帮她洗一洗，给她留下了一条浅蓝色单裤和一件破了洞的高领毛衣。这身新衣服让她觉得拘束和不自在。更讨厌的是，在她从浴室回医务室的一路上，几乎所有男人的目光都黏到了她身上，等她躺到自己病床上时，都恨不得再去重新冲个澡了。

老人没在病房里，然而还没等她感到无聊，门"吱呀"一声，医生探进头来。

"恭喜恭喜，你可以去探视了。他醒了。"

* * * *

"今天几号了？"

猎人一只胳膊肘撑起身，艰难地转动着脑袋，眼睛盯住荷马。荷马下意识地看了一眼手腕，才发现早就没戴手表了，只得无奈地两手一摊。

"二号，十一月二号。"男护理员说。

"三天三夜。"猎人缓缓地躺到枕头上，"浪费了三天时间，我们快赶不及了，必须即刻上路。"

"你这样是没法走的，"护理员劝阻道，"你身上的血几乎流光了。"

"必须走，"队长根本没理睬他的话，"时间不多了……匪帮……"说到这儿，他突然顿住了，盯着荷马问，"你戴防毒口罩干什么？"

荷马早就想好了说辞。在过去的三天时间里，他已经布置好了防线，策划好了反攻。猎人的昏迷让他免除了很多不必要的交代，现在可以代之以编造好的谎言。

"根本就没有什么匪帮，"他低声说着，俯身到伤者床前，"你昏迷的时候……一直在说胡话，我都知道了。"

"你知道什么了？！"猎人一把锁住老人的领口，将他拽向自己。

"关于图拉站的瘟疫……"见护理员想要跳过来制止猎人，老人恳求地冲他摆摆手，说，"没事的，我能搞定。我们需要谈一谈，能不能请您……"

护理员不情愿地点点头，将注射器针头罩上套子，走出了病房，留下二人独处。

"除了图拉站……"猎人狂暴、通红的眼睛仍死死地盯住老人，攥紧的手却慢慢松开，"没有别的了？"

"没了。我只知道图拉站是某种未知传染病的疫区，这种传染病是通过空气传播的……我们的人设置了检疫，在等待支援。"

"嗯……"猎人终于将他松开，"没错，是疫病。你害怕被我感染？"

"小心无大错。"荷马谨慎地回答。

"嗯。没事的。我当时靠得并没有很近，而且风是朝他们那边吹的……我应该不会感染。"

"你为什么要编造关于匪帮的谎话？你想怎么做？"老人鼓起勇气问。

"先去多勃雷宁站，我们需要喷火器，清洗整个图拉站。只有这一个办法……"

"你要把全站台的人活活烧死？那我们的人呢？"老人仍抱有幻想，队长关于喷火器的说法同样是他临时编造的谎话，跟他对塞瓦斯托波尔站领导说的匪帮一样。

"谁说是活活烧死呢……是焚毁尸体。没有其他出路。所有感染者，所有接触者，整个空气都需要清洗。我之前听说过这种疫病……"猎人闭上眼睛，舔了舔皲裂的嘴唇，"无药可治，两年前就暴发过……死了两千人。"

"但上次不是阻止住了吗？……"

"就是靠封锁、喷火器。"队长将被烧焦的半边脸转向老人，"没有其他办法。只要有一个人逃出来……所有人都得完蛋。没错，我是撒谎了，否则伊斯托明是不会同意的,他太优柔寡断了。"

"可是,万一有人可以免疫呢?"荷马怯懦地说,"万一那里还有健康的人呢?我是说……万一有办法治愈呢?"

"不可能有人免疫,所有接触者都会感染。那里没有健康的人,只有还没发病的。"队长斩钉截铁地说,"但他们更不幸,现在就是活受罪。相信我……让他们早点解脱,也是为他们好。"

"但你这么做又是为了什么呢?"老人为提防队长再次出手,下意识地朝后退了一步。

但猎人只是疲惫地合上了眼睛。荷马又一次发现,他被烧毁的半边脸上的那只眼睛没办法完全闭合。他许久都没有吭声,老人几乎要跑去叫医生了。

但就在这时,猎人像被催眠师送回到无限遥远的过去寻找失落的回忆一般,缓缓地、一字字地从牙缝里挤出来:"我必须,保护人们,排除任何危险。仅此而已。"

* * * *

他发现那把刀了吗?他猜到那是我给他的了吗?万一他没看见呢?万一他看见了却猜不到呢?萨莎沿着走廊飞奔,脑子里一团乱麻,不知道该对他说些什么……真可惜,他怎么没等我赶到就醒了呢?

萨莎无意中听到了光头和老人的整场对话,当听到杀人时,她一下子愣在了门口,随即躲到一旁。她自然无法理解全部信息,但最重要的话她已经听到了。再没必要继续等下去了,萨莎用力地敲了敲房门。

老人迎面站起身,脸上写满了绝望。他脚步虚浮,像是也被人打了一针镇定剂似的,瞳仁里的灯捻也像是被人掐灭了。走到萨莎面前时,他机械地、像受绞刑者被人勒紧了绞索那样冲萨莎点了点头,走出了病房。

萨莎坐在被焐热的圆凳边沿,轻轻咬住嘴唇,屏住呼吸,一狠心,踏入了全新的未知隧道。

"你喜欢我送你的刀吗？"

"刀？"光头向四周环视一圈，看见了黑色刀锋，却并没有伸手去摸，而是警惕地注视着萨莎，问道，"这又是哪一出？"

"这是给你的，你那把不是断了吗，当你……救我……"

"除了你，恐怕再不会有人送刀给我了。"在一阵难堪的沉默之后，他说。

萨莎在这些话里听出了某种模糊的暗示，意味深长。她接受了游戏，却还不熟悉游戏规则。她试探着挑拣合适的字眼，但她很不擅长这样做，似乎她的话语根本无法描述内心翻涌的思绪。

"你也觉得，我身上有你的一小部分？从你身上被撕下的那个部分，你一直在寻找它，而我能够将你补充完整？"

"你在胡说八道些什么？"光头兜头朝她泼了一瓢冷水。

"就是的，你也能感觉到，"萨莎蜷起身子，坚持道，"和我在一起你会变得完整，我可以而且应该和你在一起。不然你为什么要把我带上？"

"是老头子的主意。"光头的声音冷冰冰的。

"那你为什么要为我杀死轨道车上的人？"

"杀人不需要理由。"

"那你为什么要把我从怪兽手里救出来？！"

"畜生必须被消灭。"

"你还不如让它把我吃掉！"

"活下来你还不乐意吗？"光头冷漠地反问，"那你就顺着升降梯上到地表去好了。不是想找怪物吗？那里还有的是呢。"

"我……你想让我……"

"我不想让你做任何事。"

"我能帮助你停下！"

"你不要缠着我。"

"你难道感觉不到吗?"

"我什么都感觉不到。"他的话里透露出一股锈水的气息。

即使是无眼怪兽的巨爪也没有伤她那么深。萨莎跳起来,心里滴着血,跑出了病房。幸好,她的房间里没人。她蜷在墙角,缩成一团。她在兜里摸索那面小镜子,想把它扔掉,却没找到,可能是掉在光头的床边了。

当眼泪流干之后,她已经知道该怎么做了。她很快就收拾好了东西,老人会原谅自己偷走他的自动步枪的——她做什么他都会原谅她。洗净消毒的粗帆布防化服无力地从辅助用房的挂衣钩上垂下,正在等她。好像哪位巫师对那个该死的胖子施了诅咒,让他在死后也要处处追随萨莎,帮她完成她的愿望。

萨莎钻进防化服,来到走廊,穿过通道,走上了月台。走到半路,一串美妙的音符如山涧般朝她奔涌过来,但源泉仍旧没有发现。眼下她也没工夫去找。她只是驻足了几秒钟,便克制住了诱惑,继续朝既定目标走去。

白天看守扶梯的只有一位哨兵,地表的怪物从来不会在白昼期间侵扰站台。

她没用五分钟就通融好了,萨莎给这位好说话的哨兵送了一个半空的弹匣,一脚踏上了通往地表的头一级台阶。

她提了提松松垮垮的裤子,向上爬去。

第十二章
预兆

科洛姆纳站距离地表很近，只有五十六级台阶，而帕维列茨站则要深得多。当萨莎沿着轧轧作响、布满弹痕的扶梯向上攀爬时，她几乎看不到扶梯的尽头。她的手电筒只能勉强从黑暗中照出被打碎的照明灯，生锈的广告牌上几张黯淡的面孔，以及拼凑成无意义话语的巨大字母。

她为什么要上去？为什么要上去送死？

但下面有谁会需要她呢？——不是作为还没写完的书里的人物，而是作为一个活生生的人？

还有必要继续自我欺骗吗？

当她留下父亲的尸体，走出荒凉的科洛姆纳站时，她原本觉得自己正在执行她和父亲早就一起制订的逃亡计划。她将父亲的一部分带在自己身上，想至少以这种方式帮助他逃脱。但从那时候起，她便再没有梦见过父亲一次，而当她试图从想象中召唤出他的形象，好和他分享自己的见闻和感受时，他总是显得虚无缥缈，无声无息。父亲无法原谅她，也不稀罕这样的救赎。

父亲捡回来的那些书籍，在被拿去交换食物和弹药之前，每一本她都会先翻看一遍，其中最令她印象深刻的是一本旧植物学手册。里面的插图虽然只有一些暗淡发黄的黑白照片和铅笔画的简图，较之于其他一幅插图都没有的书，这本书自然成了她的最爱。而在所有的植物中间，她最喜欢的便是牵牛花。不，准确地讲，不是喜欢，而是觉得亲切，因为她在牵牛花身上看见了自己。她跟牵牛花一样需要支柱，以便爬到高处，够到阳光。

求生本能要求她必须找到粗壮的树干，好让她紧紧依附、拥抱、缠绕，但不是为了汲取汁液，而是为了吸收光和热。这是因为，她自身过于柔弱、纤细，无法抵挡风雨，若是独自生长，恐怕只能永远在地面匍匐。

父亲对萨莎说，她不应该依赖任何人，不能指望任何人。要知道，除了父亲之外，在那个被人遗忘的荒凉小站，她也没有其他人可以指望，而父亲毕竟不可能永远陪她走下去。父亲不希望她长成一藤牵牛花，而是希望她长成一棵坚韧的青松，但他忽略了，这是违背女人天性的。

没有父亲，萨莎或许也能活下来；没有猎人，萨莎或许照样能活下来。然而，与另一个人的融合，在她看来，正是憧憬未来的唯一理由。那天她在轨道车上抱住猎人时，她感觉自己的生命找到了新的支柱。她明知道信赖别人是危险的，依赖别人是可鄙的，但她仍然说服了自己，向猎人表白了。

萨莎想依附到猎人身上，而猎人却不愿意被她拖住后腿。她失去了支柱，并被踩进了泥里，她不愿再屈辱地继续寻找。他不是让她去地表吗，那有什么，去就是了。假如她在地表遭遇什么不测，罪过全在他身上，也只有他才能阻止她。

台阶终于走完了。萨莎来到了一间宽敞的大理石大厅，一部分铁皮棚顶已经坍塌了。透过远处顶棚上的窟窿，夺目的灰白色强光鞭打下来，光斑甚至射到了萨莎所在的角落。萨莎关闭手电筒，屏住呼吸，蹑手蹑脚朝前走去。

扶梯旁的墙壁上弹痕累累，说明人类曾经来过这里，但仅在几步开外，便进入了其他生物的领地。一坨坨风干的粪便，随处散落的森森白骨都在表明，萨莎正置身于某种怪兽的巢穴。

萨莎用手遮住眼睛，以免被强光灼伤，接着朝大厅出口走去。萨莎越靠近光源，她走过的那些角落里的黑暗就越浓稠，她的眼睛在适应强光的同时，被削弱了感知黑暗的能力。

大厅里到处是倾塌的岗亭、一堆堆的废铜烂铁和废弃的电气设备。她明白了，人类曾经将帕维列茨站的地表大厅当成了中转站，用来堆积从周边运来的战利品，直至更加强悍的物种将他们驱逐。

萨莎隐约感觉黑暗的角落里似乎有微弱的蠕动，但她总将其归咎于自己越来越差的视力。盘踞在那里的黑暗过于浓稠，她完全没能辨识出正在打盹的怪兽的轮廓，它们完全与废墟融为了一体。

穿堂风单调的呜咽声掩盖住了怪兽沉重的呼哧声。当萨莎意识到这个声音时，已经从微微蠕动的庞然大物身边走过了几步。她定住脚步，屏息凝神地听了片刻，朝一旁倾塌的售货亭望去，在其背后发现了一个奇特的隆起……

那个隆起的小山包在呼吸。周围其余的"土堆"也在呼吸，而她被围在中间。为了确认，萨莎""咔嗒"一声打开手电筒，将光束对准其中一个。苍白的光柱打在白色的皮肤褶皱上，顺着硕大无朋的躯干向下滑动，还没等移到尾部，萨莎就彻底被吓傻了。这正是在帕维列茨站差点杀死萨莎的白色巨兽的同类，而且比那头还大。

这些畜生似乎正在休眠，并没有注意到萨莎。但离她最近的一头突然醒转，很响地用歪斜的鼻孔呼吸着空气，动了起来……萨莎从惊恐中回过神来，忙收回手电筒，尽量不出声地从它身边逃开。但在这骇人的怪兽巢穴，每踏一步都万分凶险。而且，离扶梯越远，巨兽就越密集，就越不好下脚。

此时想回头已经晚了。萨莎只盼着这些怪兽不要醒来，把她从这里放出去，到外面碰碰运气，至于能否安全返回地铁她根本没有考虑。她紧张得连大气都不敢喘，甚至尽量停止思绪——万一它们能够觉察到人的思想呢？她极其缓慢地朝出口靠近。破碎的地板砖不时在脚下发出该死的声响，也许只要再踏错一步，这些怪兽就会被吵醒，瞬间把她撕成碎片。

但萨莎忽然想起，就在今天，她已经在休眠的怪兽中间走过一遭了……至少,这种奇特的感觉令她没来由地十分熟悉。想到这儿,她不由得呆立在原地。

萨莎知道,后脑勺有时也能感知别人的目光。这些怪兽虽然没有眼睛,但它们用来感知周围空间的那个器官,却比任何目光都更加可靠,更加顽固。

她不用回头也能知道,一头怪兽正死死地"盯"着她的后背,尽管她再怎么小心,还是惊动了它。

但她终于还是转过了头……

* * * *

姑娘不见了,但那时的荷马万念俱灰,完全没有急着要去找她的念头。

通信员的日记本来还给他留了一丝幻想——疫病也许会绕开自己,但猎人残忍地剥夺了这最后的一线希望。当他跟苏醒过来的队长进行那场精心设计的对话时,他仿佛在为自己的死亡判决进行申诉,但队长却并不打算赦免他,事实上,他也没法赦免。对于荷马即将承受的结果,只能怪他自己。

他的故事只写满了十页纸,还有那么多东西需要争分夺秒地压缩,塞入笔记本剩余的空白页。这已经不再单纯是愿望,更是职责。之前的短暂休整已经结束了,他翻开笔记本,打算从上次被医生的呼唤中断的地方继续写下去,但笔尖却不由自主地写下了之前反复思忖的那句话:

"在我死后,会留下什么?"

那些被困在图拉站的不幸的人,他们死后又会留下什么呢?他们也许已经绝望,也许仍然抱有希望,但无论如何都逃不过残忍的清洗。记忆吗?但事到如今,又有几个人仍留在人们的记忆中呢?

再者说,记忆也是个极不牢靠的坟冢。老人很快就不在了,他认识的所有人都会随他而去,连他的莫斯科也会随之化为乌有。

他现在在哪儿？帕维列茨站吗？站台上方的花园环路如今已是光秃秃一片，死气沉沉。在世界末日前的最后几个小时，装甲战车将其清除、封锁，以便救援队和救护车能够通行。大街小巷上的住宅东倒西歪……老人轻易便能想象出那里的景象，尽管他从来没从这个站台上到过地表。

但在战争之前他经常到这里来，他跟未来的妻子经常在这个地铁站旁的餐馆共进晚餐，随后去附近的影院看晚场电影。考驾照时浮皮潦草的付费体检，也是在这附近做的。另外，他还从这里的车站跳上电车，去夏天的树林里跟同事们一起享用烧烤……

他盯着方格纸，眼前却浮现出了车站前广场，沐浴在秋日的晨雾中，两栋楼房在雾气中若隐若现，那是风格浮夸的办公楼，他的一位朋友曾经在那里工作。更远处是一座豪华宾馆的尖顶，宾馆旁边就是昂贵的高档音乐厅。荷马曾经打听过票价，比他半个月的工资还多一些。

他看见甚至听见了蓝白相间的有轨电车，车里密密匝匝地挤满了乘客。而花园环路本身，喜庆地闪耀着成千上万的车头灯和转向灯，构成了一个闭合的灯串。还有不合时宜的雪，怯生生的，还未落到黑色沥青上便消融了。熙熙攘攘的人群，看似杂乱无序，实则各自按着既定轨道在前进。

他看见了由斯大林式楼房构成的隘口，花园环路如同一条大河，缓缓从隘口流向广场。道路两侧是成百上千扇灯火通明的窗子。此外还有很多霓虹灯招牌和巨大的广告牌，遮住了丑陋的伤口，那里计划植入几层楼高的假体……

但计划被永远搁浅了。

他看着看着，逐渐明白，仅用言语根本无法描述这一幅雄伟画面。难道说，所有这一切，真的只剩下长满青苔、坍塌的墓碑了吗？

过了一个小时，三个小时，姑娘仍没回来。荷马坐不住了，找遍了整个通道，问遍了所有的摊贩和乐手，询问了汉萨卫队的队长。然而一无所获，姑娘仿佛凭空蒸发了。

荷马手足无措，只好又来到队长的病房门前。这是最后一个他能指望的人。他咳嗽一声，朝病房里面望去。

猎人躺在床上，艰难地呼吸着，眼睛盯着天花板。完好的右手从罩布下面露出来，握紧的拳头上带有新鲜的擦伤，伤痕并不深，却淌着脓血，弄脏了床铺，猎人却浑然不觉。

"你打算什么时候走？"猎人问荷马，但没有扭头看他。

"我，现在就可以。"老人结结巴巴地说，"那个……有件事……那个姑娘不见了。再说，你现在这个样子，走得了吗……"

"我死不了，"猎人回答，"死并非最可怕的。收拾东西，我一个半小时之后就能上路。我们去多勃雷宁站。"

"我有一个小时就够了，但我得找到她，我想让她继续跟我们一起走……我需要她，你明白吗？"荷马焦急地说。

"我一小时之后出发，"猎人的口气不容置辩，"你走不走随便……她也是。"

"我完全想不出她会去哪儿！"老人痛心地叹了口气，"要是你知道的话……"

"我知道她去哪儿了，"猎人语气平淡地说，"但单凭你是救不了她的。收拾东西吧。"

荷马不由得后撤一步，眨了眨眼。尽管他已经习惯于信任队长的第六感，眼下却不肯相信。万一他又在撒谎呢，万一他还是想摆脱多余的累赘呢？

"她对我说，你需要她……"

"我需要的人是你，"猎人把头稍微转向荷马，"而你也需要我。"

"为什么？"荷马声音极低，但猎人还是听见了。

"很多事情都取决于你。"猎人缓慢地眨了眨眼，但老人忽然觉得，冷酷无情的队长刚才向他使了个眼色，这让他霎时冒了身冷汗。

病床好一阵吱吱呀呀，猎人咬紧牙关，坐了起来。

"去吧，"他请求荷马，"抓紧收拾东西，如果你想跟我一起走的话。"

荷马没有立即转身走开，他捡起了那个孤零零躺在角落里的塑料香粉盒。盒盖上有几条裂纹，环扣脱落了，两半分离开来，那面小镜子被摔得稀碎。

老人猛然转向队长："没她我是不会走的。"

*　　*　　*　　*

无眼怪兽几乎整整高出萨莎一倍，它的头颅顶到了天花板，巨爪抵在地板上。萨莎见识过这些庞然大物闪电般的移动和攻击。它也许只需动动爪子便能抓住萨莎，一击毙命。

但不知为何，它并不急于出手。

开枪射击是毫无意义的，再者说，萨莎恐怕连端枪都来不及。于是，萨莎迟疑地向着出口后退了一步。怪兽发出一声不大的咕噜，朝姑娘这边晃了一下……然而，什么都没有发生。怪兽仍然待在原地，但"视线"却牢牢地锁定萨莎。

萨莎鼓足勇气，又撤了一步。又一步。她没有转过身去背对怪兽，以免暴露自己的恐惧，而是后退着逐渐靠近出口。怪兽像被施了魔咒一样，亦步亦趋地跟着萨莎，但一直保持一定的距离，像在护送萨莎一样。

直到离明晃晃的出口只剩下十来米，萨莎再也按捺不住，转身疾跑，怪兽咆哮一声，也向前突蹿。萨莎飞奔到外面，一下子被阳光刺得眯起眼睛，没头苍蝇似的朝前乱跑，忽然脚下一绊，跌在了粗糙坚硬的地面上……

她认命了，等着怪兽抓住自己，大卸八块。但怪兽不知为何放过了她。过了漫长的一分钟，又一分钟……周围一片寂静。

萨莎没敢睁眼，先从背包里摸出了从哨兵那儿买来的自制太阳镜，镜片由两个透明的绿色酒瓶底充当，用两个铁环箍住，拴在止血带上。萨莎将眼镜绑在防毒面罩外面，两个镜片刚好盖住玻璃视窗。

现在她可以睁眼了。她缓慢地睁开眼睛，起初凝神戒备，随后越来越大胆地环顾着周围这个陌生环境。

在她头顶上方是天空，真正的、明亮的、高远的天空。整个天空散发着绿幽幽的光泽，有些地方塞着些低低的云朵，有些地方则呈现出无底的深邃。

太阳！她看见了纤薄云层后面的太阳，圆圆的，如此光辉夺目，比任何一盏探照灯发出的光还要强烈数万倍，几欲将萨莎的太阳镜烧出两个窟窿。她吓得连忙移开视线。稍等了片刻，到底忍不住又用眼角瞟了一眼。照理说，太阳有什么的呢，不过是天上的一个刺眼的窟窿而已，有什么值得人崇拜的呢？事实上却并非如此，它充满诱惑，让人迷恋，令人激动。对于习惯于地底黑暗的眼睛来说，兽巢的门洞几乎同样刺目，萨莎忽然心念一动：太阳会不会也是这样一个出口呢，能够通往一个永远不会有黑暗降临的地方？如果能够脱离地面、飞到太阳上去该有多好，就像她刚才从地底下钻出来那样。此外，太阳还散发出微弱的热量，像是活的一样。

萨莎站在石头荒野的中央，周围净是半坍塌的老建筑，黑洞洞的窗窟窿叠加了足有十层之多，那些楼房便是如此之高。它们多得不可胜数，拥挤在一起，彼此遮挡着，好奇地盯着萨莎看。高楼后面还有更高的楼在窥视，而在更高的楼后面是摩天大楼的身影。

真是不可思议，萨莎看到了这一切！尽管它们也同样带着傻乎乎的绿色，跟脚下的大地，跟身边的空气，跟疯狂的、闪耀的、深邃的天空一样，但现在，她看到了令人向往的远方。

尽管萨莎出生在地底，但她的眼睛并不是为黑暗而生的，无论她为了让它们适应黑暗付出了多少努力。夜里，站在地铁桥的断口处，她只能看见距离气密门几百米远的丑陋建筑，再往远处黑暗就变得过于浓稠，无法穿透了。

萨莎以前从未认真思考过，自己生活于其中的世界到底有多大。每次想到这个问题时，她总会设想一个不大的昏暗蚕茧，两侧各有几百米远，在此之后便是世界的边缘，宇宙的尽头，绝对黑暗的开端。

尽管她知道，真正的地球要比这大得多，但她完全想象不出它的样子。现在她明白了，假如没有亲眼见过的话，是永远无法想象的。

奇怪的是，站在这无边无涯的空旷之中，她竟然一点也不害怕。以前，从隧道钻出地铁桥的断口处时，她总感觉自己像脱掉了铠甲，而现在她却感觉自己像小鸡钻出了蛋壳。在光天化日之下，任何危险都可以早早发现，萨莎有充足的时间躲藏起来或者准备防御。除此之外，还有一种羞怯的、从未体验过的感受：她感觉自己像是回家了。

穿堂风呜咽着吹过楼房间的缝隙，推着萨莎的后背，怂恿她去大胆探索这个未知的新世界。

事实上她也没有选择的余地：想要重返地铁，她必须再次走进怪兽盘踞的建筑物，而现在它们已经全被惊醒了。建筑物出口处时不时便会有白色身形一闪而过，显然，它们十分畏惧阳光。但黑夜降临了会怎样呢？在天黑之前，假如她想看见老人绘声绘色地向她描述的任何东西，她必须尽量远离这里。

于是，萨莎鼓起勇气向前走去。

她从未觉得自己如此渺小。她无法相信，这些巨大的建筑是跟她一样高的人类修建的，他们建这么高的楼房干什么呢？也许，是末日战争前的几代人发生了蜕变，身量变小了吧——那是大自然在帮助他们准备适应未来逼仄的地下世界？而这些建筑物则是人类的远祖留下的遗产，那时的人类顶天立地，就和他们住的房子一样。

她来到一片宽敞的空地，这里没有楼房，地面上覆盖着坚硬而龟裂的灰色地皮。世界突然一下子变得更加广阔，在这里视线可以抵达如此遥远的地方，以至于萨莎不由得心里发紧，脑袋发晕。

萨莎靠着覆满霉菌和青苔的墙壁坐下，抬眼望着高耸入云的钝角钟楼，开始想象这座城市生前的样子……

街道上——现在她所在之处无疑正是一条街道——应该漫步着高大、俊美的人类，他们穿着色彩鲜艳的漂亮衣服，跟它们比起来，连帕维列茨站居民最好的衣服也显得寒酸、滑稽。在亮丽的人群中间，汽车往来穿梭，它们长得跟地铁机车一模一样，只是要小得多，只能容下四名乘客。

那时的楼房也不像眼下这么暗淡。窗洞不是黑黢黢的，而是镶着锃光瓦亮的玻璃。不知为何，萨莎还看见了数不清的小栈道，架设在不同的高度，将相对而立的楼房连接起来。

那时的天空也不像如今这样空旷，而是不疾不徐地游弋着无数巨大的飞机，低得几乎触到了楼顶……父亲曾经给她解释过，飞机在飞的时候根本不需要扇动翅膀，但在萨莎的想象里，它们长着蜻蜓一样的翅膀，几乎是透明的，只是微微反射着绿莹莹的阳光。

还有，天上在下雨。

看起来不过是水从高处流泻而下，但感觉非比寻常。天上的雨水不仅洗刷了灰尘和疲惫——澡堂生锈的水管里流出的热水同样能够做到这些——还能净化人的内心，宽恕他们犯下的罪过。这神奇的沐浴能够涤荡心头的苦楚，令人焕然一新，重新获得活下去的愿望与力量，就像老人所说的那样……

萨莎如此热忱地相信这个世界，在她儿童般诚挚的恳求之下，这个世界竟然真的在周围搭建起来。她现在已经能够听到高空透明机翼的轻微颤动，人群七嘴八舌的喧闹，车轮的轧轧滚动，温热雨滴的滴答。她的耳畔不由得响起了此前在通道里听过的那段旋律，那旋律毫不违和地加入了周围的声响中……她的胸口突然一阵刺痛。

她跳起身，沿着街道中央，逆着人流跑去，绕过忙碌的微型机车，仰面去接那沉重的雨滴。老人是对的，这里的确如童话般美好，美得令人不可思议。只消将时间留下的铜锈和霉菌擦掉，过往便会重新熠熠生辉，就像荒废站台上的彩色马赛克和青铜雕饰一样。

她来到一条绿色的河流前，河上的桥梁如今已经断裂，她无法过到河对岸去。魔法消失了，那幅一秒钟前还栩栩如生、多姿多彩的图画，一下子变得苍白暗淡，破灭了。眼前重新出现了空旷、荒凉的古旧建筑，龟裂的路面，路边两米多高的荒草，前方一望无际的莽林——这就是那个美妙的奇幻世界剩余的全部。

萨莎忽然感觉无比委屈，因为她从未目睹那样的景象，因为她只能在死亡和返回地底之间做出选择，因为世界上任何地方都再没有衣着光鲜的巨人了……还因为，在这通往远方的宽阔道路上，除了她之外，再没有一个活人了。

天气好得出奇，晴朗无雨。

萨莎甚至不愿哭泣，现在最好干脆死去。

仿佛听到了她的愿望一样，一个巨大的黑影在她头顶高处展开了翅膀。

* * * *

假如逼他做出选择，他该怎么做？离开队长，放弃自己的著作，留在站台，直到找到失踪的姑娘为止？还是忘掉姑娘，追随猎人，将姑娘从自己的小说中抹去，再伺机寻找新的女主人公？

理智禁止荷马离开队长，否则他的远征还有什么意义？他怎能让自己和整个地铁冒如此致命的危险呢？他又怎能放弃自己的著作呢——这可是唯一能够补偿一切牺牲的东西，既包括已经付出的，也包括即将付出的。

然而，当他从地板上捡起那面被摔碎的镜子的那一瞬间，荷马意识到，不顾女孩的死活，径自离开帕维列茨站将是真正的背叛。而背叛行径，或早或晚，终将损害他本人以及他的著作。他已经永远无法将萨莎从自我记忆中抹去了。

不管猎人对他说什么，荷马仍然决心尽一切努力找到女孩，活要见人，死要见尸。于是老人开始加倍努力地搜索，不时向路人询问时间。

去环线是不可能的——没有证件，她不可能进入汉萨。而通道下方的那排房间和病房，荷马则从头找到了尾，向每个路人打听有没有见过女孩。终于，有人说好像见过，穿着一身防化服……荷马不敢相信自己的耳朵和眼睛，一路寻到了扶梯底部岗哨。

"这跟我有什么关系？是她自己要上去的。我还让给她一副好眼镜呢。"哨兵懒洋洋地说，"你不能再上去了，就这我已经挨了班头的骂。这上面是怪兽的老巢，没有人会上去的。她起初跟我说的时候，我还觉得好笑呢。"他的眼珠瞪得足有手枪枪口那么大，滴溜乱转，就是不看老人，"你也赶紧回通道去吧，天马上就要黑了。"

猎人早就知道！他还说，自己救不了她。这么说，她还活着？……

荷马慌里慌张，跌跌撞撞地朝队长的病房跑去。他钻过低矮的暗门，跟跟跄跄地爬过狭窄的楼梯，门也没敲就闯了进去……

但房间里空荡荡的，猎人不见了，他的武器也不见了，只有散落在地板上的带有褐色血迹的绷带，以及孤零零躺在地板上的空的军用水壶。辅助用房里粗略清洗过的防化服也不见了。

队长就这样把老人抛下了，如同抛下了一条犯倔的老狗。

* * * *

她的父亲一直坚信：人会收到各种预兆，只需要学会发现并解读它们。

萨莎一下子就愣住了。假如真的有谁想给她传达预兆，恐怕再也想不出比这更富于想象力的了。

在断桥不远处，黢黑的莽林中凸显出一座古老的塔楼，浑圆的塔身，奇异的塔顶，是周边所有建筑中最高的。由于年久失修，塔身裂开了一道道深深的缝隙，严重倾斜。若非奇迹，这座塔楼恐怕早就倾塌了。

塔身密密匝匝地缠绕着牵牛花。牵牛花藤自然比塔身纤细不知多少，但它们的厚度和强度足以将快要分崩离析的塔楼维系在一起。这种神奇的植物螺旋地抱住塔楼，从主茎之外又探出无数支茎，支茎之外又生了很多细茎，合起来编织成了一张密密麻麻的巨网，将塔身牢牢箍住。

毫无疑问，牵牛花曾经也是那么柔弱和纤细，跟如今这株花藤上最柔嫩的幼芽一样，不得不紧紧依附在看似坚不可摧的塔楼上。若非塔楼如此之高，牵牛花也断然不可能长得这么粗大。

萨莎痴痴地看着牵牛花，看着被牵牛花拯救的建筑。对她而言，一切又重新获得了意义，她再次萌生了抗争的愿望。说来奇怪，她的生命中似乎什么也没改变，只是突然之间，如同一株牵牛花顶破了绝望的灰色土层，希望钻进了她的内心，转眼便郁郁葱葱。

就算有些事情她无法左右，有些行为她无法阻止，有些话她无法收回，但在眼下的故事里，仍有很多事情是她足以改变的，尽管她现在还不知道该如何去做。最重要的是，她重新获得了力量。

现在萨莎隐约猜到了，残忍的怪兽何以会放过她：是某个看不见的人用铁链锁住了怪兽，好再给她一次机会。

她对此感激不尽。为此她愿意宽恕，愿意再次去证明、去争取，只要猎人能给她一个最最含糊的暗示。

斜坠的夕阳猛然熄灭，旋即再次亮起。萨莎抬起下巴，眼角余光扫到了一个迅疾的黑色剪影，从头顶上方一掠而过，霎时遮住了阳光，转瞬又消失在视线当中。

犀利的呼哨和嚎叫撕裂了空气，一个黑影如巨石一般劈头盖脸向萨莎压下来。在最后的一瞬间，本能促使萨莎扑倒在地，这才捡回了一条性命。前所未见的怪兽张开翅膀贴着地面滑行了一段，振翅一拍，再次飞起，开始在半空盘旋，伺机重新发动攻击。

萨莎慌忙爬起身，抓起自动步枪，但随即便放弃了无用的抵抗。就算迎面打出一梭子子弹也未必奈何得了这样的飞兽，再说恐怕根本打不中它！仓皇间，萨莎扭头朝来时的方向跑去，忘记了大厅里还有一群无眼巨兽在等着她。

飞兽发出一声呼啸，再次俯冲下来。萨莎被不合身的裤子一绊，扑通摔倒，忙翻过身，胡乱打出一个短点射。飞兽吃了一惊，但并没有受到任何伤害。利用这赢得的几秒钟，萨莎爬起身，朝最近的楼房跑去。

半空中已经有两个黑影在盘旋，宽大的膜状羽翼沉重地拍击着空气。萨莎的计划很简单，后背紧紧贴在任何一栋建筑的墙壁上，这样的话，过于庞大和笨拙的飞兽便够不到她了，至于接下来……反正她也没有其他地方可以藏身。

她终于跑到了一栋建筑跟前，后背紧贴墙壁，祈祷着飞兽会放过自己。但她的算盘落空了，这些飞兽比她想象的要狡猾得多。两头飞兽一先一后降落在距离萨莎二十步开外的地面，收拢翅膀，不慌不忙地向她逼近。

萨莎绝望地射出一梭子子弹，非但没有起到恐吓的效果，反而激怒了它们。子弹像是卡在了飞兽厚重的兽毛上，丝毫没有伤到皮肉。走在前面的那头飞兽恶狠狠地冲着萨莎嘶吼，外翻的黑唇下面露出了钉子般锋利的獠牙。

"趴下！"

萨莎下意识地卧倒在地，甚至没来得及反应，这个遥远的声音是从哪里传来的。有什么东西在她近前爆炸了，冲击波的热浪令她浑身一震。紧接着第二声爆炸，随后响起飞兽狂暴的哀嚎和逐渐远去的翅膀拍击声。

她惊恐地抬起头，被呛得咳嗽着，挥掉飞扬的灰尘，四下环顾。离她不远处的路面上多出了一个新鲜的弹坑，溅满了黏糊糊的黑血，旁边散落着一只被烧焦的皮革状翅膀，周围还有几块被烤煳的肉。

从地铁入口大楼方向，一个身穿防化服的伟岸身躯，迈着坚毅的步伐朝萨莎缓步走来。

是猎人！

第十三章
童话

猎人抓住萨莎的胳膊,扶她站起来,拽着朝前走去。之后,像是忽然想起什么似的,他放开了她的胳膊。他的眼睛被特殊的烟色镜片挡住,萨莎看不清楚。

"赶紧走!天黑之前必须离开这里。"猎人隔着防毒面罩瓮声瓮气地说。

说罢,他再没看萨莎一眼,快步向前走去。

"猎人!"萨莎冲他后背喊着,竭力透过雾气蒙蒙的视窗玻璃看清楚自己的救命恩人。

猎人假装没听到,萨莎只好使出浑身力气,追在他身后。他当然有理由恼怒:这已经是第三次救下这个只知道闯祸的女孩了。但他上到地面无疑是为了萨莎,这还有什么好怀疑的呢?

猎人根本没打算靠近萨莎走出地铁时通过的那个怪兽巢穴,他知道其他的小路。他沿着大路右拐,钻入拱门,绕过一些扁平的售货亭铁架,停在了一个窗户密封着的砖式岗亭前,用钥匙打开一把大锁。原来,这个岗亭只是一个幌子,门后是一道混凝土楼梯,蜿蜒通往地底深处。

猎人用那把大锁将门反锁,打开手电筒,向下走去。墙壁被刷成了白色和绿色,墙皮已经剥落了,上面密密麻麻地写满了人名和出入日期。猎人也在上面潦草地写了些什么。大概每个使用秘密通道出入地表的人,都要在墙上留下往返时间记录吧。只不过,在很多人名下面只有出去的时间,却没有回来的时间。

萨莎原本估摸着要向下走很久，没想到猎人却在一道不起眼的铁门前停住了脚步，在门上用力擂了一拳，过了几秒钟，门后撤下了门闩。一个头发蓬乱、胡子稀稀拉拉的人开了门，他身上穿着蓝色裤子，膝盖部位隆起。

"这是谁？"开门人看见萨莎，疑惑不解地问猎人。

"在地表碰上的，差点没被大鸟吃了，我好不容易才用枪榴弹打退了。"猎人瓮声瓮气地说着，扭头问萨莎，"喂，伙计，你怎么会跑那儿去的？"

说着，猎人脱掉风帽，摘下防毒面罩……

那竟是个陌生男子，淡褐色短发，灰色眼睛，塌鼻梁。萨莎心下一惊，难怪她一直怀疑，这人步履轻盈，根本不像重伤初愈，而且他的步伐也并不像野兽，防化服似乎也不是原来那套……

她一时间觉得胸闷不已，一把扯下了面罩……

一刻钟之后，萨莎越过了汉萨边境线。

"对不起，没有证件我没法把你留在这儿。"她的救命恩人语气中透露出真诚的遗憾，试探地问道，"要不，今晚，那个……在通道见个面？"

她默默地摇了摇头，抱歉地笑了笑。

她该去哪儿？

去找他！还来得及！

萨莎没法因为这次救她的人不是猎人就狠心怪罪他……除此之外，她还有一件事要完成，不能再拖下去了。

就在这时，一串温柔而魅惑的美妙旋律透过嘈杂的人声、透过窸窣的脚步声和摊贩的叫卖声飘至她的耳畔。好像正是此前令她着迷的那段旋律。萨莎不由自主地朝乐声走去，仿佛再次走向闪耀着光芒的孔洞……只是这次，它会将她带到何处呢？

乐手被数十名听众团团围住。萨莎费了好大劲儿才挤进人群。那旋律既把人群吸引过来，又迫使他们不敢靠近，仿佛他们也在飞向光芒，却又害怕被光芒灼伤。

但萨莎不怕。

乐手年纪轻轻，身材匀称，长相俊美。他未免有些瘦弱，但保养良好的脸庞透露出一股英气，绿莹莹的眼睛也显露出沉稳。黑色头发虽未经修剪，却十分平整。身上的衣服普通无奇，但在周围人群的衬托下显得格外整洁。

他吹奏的乐器有点类似于塑料玩具笛子，但笛身很长，通体黑色，带有黄铜按键，看上去奢华名贵。笛管吹奏出的声音犹如天籁，完全是属于另一个世界、另一个时空的，一如乐器本身……甚或是乐手本人。

乐手第一时间便捕捉到了萨莎的目光，视线稍做停留，便垂下眼皮，继续吹奏起来。萨莎顿时一阵羞臊，她发觉乐手的关注并不令她讨厌。

"谢天谢地！终于找到你了……"一个熟悉的声音从背后响起，萨莎回头一看，竟是荷马，气喘吁吁、满头大汗。

"他怎么样？"萨莎开口便问。

"难道他……"荷马话说到一半，猛然收住，又改口道，"他走了。"

"什么？……他去哪儿了？！"萨莎的心脏仿佛被人紧紧攥住了。

"不知道。他收拾好自己的东西就走了。应该是去多勃雷宁站了……"

"他什么都没留下吗？"萨莎怯怯地问，暗自猜测着荷马即将给出的答案。

"什么都没有。"老人摇摇头。

周围人纷纷侧目，朝二人发出不满的"嘘"声，荷马连忙闭嘴，安静地听起音乐来。听了一会儿，他满腹狐疑地瞅瞅乐手，又瞅瞅萨莎。但他想多了，萨莎心里想的完全是另外一回事。

就算猎人把她赶走，又匆匆溜掉了，但萨莎已经开始理解他所遵循的那些奇怪准则了。如果光头真的拿走了自己的全部行李，那就表明，他希望她能够更加坚定，不会半途而废，他希望她去寻找他。她会这样做的，无论如何都会这样做的，只要……

"那，刀呢，"她低声问老人，"我送他的那把刀，他也带走了吗？黑色那把？"

"反正病房里是没有。"老人耸耸肩。

"那就是带上了！"

对萨莎而言，这个暗示已经足够了。

* * * *

笛手很有天赋，技艺炉火纯青，好像昨天还在音乐学院演奏过似的。他装乐器的套子放在旁边地板上，里面打赏的子弹大概足够养活一个小站台的居民，又或者将其逐一射杀的了。看吧，这才是天赋，荷马自嘲地想。

这段旋律令老人恍惚觉得熟悉，但无论他怎样绞尽脑汁，还是想不起来究竟在哪儿听到过——老电影里吗？还是广播里？这乐声有种奇特的魔力，一旦被它带入节奏，便无法自拔，会不由自主地听到最后，然后不住声地冲乐手鼓掌喝彩，直到他再次开始演奏。

这是谁的曲子？普罗科菲耶夫[1]？肖斯塔科维奇[2]？荷马的音乐知识有限，猜不出曲作者。但不管这首曲子是谁谱写的，眼前这位少年笛手都绝非在简单地吹奏它，而是赋予了新的意蕴和内涵，注入了新的生命。这就是天赋，单凭这天赋便足以说服荷马原谅少年不时向萨莎投去的放肆目光。

不过，是时候将姑娘从他身边拖走了。

好不容易等到一曲终了，趁乐手向鼓掌喝彩的观众频频致意时，荷马拽住萨莎身上还没干透的、仍散发着氯化石灰气味的防化服，将她拖出了人群。

---

[1] 谢尔盖·谢尔盖耶维奇·普罗科菲耶夫（1891—1953），苏联著名作曲家、钢琴家，为大家熟知的作品有《彼得与狼》等。

[2] 德米特里·德米特里耶维奇·肖斯塔科维奇（1906—1975），苏联著名作曲家，代表作《C大调第七交响曲》（又名《列宁格勒交响曲》）。

"东西已经收拾好了,我要去找他。"说完,他刻意停顿了一下。

"我也去。"萨莎忙道。

"你知道你要卷入什么当中吗?"荷马低声问。

"我知道,我都听见了。"萨莎挑衅地看着荷马,"疫病,是吗?他想把所有人烧死,不管是死人还是活人。他想清洗整个站台。"萨莎目不转睛地盯着荷马。

"那你为什么还要去找他?"荷马实在感到不解。

萨莎没有回答,二人默不作声地并排走了片刻,来到一个没有什么人的大厅角落。

"我爸爸死了,因为我,是我的错。我已经没法再让他活过来了。但那里还有人,还活着的人,他们还有希望获救。我必须试上一试,这是我欠爸爸的。"萨莎终于缓慢而艰难地道出了心声。

"怎么救?疫病是无药可救的,你自己也听见了。"老人苦涩地说。

"你的那个朋友比任何疫病都更可怕,更致命。"萨莎叹口气说,"感染了疫病好歹还有一线生机,总会有人能好起来的,哪怕是千分之一。"

"你要怎么救?你凭什么认为你能救他们?"荷马认真地凝视着萨莎。

"我已经成功过一次了。"她不自信地回答。

这个姑娘是否过于高估自己的能量了?她是否在自欺欺人,竟然妄想铁石心肠的猎人对她同样抱有情愫?荷马不想打击萨莎,但觉得有必要给她打个预防针。

"你知道我在他的病房里找到了什么吗?"荷马小心地从口袋里掏出那个残破的香粉盒,递给萨莎,"这是你摔的?"

"不是。"萨莎摇摇头。

"那就是猎人……"

萨莎缓慢打开香粉盒,在一片镜子碎片中照出自己的影像。她陷入了沉思,想起了自己跟光头的最后一次对话,以及她跑去赠刀时光头在昏迷中说出的那句话。但随即她又看见光头浑身是血,强撑着身体走过来,豁出性命从怪兽爪下救出了自己……

"他摔镜子不是因为我，而是因为他不喜欢镜子。"萨莎坚定地说。

"这跟镜子有什么关系？"老人讶然道。

"你自己说的，"萨莎啪嗒一声合上盒盖，"偶尔有必要从一旁看看自己，这有助于我们认识自我。"她滑稽地模仿着老人的口气。

"你以为猎人不知道他自己是谁？还是说，他至今仍对自己的相貌耿耿于怀，所以才把镜子摔了？"

"不是因为相貌。"萨莎后背靠向柱子。

"猎人很清楚他自己是个什么人，他只是不喜欢别人给他提醒。"老人自问自答似的说。

"也许他是忘了呢？"萨莎反驳道，"我有时会感觉，他一直在试图回想起什么，又或者……他就像是被人用锁链绑在了一辆轨道车上，车沿着下坡路高速行驶，没人能让它停下来……我表达不好，但我每次看见他，都有这种感觉。"萨莎皱起眉头，"别人都看不见，就我看见了。所以我才会对你说，他需要我。"

"可是他把你丢下了。"荷马狠心地说。

"是我把他丢下了，"萨莎固执地沉下脸来，"而现在我要追上他，趁着还不晚。那些人还活着，还有救。他也还有救。"

"救他？"荷马惊异地抬起下巴。

萨莎难以置信地望着荷马，难道自己说了这么半天，他还不懂吗？

"把他从镜中人手里救出来。"

* * * *

"这儿有人吗？"

萨莎正心不在焉地用餐叉挑着蘑菇汤，闻声打了个激灵。旁边手持托盘的正是那个绿眼睛的乐手。荷马不知道上哪儿去了，所以他的位子空着。

"有人。"

"总能找到解决办法的！"他放下手中的托盘，从邻座抓过一只板凳，没等萨莎开口反对，便坐在了她左手边上。

"他要是问起来，可不是我让你坐的。"萨莎有言在先。

"怕你爷爷骂你？"乐手善解人意地朝萨莎挤了个眼，"请允许我自我介绍一下，我叫列昂尼德。"

"他不是我爷爷。"萨莎明显感到两颊发烫。

"是吗？……"列昂尼德满满地塞了一大口食物，惊讶地弯起眉毛。

"你真无赖。"萨莎无奈地说。

"我这叫执着。"他摆出一副大人的架势，举着叉子说。

"你这也太过自信了吧。"萨莎忍俊不禁。

"我呀，对谁都有信心，尤其是对自己。"他满嘴嚼着，嘟嘟囔囔地说。

老人回来了，在吹牛皮的小伙子身后站了片刻，满脸不高兴，但还是坐在了自己的座位上。

"萨莎，你不嫌挤得慌吗？"老人眼睛没看乐手，故意找碴儿。

"原来你叫萨莎！"乐手将头抬离食盆，兴奋地喊道，"很高兴认识你，我叫列昂尼德，再说一遍。"

"我叫尼古拉·伊万诺维奇。"荷马用眼睛斜楞着他，没好气地问，"你今天吹的那首曲子叫什么？听起来耳熟……"

"那也没什么好奇怪的，我已经是第三天在这儿吹那曲子了。那是我自己写的。"

"你自己写的？"萨莎惊讶地放下餐具，"叫什么名字？"

"没名字，"列昂尼德耸耸肩，"我没想过给它取名字，干吗非要取名字呢？"

"真美，"萨莎憧憬地说，"简直美得不可思议。"

"那我就用你的名字来命名它好了。"乐手认真地说，"你配得上。"

"别,"萨莎忙摇头,"还是没名字好了,这样更有意义。"

"要是能把它献给你才算有意义呢,"他本来想笑,结果却不小心被呛到了,猛烈咳嗽起来。

"吃好了吗?"荷马拿过萨莎的托盘,站起身道,"该上路了,请原谅,年轻人……"

"没事!我已经吃完了,能让我陪萨莎走一段吗?"

"我们要离开这儿了。"荷马坚决地说。

"那太好了!我也是。去多勃雷宁站。"乐手摆出一脸无辜的神情,"咱们顺路吗?"

"顺路。"萨莎自己都没料到会脱口而出这句话。她尽量回避着荷马的目光,不时偷眼瞧着乐手。

从他身上流露出某种嘻嘻哈哈、玩世不恭的味道,好比一个顽劣的小男孩,手里拿着一根树枝,朝人比比画画,却让人没法真正动怒,即便是荷马也是如此。他对萨莎的那些暗示如此露骨,如此浮夸,以至于萨莎根本没打算当真……他显然是很喜欢自己,但那有什么不好的呢?

再说,在认识他本人之前,萨莎就爱上了他的音乐,带上这样的天才乐手一同上路,这种诱惑实在令人难以抗拒。

* * * *

全都是因为该死的音乐。这个天赋异禀的少年也许用那把魔笛俘获了无数少女的心扉,最后再让她们一一心碎。现在他又要打萨莎的主意了,但荷马根本无可奈何!

少年那放肆大胆的玩笑像鱼刺一样卡在老人喉咙里。更令他无法容忍的是,少年竟然如此轻易地便和铁面无情的汉萨长官达成了交易,放三人穿过了汉萨,通往多勃雷宁站——而且是在萨莎没有证件的情况下!他带着满满一乐器套子的子弹走进了站长——一个衣着考究、长着蟑螂胡须的秃顶老男人的办公室，走出来时满脸带笑。

但荷马不得不承认，少年的外交手腕帮了大忙。他们来帕维列茨站时开的那辆轨道车跟猎人一起消失不见了，假如绕道的话，至少得花费一周时间。

最令老人心生狐疑的是，这个卖艺者竟如此随意地便离开了那个富得流油的站台，而且毫不吝惜地花掉了自己的全部收入，就为了追随萨莎进入隧道。

倘若换作旁人，老人会断定这是真爱，但放在这个乐手身上，他总疑心是浮浪少年拈花惹草的手段。

没错，荷马正一点一点变成了唠唠叨叨的老妈子……但他有理由警惕，也有理由嫉妒。眼下他最最担心的，就是他奇迹般失而复得的缪斯会跟这个流浪乐手私奔。这个乐手可是彻头彻尾的多余人，在荷马的故事里完全没有给他预留位置，可他倒好，觍着脸，搬张凳子，一屁股坐在了正当间！

三人大踏步地向多勃雷宁站进发，身边还有三位汉萨卫兵护送——有子弹能使鬼推磨！

萨莎边走边气喘吁吁地讲述自己的地表探险，末了突然问了一句："难道全世界真的再没有其他人幸存了吗？"声音里浸透了悲伤。

老人和少年不约而同地对视了一眼，该由谁先来安慰她？

"有没有其他人幸存？年青一代也问这种问题吗？"老人不置可否地说。

"当然有，"列昂尼德却肯定地说，"只是没有通信而已。"

老人说："我听说，汉萨有条暗道，通往一处隧道。那隧道看上去普普通通，六米直径，只是没有铁轨。隧道很深，距离地表四五十米，通往遥远的东方……"

列昂尼德打断老人的话头："你说的是不是通往乌拉尔地堡的那条？据说有个人无意间闯了进去，回来时还带回来好多干粮和——"

"他昼夜兼程地走了一个星期，干粮快耗尽了，只能掉头返回，而隧道依旧长得望不到头。"老人拉开说书人的架势，随后又换上了一本正经的口气，"没错，据传言说，那隧道正是通往乌拉尔地堡的，据说那里还有人幸存。"

"那倒未必。"乐手打了个哈欠。

老人转向萨莎，继续道："还有一个波利斯的熟人跟我说，有个当地的无线电员跟一辆坦克上的人取得了联络，当年那辆坦克开到了那么远的地方，根本没有人想过去轰炸他们……"

"对，"列昂尼德点了点头，"我也听说了。等坦克燃料耗尽了，他们就把坦克埋到了一片山岗下面，在周围建起了一整个村庄。随后好几年，每晚通过无线电跟波利斯保持联络，直到——"

"直到接收机坏掉。"荷马抢先说。

"嗯，关于潜水艇的故事听说过吗？"少年拖长声音道，"说有一艘核潜艇，核打击开始时正在深海执行任务，没来得及进入战斗阵地。等到潜艇浮出水面，一切早就结束了。于是船员们就把它停靠在了符拉迪沃斯托克附近的一座码头……"

"而它的反应堆至今仍供应着一整个村落。"老人插嘴道，"半年前我遇到一个人，他信誓旦旦地说，他本人就是这艘潜艇的大副。他说他骑着自行车跨越了整个国家，终于来到了莫斯科。整整骑了三年。"

"你跟他当面交谈了？"列昂尼德肃然起敬。

"当面。"荷马冷哼了一声。

讲故事可是荷马的看家本领，他怎么可能让这个毛头小子抢了风头呢！他还有一个最精彩的故事藏着没说呢。他原本打算在另外的场合下郑重其事地讲述这个故事的，而不是在眼下这种无聊的争论之中……不过，眼见萨莎又被那毛头小子给逗笑了，他便再也忍不住了。

"你们听说过极地曙光城的故事吗？"

"什么曙光？"乐手扭头问道。

"你居然没听说过？"荷马忍住得意之色，"在极北地区，科拉半岛，有一座极地曙光城。那是被上帝遗忘之地。距离莫斯科一千五百公里，距离圣彼得堡一千公里。离那地方最近的只有摩尔曼斯克的海军基地，但也够远的。"

"总之就是荒无人烟。"列昂尼德插嘴说。

"那地方远离所有的大都市，远离所有的秘密工厂和军事基地，远离所有的打击目标。反导弹防御体系没覆盖到的城市全被夷为平地了，而那些启动了导弹拦截的城市，"老人说着抬头望了一眼，"你们自己也知道。但除此之外，还有一些地方，根本没有遭受打击，因为它们根本不构成任何威胁。极地曙光城就是如此。"

"就算现在也没有人顾得上它啊。"列昂尼德说。

"那你可就说错了，"老人语气坚定地说，"极地曙光城旁边有一座科拉半岛核电站，早先是咱们国家最大的核电站之一，几乎整个北方地区都靠它供应能源，几百万人口，数百家企业。我本人就是从那儿来的——阿尔汉格尔斯克州，我知道我在说什么。我上小学的时候还去那里参观过。那是一座真正的要塞，国中之国。他们拥有自己的一小支军队，自己的田地、农副业，完全可以自治。即使发生了核战争，他们的生活也不会发生变化。"

"您到底想说什么？"列昂尼德问。

"圣彼得堡没了，摩尔曼斯克没了，阿尔汉格尔斯克州也没了，数百万人死光了，企业跟城市一起消失了……唯独极地曙光城幸存了下来。科拉半岛的核电站也没有受损。周围方圆数千公里全是雪地、冰原、野狼、白熊。他们有足够的燃料，足够用一百年的，过冬也完全没问题。"

"这简直就是诺亚方舟啊……"列昂尼德嘟哝道，"当大洪水消退，阿勒山[1]的山顶终于露出……"

"正是。"老人对他点点头。

---

[1] 位于土耳其东部的山地，靠近土耳其、伊朗、亚美尼亚三国交界处。传说中，在大洪水退去后，诺亚的方舟就停靠在阿勒山上。

"您是从哪儿听来的?"列昂尼德的声音里已经丝毫没有了冷嘲热讽的意味。

"我之前也干过一段时间的无线电员,"荷马含糊其词地回答,"我非常希望能在家乡找到哪怕一个幸存者。"

"他们在北方能撑很久吗?"列昂尼德问。

"肯定行。不过,我最后一次跟他们联络已经是两年前了。但你想想,一百年的电力、暖气供应,那是什么概念?还有必要的医疗设备、电脑、电子光盘图书馆,这些你们可能闻所未闻……如今整个地铁总共就两台电脑,而且只是当游戏机使罢了,这还是首都呢,"老人苦笑一声,"就算其他地方还有人幸存——我指的不是一两个人,而是几个村落——恐怕也要退回到十七世纪了,这还是好的,没准儿已经退回到石器时代了,松明、畜牧、巫术、结绳记事、难产死亡率三分之一。孤立无援的村落,周围全是荒野、野狼、野熊、突变体……总之,"老人咳嗽一声,四下看了一圈,"整个当代文明都是靠电力维持的。能源一耗尽,电站一停转,就全完了。数十亿人在千百年间一砖一瓦建造起来的整个文明,都会化为乌有。只能从头开始,但还能成吗?石油还得开采和加工呢,天然气还得钻孔、铺设几千公里的运输管道呢!可极地曙光城呢,几乎是无限的能源储备,还够维持一百年的!你说得一点没错,就是诺亚方舟!我告诉你,人类根本不害怕任何威胁,他们比蟑螂还命大。但文明,是需要呵护的。"

"他们那儿还有文明吗?"

"当然。原子能专家、科技工作者,都有。至于条件,比我们这儿强到天上去了。过去二十多年,极地曙光城发展得很好。他们在广播里一直重复'一切幸存者……',还通知了坐标方位。据说直到现在仍有人去投奔他们。"

"为什么我从来没听说过?"列昂尼德低声问。

"很少有人听说过。在这儿很难捕捉到他们的信号。要是你有个两三年的闲工夫,倒是可以试试。"老人冷笑一声道,"他们的无线电呼号是

'最后的港湾'。"

少年严肃地摇了摇头："不对，我应该知道的，我一直在关注这类事件……怎么，难道他们就一直平安无事？"

"怎么说呢……周围全是荒野，也出现过野人入侵，还有野兽、突变体怪物。但他们有充足的弹药、环形防御工事、高压电网、瞭望塔，是一座名副其实的堡垒，这些我刚刚不是说了吗。在最动荡不堪的头一个十年，他们还修筑了一道高墙、木桩围墙，并且组织了对周边地区的考察，一直走到了二百公里以外的摩尔曼斯克，但那里只剩下了一个巨大的弹坑。他们甚至还计划向南考察，来到莫斯科……但我说服了他们，何苦要自断脐带呢？等以后这里背景辐射降下来了再来不迟，现在来这儿能干什么呢，除了墓地还是墓地。"老人长叹一声。

"说来真好笑，"列昂尼德突然说，"人类被原子能毁了，又靠原子能得救了。"

"这有什么好笑的？"老人严厉地瞪了他一眼。

"这就好比普罗米修斯盗来的天火。"列昂尼德解释说，"众神严禁将火传授给人类，而他却一心想把人类带出污泥、蒙昧和黑暗……"

"我读过，"荷马刻薄地打断他说，"古希腊神话传说。"

列昂尼德说："难怪众神会反对，因为他们知道这一切将如何结束。"

"但恰恰是火让人变成了人。"老人反驳说。

"您以为，没有电力，人类就会重新退化成动物？"列昂尼德问。

"没有电力，人类至少要退步二百年。再考虑到只有千分之一的人得以幸存，一切都需要从头研究、建设，恐怕要退步五百年。人类也许永远无法达到原先的水平了。怎么，你不同意？"

"同意，"列昂尼德说，"但难道说一切仅仅在于电力吗？"

"那你以为呢？"荷马的语气不容置喙。

列昂尼德用奇怪的眼神凝视了他半响，耸了耸肩。

沉默在继续。对于这样的收场，荷马完全可以视为自己的胜利：萨莎终于不再目不转睛地盯着狂妄的少年，而开始想自己的心事了。然而，在离多勃雷宁站只剩下没多远时，列昂尼德突然开口道：

"好吧。那就让我也来讲一个故事吧。"

老人极力表现出不耐烦，但终于还是宽容地点了点头。

"据说，在运动场站往下，到被损毁的索科利尼桥之前，从主隧道伸出一条支线，急剧向下延伸，是条死线。线路尽头是个栅栏，栅栏后面是一道紧闭的气密门。人们试过很多次想要打开这道门，但从来没成功过。到那里去的独行路人从来都是有去无回，而他们的尸体后来总是出现在距离很远的地方。"

"翡翠城？"荷马不屑地撇撇嘴问。

列昂尼德没有在意，继续道："所有人都知道，索科利尼地铁桥在末日战争的第一天就坍塌了，桥后面的所有站台都跟地铁世界断了联系。人们通常认为，桥后面无一人幸存，尽管没有任何证据。"

"不就是翡翠城吗。"荷马不耐烦地摆了摆手。

"以前都说，莫斯科国立大学的地基根本不牢，那栋雄伟的教学楼之所以能够屹立不倒，全因为在它的地下室里有强大的制冷机，将沼泽土冻结了，不然早就陷到河底去了。"

"都是老掉牙的论据了。"老人猜到他想说什么，连忙插嘴道。

"已经过去二十多年了，可废弃的教学楼依旧好端端地矗立在原地……"

"因为这根本是无稽之谈！"

"有传言说，莫大教学楼底下并非什么地下室，而是一个巨大的战略防空洞，有十层楼深，里面不只有很多台制冷机，还有一个核反应堆，很多住房，以及跟附近地铁站台的联系通道，甚至是通往二号地铁的。"列昂尼德说到这儿，朝萨莎扮了个鬼脸，把姑娘给逗笑了。

"都是老掉牙的故事了。"荷马一脸不屑地说。

"据说，那里是真正的地下之城。"列昂尼德兀自憧憬道，"那里的居民自然是安然无事，他们致力于一点一滴地收集整理失落的知识和美好。

他们不惜花费大量的人力和物力，组织搜救队前往幸存的画廊、博物馆和图书馆。他们精心教育自己的孩子们，不让他们失去对美的鉴赏力。那里到处都是一派和谐繁荣，唯一的主导思想是启蒙，唯一的宗教信仰是艺术。所有墙壁都装饰着华美的壁画，喇叭里播放的全是柏辽兹[1]、海顿和柴可夫斯基的音乐，任何一位居民，相信吗，都能背诵但丁的诗句。也就只有这些人才能保持原来的样子。不，较之于二十一世纪的人类，他们更像古希腊时期的人……您不是读过古希腊神话传说吗……"列昂尼德朝老人笑笑，耐心解释道，"自由、勇敢、睿智、美好、公正、高尚。"

"我从来没听说过这个！"荷马非常担心，这个狡猾的小魔头会拿这个来诱惑萨莎。

列昂尼德认真地看着老人道："地铁里的人们管这个地方叫作翡翠城，但据说住在那儿的居民更喜欢另一个称谓。"

"什么称谓？！"

"诺亚方舟。"

"胡说！胡说八道！"老人气呼呼地说着，别过脸去。

"当然是胡说啦，"乐手冷冷地说，"这可是童话……"

* * * *

多勃雷宁站一片混乱。

荷马仓皇四顾，难道他们走错路了不成？环线最安定的站台之一怎会如此混乱？他不由得猜测，是否在他们来时的路上有人对汉萨不宣而战了。

隧道上停着一辆货运轨道车，上面横七竖八地堆满了尸体。穿白大褂的医护兵正从车上往站台卸尸体，将尸体排成一溜摆在防水布上：有些

---

[1] 柏辽兹，法国作曲家，法国浪漫乐派的主要代表人物。1803年出生于法国柯特·圣·安得烈，1869年于巴黎逝世。

脑袋掉了，有些面部血肉模糊，有些肠子掉了出来……

荷马捂住萨莎的眼睛，列昂尼德深吸一口气，别过脸去。

"出什么事了？"护送三人的卫兵之一惊恐地向一位医护兵打问。

"我们的人在枢纽区遇袭了，所有人都被杀了，一个都没能幸免。不知道是什么人干的。"医护兵在白大褂上擦擦手，"兄弟，帮我点根烟吧？手抖……"

所谓的枢纽区位于帕维列茨站的辐射线站台之后，同时连接了四条地铁线路——环线、灰线、黄线和绿线。荷马推断，这正是猎人要走的那条路——线路最短，却有汉萨重兵把守。

他为何如此心狠手辣？！是他们先朝他开枪的吗，还是说他们根本没来得及发现他？他现在人又在哪儿呢？天哪，又一颗头颅……他怎么会如此残忍？……

荷马想到了那面被摔碎的镜子，以及萨莎说过的话。难道她是对的？猎人真的在与自己搏斗，试图避免无谓的杀戮，却无法遏制自己？他之所以摔碎那面镜子，难道正是为了击退那个丑陋而可怕的镜中人，以免自己慢慢地变成他？……

不是的，猎人在镜中看见的不是人，而是真正的怪物。他的确试图杀死那个怪物，但他摔碎了镜子，将一个怪物变成了数十个。

又或者……老人的视线追随医护兵从轨道车移到月台……第八个死伤者，也是最后一个……又或者，镜子里面那个才是原来的猎人？

而另一个，那个怪物……已经跑到了镜子外面？

第十四章
火花

的确,到底是什么使人变成了人呢?

人类在地面游荡已经超过一百万年了,但从机灵的群居动物到史无前例的全新物种,这个进化仅仅源自大约一万年前的神奇蜕变。想想看,人类历史上百分之九十九的时间都蜗居在洞穴,茹毛饮血,不会生火,不会制造工具和武器,甚至没有语言!就连他们所能体验到的情感也跟猴子和狼没什么差别:饥饿、恐惧、依赖、关心、满足……

但人类何以在短短几个世纪之内便学会了思考,学会了记录、表达自己的想法,学会了发明和改造周围的物质世界?人类何以会想到绘画,又如何发明了音乐?人类何以能够征服整个世界,并按照自己的需求对其加以改造?在一万年前,到底是什么赋予了这种动物如此神力?

是火吗?它教会了人类控制光和热,帮助人们熬过黑暗与寒冷,让人们能够吃上熟肉。但这又改变了什么呢?无非是帮助人类征服了更多的土地而已。但耗子即便没有火,照样遍布全球,可耗子依旧是耗子,一种贼眉鼠眼的小型群居哺乳动物。

肯定不是火,至少不光是火。乐手是对的,还有其他什么……到底是什么呢?

语言吗?这无疑是人类与其他动物的一大区别。将天然的思想原石打磨成钻石般的话语,让它们变成通用货币,在世界各地流通。语言不仅能够表达心中所想,而且能够帮忙理顺思路,将液态金属般无序流动的形象铸造成固定形状。语言还能让人头脑清醒明晰，从而准确传达命令与知识。组织能力、调动军队和建设国家的能力同样源自于此。

然而，蚂蚁完全没有语言的辅助，却照样建造了属于自己的真正都市以及复杂有序的等级体制，并且能够准确地传达信息和指令，调动成百上千万勇敢无畏、纪律严明的蚂蚁军团，在微型帝国之间展开无声无息却残酷无情的战争。

也许，是文字？

没有文字，知识便无法累积。文字正是世界文明赖以搭建通天塔的砖石。倘若没有文字，一代人获得的智慧只能随着一代人化为尘土，每一代人都只能从头开始修建，世世代代在废墟上忙碌，终其一生无法达到新的高度。正是在文字的辅佐之下，人类才得以将积累的知识转移到大脑之外，毫不曲解地传给子孙后代，好让他们避免低级重复建设，而在先辈留下的坚实地基之上添砖加瓦。

可是，总不该仅仅是文字吧？

假使狼会书写，它们能够创造类似于人类的文明吗？

狼一旦吃饱肚子，便会丧失斗志，嬉戏打闹，直到饥饿再来驱使它们。而人一旦吃饱肚子，便会陷入另一种不可言喻、难以捉摸的饥饿，这种饥饿驱使他们一连几个小时仰望星空，用赭石颜料在洞穴墙壁上涂涂画画；不是去加固堡垒围墙，而是去雕饰战船、建造巨大的太阳神石像；不是去训练击剑本领，而是将生命耗费在精粹语言艺术上。也正是这种饥饿怂恿荷马——这位曾经的助理司机——将自己的余生耗费在阅读和收集素材、写作上。这种饥饿究竟是什么呢？为了消除这种饥饿，衣衫褴褛的民众会去崇拜流浪的小提琴手，高高在上的君主会封赏游吟诗人、赞助画家，而蜗居在地底的女孩会年复一年抱着一个空茶叶盒看。这是一种说不清道不明却又难以抗拒的召唤，甚至可以盖过生理上的饥饿——这才是只有人类才具备的。

是否正是这种非生理的饥饿，在其他动物的情感之外，额外赋予了人类梦想的能力、希望的勇气和宽恕的力量？爱与同情，通常被认定为人类独有的特质，但事实上并不专属于人类。狗同样会爱，会同情，当主人生病时，它会寸步不离地守候在一旁。更有甚者，狗会将另一个生物视为自我生命的意义，在主人去世之后，它甚至会不吃不喝，追随主人而去。

然而，狗却不懂得美。

如此说来，让人之所以为人的，恰恰是对于美的追求与鉴赏？将鲜花、声音、线条和词汇进行排列组合，并从中汲取养分和慰藉的神奇能力？这种灵魂上的共鸣能够激发任何一个心灵，让其得到洗涤，不管那心灵是堆满脂肪的、长满老茧的，还是布满伤痕的。

也许。但这同样不全面。

有时，为了掩盖射击的枪声和被枪决者的哀号，射击者会特意将瓦格纳雄壮的音乐放到最大音量。两者并不发生冲突，一者只不过是为了强调另一者。

那么，还有什么呢？

即便作为生物学物种，今天的人类幸存者能够熬过现世的地狱，但他能否保持那个脆弱的、几乎感受不到却无疑存在的分子，那个在一万年前将半饥半饱、眼神混浊的野兽变成全新物种的火花呢？对于这个物种而言，心理的饥饿更甚于生理上的饥饿，他们永世游荡于精神崇高与卑鄙的两极，反复于无法解释的慈悲与无从辩解的残暴，人类的慈悲固然是野兽所不及的，但人类的残暴也是连低等的昆虫世界都没有的。人类建造了雄伟的宫殿，绘制出不可思议的画卷，与上帝比试创造纯粹之美的技艺；但与此同时，人类又发明了毒气室和氢弹，以便弹指间就将一切造物和同类化为灰烬。人类辛辛苦苦在海滩上建造起沙堡，随后又疯了似的将它们摧毁。人类在任何事情上都不知道限度，他们毫不餍足，永远无法消除自己那奇特的饥饿，尽管终其一生都在试图这样做。

那个火花，还会不会留下？

还是说，火花在短暂的燃烧之后便会熄灭，变成历史，让人类退回曾经永恒的蒙昧，使得一代又一代的人类毫无长进地彼此更迭，让一万年、十万年、五十万年的光阴毫无痕迹地流逝？

* * * *

"那是真的吗？"萨莎突然问。

"你指什么？"列昂尼德笑着问。

"翡翠之城，诺亚方舟？地铁里真的有这样的地方吗？"萨莎若有所思地问，眼睛瞅着脚下。

"据说是的。"列昂尼德含糊其词地回答。

"要是能去那儿看看就好了。"萨莎拖长声音说，"你知道吗，当我在地面的时候，我为人类感到十分委屈。就因为他们犯了一次错误……就永远无法找回曾经的一切了。而那里之前是多么美好啊……嗯，我虽然没亲眼见过，却能猜到。"

"错误？那可不是错误，那是罪孽，滔天大罪。"列昂尼德严肃地说，"将整个世界毁灭了，杀死了六十亿人，这难道仅仅是错误？"

"就算是吧……但难道我们就不能被原谅吗？每个人都值得被原谅。每个人都应该有机会重造自己，改正一切，从头来过，哪怕是最后一次机会。"萨莎沉默了片刻，继续道，"我真的想亲眼看看，地表以前究竟是什么样的……早先我对此并不感兴趣，我只是害怕，觉得那里的一切都很可怕，可事实上，我只是去的地方不对而已。我太蠢了……地表那座城市，就像我之前的人生，没有未来，只有回忆，还是别人的回忆，只有鬼魂。但上次在地表时，我明白了一些很重要的东西，你知道吗……"萨莎有些难为情地说，"希望，就像血液。只要它还在你的血管里流淌，你就还活着。我愿意葆有希望。"

"你为什么想要去翡翠之城？"列昂尼德问她。

"我想看一看，感受一下人类曾经的生活……你不是说了吗……那里的人也许真的会是完全不同的一群人。既没有忘记昨天，又在期待明天的人，肯定会是别的样子的……"

萨莎和少年不疾不徐地在多勃雷宁站大厅闲逛，三位卫兵在一旁凝神戒备。荷马去找站长接洽了。临走前他十分不情愿留下萨莎和那个小子独处，眼下却不知为何迟迟未归。猎人则至今仍未露面。

多勃雷宁站的大理石站台的构造令萨莎心有触动：这里有一道道大理石贴面的拱门，高矮相间，一道高的，一道矮的，又一道高的，又一道矮的，仿佛相互挽着胳膊的男人和女人，男人和女人……萨莎突然也很想把自己的小手放到一张宽厚有力的男人的大手中，哪怕在里面藏上一小会儿。

"这里同样可以建设新生活，"列昂尼德说着，对萨莎挤了挤眼，"不一定非要去别的什么地方……幸福无须远寻，就在你的眼前。"

"眼前？"萨莎疑惑地环顾四周。

"就是在下。"乐手假装害羞地垂下眼皮。

"不害臊。"萨莎终于回了他一个微笑，"我很喜欢听你的音乐，跟其他人一样……那些子弹你完全用不着吗？为了能让我们到这儿来，你把它们全花光了。"

"我只要够吃饭的就行，我从来不缺钱。再说，为钱演奏未免太无趣了。"

"那你是为了什么而演奏呢？"

"为了音乐，不，为了人们……不，也不对，准确地说，是为了音乐能够带给人们的。"

"音乐能够带给人们什么？"

"泛泛地说，一切。"列昂尼德的神情再次变得凝重，"我的音乐有些能让人想去爱，有些能让人想哭。"

萨莎疑惑地看着列昂尼德，问："上次你吹的那个，无名曲，它能让人怎样？"

"这个吗？"列昂尼德用口哨吹出了前奏，"它能止痛。"

　　　　　＊　　＊　　＊　　＊

　　"喂，大叔！"

　　荷马合上笔记本，在硌屁股的木头板凳上动了动。勤务兵端坐在一张小写字台后面，桌面几乎被三台黑色电话整个占满了，电话机上既没有按键，也没有转盘。其中一个上面闪烁着一盏小红灯。

　　"安德烈·安德烈耶维奇有空了，他有两分钟时间接待你，进去之后别拖泥带水，长话短说。"勤务兵板着脸正告老人。

　　"两分钟可不够。"荷马叹了口气。

　　"反正我已经提醒过你了。"勤务兵耸耸肩。

　　别说两分钟，五分钟都不够。老人既不知道该从何说起，也不知道该如何结束，既不知道该询问什么，也不知道该请求什么，但除了多勃雷宁站站长，他实在没有人可以求助了。

　　站长安德烈·安德烈耶维奇是个大胖子，身上的制服都系不上扣了。这会儿正急躁得浑身冒汗，根本没耐心听老人絮叨。

　　"你懂不懂事？！我这儿都火烧眉毛了，八个人被杀了，你却跟我讲什么么疫病！这里什么疫病都没有！够了，别再浪费我的时间了！赶紧给我出去。"站长如鲸鱼出水一般从办公桌后面猛然站起，险些将桌子撞翻。勤务兵探头探脑地朝办公室望了一眼。

　　荷马忙从又矮又硬的会客椅上站起身，连声说道："好好好。可是，您为什么要派兵去谢尔普霍夫站呢？"

　　"关你什么事？！"

　　"站台上的人说……"

　　"说什么？说什么？！你少给我在这儿制造恐慌……巴沙，把他给我关起来！"

　　勤务兵应声而入，一把将老人拽出了办公室，啪啪两个大耳光就将荷马的防毒面具给扇掉了。老人试图屏住呼吸，心口却挨了一拳，吃力地咳嗽起来。站长走到办公室门槛前,肥胖的身躯堵住了整个门洞。

"先把他关起来,回头再收拾他……你是怎么回事,有预约吗?"他扯着嗓子对下一位访客喊道。

荷马趁机回身看了一眼。

离他三步远,一位彪形大汉抱臂而立,正是猎人!他穿着从别人身上扒下来的紧身制服,脸藏在钢盔面甲的阴影里,似乎并没有认出老人,也并不打算出手干涉。荷马原本以为,他会像屠夫一样浑身沾满血污,但他衣服上唯一的血迹是从他自己肩膀上的伤口渗出的。猎人将石头一样的目光转向站长,缓步朝他走去,就像是打算径直穿过他的身体。

站长被猎人的气场震慑,嘟嘟囔囔地回撤一步,让开了路。勤务兵和荷马抱在一起,瞠目结舌。猎人跟随胖站长挤进办公室,一声狮吼便让对方乖乖闭上了嘴,随后开始低声吩咐些什么。

勤务兵扔下荷马,慌里慌张地跑进站长办公室,当即被胖站长骂了出来。

"把那个造谣者放掉!"胖站长像被催眠了似的,重复着别人的指示。

勤务兵像只被烫熟了的大虾,在身后关上办公室门,茫然地走向自己的座位,一头扎进包装纸印刷的新闻传单中去。当荷马壮着胆子从他身边走向站长办公室时,他只是将脑袋更深地埋入纸页中去,意在声明眼下发生的一切与他毫无干系。

荷马以胜利者的姿态看着缩头缩脑的勤务兵,终于有机会好好端详一下桌上的电话机了。在那台一直闪个不停的电话机上,贴着一块脏兮兮的白色胶布,上面用蓝色圆珠笔歪歪扭扭地写着几个字:"图拉站。"

"我们一直跟游骑兵保持着联络,"办公室内,胖站长大汗淋漓,不敢正眼看猎人,"这次行动没有任何人通知我们,我自己无权做出这样的决定。"

"那就打电话给上级,"猎人说,"我们有时间商量,但不多。"

"他们是不会同意的,这将威胁到汉萨的稳定……您难道不知道,现在汉萨最重要的是什么吗？而我们站台目前还一切正常。"

"还他妈谈什么稳定？！如果不立即采取措施……"

"目前局势稳定，我不知道您还有什么不满意的。"胖站长固执地摇晃着大脑袋，"所有出口都严防死守，连只老鼠也跑不出来。我们还是再等等吧，事情会自行解决的。"

"不可能自行解决！"猎人咆哮道，"早晚会有人跑出来，跑到地面上，或者其他站台。图拉站必须清洗！严格按照守则！我不知道你们为什么直到现在都还没这样做！"

"可是，站台上也许还有没染病的呢！您知道您在说什么吗？难道要我下令枪杀自己的弟兄，焚毁整个图拉站？要不要把谢尔普霍夫站也一起干掉？不行！枪杀感染者，绝对不行！就算当年白俄罗斯站闹猪瘟的时候，也没有把所有的猪统统杀掉，而是将它们一头一头地隔离开来，让瘟猪自行死掉，而健康的猪就让它活下来。"

"那是猪，这是人。"猎人语气平淡地说。

"不行，不行，"胖站长将头摇得像拨浪鼓一样，大颗的汗滴甩得到处都是，"我不能这样做，这是不人道的……这会让我良心不安，我可不想一辈子做噩梦。"

"不用你动手，自会有不怕做噩梦的人去做。你只需要放我们过去就行了。"

"我已经派人去波利斯询问疫苗的事了。"胖站长用袖子擦掉脑门上的汗水，"还有希望……"

"根本就没有疫苗，没有任何希望！不要再做鸵鸟了！为什么这里还没有汉萨派来的卫生队？！为什么你不肯打电话过去，申请为游骑兵开放通道？！"

胖站长一言不发，莫名其妙地开始扣制服上衣的扣子，但手指止不住地哆嗦，没过一会儿就放弃了。他走到褪色的餐具橱前，倒了一小杯芳香四溢的露酒，一仰脖喝了下去。

"你根本就没有知会汉萨……"猎人猜测道,"他们到现在还被蒙在鼓里,你的邻站发生了疫病,而他们却还什么都不知道……"

"这可是掉脑袋的罪过,"胖站长嘶哑地说,"谢尔普霍夫站的疫病意味着革职……"

"谢尔普霍夫站也有了?!"猎人眼中凶光一闪。

"不是……目前还一切正常,但我反应得太迟了……没有及时应对,可谁又能料到呢……"

"那你是怎么跟他们解释的?为何出兵中立站台、封锁隧道?"

"说有匪盗、暴动者。这是常有的事,不会有人起疑的。"

"可现在再想承认已经晚了……"猎人推测道。

"现在已经不仅仅是革职的事了,"胖站长又倒了一杯,一饮而尽,"这已经够极刑的了。"

"那你现在打算怎么办?"猎人逼问。

"等,"站长一屁股坐在自己的办公桌上,"万一有转机呢?"

"那你为什么不接他们的电话?"荷马插嘴道,"你们的电话一直在响,是图拉站打过来的。万一有转机呢?"

"不会响的,"胖站长哑着嗓子说,"我把声音关掉了,只会亮灯。只要灯还亮着,就证明人还活着。"

"那你为什么不接?!"荷马愤怒地质问。

"你让我跟他们说什么?让他们再忍忍?祝他们早日康复?告诉他们救援马上就到?!建议他们自行了断?!光跟难民谈话就够我受的了!"胖站长歇斯底里地喊。

"闭嘴!"猎人低声喝令,"听着。我一天之后带着人回来。你要保证我的人畅通无阻地通过所有岗哨,谢尔普霍夫站要保持封锁状态。我们前往图拉站,清洗站台。如有必要,也会顺带把谢尔普霍夫站清洗一遍。对外就宣称是一场小规模战役,你可以不必通报汉萨。你完全不用做任何事情,全部由我自己来……我会帮你恢复稳定。"

胖站长像条被撒了气的自行车内胎，无力地点了点头。他又倒了一杯露酒，嗅了嗅，低声问道："你的双手会沾满血。你难道不害怕吗？"

"冷水一洗就掉了。"猎人冷冷地说。

当他们从办公室走出时，胖站长深吸了一口气，将勤务兵喊了进去。勤务兵钻进办公室，门哐当一声在身后关闭。

荷马故意落在猎人后面，弯腰从办公桌上摘下了那台一直在闪烁的电话的听筒，放到耳边。

"喂？喂？有人吗！"他压低声音冲着话筒急喊。

听筒那头一片寂静，但不是电话线被切断的那种无声无息，而像是听筒已经被人拿起，只是无人回应一样。似乎有人等他接电话等了好久，终究没能等到；似乎那侧的话筒正在向死人耳朵里传达着老人的追问。

猎人不悦地瞪了荷马一眼，荷马小心地将听筒放回原位，顺从地跟在猎人身后。

* * * *

"波波夫！波波夫！起床！快！"

指挥官的强光手电筒刺痛了阿尔乔姆·波波夫的眼皮，透过瞳仁往他脑子里燎了一把火，强有力的大手摇晃着他的肩膀，随后在他胡子拉碴的脸上抽了一巴掌。阿尔乔姆眨着眼睛，揉揉火辣辣的脸颊，一骨碌从床上滚下地板，立正敬礼。

"你的武器呢？带上枪，跟我来！"

战士们睡觉从来不脱衣服，都是整装待发。阿尔乔姆抖开一块破布，拿起裹在里面当枕头的自动步枪，跟跟跄跄地跟在指挥官后面。他睡了多长时间？一小时？俩小时？脑袋嗡嗡直响，喉咙干得冒烟。

"开始了……"指挥官回过头，朝他喷出一口酒气。

"什么开始了？"阿尔乔姆惊恐地问。

"马上你就看见了……再给你一个弹匣,用得上。"

图拉站十分宽敞,没有圆柱,看上去像个无比臃肿的隧道顶棚,眼下几乎整个淹没在黑暗之中。几束微弱的手电筒光线痉挛似地扫来扫去,移动轨迹全无规律,毫无章法,仿佛手电筒被拿在小孩子甚或猴子手里似的。真是好笑,哪儿来的猴子呢……

阿尔乔姆猛然一惊,顿时明白了什么,慌忙检查起步枪来。守不住了!还是说,还不算晚?

另有两个士兵从守卫室里蹿出来,来到他们跟前,两人脸上的皮肤都有些浮肿,睡眼惺忪。指挥官一路拽起了所有还走得动路、拿得起枪的士兵,其中有些已经开始出现咳嗽症状了。

沉重压抑的空气中回荡着奇怪的声音,那不是喊叫,不是哀号,不是喝令……而是从数百个喉咙里汇聚而成的呻吟,充满了绝望和恐怖。呻吟伴着零星的金属撞击声和摩擦声,同时从两个、三个、十个方位传来。

月台上堆满了破破烂烂、团在地上的帐篷,以及歪倒在地的窝棚,都是用金属板、列车铁皮、贴面板和废弃的家具拼成的……在这堆东西中行进的指挥官活像一艘破冰船在前面开路,阿尔乔姆和另外两名战士则紧随其后。

一辆被斩断的机车从后边隧道的黑暗中凸显出来,仅剩的两节车厢里的灯全都熄灭了,敞开的门用可移动障碍好歹拦住,车厢里面……深色车窗玻璃后面,是拥挤、沸腾的可怕人群,数十双手臂抓住脆弱的金属格栅,猛烈摇晃。安插在每个通道口处的戴防毒面罩的士兵时不时就会跑到门洞旁,挥舞着枪托,但并不敢真打下去,更别说开枪射击了。别的卫兵则在努力劝说、安抚着被塞进铁皮罐头里的汹涌人潮。

只是,车厢里的人还听得懂人话吗?

他们之所以被关进车厢,一方面是因为他们开始从安置在隧道里的隔离舱中逃脱,另一方面也是因为其数量越来越多,远远超过了未感染者。

指挥官大步走过了第一节车厢、第二节车厢,阿尔乔姆这才明白,他们这么着急是要去哪儿——最后一道门,这才是破脓的地方。从车厢里不断拥出一些奇特的生物,他们勉强撑着身子,面部浮肿到几乎无法辨认,四肢肿胀得像打足了气。但目前还没有人来得及逃跑——门口已经集结了所有待命的冲锋枪手。

指挥官挤过围堵的士兵,上前喊道:"我命令,所有感染者立刻回到原位!"边喊边将斯捷奇金手枪从枪套中拔了出来。

离他最近的一位感染者艰难地,用了好几个分解动作才抬起肿得像个皮球似的大脑袋,舔了舔干裂的嘴唇,有气无力地问:"你们为什么要这样对我们?"

"你们是知道的,你们感染了不明病毒。我们正在寻找解药……你们需要忍耐。"

"你们在寻找解药……"病人轻蔑地一笑,"真是好笑。"

"请立即回到原位,"指挥官拉开保险栓,"我数十个数,然后就下令开枪射击。一。"

"你们不过是在糊弄我们,好让我们乖乖听话,直到一个个完蛋……"

"二。"

"已经一天一夜没给我们送水了,当然了,谁会舍得把水给死人喝呢……"

"卫兵不敢靠近车厢,已经有两个卫兵被感染了。三。"

"车厢里已经堆满了尸体,我们走路只能踩着人脸走。你知道鼻梁骨被踩断的声音吗?如果是小孩子,是这样的……"

"尸体没地方安置!我们又不能将他们焚毁。四。"

"隔壁车厢拥挤到什么地步,人死了都倒不下去,继续跟活人肩并肩站在一起。"

"五。"

"上帝啊,你们开枪打死我吧!我很清楚,根本没有解药。我快要死了,我受不了了,我感觉五脏六腑被巨大的砂轮碾碎了,然后往上面浇上酒精……"

"六。"

"然后再点着。我感觉脑袋里有数不清的蠕虫,正一点一点蚕食我的大脑、灵魂……咔嚓,咔嚓,咔嚓,咔嚓……"

"七!"

"你们这帮浑蛋!放我们出去!让我们有尊严地死去!你们凭什么这样折磨我们?你们自己没准儿也已经被——"

"八!一切都是出于安全考虑!为了让其他人活下来。我自己死不足惜,但是你们,一个也别想离开这里。准备射击!"

阿尔乔姆举起自动步枪,锁定最靠前的一位病人……上帝啊,好像是一位妇女:汗衫下面隆起的是鼓胀的胸脯。阿尔乔姆眨眨眼睛,将枪口转向了一个打摆子的老头。丑陋的人群不满地嘟囔着,后退了一步,想退入门内,但已经退不回去了,更多的感染者已经拥到了门口,呻吟着,哭泣着。

"残忍的军阀!你想干什么?!你现在是对着活人扫射,我们可不是丧尸!"

"九!"指挥官的声音死气沉沉。

"放我们出去吧!"一个病人拖长声音喊着,朝指挥官伸出双手,就像一个指挥家,引得整个人群骚动起来,在他手指的挥动下,集体向前迈出一步。

"开火!……"

* * * *

只要列昂尼德的嘴唇一沾到自己的乐器,人群便立即朝他围拢过来。光是笛管发出的头几个用来调试乐器的音符,已足以令围观人群发出赞叹的微笑,鼓掌喝彩,而当长笛的声音变得清亮纯粹,人们的脸上开始洋溢着光彩，仿佛全身的污垢都被涤荡了。

萨莎这次的位置与众不同，她站在乐手身旁。数十双眼睛不仅注视着列昂尼德，有些发亮的目光也投射在她身上。起初她颇有些难为情，觉得自己配不上众人的关注和赞赏，但很快，旋律便托着她从花岗岩地板腾空而起，脱离了周围的人群，像沉浸在一本好书或一个故事里一样，令她物我两忘。

空气中流淌着的还是那段旋律，列昂尼德自创的无名曲。他每次演出都会以这首曲子开场和压轴。它能够舒展听众脸上的皱纹，擦掉蒙在双眼上的阴翳，在心头点亮一盏灯。尽管这首曲子萨莎已经听过很多遍，但乐手的每次演绎都能为她打开新的密道，激发新的感触。她仿佛正久久地凝望着天空……忽然，在白云之间，一道无限深邃的柔绿一闪即逝。

她突然被刺痛，重重地从云端坠落，慌乱地四处环顾。在那儿！——在围拢的听众之外，高出众人一头，一个人昂首而立，正是猎人。他那尖锐的目光直直地刺向她，随即又猛然扎向站在她身旁的乐手。但乐手对光头的逼视毫不在意，至少没有表露出任何慌乱。

猎人既没有转身走开，也没有试图带走萨莎或者中止演出。他耐心地将曲子听完，后撤一步，迅速消失了。萨莎立即抛下列昂尼德，挤过人群，朝光头追去。

猎人在不远处一个长凳旁停下，长凳上坐着垂头丧气的荷马。

"你都听见了，"猎人嘶哑地对荷马说，"我现在就走。你要跟我一起吗？"

"去哪儿？"老人抬眼朝走过来的萨莎虚弱地笑笑，对猎人说，"她也都知道了。"

猎人又盯了萨莎一眼，点点头，仍旧一句话也没对萨莎说。他又转向老人，说："就在附近，但我……我不想一个人去。"

"那就把我带上吧。"萨莎下定决心。

光头深吸一口气，将手指攥紧，又松开，终于说："谢谢你的刀，帮我杀了人。"

姑娘像被刺到了一样，身子不由得一颤，但很快又鼓起勇气，反驳道："刀怎么用，完全取决于你。"

"我别无选择。"

"现在你有了。"她咬住下嘴唇，皱着眉道。

"现在也没有。既然你都知道了，那你应该明白……"

"明白什么？！"

"明白我为什么要去图拉站，十万火急……"

萨莎看见他的手指在微微颤动，肩膀上的深红色在不断渗出，她现在不仅害怕他，更为他感到担心。

"你应该停下来。"她温柔地劝阻。

"不可能。"猎人的口气不容商量，"这件事总得有人去做，我不去谁去？"

"你会把自己害死的。"姑娘试探着伸手去拉他的胳膊，但猎人像躲避毒蛇一样躲开了。

"我必须去。这里管事的都是孬种。再耽搁下去，我会害了整个地铁。"

"万一还有别的机会呢？万一有药可治呢？那样的话你就没有必要……"

"还要我重复多少遍……这种病根本没药可治！要是有药的话……"

"有药的话就怎样？"萨莎紧紧抓住猎人的胳膊。

"没有药！"猎人用力甩开萨莎的手，扭头冲老人大吼，"我们走！"

"为什么你不肯把我带上？！"萨莎大喊道。

"……我害怕。"他说这话的音量极低，站在身边的萨莎勉强才能听清。

说罢，猎人猛转过身，阔步向前走去，同时头也不回地告知老人，他有十分钟时间准备出发。

"是我听错了，还是有谁生病了？"萨莎身后有人问。

"什么？！"萨莎猛一回身，和列昂尼德撞了个满怀。

"我好像听你们在谈论什么疾病。"列昂尼德一脸无辜地笑道。

"你听错了。"萨莎不想向他透露任何事情。

"我还以为是传言被证实了呢。"列昂尼德自言自语似的说。

"什么传言？"萨莎皱着眉头问。

"关于谢尔普霍夫站的临时隔离，还有什么无药可治的传染病，真是荒谬……"列昂尼德一边说，一边仔细盯着萨莎，捕捉着她嘴角眉梢的每一个细微变化。

"你一直在偷听？！"她满脸通红地喊。

"我也不是故意的，谁叫我耳力好呢。"他双手一摊，满脸无辜地说。

"他是我的朋友，"萨莎不知为何朝猎人的背影扬扬头，对列昂尼德解释说。

"不错。"列昂尼德含糊其词地说。

"你刚才说'荒谬'是什么意思？"

"萨莎！"荷马从长凳上站起身，眼睛却一直警惕地盯着列昂尼德不放，"你过来一下，我们商量一下接下来怎么办……"

"再等一小会儿好吗？"列昂尼德礼貌地朝老人笑笑，跳到一旁，招呼萨莎过去。

萨莎迟疑地走过去，她有种感觉，跟猎人这一回合的较量她还没输，假如她现在追上去，猎人也许不会再赶她走。这样她就能够帮到他，尽管现在她还不清楚该怎么做。

"你信不信，我听说这种传染病比你要早得多？"列昂尼德注视着萨莎的眼睛，低声说，"这种病不是头一次暴发了，有种神奇的药物可以治愈。"

"可是他说，无药可治……必须把他们……"萨莎同样低声说。

"清除吗？"列昂尼德替她说出了那个可怕的字眼，"是你那个朋友说的？那我就一点都不奇怪了。而我刚才说的那些话，是一位职业医生告诉我的。"

"你想说……"

"我想说，"列昂尼德将一只手搭在萨莎肩头，把嘴巴贴到她的耳边，低声轻语，"这个病可以治，有药。"

第十五章
两个

老人先是生气地咳嗽了一声，然后朝二人跨出了一大步，没好气地冲萨莎喊道："萨莎！我有话跟你说！"

列昂尼德朝萨莎挤了下眼，起开身，故作顺从地将姑娘交还给老人，退到一旁。但萨莎已经没心思再想别的了。老人似乎在对她解释什么，说猎人还有被说服的机会，说了什么提议，又像是问了些什么，但她全然没听进去，只是越过老人的肩膀看向列昂尼德。后者没有回应她的目光，但嘴角泛起的一抹微笑告诉她：他都看见了，也都理解。萨莎朝荷马点点头，准备答应任何事情，只要老人能再让她跟列昂尼德独处一分钟，听他讲完，好亲自确认疫病有药可救。

"等我一下。"萨莎终于忍耐不住，打断老人的话头，朝列昂尼德跑去。

"还想听什么？"列昂尼德笑道。

"赶紧告诉我！怎么治？！"

"我也不知道怎么治。我只知道疫病可以治，也知道谁会治，还可以带你去见他们。"

"你不是说，你有办法……"

"你误会我了，"他耸耸肩，"我怎么治？我只是一个吹笛子的，流浪乐手。"

"那是些什么人？"

"如果你感兴趣，我可以介绍你们认识。只不过需要走一段路。"

"他们在哪个站台？"

"就离这儿不远，到地方你就知道了。"

"我不信你。"

"但你愿意相信，不是吗？我也不信你，所以暂时不能全告诉你。"

"为什么你非要我跟你一起去？"萨莎微微眯起眼睛。

"我？"列昂尼德摇摇头，"我无所谓，要救人的是你，我没义务也没本事救任何人，至少不是以治病的方式。"

萨莎犹豫片刻，问道："你保证一定会带我去见那些人，对吗？你能保证他们一定会帮忙吗？"

"我保证。"列昂尼德坚定地回答。

"萨莎，你到底是怎么决定的？"聒噪的老人再次打断二人。

"我不跟你们一起走了，"萨莎用头指点着列昂尼德说，"他说疫病可以治愈。"

"他在撒谎。"荷马恨恨地说。

"看来，您对病毒的了解要远远胜过我的那些医生朋友喽。"列昂尼德毕恭毕敬地说，"您以前研究过？还是自己得过？难道您也认为，逐一清除是消除疫病的最好办法？"

"你怎么知道？……"老人慌乱地看向萨莎，"是你告诉他的？……"

"你们的专业朋友来了。"列昂尼德看见逐渐逼近的猎人，谨慎地后退了一步，"好吧，你们整个急救大队全员聚齐了，看来我是多余的了。"

"等等。"萨莎请求道。

"他在撒谎！他只是想和你……就算他说的是真的，"荷马急切地对萨莎低声说，"你们也来不及的。猎人最迟一天之后就带着援军回来了。如果你跟我们一起，兴许还能阻止他……可这小子……"

"我做不到的，"萨莎神色黯然地说，"现在已经没人能阻止他了，我感觉得到。必须给他提供选择，让他自己承认错误……"

"承认错误？"荷马竖起眉毛。

"我会在一天之内赶回来的。"她一边后退,一边承诺道。

* * * *

他怎么会放她走的呢?

他怎么会允许那个轻狂的流浪乐手抢走他的女主人公,他的缪斯,他的女儿呢?老人越琢磨这个年轻人,就越看他不顺眼。他那双大大的绿色眼睛不时射出贪婪的光芒,而在那张天使面孔上,当他以为没有人注意他时,会掠过可疑的阴影……

他会怎么对她呢?最好的结果,也不过是将少女的纯真别在大头针上,做成皱皱巴巴的记忆标本,将青春魅力的花粉抖落一地。被欺骗、被利用的姑娘固然可以抖掉灰尘,逃离出去,但想要释怀却没那么容易。更何况,这个魔鬼心肠的江湖艺人还想要耍弄手腕占有她。

既然如此,那为什么还要放她走?

因为懦弱,因为荷马不敢跟队长争吵,甚至不敢向他提出真正令自己担忧的问题。队长容忍了萨莎的顶撞和鲁莽,但他会容忍一个老头子吗?

荷马私底下继续称呼猎人为队长,一半是出于习惯,一半是因为这样令他心安:没什么好怕的,没什么奇怪的,队长还是原来那个塞瓦斯托波尔站南部隧道的队长……但事实上绝非如此。并肩走在荷马身边的这个人,已经不再是从前那个性格孤僻的不死战士了。老人慢慢发现,队长越来越不像从前……在他身上发生了一些可怕的变化。试图否认这一点是愚蠢的,纯属自欺欺人……

猎人又一次带上了他,这次是为了什么呢,为了向他展示整个故事的残忍结局吗?现在他准备清除的不仅仅是图拉站,还有聚居在隧道里的那些异教徒,以及谢尔普霍夫站的全体居民和汉萨派入的驻军部队,而原因只是怀疑其中可能有感染者。塞瓦斯托波尔站同样可能面临着这样的命运。

为了杀戮,他已经不再需要理由了,他只是在寻找借口。

荷马鼓起全部力气,像在噩梦中梦游一般,跟跟跄跄地跟在猎人身后,跟踪记录着猎人的一切罪行。他只能尽量为自己开脱,想象他们所做的一切都是为了救赎,让自己相信这是最小的恶。残酷无情的队长在他看来是摩洛克神[1]的化身,而荷马从不敢违拗命运。

可萨莎看起来并不认命。老人已经默认了图拉站和谢尔普霍夫站必将灭亡的命运,而萨莎却继续为最渺茫的希望努力着;老人已经放弃了寻找解药、疫苗、血清的努力,只等猎人用烈火与枪弹消除疫病,而萨莎却仍在坚持寻找解药,直至最后一刻。

荷马既非战士,也非医生,更糟糕的是,他太老了,老到不再相信奇迹了。但他灵魂的一小部分仍然热切渴盼着奇迹的发生,渴望着救赎。他将这一小部分灵魂从胸膛掏出,交给了萨莎,让她一并带走。

他将自己没有勇气去做的事,一股脑推给了一个柔弱的小姑娘。

然后,在无法避免的死亡中找到了安宁。

再过一个昼夜,一切便会结束。在此之后,他会找个地方隐居,写完自己的书。现在他已经知道,这本书要写什么了。

他要写一头伶俐的野兽,找到了坠落的星星,上天的火花,将其吞进肚里,变成了人。人盗窃了天火,却无法控制,终于在一万年后将整个世界烧成了灰烬。作为惩罚,人被剥夺了那个使其化身为人的火花,然而,他却并未变回野兽,而是变成了一头可怕得多,甚至无法命名的怪物。

* * *

小队长将一把子弹揣进裤兜,跟列昂尼德友好地握了握手,提议道:"再添点钱,我可以安排你们俩坐电车。"

---

[1] 在地中海东南海岸地区迦南人、希伯来人、腓尼基人的神话中,摩洛克(Moloch)是一个与火祭密切相关的邪恶神祇,故而也常被视为火神或者炎魔。

列昂尼德却说:"相比之下,我更喜欢浪漫地散步。"

小队长解劝道:"我没法放你们俩进入我们的隧道,你的女伴没有证件,再说了,你们反正也有卫兵跟着呢……可要是坐电车,嗖,一下子就到地方了,然后,嘿嘿,就能二人世界了!"

"我们不需要二人世界!"萨莎严正宣布。

"卫兵就权当仪仗队好了,而我们呢,则是微服出访的摩纳哥王子和王妃。"列昂尼德说着,朝萨莎躬身行了一礼。

"什么王妃?"萨莎忍不住怒道。

"摩纳哥,欧洲的一个公国,就在蔚蓝海岸边上……"

"听着,"小队长打断他道,"如果你想走路,那就赶紧吧,子弹归子弹,但兄弟们天黑前必须归队。喂,科斯佳,"他把一个战士叫过来,吩咐道,"把这二位护送到基辅站,遇上巡逻队就说要把他们驱逐出境,然后把他们带到辐射线,完事儿就立即返回。是不是这样?"他回头向列昂尼德确认。

"正是。"列昂尼德调皮地敬了个礼。

"欢迎再来!"小队长对他挤了下眼。

汉萨的辖地与地铁其他地方相比简直天差地别!从帕维列茨站到十月站的整个区间,萨莎没见到一个完全漆黑的角落。每隔五十步墙上就有电灯,每个灯泡的光亮刚好照到下一个灯泡。就连主隧道之外的辅助隧道和秘密隧道,入口处的一段也有灯光照明,看上去一点也不吓人。

萨莎恨不得跑步前进,好争分夺秒,可列昂尼德却一个劲儿劝她不必着急。到了基辅站之后怎么走,他怎么都不肯说。他优哉游哉地向前踱着步,脸上一副毫不在意的神情,看得出来,就算是这些监管严格的环线区间,这位乐手也是常来常往。

"我很高兴,你的朋友做什么事都有自己的套路。"列昂尼德开口说道。

"你这话是什么意思?"萨莎皱着眉头问。

"如果他跟你一样,那么渴望救下那些平民,那我就不得不把他也带上了。可眼下呢，兵分两路，各干各的，他去杀人，你去救人……"

"他没有想杀人！"萨莎厉声喊道。

"是是是，职责所在而已……"列昂尼德叹口气，"再说我算老几，哪里轮得到我来评判他呢？"

"那你又打算干什么呢？"萨莎毫不掩饰嘲讽的语气，"玩儿吗？"

"我只是站在你身边而已，"列昂尼德笑道，"这样我就足够幸福了。"

"你就会耍嘴皮子，"萨莎摇摇头，"你完全不了解我，我怎么可能让你幸福呢？"

"怎么不能，美丽的姑娘光是看着就能心情大好，要是再……"

"你以为自己很了解美？"萨莎斜眼睨着他。

"这是我唯一懂行的。"他一本正经地点点头道。

"我有什么美的呢？"萨莎嘴上这么说，眉头却终于舒展开了。

"你整个人都在发光！"他的声音听上去似乎很严肃，可下一秒钟却突然刹住脚步，上下打量了萨莎的背影一眼，补充道，"只可惜，你的着装品位太差。"

"这衣服有什么不对吗？"萨莎同样停住脚步，以便把对方黏在背上的目光甩下去。

"这衣服挡光。而我呢，就像个飞蛾，总爱扑火。"他一边说，一边滑稽地扑扇着双手。

"你难道怕黑吗？"萨莎浅浅地一笑，也打趣道。

"我怕寂寞！"列昂尼德装出一副忧伤的神情，双手交叉抱在胸前。

这位风流倜傥的少年乐师在拨弄少女的心弦时，根本没有预计会遭到抵抗，眼看这根最纤细、最温柔的心弦就要发出美妙的乐音，突然一声铮鸣，断了。

将萨莎心头的沉重思绪吹散、使她得以同乐手轻松谈笑的那缕微弱的隧道穿堂风，一下子息止了。萨莎猛然惊醒，不由得暗暗自责，竟然上了他的当，难道自己抛下猎人和荷马，就是为了跟少年打情骂俏吗？

"好像你知道什么是寂寞似的。"萨莎冷冷地说罢,扭过头,快步朝前走去。

* * * *

因恐惧而变成灰白色的多勃雷宁站融化于一片昏暗中。

头戴军用防毒面罩的士兵从两侧切断了站台与隧道的通路,封锁了通往环线的通道,整个站台如临大敌,发出蜂箱般惊慌的嗡鸣。猎人和荷马在卫兵的引领下穿过了大厅,酷似什么大领导,站台上的每个人都想跟他们形成对视,想从他们的眼神中获知,到底发生了什么,他们的命运是否已经注定?但荷马却将视线死死钉在地板上,他不想记住这些面孔。

队长没有向他透露接下来的行程,但老人自己也猜到了。前面就是波利斯——由通道联系彼此的四个站台,一座拥有数千居民的真正城市。在这个被分割成数十个敌对公国的地铁世界,波利斯便是没有官方宣布的首都,同时也是科学和文化赖以生存的堡垒与避难所,任何人都不敢亵渎的圣地。

可现在,荷马这个瘟疫的使者就要染指这个圣地了。

不过,最近几天荷马感觉身体略有好转。他已经不再呕吐了,肺痨似的咳血——为这,荷马几乎快要将自己的防毒面具洗烂了——也略微减轻了。也许是肌体自身扛过了疾病?又或者他压根就没有被感染,只是他自己在疑神疑鬼?他知道自己有疑心病,但的确是被吓坏了……

前进线路上的区间黑黢黢、静悄悄的,且声名狼藉。据荷马所知,由此直至波利斯,他们都不会遇见任何一个活人,但多勃雷宁站和博罗维茨基站之间的荒僻小站——林地站却总是充满凶险。关于这个小站,地铁里流传着不少的传说。据说,林地站虽然很少谋害过往行人的性命,却经常摧毁他们的心智。

老人之前来过这里几次，但从没遇见什么异常。传说里对这种情况也做出了解释，荷马知道得很清楚。眼下他打心眼里希望，林地站这次也会像前几次一样，处于死亡和荒废的状态。然而，距离小站还有一百米远，荷马便开始心神不宁。前方大理石墙壁上白色灯光的遥远反光，以及从站台传来的断断续续的声响，都让老人有种不祥的预感。他清楚地听到有人在说话……但这是绝不可能的。更糟糕的是，百步之外便可感知任何活物存在的猎人，此刻却完全充耳不闻，无动于衷。

他没有回应老人惊惶不安的眼神，完全沉浸在自己的思绪中，仿佛根本没有注意到荷马的发现……难道林地站住上人了？！这是什么时候的事？荷马以前总在想，波利斯那么拥挤，为什么从来没有想过占领、开发林地站呢？唯一可能的解释只有那些恐怖传说，正是靠着它们，林地站才得以保全。

可现如今，竟有人克服了对于传说的恐惧，在这里搭起了帐篷，通上了照明……上帝啊，这里也太浪费电力了！还没完全走出隧道，荷马就不得不用手掌遮住眼睛，以免被天花板上亮如白昼的水银灯晃瞎。

不可思议，即便波利斯本身也未必能够如此富丽堂皇。墙壁一尘不染，大理石贴面熠熠闪光，天花板仿佛昨天才刷过白漆。在拱门洞里荷马没有发现一座帐篷，难道还没来得及安置？又或者，这里打算建成一座博物馆？管理波利斯的那帮怪人完全干得出来……

月台上渐渐地挤满了人，他们丝毫没有注意两个外来人，无论是头戴钛合金钢盔、身上挂满武器的亡命徒，还是畏缩在他身边的肮脏老头儿。荷马惊异地看着他们，双腿失去了知觉，再也无法迈动一步……

拥向月台边缘的每一个人都衣着光鲜，仿佛林地站正在拍摄战前时代的电影。簇新的大衣外套、鲜亮的羽绒服、时尚的牛仔裤……那些短棉袄哪儿去了？那些破了洞的猪皮衣哪儿去了？地铁——一切色彩的坟墓，那摆脱不掉的褐色哪儿去了？哪儿来的这么多鲜艳色彩？！

再看那些脸庞……长着那样脸庞的人，不可能经历过瞬间丧失全部家人的悲恸，老人敢拿脑袋打赌，他们今早还曾见过太阳，早起刚冲过一个热水澡。不仅如此，他们中的很多人，荷马恍惚觉得有些眼熟……

这些奇特的人越聚越多，拥挤在站台边缘，却并没挤下车道。很快，两侧隧道口之间的整个月台都挤满了盛装的人群。但仍然没有一个人看荷马，有些看着墙壁，有些低头看报，有些偷眼瞧着周围的人，眼神里或冷淡或好奇，或嫌恶或关心，但就是没人看荷马，仿佛他只是一个幻影。

他们为何聚集在这里？他们在等什么？

许久，荷马才回过神来——队长哪儿去了？他会怎样解释这种怪象？为什么直至现在他还是一言未发？

猎人就站在稍远处。但他完全没有注意到从二十年前的照片上走下来的人群，而是紧张地注视着面前的空间，仿佛几步开外有什么东西悬浮在与他眼睛平齐处……老人走到队长身旁，担忧地朝他的脸望去……

就在这时，猎人发出雷霆一击。

攥紧的拳头自左而右沿着怪异的弧线劈开空气，仿佛队长正握着一把无形的匕首，想要砍倒某个隐身人似的。险些中招的荷马慌忙跳到一旁，而猎人兀自继续搏击。他劈刺，撤步，防守，一会儿想要掐死对方，一会儿又像是自己被人扼住了咽喉，好不容易才挣脱出来，立刻又发起攻击。搏斗令他越来越吃力，无形的对手逐渐占了上风。猎人无数次被无声却致命的重击击倒在地，一次比一次更难爬起身，动作也变得越来越迟缓，越来越无力。

老人总感觉眼前这种情形好像在哪儿见过似的，而且就在不久前。但究竟是何时何地？队长到底是怎么了？荷马试着唤醒队长，但着了魔的队长毫无反应。

月台上的人完全没有在意猎人，对于他们而言他并不存在，反之亦然。那些人显然在关心别的事情，他们越发焦虑地抬腕看表，不满地噘起嘴，跟左右两旁的人说些什么，跟隧道口上方电子表的红色数字核对时间。

荷马眯缝起眼睛，跟其他人一起朝电子表望去……那是一个计时器，标记着上一班列车发出的时间。只是表盘被拉得无限长，上面的数字已经是十位数，在不断跳动的两位秒数前面还有八位数，已经是一千二百多万分钟。

这时，身后传来一声叫喊……随后是呜咽声。

荷马抛开诡异的秒表，回头一看，猎人正一动不动地趴在铁轨上。荷马纵身跳下月台，朝队长跑去，费了好大力气才把他的身子翻过来。他的呼吸断断续续，身上没有任何伤口，眼睛却像死人一样翻着白眼，右手仍然紧紧攥住，荷马这才发现，猎人在刚才那场搏杀中并非赤手空拳，他握着那把黑刀。

荷马拍打着队长的脸颊，后者像醉汉一样呻吟着，眨眨眼睛，用手肘支撑起身子，迟钝的目光盯着荷马。过了片刻，他眼神倏然一亮，一个鲤鱼打挺站起身，抖落了身上的灰尘。

幻觉在此刻消失。衣着华丽的人群凭空蒸发了，夺目的灯光熄灭了，二十年来积攒的灰尘重新覆盖了墙壁，站台重又变得黑黢黢、空荡荡，死气沉沉的了，正是荷马前几次来时见过的样子。

* * * *

一直到十月站，两人都再没有说过一句话，只能听见被派来护送他们的卫兵在气喘吁吁地低声交谈，人造革靴不时绊在枕木上。萨莎其实并没有生列昂尼德的气，她只是生自己的气。他有什么错呢？他并没有说错任何话，做错任何事。到后来，萨莎甚至觉得有点过意不去了——是不是自己对他太苛刻了？

等到了十月站，事情自然而然地出现了变化。看到这个站台，萨莎顿时忘记了世间的一切。最近几天，她去了很多之前做梦都想象不出的地方，但十月站的陈设令所有这些地方都黯然失色。花岗岩地板上铺着地毯，虽然磨损了，但花纹仍然依稀可辨。火炬形的灯具被擦拭得锃亮，给大厅抹上了牛奶的光泽。这里那里摆放着一些桌子,坐在桌旁的人面色从容,偶尔才漫不经心地交换一两句话或一些纸片。

"这里好……富有。"萨莎难为情地对列昂尼德说。

"环线的站台总能让我联想起穿在铁扦子上的猪肉块,"列昂尼德若无其事地说,"同样富得流油……说起来了,想不想吃点东西?"

"没时间了。"萨莎摇摇头,希望他不会听到自己肚子里发出的咕噜声。

"好啦,"列昂尼德径自拉住她的手,"我知道这儿有一个地方……你肯定从来没吃过那么好吃的东西……兄弟们,吃点东西不反对吧?"列昂尼德把卫兵们争取到自己这边来,又来劝萨莎,"你不用担心,再有一两个小时就到了。猪肉串我可不是随口说说的,这里做的猪肉串啊……"

他几乎为汉萨的猪肉串做了一首颂诗,萨莎终于被说动了,同意了。既然离目的地只剩下一两个小时了,花上半小时吃顿饭应该不会碍事……时间还剩下几乎一整天呢,再说,下顿饭谁知道什么时候才能吃上呢?

汉萨的猪肉串的确值得歌颂。这还不算,列昂尼德还点了一瓶家酿啤酒。萨莎经不住劝说,也好奇地喝了一小盅,剩下的则被列昂尼德和卫兵们分着喝了。

不知过了多长时间,萨莎才如梦初醒,撑着绵软的双腿站起来,严厉地命令列昂尼德也站起来。

刚才吃饭时,萨莎被从未尝试过的家酿啤酒弄得醉意微醺,没有及时地将列昂尼德那轻柔灵巧的手指从自己的膝头打落。等萨莎反应过来,不禁又羞又怒。列昂尼德忙举起双手,嘴上连声说着投降。可萨莎的皮肤却仍记着少年的触碰,脑海里冒出个不安分的念头,何必这么快就打掉他的手呢……萨莎忙偷偷地狠狠掐了自己一把。

必须把这顿酸甜暧昧的午饭从记忆中抹去,于是,萨莎故意没话找话。

"这里的人都好奇怪。"她对列昂尼德说。

"怎么了?"列昂尼德一口气将杯中酒喝干,这才从桌子后面绕出来。

"他们的眼神里好像少些什么东西……"萨莎犹疑地说。

"饥饿。"列昂尼德肯定地说。

"不是的,不光是饥饿……他们好像无欲无求似的。"

"那是因为他们已经应有尽有了。"列昂尼德冷哼一声,"他们每天吃饱喝足,靠汉萨供养着。汉萨的人全是这种眼神……"

"我和爸爸一起住的时候……"萨莎脸色凝重地说,"今天我们吃剩下的那些东西够我们吃三天的了……也许,我们该把剩下的带走,分给吃不上饭的人?"

"没事,剩饭会拿去喂狗的,"列昂尼德回答说,"这里没有乞丐。"

"他们可以分给邻近站台的人哪!那里的人都吃不上饭……"

"汉萨可不是慈善基金会。"名叫科斯佳的那位卫兵插嘴道,"想吃饭自己干,我们可不想养懒汉!"

"你生来就是汉萨人?"列昂尼德问。

"我一直是汉萨人!从记事起就是!"科斯佳昂然道。

"难怪。你也许不会相信,那些没有出生在汉萨的人,偶尔也是需要吃饭的。"列昂尼德说。

"那就让他们吃彼此的肉好了!难道说要把我们的东西抢走分给他们不成?就像红线说的那样?!"

"哼,如果一切照眼下这种情形继续的话……"

"那又如何?你最好给我闭嘴,你说的这些话已经够驱逐出境的了!"

"这些话我说过很多次,我早就够被驱逐的了!"列昂尼德冷冷地说。

"我可以告你是红线奸细!"

"我也可以告你值班酗酒……"

"好啊……是你自己给我们喝的!你这个——"

"别!对不起……他不是那个意思。"萨莎赶紧打圆场,拽着列昂尼德的袖口,把他从喘着粗气的卫兵身边拽开。

她连拉带拽把列昂尼德带到车道,瞅了眼站台上的挂钟,不禁低呼一声：一顿午饭几乎花掉了两个小时。跟自己抢时间的猎人肯定一秒钟也没耽搁……

列昂尼德在她背后醉醺醺地笑了。

去往文化公园站的路上，卫兵们一直在充满敌意地低声斥责，而列昂尼德时不时会怼回去，萨莎只得好生劝慰。列昂尼德的酒一直没醒，酒精让他变得既大胆又无赖，两只手越来越不老实，萨莎只能勉强避开。

"你就一点也不喜欢我？"列昂尼德一脸委屈地问，"我不是你的菜，是吗？你不喜欢我这样的，你只喜欢肌肉男、刀疤脸……那你为什么还要跟我来？"

"因为你答应过我！"萨莎把列昂尼德推开，"我不是——"

"我不是那样的！"列昂尼德细着嗓子替萨莎说完，忧郁地叹口气，"又是老一套。要早知道你这么高不可攀……"

"你怎么能这样？！那里有那么多人……还活着……如果我们赶不及，他们会全部死掉的！"

"我怎么了？我两条腿都迈不动了，你知道它们有多沉吗？至于人……总是要死的。不是明天，就是十年后。你，我，都得死。那又怎样？"

"你撒谎了？你骗了我！荷马警告过我了……我们现在要去哪儿？"

"没有，我没撒谎！你想让我发誓吗？你自己会看见的！到时候你就会向我道歉了！到时候你会后悔的，你会对我说，列昂尼德，我对不起你……"他皱着鼻子说。

"我们到底要去哪儿？！"

"向着翡翠之城前进，跨过艰难险阻……"列昂尼德用双手食指当指挥棒挥舞着，唱起歌来。手中的笛子不小心掉落，他骂了一句，弯腰去捡，差点没倒在地上。

"喂，醉鬼！你们自己能走到基辅站吗？"一个卫兵喊道。

"托你们的福！"列昂尼德朝卫兵们鞠了一躬，继续唱道，"我们一定会回来……"

*　　*　　*　　*

关于林地站的传说荷马从未当真过，但这次却没法不信了。

有人称林地站为命运站台，将其奉为神谕宣示所。

有人相信，每逢人生转折，来此朝觐便可微微开启未知的大幕，从中获得一些暗示，借以预知未来的道路。

还有人相信……

但怀疑论者坚称，林地站之所以会发生怪事，是因为附近经常会排放一些能够致幻的有毒气体。

让怀疑论者统统见鬼去吧！

只是，他刚才看见的预示着什么呢？老人总感觉自己就快猜出来了，但随即又思绪混乱起来，眼前再次浮现出对着空气挥刀劈刺的猎人。荷马情愿付出任何代价，只要能让他知道队长在那一刻看见了什么，在跟谁搏斗，他为何会失败，甚至差点死掉……

"你在想什么呢？"猎人突然开口问道。

荷马大吃一惊，五脏六腑几乎全部拧在了一起。在这之前，除非情不得已，猎人从来没主动跟他说过话，只会呼喝命令，就算回答问题也总是爱搭不理……面对一个没有心肠的人，怎么可能指望彼此倾心交谈呢？

"那个……没想什么。"荷马讷讷地说。

"你肯定在想什么，我听见了，"猎人平静地说，"是关于我的。你怕我？"

"现在不怕了。"老人撒谎说。

"不用怕，我不会动你。你让我想起……"

半分钟没等到下文，荷马小心地问："我让你想起什么？"

"关于我自己的一些事情。我已经忘了我心里还有那些，而你能给我提个醒。"猎人将这些沉重的字眼从心底掏出，一个一个排列起来，眼睛直直地望向前方的黑暗。

"原来你是为了这个才带上我的？"荷马一时间既失望，又困窘。他本来还指望着……

"记住这些对我很重要，非常重要，"队长说，"对于其他人来说也很重要……否则就会发生……那些事情。"

"你是失忆了吗？"老人像在雷区里迈步一样小心翼翼，"你遭遇过什么？"

"我全都记得！"猎人厉声回答，"我只是偶尔会忘了自己。我害怕会彻底忘记，你要不时提醒我，好吗？"

"好。"荷马朝他点点头，尽管猎人并没有看他。

"以前一切都是有意义的，"队长再次艰难地开口道，"我所做的一切事情，就是保卫地铁，保卫人们，人们！任务也是清晰而明确的，就是消除一切威胁。而这是有意义的！"

"现在……"

"现在？我知道现在是怎么回事。我只是想让一切变得像之前那样明白无误。我不是强盗，不是杀手！我杀人是为了人们！我试过离开人群，独自生活，以免伤害他们……但我害怕了，我很快就开始忘记自己……我必须回到人们中间，去保护他们，帮助他们……塞瓦斯托波尔站接纳了我，那里有我的窝。我必须拯救站台，帮助站台上的人，不管付出怎样的代价。如果我能干成这件事，消除威胁……这是一件大事，真正的大事，在这之后，也许我能回想起自己，应该可以的。所以我才要尽快，不然的话……一天一夜之内，我必须做完所有事，赶到波利斯，召集突击队，然后返回……在此之前，请你提醒我，好吗？"

荷马机械地点点头。他实在不敢想象，假如队长完全忘记了自我会干出什么事情。当之前的猎人永远消失，在他体内会留下谁呢？是不是那个……在刚刚那场幻想的搏击中将他打败的那个？

林地站被远远地甩在了后面。猎人大步流星地赶往波利斯，像一只被放开锁链、奔向猎物的捕狼犬，又或者，像一匹从枪口下逃命的孤狼？

隧道尽头出现了光亮。

* * * *

好不容易走到了文化公园站。为了跟卫兵们缓和关系，列昂尼德邀请所有人进了"一家极好的饭店"。但眼下卫兵们对他高度警惕，连去厕所都有人看着。那个叫科斯佳的卫兵跟另一个耳语了一阵，接着就去了什么地方。

"钱还有吗？"留守的卫兵毫不客气地问。

"还有一些。"列昂尼德掏了五颗子弹出来。

"拿来吧。科斯佳决定告发你，说你是红线奸细。如果被他猜中了，这里有通往红线的通道，你应该知道的；如果他没猜对，那你可以在这儿待上一段时间，等反间谍机关来了，你自己跟他们解释清楚。"

"被你们发现了，是吗？"列昂尼德努力地忍住酒嗝，"好吧！让他去吧……我们还会回来的！感谢你们的帮助！"说着他举起胳膊敬了个不标准的军礼，一把拽起萨莎，以醉鬼难得的敏捷，跟跟跄跄地朝隧道口跑去。

"我们这是要去哪儿？"萨莎一头雾水。

"哪儿，哪儿……去红线！你没听见吗？红线奸细，被抓住了，被揭穿了……"列昂尼德嘟嘟囔囔地回答。

"你是红线的人？！"萨莎惊问。

"我的大小姐！现在什么问题也别问我！我现在要么思考，要么跑路。跑路更要紧些……那个卫兵就要拉响警报了……搞不好还会开枪射击……我可没那么多钱赎命……"

两人钻进了隧道，将卫兵留在了外面，身子紧贴隧道壁，向着基辅站跑去。萨莎明白，他们是不会成功的。假如列昂尼德说的是真的，卫兵一定会报告他们的逃窜方向的……

列昂尼德突然左转，跑入了一个有光亮的侧面隧道，轻车熟路，像往自己家跑一样。又跑了几分钟，前方远远地出现了旗子、栅栏、沙袋堆成的机枪巢，还听到了狗吠。是边境哨卡？他打算怎么过去？哨卡那边是谁的地盘?

"我是阿尔贝特·米哈伊洛维奇介绍的,我要过去。"列昂尼德朝迎面跑来的哨兵塞去一个模样奇怪的证件。

"过路费照旧,"哨兵瞥一眼硬皮证件,瞅着萨莎问,"这位小姐的证件呢?"

"您给我弄个双人的吧,"列昂尼德翻遍了身上所有的口袋,把最后的子弹全掏了出来,"您没见过什么小姐,好吗?"

"少来这套,"哨兵板起脸说,"你以为这是市场吗?这是法治国家!"

"您说的是哪里话。"列昂尼德装出一副惊恐的样子,"我只是觉得,既然是市场经济,那就可以讨价还价……是我不对……"

过了五分钟,萨莎和列昂尼德被关进了一间瓷砖墙壁的囚室,后者衣衫凌乱,垂头丧气,颧骨蹭破了皮,鼻子淌着血。

铁门轰然关闭。

黑暗降临了。

第十六章

囚笼

当置身于黑暗中时，人类除视觉之外的感官会变得尤为敏锐，气味会变得更加浓郁，声音会变得更加响亮。禁闭室里只能听见指甲挠地板的嘎吱声，以及空气中弥漫着的尿骚味。

也许是酒精的缘故，列昂尼德连疼痛都没感觉到。起初一段时间他还在嘟囔着什么，随后便闭了嘴，打起鼾来。他根本不在乎自己被人抓了，也毫不关心无证擅闯汉萨边境的萨莎会有何下场，至于图拉站的命运自然更是与他无关了。

"我恨你。"萨莎恨恨地低声说。

他同样无所谓。

在笼罩囚室的黑暗中，很快便发现了一个洞，是门上的玻璃窥孔。其余的一切依旧看不见，但这丝光线已经足够了，萨莎慢慢地适应着周围的黑暗，朝门口爬过去，用粉嫩的拳头捶打着铁门。铁门轰然作响，但只要一停止捶击，寂静便立刻又围拢过来。守卫对于铁门的轰响和萨莎的呼喊充耳不闻。

时间迟缓地向前流淌。

他们在这儿被关了多久？列昂尼德是不是故意把她带到这儿来的？好让她离开老人和猎人？好让她落入自己的圈套？而这一切，都是为了……

萨莎将脸埋在袖子里，低声啜泣。袖子将哭声和眼泪都吸收了……

"你见过星星吗？"突然响起的声音仍然带着醉意。

萨莎没理他。

列昂尼德兀自说道："我也只是在照片上见过。可就在刚才，被你的哭声吵醒时，我还以为自己见着真正的星星了呢。"

萨莎吞下眼泪，哽咽着说："那是监视孔。"

"我知道。我只是好奇，"列昂尼德清了清嗓子，"从前是谁在天上监视着我们呢——那些星星大概就是他们的眼睛吧？可他们为什么又不看我们了呢？"

"天上什么人都没有。"萨莎猛一摇头。

"我一直乐于相信，有人在天上看着我们。"列昂尼德慢悠悠地说。

"就算在这间囚室里都没人愿意搭理我们！"萨莎瞪着哭红的眼睛，"都是你搞的鬼，是不是？就为了让我赶不及？"说着，又拼命捶起门来。

"既然你认为外面没有人，何苦还要敲呢？"

"你根本就不管那些病人会不会死！"

"你就是这么看我的，是吗？太伤心了。"他叹口气，"照我看，你这么着急也不是为了救病人，你只是担心你的心上人，害怕他跑到那儿去杀了人，自己也会感染，却无药可救……"

"你胡说！"萨莎好不容易才克制住自己，没朝他打过去。

"就是这样的……"列昂尼德故意惹恼她，"那个光头有什么好？"

萨莎不想对他解释，甚至根本不想跟他说话，但终于还是忍不住了："他需要我！他真的需要我，没有我，他会迷失自己。可你不需要我。你只是没人陪你玩而已！"

"好吧，就算他需要你——当然也没那么需要，只是不要白不要而已——可你呢，你要他干什么呢？你就这么喜欢暴徒？还是说，你就喜欢拯救堕落的灵魂？"

萨莎沉默了。她感到羞辱，自己的心事竟然这么轻易就被人看穿了。也许是因为自己的想法太过稀松平常，或是因为自己不会掩饰内心的想法？那些细腻的、捉摸不透的，甚至她自觉难以用言语表达的情感，从列昂尼德口中说出来竟然如此普通，甚至庸俗。

"我恨你。"沉默了半晌，她说。

列昂尼德毫不在意地冷笑一声："没关系，我自己也不喜欢自己。"

萨莎瘫坐到地板上，眼泪又开始不听使唤地流淌，起初是因为生气，后来是因为无助。只要还能够做出改变，她就不会放弃。可眼下，被关在这间囚室里，面对着这样一个油盐不进的同伴，她恐怕再没机会了。敲门是没用的，喊叫也是徒劳，劝说也没有对象，完全无计可施。

眼前突然闪过一幅画面：高耸的楼房，绿莹莹的天空，飘浮的云朵，欢笑的人群，她脸颊上的热泪突然变成了老人对她讲过的夏日的雨滴。不到一分钟，魔力消失了，只剩下轻松、奇妙的心情。

"我想要奇迹。"萨莎紧咬着嘴唇，坚定地自言自语。

话音刚落，囚室内射入一道刺目的白光。

* * * *

距离地铁的神圣首都、文明的大理石公墓波利斯尚有几十米远，周围便被笼罩在一片雪白的水银灯光和安定繁荣的氛围之中了。波利斯从不吝惜电力，这里的人相信光的魔力。充裕的灯光能让人们回想起往昔的生活，在那遥远的年代，人类还不是夜行动物，也还不是野兽。即便是边缘站台的野蛮人到了这儿，也会约束自己的举止。

波利斯边境的哨卡较之于工事，更像是某个政府部门的门房：一桌一椅，两个身穿干净制服、头戴大檐帽的哨兵。他们查验证件，检查个人物品。老人从口袋里掏出了护照。签证制度据说取消了，不该有什么问题。他伸手将绿皮证件递给其中一位哨兵，偷眼瞟着队长。

队长似乎正在沉思，没有注意到哨兵的问话。荷马甚至开始怀疑，队长到底有没有护照。可假如没有，那他为什么还那么急着要往这儿赶呢？

"最后重复一遍，"哨兵将手放在擦得发亮的手枪套上，"请出示证件，否则马上退出波利斯领地！"

荷马确信，队长仍然没听懂哨兵在说什么，只是对摸枪套的动作做出了条件反射。他瞬间出离了古怪的神游，闪电般探出铁钳似的巨手，一把捏碎了哨兵的喉骨。哨兵脸色发青，连人带椅仰面跌倒。另一个哨兵见状扭头就跑，但老人知道，他是逃不脱的。猎人手里，像老千袖口里的爱司牌[1]一样，出现了一把烧蓝钢手枪……

"不要！"荷马急得大喊。

趁队长迟疑的一秒钟工夫，逃命的哨兵爬上了月台，连滚带爬地避开了子弹。

"不要杀他们！我们还要去图拉站呢！你需要……是你让我提醒你的……不要！"老人呼吸急促，语无伦次。

"去图拉站……"猎人讷讷地重复着，"好吧。最好忍到图拉站。你是对的。"他一屁股坐在桌子上，将沉重的手枪放在身边，垂下脑袋。

荷马抓住机会，高举双臂向前跑去，迎着从拱门跳出去的士兵们高喊："不要开枪！他缴枪了！不要开枪！看在神明的分上……"

但士兵们还是将荷马捆了起来，一把拽下他的防毒口罩，这才听他解释。猎人又一次陷入沉思，任凭士兵们缴了械，顺从地走进了看守所。他坐在板床上，抬起头，目光锁定老人，呼出一口气，缓缓道："你去找个人，梅尔尼克，把他带过来。我会等……"

荷马连连点头，转身挤过堵在门口的卫兵和看热闹的人群，刚要撒腿开跑，就听猎人在背后大喊："荷马！"

老人怔在原地，大感意外：猎人从来没叫过他的名字。他走回用钢筋条焊接的栅栏门前，疑问地望着猎人，后者正用粗壮的手臂环抱着身子，像是浑身发冷一样。

---

[1] 在大多数的纸牌游戏中，爱司牌通常是最大的一张牌。玩牌时，作弊者常常将此牌藏在衣袖中作为应急的王牌，伺机用之取胜。

半晌，荷马才听到猎人像死亡一样冰冷的声音：

"要快。"

* * * *

囚室的门开了，一名士兵向里面探头探脑，正是几小时前抽列昂尼德耳光的那个哨兵。哨兵屁股上忽然被人踹了一脚，跌跌撞撞地闯进了囚室，险些趴倒在地板上。而后他直起身，怯懦地朝后看去。

过道里站着一位戴眼镜的枯瘦军官，弗伦奇式军装肩章上缀着好几颗星，稀疏的淡褐色头发向后梳得溜光。

"快说，浑蛋！"军官咬牙切齿地对哨兵说。

"我……我……"哨兵被吓傻了，期期艾艾。

"别紧张。"军官给哨兵鼓劲儿道。

哨兵面对列昂尼德，眼睛却不知道该看哪儿："我为我的行为道歉。请你……您……我，我说不出……"

"再加十天。"军官说。

"请您打我吧！"哨兵一咬牙，冲列昂尼德说。

"啊，阿尔贝特·米哈伊洛维奇！"列昂尼德眯着眼睛，对军官笑笑，"我等得花儿都谢啦。"

"晚上好。"军官也扬起了嘴角，"这不，我来主持正义了，您要不要亲自教训他？"

"我的手可还得好好保养呢。"乐手站起身，活动活动腰，"我相信您自会处置的。"

"一定严惩不贷，"军官点点头道，"一个月禁闭。我本人也为这个笨蛋的愚蠢行径向您道歉。"

"嗯，你们也不是故意的嘛。"列昂尼德揉着蹭破皮的颧骨说。

"那，这件事就不必对外讲了吧？"军官金属般的声音里透着谄媚。

"您看,我在走私货物,"列昂尼德朝萨莎一扬头,"能否通融一下?"

"当然。"军官满口答应。

犯错的哨兵当即被锁进了这间囚室,军官插上门闩,走在狭窄走廊的前面为列昂尼德和萨莎引路。

萨莎高声对列昂尼德说:"我不会再跟你走了。"

列昂尼德犹豫了片刻,低声对萨莎说:"如果我告诉你,我们真的要去翡翠之城呢?如果我告诉你,我对翡翠之城的了解胜过你的爷爷呢?我不仅听说过,还亲眼见过,不仅见过,还亲自去过,不仅去过,还——"

"你撒谎。"

列昂尼德不以为意,用头指点着走在前面的军官低声说:"你以为他为什么会巴结我?因为他知道我从哪儿来,所以他怕我。在翡翠之城一定能找到你需要的解药。到那里只剩下三站地……"

"你撒谎!"

"听着!"列昂尼德低声喝道,"如果你想要奇迹,你就得相信奇迹,不然你会错过的。"

"还要学会分辨奇迹和戏法,是你教会我的。"萨莎毫不示弱。

"我从一开始就知道,会有人放我们出来的,我只是……不想出来得太快。"

"你就是想拖延时间!"

"但我没有骗你!疫病真的可以治!"

三人走到了哨卡。军官好奇地打量着二人,将列昂尼德的笛子、子弹和证件物归原主,朝他敬了个礼,睨着萨莎问道:"列昂尼德·尼古拉耶维奇,您的私货咋办,带走还是留下?"

萨莎吓得连忙缩紧了身子:"带走。"

"悉听尊便。"军官微微一笑,引领二人走过三层胸墙,走过纷纷跳起敬礼的机枪手,走过栅栏和铁轨焊接的菱形拒马,打趣地问道,"我想,进口手续不会有问题吧?"

列昂尼德笑道："会搞定的。也许我不该对您说这话，但廉洁的官员哪儿也没有，规定越死，官员就越好收买，只需要知道，该给谁塞钱。"

军官嘿嘿一笑："何须塞钱呢，对您而言，一个魔法词汇就够了吧。"

列昂尼德又摸了一下颧骨："眼下可不是对谁都管用。再说我还算不上魔法师呢，还没出徒。"

"等您成为真正的魔法师，还请多多关照。"军官郑重其事地垂首致意，转过身，向回走去。

前方一道厚厚的栅栏从顶到底将隧道整个封住，栅栏上开了一扇小门，一位士兵将小门打开。门后是一个空荡荡、亮堂堂的区间，墙壁有些地方被烧焦了，有些地方弄出了豁口，像是长久的激战留下的，而在区间尽头可以看见新的工事和一面面通天彻地的旗帜。

萨莎一看见那些旗帜便不禁心头一颤。

"这是谁的地盘？"她猛然停住脚步，问列昂尼德。

"还能是谁的？"列昂尼德惊讶地看着她反问，"当然是红线的了。"

*　　*　　*　　*

啊，荷马梦想了多久重新造访这些地方啊，他又有多久没来过这些神奇的地方了啊……

充满知识分子气息的博罗维茨基站，空气中弥漫着好闻的消毒剂味，拱门洞里安置着一座座舒适的小房子，大厅中央是为自诩"婆罗门僧侣"的嗜书如命者设立的阅览室，书桌上摆满了书籍，布灯罩的吊灯低垂在书桌上方。整个站台像极了战前人们在茶余饭后纵论天下的厨房……

被粉刷成白金两色、酷似克里姆林宫宫殿的阿尔巴特站一派皇家气度，秩序井然，往来穿梭的都是军容肃整的军人，他们照旧吹胡子瞪眼，对于世界末日完全置身事外……

历史悠久的列宁图书馆站，在世界末日来临之前没来得及改名字。

当还是个毛头小伙子的尼古拉刚进地铁系统时，这个站台就已经和世界本身一样古老了。漏水的天花板上的雕塑装饰被精心修复过了，尽管手艺并不高明。

而亚历山大花园站的光线总是如黄昏般幽暗，瘦长而又棱角分明，像极了一位老眼昏花、患了痛风的退休老人，在没完没了地追忆着自己的热血青春。

荷马总在想，地铁站台会不会长得也像自己的建造者？它们能否被视作设计师的自画像？它们会不会吸纳建筑师的一部分精髓？但他确切地知道一点：站台会给自己的居民烙上烙印，塑造他们的秉性，让他们感染自己的情绪和疾病。

就荷马而言，他的思维方式，他的多思多虑，他的多愁善感，当然不是来自不苟言笑的塞瓦斯托波尔站，而和他的过去一样，是属于波利斯的。

而命运却将他带到了另一个方向。

即便现在，当他终于又回到这里，他也没有多余的时间能在大厅四处走走，好好欣赏一下雕塑装饰和艺术铸造品，任由自己的幻想恣意驰骋……他不得不急速奔走。

猎人好不容易才将那个每隔一段时间就要吃人的可怕怪物制服，关在内心的囚笼里。只要怪物咬坏猎人内心的囚笼，那关押猎人的外部囚笼转眼便会被摧毁。他必须争分夺秒。

猎人让他找到梅尔尼克……这是个人名，还是绰号，抑或是一句暗语？当猎人说出这个字眼时，看押的卫兵们立刻发生了不可言喻的变化：关于将猎人移交法庭审判的议论止息了，刚要铐在荷马手腕上的手铐又被放回了抽屉，一位矮胖的军官亲自押送他。

荷马和押送军官上了台阶，穿过通道，来到阿尔巴特站。二人停在一扇门前，守门的两人虽然身着便衣，脑门上却分明写着杀手二字，在其身后是一排办公室。矮胖军官请求荷马稍等，自己沿着廊道向前走去。没过三分钟，他就急匆匆地跑回来，惊异地上下打量了老人一眼，毕恭毕敬地请他进去。

狭窄的廊道将二人带到了一间轩敞开阔的办公室。房间四壁贴满了地图和示意图、便条和密码电报，以及照片和图片。宽大的橡木办公桌后面端坐着一位已不年轻的瘦削男子，肩膀宽阔得像穿了件斗篷。制服上衣披在肩上，衣服下面只露出一只左臂，荷马仔细一看，才发现那人的右臂几乎被齐根截断了。那人身材魁梧，即便坐在那里，视线仍几乎与站着的荷马齐平。

"下去吧。"办公室主人对矮胖的军官说，军官带着难以掩饰的遗憾退出办公室，在身后掩上了门。

主人转向荷马，问："你是谁？"

老人有些慌乱："尼古拉·伊万诺维奇·尼古拉耶夫。"

主人眉头一皱："少跟我装蒜。你说你是跟我最亲密的战友一起来的，而我一年前亲手埋葬了他。你到底是什么人？"原来此人便是猎人要找的梅尔尼克。

荷马忙道："我谁也不是，猎人没死，真的。我可以带您去看，只是要快。"

"我在想，这是圈套，是愚蠢的把戏，又或者仅仅是搞错了。"梅尔尼克点着一根烟，向老人脸上吐出一团烟雾，"既然你知道他的名字，并且把他带到了我这儿，那你一定知道他的故事。你应该知道，我们找他一年多，为此还损失了好几个人。你同样该知道，他对我们有多么重要。甚至可以说，他是我的右手。"说着，他撇嘴冷笑了一声。

"我、我不知道……他从来没跟我说过。"老人将头缩进脖颈，"求求您了，跟我去博罗维茨基站吧，不然就来不及了……"

"不，我哪儿也不去，我还有要务在身。"梅尔尼克将左臂垂下办公桌，做了一个奇特的动作，没站起身，却神奇地向后退去。荷马怔了一下才想到，他坐在轮椅上。

"让我们平心静气地谈一谈吧，我想知道，你来这儿到底是什么目的。"梅尔尼克的语气稍有缓和。

"上帝啊,"老人几乎快崩溃了,"您就相信我吧,他还活着,正关在博罗维茨基站的囚室里。至少,我希望他现在还在那儿……"

"我也想相信你,"梅尔尼克停下来,深吸一口烟,老人清晰地听见烟卷噼啪燃烧的声音,"只是,奇迹是不可能的……好了,我大概可以猜到,这是谁搞的恶作剧。有专门的人会去查证……"说着,他将手伸向电话机,一把抄起话筒。

"为什么他那么害怕黑人?"荷马出乎自己意料地问。

梅尔尼克愣住了,缓缓放下话筒,将整根烟卷抽完,把烟头吐进烟灰缸,终于说:"见鬼。那我就跟你走一趟好了。"

* * *

"我不去那儿!放开我!我宁肯留在这儿……"

萨莎没开玩笑,也并非矫情。她父亲这辈子最大的仇敌就是红线。正是他们夺了他的权,敲断了他的脊梁骨,然后没有痛快地了结他,而是出于可怜或者捉弄,又给他增加了很多年的屈辱和痛苦。父亲无法原谅那些起来反对他的人,但他更无法原谅那些鼓动怂恿、为反对者提供传单和武器的人。尽管在临死前,父亲说他不再仇恨任何人,也不再想要复仇,但萨莎感觉,他只是在为自己的无力辩解。

"这是唯一的路。"列昂尼德满不在乎地说。

"你不是说要带我去基辅站吗?!"

"汉萨跟红线打了二十年仗,我总不能跟汉萨的人说,我们要去红线吧……我只好撒个小谎。"

"你总是撒谎!"

"通往翡翠之城的大门就在运动场站后面,而运动场站恰好归红线管,我也没办法。"

"我们怎么过去？我没有证件。"萨莎警惕地死死盯住列昂尼德。

"相信我，"列昂尼德一笑，"万事皆可通融——腐败万岁！"

列昂尼德不顾萨莎反对，抓起她的手腕，拽着就走。第二道防御线的探照灯将从顶棚垂下的两面旗帜照得闪闪发亮，隧道的穿堂风将它们鼓荡得猎猎作响，萨莎恍惚觉得眼前是两道鲜血汇成的瀑布。这难道又是征兆吗？

按照萨莎之前听到的关于红线的传闻，他们很可能会被打成筛子……可列昂尼德依旧神态自若地向前溜达着，嘴角依旧挂着自信的微笑。走到离哨卡三十米远，一束粗壮的探照灯光线顶住了他的胸口，乐手将笛子放在地上，顺从地举起双手。萨莎也跟着照做了。

查验的哨兵们走了过来，睡眼惺忪，惊讶不已。看来，他们从未遇到过从这个方向来的访客。这次乐手没等哨兵长询问萨莎的证件，便将他招呼到了一旁。他贴在哨兵长耳边谄媚地耳语了几句，随后依稀响起了一些黄铜碰撞的声响，哨兵长立刻像中了魔法一样，眉开眼笑，亲自将他们护送过了所有的岗哨，甚至安排他们坐上了一辆手摇轨道车，命令士兵将他们载到伏龙芝站。

两个士兵气喘吁吁地转动摇把，启动轨道车。萨莎皱着眉头，打量着他们的衣服和面孔，受父亲的影响，她自然而然地把他们也当成了敌人……但他们并没有什么特殊之处：棉袄、便帽、高突的颧骨、凹陷的脸颊……诚然，他们不像汉萨士兵那样容光焕发，但人的特征一点也不少，不仅如此，在他们的眼睛里还闪动着男孩子式的好奇，这是环线居民所完全不曾拥有的。他们俩也许根本就没听说过十年前的汽车厂站暴动，这样怎么能算是萨莎的敌人呢？对陌生人又怎么可能产生真正的仇恨呢？

两位士兵不敢贸然跟车上的乘客搭话，只是呼哧呼哧地转动摇把。

萨莎低声问列昂尼德："你是怎么做到的？"

列昂尼德故弄玄虚地对萨莎挤了下眼："我会催眠。"

萨莎狐疑地盯着列昂尼德："你给他看的那些证件是什么？为什么你

拿着它们就能到处畅通无阻？"

列昂尼德漫不经心地回答："只是几本用于不同场合的护照而已。"

"你到底是什么人？"为了避免其他人听到，萨莎只得紧紧贴在列昂尼德身边。

"观察者。"列昂尼德翕动着嘴唇答道。

若非萨莎紧紧地闭住嘴巴，一连串的问题也许便会脱口而出。但红线士兵显然在试图捕捉二人谈话的意义，甚至连转动摇把的声音都放低了。

她只好耐着性子忍到了伏龙芝站——一个枯萎、暗淡的车站，唯有旗帜为其增添了一抹血色。墙上残缺不全的马赛克，被时间啃得坑坑洼洼的圆柱……破旧的电灯吊在圆柱间拉的电线上，只比站台居民的脑袋稍高一些，以免珍贵的电力白白损失一分一毫。这里干净得令人生疑：月台上同时有好几个清洁工在手忙脚乱地打扫着。车站里人很多，但奇怪的是，萨莎的眼睛看向哪里，哪里的人群就装模作样地活动起来，而她背后的人群则立刻停下动作，开始窃窃私语。但只要萨莎一扭头，人群就又立刻鸦雀无声，各自忙活起来。没有一个人愿意看萨莎的眼睛，似乎这是不体面的。

"这里经常有外人来吗？"萨莎看着列昂尼德问。

"我自己也是外人。"列昂尼德耸耸肩。

"你在哪儿不是外人呢？"

"在一个人们没有这么死板乏味的地方……"列昂尼德冷笑一声，"那里的人们明白，光靠吃的救不了人命，那里的人们不想忘记昨天，哪怕回忆只会给他们带来痛苦。"

"给我讲讲翡翠之城吧。"萨莎低声请求，"为什么他们……为什么你们要躲起来？"

"因为管理层不信任地铁居民。"列昂尼德收住话头，跟隧道入口处的卫兵说明了情况，带着萨莎潜入了漆黑的隧道，掏出一个铁皮打火机，点燃一盏油灯，继续说道：

"因为地铁居民正在逐渐丧失人性；因为在他们中间至今仍活着一些

那场可怕战争的始作俑者，尽管他们连自己的亲友都不敢承认；因为地铁居民习性难改，对他们只能怕而远之，暗中观察。一旦被他们发现了翡翠之城，他们很快就会把它也吃掉、再拉出来，就像他们曾经毁掉的那些。他们会烧毁伟大画家的名画，烧毁一切印刷品，那样一来，地下世界唯一公平和谐的社会就会毁灭，大学的教学楼就会坍塌，伟大的诺亚方舟就会沉没，一切都将灰飞烟灭。他们就是一群野蛮人……"

"为什么你们会认为，我们没办法变好？"萨莎愤愤不平。

"不是所有人都这样认为，"列昂尼德用眼角斜睨着她，"有些人也试过采取措施。"

"但看来他们并没有很努力，"萨莎叹口气，"既然连大爷都没听说过的话。"

"某人自己其实就亲耳听到过。"列昂尼德意味深长地说。

"你是说……音乐？"萨莎猜测道，"你也是他们中的一员？你们试图改变我们？怎么改变？"

"通过把美强加给你们。"乐手半开玩笑似的说。

* * * *

副官推着轮椅，荷马疾步跟在旁边，不时瞄着紧贴在自己身边的高大护卫。

"如果你当真不知道那个故事，我可以讲给你听。如果我在博罗维茨基站看见的不是猎人的话，那你就可以把这故事讲给你的狱友听了……"梅尔尼克威严地看了老人一眼，继续道，"猎人是游骑兵团最优秀的战士，真正的猎手。他的感觉和野兽一样敏锐，总能全身心地投入战斗中去。也正是他，一年半前预感到了黑暗族的威胁……在展览馆站。你难道连这也没听说？"

"展览馆站……"老人努力检索着记忆，"对了，说是有一群打不死的突变体怪物，能够阅读人的思维，还会隐身……可我怎么听说它们被叫作'黑裔'？"

"叫什么无所谓。"梅尔尼克不屑地说，"是猎人第一个发出了警报，但我们当时既没有时间，也没有精力理会……我对他说，我们还有其他事要忙，于是猎人就一个人去了。他最后一次跟我联络时说，这些畜生会压迫人的意志，让整个地铁陷入恐惧。但猎人是个不可思议的战士，天生的斗士，一个人能干掉一整个排……"

"我已经见识过了。"荷马喃喃道。

"他从来不知道畏惧。他派了一个小伙子给我带了张字条，说他自己上到了地表，去跟黑暗族算账，如果他回不来，那就说明，威胁比他想象的还要可怕。后来他失踪了，死了。我们有自己的联络体系，每个活着的人一周必须联络一次，必须！而他已经一年多没有消息了。"

"那黑暗族呢？"

"我们用导弹把它们的老巢炸飞了。在那之后，我们就再没听到任何有关黑暗族的消息，哼。"梅尔尼克冷笑一声，"既没人写信，也没人打电话……展览馆的出口被封死了，生活又恢复了原样，只是那个送信的小伙子精神错乱了。但后来也好了，结了婚，过上了正常人的生活。至于猎人……我一直有愧于他。"

梅尔尼克沿着钢板坡道驶下台阶，将底下聚集的婆罗门僧侣吓得纷纷溜走。他掉转轮椅，等着老人从后面气喘吁吁地赶上来，又补充了一句："最后一句不要对别人讲。"

又过了一分钟，一行人终于来到了囚室。梅尔尼克没有命人打开囚室的门，而是扶着副官，咬紧牙关，从轮椅上站起身来，将眼睛凑向监视孔。

只有不到一秒钟的时间。梅尔尼克便筋疲力尽地，似乎是他自己撑着残肢一路走过来的一样，跌坐在轮椅上，用黯淡的眼神盯了老人一眼，像宣布判决似的说：

"不是他。"

* * * *

"我不认为我的音乐属于我。"列昂尼德突然正色说道,"我也不知道它是从哪儿跑进我脑子里的。我感觉我不过是一个轨道,或者说一把乐器。就像当我想演奏时,便将笛子放到唇边一样,有谁把我放到了自己的唇边,于是就诞生了旋律……"

"这叫灵感。"萨莎低声说。

"姑且这么叫吧。"列昂尼德双手一摊,"不管怎么说,这并不属于我,而是外来的。我也没有权利私自占有它,它……在人群中间旅行。当我演奏时,我会看见所有人都朝自己围拢过来:穷人、富人,满身伤疤的、油光满面的,善的、恶的,平庸的、伟大的……所有人。我的音乐会让他们发生变化,将他们调整到统一的调性。我就像一个音叉……我可以将他们变成和音,尽管不会太久。而他们会发出纯粹的声音,会齐声歌唱。我不知道该怎样用言语来形容。"

"你说得已经很好了。"萨莎沉吟道,"我自己也有这种感觉。"

"我必须努力让他们感受到这些,"列昂尼德补充道,"但我不会去拯救任何人,我没有这个权限。"

"为什么翡翠之城的其他人不愿意帮助我们呢?为什么你不敢承认你在做的这些事?"

列昂尼德沉默了,直至运动场站都一言未发。运动场站同样暗淡凋敝,透露出一种造作的肃穆和凝重,只是比伏龙芝站更低矮、更拥挤、更难看。这里充斥着一股烟味和汗臭味,散发着贫穷又傲慢的气息。一个告密者立刻盯上了萨莎和列昂尼德,像个尾巴一样跟在十步开外。萨莎恨不得当下离开这儿,但乐手把她拦住了。

"现在不行,得等等。"

"为什么?"

"入口只在特定的时间开启。"

"什么时候？"萨莎瞅了一眼墙上的挂钟，如果显示的时间无误，离猎人限定的时间只剩下少一半了。

"到时候我会告诉你。"

"你又在拖延！"萨莎皱起眉头，跳到一旁，"你一会儿承诺帮忙，一会儿又想方设法把我拖住！"

沉默有顷，列昂尼德终于鼓起勇气，直视着萨莎的眼睛道："没错，我就是想把你拖住。"

"为什么？！你在耍我？……"

"我没有耍你！相信我，我若想玩，有的是姑娘乐意奉陪。我想，我大概是爱上你了……"

"你想？你根本连想都没想过！你也就是嘴上说说而已！"

"我知道如何区分真爱和游戏。"列昂尼德正色说。

"你为了得到一个人而撒谎，这难道就是真爱？"

"真爱会毁掉人的一生，它完全不管不顾，而游戏则可以随时开局……"

"我无所谓，"萨莎皱着眉头看着他，"我的一生早就毁了。带我去入口。"

列昂尼德直直地盯住萨莎，后背靠在圆柱上，双臂抱在胸前，做出了一个自我保护的姿势。他深深地吸了好几口气，像是打算反驳，最后却什么也没说。终于，他垂下头，神色黯淡地承认了："我没法陪你进去，我回不去了。"

"你这话什么意思？"萨莎疑惑地问。

"我没法再回诺亚方舟了。我被驱逐了。"

"驱逐？为什么？"

"我犯了案子。"他扭头看向一旁，声音低到即便站在身边的萨莎也勉强才能听见，"我……有个人羞辱了我，一个图书管理员，当着众人的面。当天夜里，我喝醉了酒，纵火烧了图书馆。图书管理员全家都被烧死了。可惜我们那儿没有死刑……我死有余辜。最后我被驱逐了，终生不得返回。"

"那你为什么还把我带到这儿来？！"萨莎愤怒地握紧了拳头，"为什么要浪费我的时间？！"

"你可以试着自己敲开入口大门，"列昂尼德喃喃说道，"在侧面隧道里，离入口二十米远的地方，有一个用白颜料做的标记。在标记正下方，与地板齐平，有个橡胶套，下面就是门铃按钮。三短三长三短，这是观察者返回时的暗号……"

列昂尼德帮助萨莎通过了全部的三个岗哨，然后便只身返回了站台。临别时，他试图把临时搞到的一支老式自动步枪塞给萨莎，但萨莎没要。三短三长三短——这就是萨莎现在所需要的全部。外加一只手电筒。

运动场站后面的隧道漆黑死寂。这个车站是整条地铁线路最后一个有人居住的，乐手刚才带她通过的三个岗哨，每一个都戒备森严，几乎是一座座小型堡垒。但萨莎毫不畏惧，一心只惦念着，再过一两个小时就能找到翡翠之城的入口了。

假如翡翠之城根本不存在，那就更没什么可怕的了。

侧面隧道果然在列昂尼德交代的位置。隧道口封着一道残破的栅栏，萨莎轻易就找到了一个足够宽的缝隙钻了过去。又走了几百步，隧道果然到了尽头，被一道气密门堵得严严实实，看上去坚不可摧。

萨莎量着步子后退了四十步，在黑暗中的墙壁上找到了白色标记，紧接着又找到了橡胶套，拔开橡胶套，果然摸到了一个门铃。她拿出乐手送给她的手表看了看时间——赶上了！还来得及！她又等了漫长的几分钟，然后闭上了眼睛……

三短。

三长。

三短。

第十七章
抉择

阿尔乔姆·波波夫垂下发烫的枪管。他想用手背擦去汗水和泪水，却摸不到眼睛——有防毒面罩挡着呢。也许该把那劳什子摘下来，去他的？事到如今，早死晚死又有什么分别呢……

感染者的哀号声似乎压过了自动步枪的射击声。不然为什么越来越多的病人迎着子弹从车厢里冲了出来？难道他们就没听到枪响，就不明白他们会吃枪子？他们在指望什么呢？还是说他们已经无所谓了？

月台打开的出口几米之内堆满了臃肿的尸体。有些还在抽搐，尸堆里传来呻吟。留在车厢里的人惊恐地挤成一团，躲避着子弹。

阿尔乔姆扫视了其他士兵一圈，想知道是否只有他的手在抖，膝盖在颤。所有人都一言不发，连指挥官也保持缄默。只能听见塞满的车厢发出的呼哧声，似乎在极力压抑咳血。死人堆里的濒死者发出怨毒的咒骂："起开……浑蛋……我还没死呢……真他妈沉……"

指挥官锁定了目标，上前一步，对准濒死者射光了弹匣里的全部子弹。随后他站起身，瞅着自己的手枪，莫名其妙地在裤子上擦了擦枪管。

"保持安静！"指挥官嘶哑地大喊，"擅离隔离区者，杀无赦！"

"尸体怎么办？"有士兵问。

"塞回车厢。伊万年科、阿克谢诺夫，你们俩负责！"

秩序恢复了。阿尔乔姆回到了铺位，想尽可能眯上一会儿，距离起床号只剩下一两小时了。哪怕睡上一小时也好啊，这样明天才不至于晕倒在值班室……

但到底还是没睡成。

伊万年科迈着大步回来了，摇晃着脑袋，不肯去碰那些腐烂发臭的死尸。指挥官举起手枪对准他，忘记弹匣里的子弹已经打光了，恶狠狠地骂了一句，拉上枪膛。伊万年科尖叫一声，撒腿就跑。

就在这时，一个不时咳嗽的士兵举起自动步枪，笨拙地将枪刺捅进了指挥官的后背。指挥官撑住身子，慢慢扭过头，瞪着偷袭他的士兵，惊怒地叱骂："你他妈的反了？浑蛋！"

"这样下去你会把我们全都害死的……站台上所有人都会感染！今天我们这样对他们，明天你就会这样对我们！"偷袭的士兵朝他喊着，既没有将枪刺拔出来，也没有开枪。

无人出面制止。即便阿尔乔姆也只是朝二人跨出了一步，便僵在了原地。枪刺终于抽了出来，指挥官像搔痒一样，打算把手探到后背去摸伤口，随即跪倒在地，双手撑住湿滑的地板，使劲儿摇晃着脑袋——他是想恢复神智，还是想从梦中醒来？

没有人胆敢结束指挥官的性命。那个偷袭的士兵畏惧地后退一步，一把拽下防毒面罩，扯着嗓子大喊起来："兄弟们！不要再折磨他们了！放他们出来吧！他们反正是个死！我们也逃不掉！我们还是不是人？！"

"你敢……"指挥官跪在那里，有气无力地说。

士兵们交头接耳，议论纷纷。一处车厢门口的栅栏被拆开，紧接着又一处……随后有人朝偷袭的士兵迎面开了一枪，他的身体晃悠着后退一步，倒在死人堆里。但为时已晚：感染者们已经咆哮着挤出车厢，笨拙地挪动着两条臃肿的大腿拥向大厅，夺过了被吓破胆的哨兵们的枪，四下散开。有些士兵还在向感染者射击，有些士兵则跟感染者混在一处，离开站台，跑向两侧的隧道——有的向北通往谢尔普霍夫站，有的则向南通往纳加金诺站。

阿尔乔姆站在原地，呆呆地盯着指挥官。指挥官还不想死，他起初四肢着地朝前爬，随后吃力地站起身，跌跌撞撞地向前走去，嘴里嘟囔着:"现在就给你们一个惊喜……你们以为我没有准备吗……"

他那游离的目光定在了阿尔乔姆身上,微微一怔,突然恢复了平素不容置喙的神态,命令道:"波波夫!带我去无线电室!必须通知北部哨卡封锁出口……"

阿尔乔姆用肩膀架住指挥官,二人拖着沉重的步子走过空旷的列车,避开撕打的人群,越过尸丘,向无线电室走去,电话就安在那里。指挥官的伤势看来并不致命,但他失血过多,勉强撑到无线电室,力气已经耗尽,昏迷过去。

阿尔乔姆将桌子挪过来挡住门,跳到无线电台旁,开始呼叫北部哨卡。话筒里响起一阵肺痨病人似的咳嗽声,随后便哑巴了,像个死人一样。

假如隧道出口已经来不及封锁了,至少要向多勃雷宁站示警!阿尔乔姆一步蹿到电话旁,按下了控制台上两个按钮中的一个,等了几秒钟……电话还没坏:话筒里起初只能听到回声,随后便听见了嗒嗒声,最后响起了嘀嘀的提示音。

一,二,三,四,五,六……

上帝啊,快点叫人接电话吧。如果他们还活着,如果到现在还没有被感染,就让他们赶紧接电话,再给他一次机会吧,千万不要等到感染者闯入他们的站台。阿尔乔姆情愿抵押自己的灵魂,只要有人接电话!

就在这时,意想不到的事情发生了。第七声提示音响到一半就被打断,隐约听到哼哼声和遥远的喧哗,一个紧张得发颤的声音急切地喊道:

"这里是多勃雷宁站!"

* * * *

囚室里一片昏暗,但即便如此吝啬的光线也足以使荷马看清楚囚禁者的剪影了:过于瘦弱、萎靡,不可能是队长。那好像是个稻草人,死气沉沉的……是卫兵,而且是死掉的!猎人去哪儿了?!

"谢谢,我还以为等不到了。"一个粗重低沉的声音从背后远处传来,"我在里面……太憋闷了。"

梅尔尼克转动轮椅的速度竟比荷马扭头的速度还快!在通道处,一个魁伟的身躯堵住了通往站台的去路。猎人的十指紧紧扣在一起,仿佛两只手互不信任,在防备对方逃脱一样。他侧身站着,用正常的半张脸孔对着众人。

"是……你?"梅尔尼克面部的肌肉剧烈抽搐着。

"眼下还是。"猎人说着,怪异地咳了一声,若非荷马知道猎人从来不笑,一定会将那声音错当成笑声。

"你这是怎么了? ……你的脸? ……"梅尔尼克真正想问的显然与脸无关,他大手一挥,将卫兵们全轰了出去,只留下了荷马。

"你看上去也不咋的。"队长又咳了一声。

"这不算事。"梅尔尼克嘴一撇,"只可惜,没法拥抱你了。真是见鬼……你死哪儿去了……我们找你找得好苦!"

"我知道。我必须……一个人独处。"猎人吞吞吐吐地说,"我……我不想接近人群。我想永远地离开,但我害怕了……"

"当时发生了什么,黑暗族怎么了?这是它们弄的吗?"梅尔尼克朝猎人脸上的疤痕抬了抬下巴。

"不碍事。我没能消灭它们。"队长伸手摸了摸伤疤,"我斗不过它们,它们把我……摧毁了。"

"当年你是对的。"梅尔尼克的语气突然激动起来,"原谅我,我起初没当回事,没信你的话。我们当时也确实……你自己也知道……但后来我们找到了它们的老巢,把它们全炸飞了。我们都以为你已经死了,以为你被它们……我之所以炸它们也是为了给你报仇。我把它们一个不剩全炸死了!"

"我知道,"猎人哑着嗓子,同样激动地说,"它们早就料到了会是这种结局,就因为我。它们知道一切。它们能预知每个人的命运。你根本想不到,我们对抗的是谁……是他最后一次冲我们微笑……派来了它们……为了再给我们一次机会,可我们……我开了头,你收了尾。因为我们就是这样的，因为怪物……"

"你在说什么？……"梅尔尼克听得一头雾水。

"当我去找它时……它们向我展示了我自己。我就像照镜子一样，看见了一切。我完全看懂了自己，也看懂了人们，明白了我们为什么会变成现在这个样子……"

"你这是什么意思？！"梅尔尼克惊恐地盯住自己昔日的同伴，迅速瞅了一眼门口——他是否在后悔自己喝退了护卫？

"听我说。我用它们的眼睛看见了自己，不是外表，而是内心……在皮囊之下……它们把我的内心召唤了出来，放在镜子里，好让我看见——一头食人魔，一头怪物，总之绝不是人。我被它吓坏了，我醒了过来。我以前一直在欺骗自己……我对自己说，我在保卫，在拯救……但那都是谎话。我只是一头饥饿的野兽，甚至还不如野兽。镜子消失了，可它……却留在了我心里。我醒过来了，从此再也无法入睡。它们本以为，我会把自己杀死，不然我活着还有什么意义呢？但我没这么做。我觉得自己应该抗争，起初是一个人，远离人群……以免被任何人看见。我原本以为，我可以通过自我摧残，用疼痛将那头怪物逼出来……"他说着，下意识地伸手去摸脸上的伤疤，"但后来我发现，如果周围没有人，怪物就会苏醒，我就会忘记自我，于是我就回来了……"

"你这是被它们洗脑了！"梅尔尼克焦急地喊。

"但没关系，都过去了。"队长将手从伤疤上拿开，声音重新变得僵死低沉，"差不多都过去了。那个故事已经翻篇了，干了就干了。我来不是为了这个。图拉站发生了疫病，完全有可能传染到塞瓦斯托波尔站和环线，是靠空气传播的病，致命的传染病。"

"还没人向我汇报。"梅尔尼克疑虑地看着猎人。

"他们没向任何人汇报，他们在撒谎、隐瞒，不知道该怎么办。"

"你想让我做什么？"梅尔尼克驱动轮椅靠近猎人。

"你知道的，威胁必须清除。给我身份铭牌，给我人手，还有喷火器。必须封锁并清洗图拉站，如果必要，也包括谢尔普霍夫站和塞瓦斯托波尔站。但愿不会波及更广。"

"一下子灭掉三个车站，就为了以防万一？"

"这是为了拯救其他车站。"

"这样的屠杀会让游骑兵成为众矢之的……"

"任何人都不会知道的。我不会留下任何一个可能的感染者……以及目击者。"

"这么大的代价？！"

"你难道还不明白？如果我们再犹豫不决，任何人都用不着救了。我们知道得太晚了，再过两个星期，整个地铁就会全部感染，再过一个月，所有人都要死光。"

"我必须亲自确认……"

"你难道不相信我？你以为我疯了？你当年就不信我，现在还是不信？"猎人冷哼一声，"没关系，我一个人去，跟上次一样。至少我自己良心能安。"

猎人转过身，推开呆若木鸡的荷马，朝出口走去。但他抛出的最后一句话却像一柄大鱼叉，紧紧地咬住了梅尔尼克，将他拽在自己身后。

"等等！拿上你的铭牌。"梅尔尼克左手探入制服口袋，掏出一块毫不起眼的金属牌，递给站住的猎人，"我……批准了。"

猎人从梅尔尼克瘦骨嶙峋的手掌中抓过铭牌，揣进口袋，默默地点点头，久久地凝视着梅尔尼克。

"你一定要回来，"梅尔尼克说，"我累了。"

"我却正好相反……充满了力量。"猎人又咳了一声，很快便消失了。

* * * *

很长一段时间，萨莎都不敢再次按响门铃，生怕吵恼了翡翠之城的守卫。他们肯定已经听到了，没准已经看清了她的长相，之所以到现在仍没开门，大概是在商议，该不该放这个蒙对暗号的陌生人进来。

假如门开了，她该怎么对他们说呢？

说图拉站发生了疫病？他们会援救吗？他们肯冒这个险吗？万一他们所有人都像列昂尼德一样，能够看穿她的内心呢？是不是应该主动向他们坦白自己感染的心病，向他们坦白自己至今都不敢对自己坦白的事情？……

萨莎能打动他们吗？如果他们早就找到了战胜可怕疫病的方法，为何坐视不管，为何不派人给图拉站送药？难道仅仅是出于对地铁居民的成见？还是巴望着疫病将地铁居民全部消灭？甚至于……病毒会不会正是他们释放的呢？

不！她怎么可以这样想呢！列昂尼德说过，翡翠之城的居民是正直仁爱的，他们甚至没有死刑和监禁。在那样无限美好的环境中，任何人都绝不会心生恶念的。

可既然如此，他们为何不去救人呢？为何不给她开门呢？！

萨莎又按了一次门铃。又一次。

铁门后面一片死寂，仿佛铁门只是个幌子，门后除了数千吨泥土和瓦砾，什么都没有。

"他们是不会给你开门的。"

萨莎猛然扭过头，十步开外站着乐手，面色凝重，神情忧伤。

"那你来试试！也许他们已经原谅你了呢？"萨莎疑惑地看着他，"你不就是为了这个才来的吗？"

"已经没有人能够原谅了，里面没人。"

"可你不是说……"

"我骗了你，这不是翡翠之城的入口。"

"那入口在哪儿？"

"我不知道，没有人知道。"他双手一摊。

"那你为什么到处都能通行？难道你不是观察者……可你……环线、

红线……你现在才是骗我的，对不对？你不小心说漏了翡翠之城的秘密，现在又后悔了，是不是？"她眼巴巴地望着他的眼睛，试图找到对于这一猜测的佐证。

"我自己也一直想到那儿去，"列昂尼德直勾勾地盯着地面，"我寻找了很多年，收集了所有相关的传说，阅读了所有相关的图书，光这个地方就来过不下一百次。我找到了这个门铃……有一回连续按了一天一夜，但都是白费。"

"你为什么要骗我？！"萨莎愤怒地朝他走过去，右手不由自主地去摸匕首，"我做错了什么？你为什么要这样对我？！"

"因为我想把你从他们身边骗走。"乐手看见萨莎手里的匕首，一下子慌乱起来，后退了一步，一屁股跌在了铁轨上，"我想，假如能跟你独处……"

"那你为什么又回来？！"

"说不好。"他温顺地自下而上看着萨莎，"也许是我觉得自己做得太过分了，把你打发到了这儿……我一个人留在那儿，想了很久……人的心肠并非生下来就是黑的，起初是透明的，后来才一点点变黑。人总会为自己找到借口，姑息心中的恶念，但慢慢地，黑斑会越来越大。很少有人能感觉到这点，从内心是看不到的。但我突然想明白了，我越过了那条界限，由此完全变成了另外一个人。所以我才跑过来对你坦白，因为你不该受这种对待。"

"那为什么所有人都怕你？巴结你？……"

"不是因为我，"列昂尼德叹口气，"是因为我老爸。"

"什么？"

"'莫斯科温'这个姓氏你听说过吗？"

"没有。"

"那你在地铁里真的算是独一无二了。"乐手苦笑一声，"简单说吧，我老爸是个很大的官，整个红线的统帅。他给我办了个外交官护照，所以我才哪儿都能去。我这个姓氏太特殊了，没人敢冒险开罪我，除了那些无畏的无知者。"

"那你在这干什么……"萨莎后退一步,满带敌意地盯着他,"你有秘密任务?"

"我老爸把我抛弃了,他看透了我,知道我烂泥扶不上墙。这不,我正在慢慢地败坏他的名声。"列昂尼德撇撇嘴。

"你跟他吵架了?"萨莎眯起眼睛。

"谁敢跟他吵架呢?他可是丰碑、至高无上!是他把我赶出来了,任由我自生自灭。我从小就是个呆子,就喜欢图画、钢琴、书——受我老妈影响,她原本想要个女儿的。老爸却一门心思想让我爱上枪炮和阴谋权术,结果都是白费力气。老妈教会了我吹笛子,老爸却用皮带抽我,不让我吹。他把教我学问的教授全赶跑了,派了个军官来调教我,但也是枉费心机。我不喜欢压抑和古板,我渴望灿烂的生活,想搞音乐、绘画。老爸有一回逼着我砸坏了马赛克雕饰,以此教育我,美的事物都是易腐烂的。但我一边砸,一边把所有细节都记得清清楚楚,能够照原样拼出来。直到现在我都恨他。"

"不能这样说自己的父亲!"萨莎生气地说。

"只有我可以说他。"乐手笑笑,"换作别人,会被枪毙的。至于翡翠之城……最早是我的一位教授偷偷告诉我的,那时候我还是个孩子。我暗下决心,等我长大了,一定要找到入口。我相信,世界上肯定有这样一个地方,在那里,我为之存在的那些东西是有意义的,所有人都是为了它们而存在的。在那里,我将不再是百无一用的低能儿,不再是养尊处优的统帅之子,而是平等的一员。"

"结果却没能找到,"萨莎将刀重新揣好,冷冷地说,"因为它根本就不存在。"

列昂尼德耸耸肩,站起身,走到按钮旁,按下了门铃。

"那里有没有人听到我并不重要,世界上有没有这样的地方也不重要。重要的是,我相信它存在,相信有人会听到我,只是现在的我还不值得他们为我开门而已。"

"你就这点追求？"萨莎不屑地问。

"人类自古如此，我自然也是。"乐手又耸了耸肩。

*　　*　　*　　*

荷马追着队长跑出月台，仓皇四顾，但哪儿也见不到他的人影。梅尔尼克也从通道中摇着轮椅驶出，面色苍白，无精打采，仿佛掏给猎人的不仅仅是那块神秘的铭牌，还有自己的灵魂。

猎人跑哪儿去了？为何抛下了自己？不能问梅尔尼克，必须趁早远离这个人，趁他还没有想起自己。于是老人作势追赶队长，匆匆跑开了，唯恐被梅尔尼克叫住。但后者似乎完全没有注意到他。

猎人对老人说他需要他，以免忘记自我，难道只是在撒谎？也许，他只是担心在波利斯就彻底失控，卷入一场胜算不大的战斗。尽管他杀人的本能和本领超乎寻常，但毕竟没法单枪匹马跟波利斯斗，如此一来他就无法到达图拉站了。若果真如此，在陪猎人到达波利斯之后，老人就演完了自己的戏份，该领盒饭回家了。

如此说来，故事的结局也有荷马的功劳，是他亲手推动了结局按照队长——或者代替队长发声的那个怪物——的意愿发展。

那块铭牌是什么？通行证？调兵符？还是赎罪券——用于免除猎人将要犯下的全部罪恶？无论如何，在从梅尔尼克那里获得铭牌和准许之后，队长就彻底放开了手脚。他不打算向任何人坦白。其实根本就谈不上什么坦白呢，在他内心占据上风、时不时便会逃出囚笼的那个怪物，根本连完整的句子都说不出……

当猎人赶到以后，图拉站会遭遇什么？一个站台、两个站台、三个站台的鲜血能否止住他的饥渴？还是恰恰相反，这样的祭祀会令猎人心中的怪物胃口大开？

究竟是谁叫荷马与他同行的呢？是吃人的怪物，还是与怪物搏斗的人？在林地站的诡异搏杀中倒下的那个又究竟是谁？在此之后跟老人谈话，请求帮助的又是谁？

也许……也许荷马当时应该射杀他，这才是荷马的真正使命？也许原先那个队长残存的意识之所以拽上他做这次远征，就是为了让他目睹这一切，从而出于恐惧或者怜悯，在黑黢黢的隧道从背后将他一枪射死？队长没法自我了断，于是找了个帮手，这个帮手能够自己猜出一切并果断采取行动，终结队长体内那个日益强悍、不愿死去的怪物？

然而，即便荷马鼓足了勇气，抓住时机将猎人一枪毙命，又能如何呢？单凭他自己是没法阻止疫病的。也就是说，在这个注定的败局之中，老人只有旁观和记录的份。

荷马大致能猜到队长去哪儿了。那个神乎其神的游骑兵团——看来，梅尔尼克和猎人都是其中一员——据说就驻扎在斯摩棱斯克站，波利斯的腹地。游骑兵团宣誓保卫地铁及其全体居民，为其消除其他军事力量无法应对的威胁……这就是游骑兵团允许外界人知晓的一切。

但斯摩棱斯克站戒备森严，老人想偷混进去门都没有。不过，他也没必要去那儿。想再次碰见猎人，只需回到多勃雷宁站，等在那里即可。猎人的轨道车势必会途经那里，然后才会驶向犯罪现场——整个可怕历史的终点站。

怎么办？难道任由他处置感染者，清洗图拉站，然后……完成队长未曾说出的意愿？老人想，自己另有使命：写作，而非打枪；给予不朽，而非夺取生命；不审判、不干涉，让小说主人公自行其是。可是，当站在齐藤深的血泊中时，想不沾染血污是不可能的。谢天谢地，他把萨莎放走了，虽然是跟那个小魔头一起。至少，萨莎不必亲眼见证可怕的屠杀，一场她注定无法阻止的屠杀。

他跟站台的挂钟对了对表，如果队长严格按照时间表进行，自己似乎还有一些时间。

但也只有一两个钟头而已。在这段时间,他还能独处,然后邀请波利斯跳最后的探戈。

* * * *

"那你打算怎样获得进入的资格呢?"萨莎问。

"嗯……听起来也许可笑……用我的笛子。我想它也许能起到作用。知道吗,音乐是所有艺术中最昙花一现的。它只存在于乐器奏响的时刻,乐器一停,音乐便随即消失。然而,没有什么能够像音乐这样迅速地感染人,深深地触动人心,令人久久无法平静。触动你的那些旋律将永远留在你心里,这就是美的疗效。我想,可以用它来治愈心灵的畸形。"

"你真奇怪。"萨莎说。

"可现在我突然明白,畸形是无法治愈其他畸形的。假如我不向你坦白一切,这扇门将永远不会向我敞开。"

"你以为我会原谅你吗?原谅你的谎话和戏弄?"萨莎严厉地盯着他。

"再给我一次机会好吗?"列昂尼德突然对她笑了一下,"你不是说了吗,我们都有权利拥有最后一次机会。"

萨莎谨慎地点点头,不想再被他玩弄于股掌之中。她几乎已经相信乐手了,相信了他的忏悔,可万一他又故技重施呢?

"我对你所说的所有话里面,有一句是真的,那种病真的有药可救。"

"解药?"萨莎精神一振,情愿再次上当受骗。

"其实不是药,不是药品或者血清之类的。这种疫病几年前在红线的革新广场站就暴发过。"

"那为什么猎人不知道?!"

"因为没有传染开来,病毒自己消失了。这些病毒对辐射十分敏感,射线会让它们发生变化……好像会停止分裂,这样病也就治好了。需要的辐射剂量并不大。这也是无意中发现的。这就是解药,只需把感染者送到地表即可。"

"真的？"萨莎激动地握住了列昂尼德的手。

"真的。"列昂尼德用自己的手掌盖住了萨莎的手，"只需要跟站台取得联系，告诉他们……"

"你为什么不早点告诉我？这段时间又死了多少人啊……"萨莎将手甩开，瞪了列昂尼德一眼。

"在一天之内？未必。因为……我不想让你跟那个杀手在一起。"他喃喃地说，"我本来一开始就打算告诉你的，但我想用这个秘密来交换你。"

"你是在拿其他人的命来换！"萨莎恨恨地说，"这连一条人命都抵不过！"

"我情愿拿自己的命来换！"列昂尼德眉毛抖动着。

"这不是你说了算的！起来！我们得赶紧回去……趁他还没有赶到图拉站。"萨莎指着手表，低声盘算了一会儿，惊呼一声，"只剩下三个小时了！"

"不必，我可以动用关系……他们会打电话给汉萨，说明一切。我们不必亲自跑去那里，再说我们有可能赶不及……"

"不！"萨莎摇着头说，"不行！他不会相信的，他根本不会听，除非我亲口对他说，向他解释……"

"然后呢？"列昂尼德酸溜溜地说，"跟他双宿双飞？"

"关你什么事？"她没好气地说，但随即，像凭借女人的本能悟到了支配痴情男人的诀窍似的，柔声加了一句，"我根本不需要他，现在我需要的是你。"

"你也跟我学会撒谎了……"乐手心酸地一笑，无奈地叹了口气，"好吧，走吧。"

他们花了半个小时才回到运动场站，哨兵已经换岗了，列昂尼德只好重新对他们一一说明，这个没带证件的姑娘是可以进入红线边境的。萨莎紧张地盯着手表，而列昂尼德则紧张地看着她，看得出来，他仍在犹豫，仍在自我斗争。

月台上瘦弱的新兵正往老旧的轨道车上装一些货包，醉醺醺的工匠正装模作样地忙活着，一队穿制服的孩子正在学唱不输于儿童的歌曲。五分钟之内，萨莎和列昂尼德就被查了两次证件，第三次查验——当他们几乎走进通往伏龙芝站的隧道时——尤其仔细。

时间不等人。就连仅剩的两个多小时萨莎都不敢确定，毕竟，猎人是没人敢拦的。检查还没结束，当兵的已经装好了车，轨道车呼哧呼哧喷着气，加速朝他们赶来。这时，列昂尼德做出了决定。

"我不想放你走，但我也拦不住你。我本想尽量拖延，这样你就没必要赶过去了。但我知道，这样的话，我照样得不到你。诚实是泡妞大忌，但我已经厌倦了撒谎，跟你在一起令我羞愧。你愿意跟谁在一起，还是由你自己来选吧。"

列昂尼德说罢，一把从慢吞吞的哨兵手里夺过自己的万能护照，以出人意料的灵巧一拳打在哨兵的颌骨上，将他打翻在地，随即抓住萨莎的手，迎着轨道车走去。轨道车恰好驶到他们面前，目瞪口呆的轨道车手刚扭过头，便看见了左轮手枪黑洞洞的枪口。

"爸爸肯定会为我骄傲的！"列昂尼德哈哈大笑起来，"他对我说过无数次，我做的都是些没用的，整天像个姑娘一样抱着笛子，不会有出息！可现在，我终于像个爷们儿了，可惜他不在我身边！真是遗憾！下车！"他对高举双手的轨道车手喝令道。

车手不顾轨道车还没停稳，顺从地跳下车，嘴上连连求饶，连滚带爬地消失在了黑暗中。列昂尼德将车上的货包一股脑扒下来，随着货包一袋袋掉落在铁轨上，轨道车马达的轰鸣声越来越强劲。列昂尼德和萨莎跳上轨道车，向前驶去。轨道车暗弱的车头灯眨巴着，仅能照亮前方几米远。吱吱吱吱一阵尖叫，像有人用指甲刮擦玻璃似的，从车轮下方钻出一群耗子，四散逃窜。刚才被列昂尼德打倒的那个哨兵慌张地躲到一旁，后方远远传来警报声。弧形拼板越来越快地向后退去，列昂尼德将轨道车飙到了极限。

伏龙芝站一闪而过，猝不及防的哨兵像刚才那群耗子一样惊惶四散，直到轨道车驶出一百米开外，伏龙芝站的警报才跟运动场站应和起来。

"来吧！"列昂尼德兴奋地大喊，"只要能闯过环线坡道就行！那里有个大哨卡……谁都休想拦住我们！"

他知道威胁来自哪里：从通往红线的支线，一盏小型内燃机车的探照灯迎面扫射过来。两车距离只剩下几十步，再想刹车已经来不及了。列昂尼德索性将油门踩到底，萨莎眯起了眼睛。现在只能祈祷前面的道岔已经扳开了，两辆车不会迎面相撞。

对面车上的机枪怒吼起来，弹雨呼啸，擦着萨莎的耳朵飞过去。一阵热浪袭来，两辆车奇迹般地错开了，小型内燃机车在轨道车驶入岔道后的一瞬间，飞入了他们原来的轨道。轨道车震颤着继续向文化公园站疾驰，而小型内燃机车则朝相反方向驶去。

他们得到了一个喘息之机，而这足够让他们安全到达下一站了。接下来呢？轨道车速度放缓，开始缓慢爬坡。

"文化公园站离地表很近……"列昂尼德四处环顾着，对萨莎解释说，"地势要比伏龙芝站高得多，只要能上去这个坡，后面就能提速了！"

临近文化公园站，轨道车的速度果然又提起来了。文化公园站陈旧而傲慢，高高的拱顶死气沉沉，半明半暗，几乎不像有人居住。警报正扯着生锈的喉咙嘶喊。砖砌工事后面探出几颗脑袋，后知后觉地在轨道车后面胡乱射击。

"我们也许能保住小命！"列昂尼德大笑起来，"只要再多一点运气……"

就在这时，身后的黑暗中亮起一盏灯光，越来越亮，越追越近——是小型内燃机车的探照灯！探照灯的强光如一杆标枪朝轨道车抛来，两车之间的距离迅速拉近，机枪再次狂吠起来，子弹呼啸而出。

"再撑一会儿！马上就到克鲁泡特金站了！"

克鲁泡特金站的站台被分割成一个个方格，摆满了样式统一的帐篷，因无人打理，像是已经荒废许久。墙壁上画着某人的画像，显然是不久前才漆上去的，油漆有些流了下来。到处插满了旗帜，连成一片。

后面射出一发枪榴弹，墙壁上的大理石碎片瞬间如冰雹一般砸落在轨道车上，其中一片割伤了萨莎的腿，幸好伤口很浅。前方哨兵手忙脚乱地放下拦路杆，但轨道车丝毫没有减速，直接将其撞断，轨道车也差点被甩出轨道。

小型内燃机车越追越近，它的发动机比轨道车强大数倍，能轻易驱动包着铁皮的庞大机身。萨莎和列昂尼德不得不矮下身子，靠轨道车的金属车帮来隐蔽……

几秒钟后，小型内燃机车跟轨道车车身平齐，一场近距离激战在所难免。列昂尼德突然疯了一样，开始脱衣服。

前方又出现一个哨卡，沙袋垒成的胸墙，钢铁菱形拒马，没路了。萨莎和列昂尼德被夹在了两盏探照灯之间，两挺机枪之间，铁锤和铁砧之间。

再过一分钟，一切就全都结束了。

第十八章
拯救

队列排了数十米长。他们全都是塞瓦斯托波尔站的精英战士,个个是丹尼斯·米哈伊洛维奇上校亲自挑选的。头盔灯在幽暗的隧道中彼此眨眼,整个战斗队列让上校联想到一群在黑夜中飞舞的萤火虫,在温暖、芳香的海岛夏夜,穿过柏树林,飞向窃窃低语的大海——那是上校本人死后想去的地方。

他感觉一阵发冷,抖了抖身子,皱起眉头,暗骂了自己一句,毕竟是上岁数了……他目视最后一个战士走过,从不锈钢烟盒中抽出仅剩的一根自卷烟,掏出打火机点燃。

今天是个幸运日。命运对上校露出了微笑,一切都如他所愿。他们毫无损伤地通过了纳戈尔诺站,唯一迷路掉队的战士也很快赶上了队伍。所有战士都情绪高涨,对他们而言,与其度日如年地枯等,倒不如冒着枪林弹雨来得痛快些。更何况,出征之前上校还终于让他们好好睡了一个饱觉。而上校自己却没能睡着。

在上校看来,所谓"命运"不过是一连串的偶然,他从来无法理解,为什么有人会相信命运。自打猎人和荷马动身前往卡霍夫卡线的这些天,没有任何消息传来。任何情况都有可能发生,毕竟猎人也并非不死之躯。上校难道有权利将全部的指望放在猎人和一个只会讲故事的老人身上吗?更何况猎人很有可能已经在没完没了的战争中丧失了理智。

他再也等不下去了。

行动计划是这样的：派出塞瓦斯托波尔站的精锐，穿过纳希莫夫大道站、纳戈尔诺和纳加金诺站，抵达图拉站南部隧道被封闭的气密门，同时派出一组别动队从地表向图拉站进发，通过通风井下到隧道，干掉看守，从里面为突击队打开气密门……接下来的事情就好办了，无论占领站台的是什么势力，塞瓦斯托波尔站都有十足把握将其捏碎。

潜行者光是寻找和清理通风井就花费了三天时间。别动队员今天便可进入隧道，行动安排在两个小时之后。

再过两个小时，一切便可尘埃落定，上校就又能考虑其他事情，又能正常吃饭睡觉了。

计划简单明确，而且经过深思熟虑，毫无漏洞。但上校心头的那根弦却绷得紧紧的，心脏也扑通扑通直跳，仿佛又回到了他十八岁生平头一回参加战斗的时候。上校用烟头的火光一点一点压抑着内心的慌乱，直到快烧到手指才扔掉烟蒂，重新戴上防毒面罩，大步向前追赶部队。

突击队很快就来到了图拉站南部隧道的钢铁气密门旁。在发动突击之前，还可以稍事修整，跟分队长们再推演一遍进攻的步骤和每个人的任务。

荷马有一点说对了，上校暗自苦笑。既然可以里应外合地打开通道，那就没有必要对站台发动突击了。跳马，一步好棋——真是巧了，特洛伊木马计不就是荷马写的吗？

上校看了一眼辐射剂量检测仪，见周边辐射并不高，便拽下了防毒面罩。分队长们纷纷效仿，最后全体战士都摘了下来。没关系，眼下还能再畅快呼吸一会儿。

* * * *

波利斯历来不缺观光客，他们从贫穷蒙昧的边远站台长途跋涉来到此地，被这里灯火通明、金碧辉煌的廊道和大厅惊得目瞪口呆，简直要跌掉下巴。荷马也不例外,他在博罗维茨基站转来转去,充满柔情地抚摸着亚历山大花园站修长的圆柱,百看不厌地盯着阿尔伯特站如少女耳环般风情万种的枝形吊灯。从一旁看去,他跟其他初次来此地的乡巴佬没有任何区别。

他心里有种挥之不去的预感:这怕是他最后一次到访波利斯了。几个小时之后即将在图拉站发生的事情将勾掉他的全部生活,甚至将其生命终断。老人决定,他必须做自己应该做的事情:让猎人清除、焚毁站台,然后找机会杀死猎人。但是,一旦队长有所察觉,他能在一秒钟之内扭断他的脖子。再者说,荷马自己也很有可能会在突击图拉站时丢掉性命。假如他能够活下来并且得手,那他会找个地方隐居下来,写满笔记本的所有空白页,用他向猎人后脑射出的那枚子弹,为这段已经开始的故事画上句点。

但是他能做到吗?他敢这样做吗?单是想想双手就止不住地颤抖。没事,没事,到时候就不抖了。现在不必去想这些,过度思虑会让人犹豫不决。

感谢上帝,他把萨莎打发走了!现在荷马已经想不明白,自己当初为什么要把这个姑娘卷入这场冒险,怎么会眼睁睁地看着她走进铁笼,与怪物同笼。他大概是被作家的假想身份迷了心窍,忘记了她是一个活生生的人,而非自己凭空捏造的人物……

他的书已经不再是最初预想的样子了。起初荷马不自量力地想要创作一部传世的史诗,但一本书里怎么可能写下所有人?哪怕把眼前站台上的这群人都写进去,也会显得过分拥挤。荷马不想将自己的小说变成一座兄弟公墓,只能看见令人眼花缭乱的姓名碑,而青铜篆刻的字母背后完全看不出逝者的面孔与性格。

没用的,做不到的。即便是他的记忆,也早就被时代风干了,没法容纳下所有这些人:一个麻脸的糖果小贩,一个面色苍白、尖下巴的小姑娘正伸手递给他一颗子弹;小女孩的母亲微笑得像圣母一样安详,旁边路过的一位大兵则笑得淫荡而放肆;老乞丐脸上沟壑纵横,一位三十岁的妇女眼角含笑……

他们中间,谁是施暴者,谁是贪财者,谁是偷窃者,谁是背叛者,谁是色鬼,谁是先知,谁是虔诚的信徒,谁有一副热心肠,谁还没有定型……荷马均无法确知。他不知道卖糖果的小贩看着小女孩时心里在想什么;他不知道小女孩母亲的微笑里到底有何意味,那微笑究竟是因小女孩而生,还是被士兵淫荡的目光所点燃;他不知道乞丐在失去双腿之前从事的是何种职业……因此,谁有权获得永生,谁无权,并不能由他荷马来决定。

六十亿人口凭空蒸发了,六十亿!而只有数万人幸存,这大概绝非偶然吧?

列车司机谢洛夫——当年的尼古拉本该在世界末日之后一个星期接他班的那个人——是个狂热的球迷,将整个生命视为一场球赛。他曾对尼古拉说,所有人都输了,咱俩却仍在奔跑,你有没有想过为什么?因为我们的球赛还没分出胜负,裁判给我们判了加时赛。在这段时间内,我们必须搞清楚我们为什么会留下来,争取做完所有事情,纠正一切错误,然后接过传过来的球,带球奔向发光的球门……

这个谢洛夫,就是个神秘主义者。荷马从来没有问过,他有没有进过球。但谢洛夫让他相信,自己还有机会改写比分;谢洛夫还让他相信,地铁世界的每一位幸存者都并非偶然。

但即便如此,想要记述所有人仍是不可能的!

还有必要继续做无谓的尝试吗?

就在这时,在成百上千张陌生面孔中,老人看见了一张完全出乎意料的熟悉面孔。

* * * *

列昂尼德脱下棉袄、毛衣,随后又脱下了白色汗衫,举过头顶,当成一面旗子挥舞起来,毫不在意呼啸而来的弹雨。紧接着就发生了奇怪的事情:小型内燃机车开始减速,而前方哨卡对轨道车的射击也渐次停止。

轨道车吱吱响着,直到菱形拒马跟前才堪堪停下,列昂尼德对萨莎说:"我老爸要是在的话肯定会杀了我!"

"你要干什么?"萨莎喘息未定,不敢相信他们竟然在这场死亡飙车中活了下来。

"投降!"列昂尼德笑道,"这里是波利斯的边防哨卡。咱俩现在都成投敌分子了!"

哨兵跑过来,喝令二人下了轨道车,查验了列昂尼德的护照,相互使个眼色,将准备好的手铐又藏了起来,将二人带到车站,送进了警卫室,低声交谈了一阵,出去找长官了。

原本大大咧咧瘫坐在圈椅上的列昂尼德,一下子跳了起来,迅速朝门外瞟了一眼,向萨莎招了招手。

"这儿的人比我们那儿还不务正业!"他冷哼了一声,"竟然没留守卫!"

二人从警卫室溜出来,起初故作从容,随后越来越快地走向通道,最后撒丫子跑起来,手牵着手,以免被人群冲散。后面很快便响起了警哨的颤音,但在这偌大的站台,想要藏身简直再简单不过了。这里的人群比帕维列茨站要密集数十倍,甚至当萨莎在地表散步,想象战前生活时,也没敢设想过这么多人。这里的光线也几乎像地表的白昼一样亮堂。萨莎用一只手遮住眼睛,透过指缝窥视着周围的世界。

那些物件、面孔、石头、圆柱,一个比一个更令人惊异,若非列昂尼德紧紧扣住她的另一只手,她肯定会摔倒,迷路。萨莎暗自发誓,等她有了足够的闲暇,或早或晚,一定要再找机会回到这里。

"萨莎?!"

萨莎一扭头,整好撞上荷马的目光——惊恐、愤怒、诧异的目光。萨莎开心地笑了,她已经开始想老人了。

"你怎么会在这儿?"荷马有些气急败坏地问。

"我们要去多勃雷宁站!"萨莎喘口气,稍微放慢了步伐,好让老人跟上他们。

"胡说!你不能去……我不许你去!"老人上气不接下气地喊着,但他的禁令对萨莎毫无效力。

三人走到博罗维茨基站哨卡时,哨兵还没接到有人逃跑的预警。

"我有梅尔尼克的委任!立即放行!"荷马对哨兵干巴巴地说。

哨兵张嘴想说什么,但终究没敢吭声,朝老人敬了个礼,放开了通道。

等哨卡被远远落在后面,完全消失在黑暗中时,列昂尼德礼貌地问荷马:"您刚才是在撒谎吧?"

荷马没好气地说:"关你什么事?"

列昂尼德说:"下次您得再自信点,这样才不容易被人拆穿。"

"用不着你教!"荷马阴沉着脸,晃晃快没电的手电筒说,"我陪你们走到多勃雷宁站,接下来你们就再不能往前走了!"

"你不知道!"萨莎说,"治愈的方法找到了!"

"什么……找到了?"老人闻言大惊,咳嗽一声,望向萨莎,眼神胆怯而奇怪。

"真的!用辐射!"

"病毒在辐射之下会失去活性。"乐手帮忙解释。

"细菌和病毒抵御辐射的能力比人类强一百倍、一千倍!辐射只会导致人类的免疫力降低!"老人怒不可遏地大喊,"你对她都胡说八道了些什么!为什么要把她拽到这儿来?!你知不知道那里会发生什么?已经没有人能阻止他了,我不行,你们也不行!带她离开这儿,藏起来!你也是,萨莎!你怎么会相信这种鬼话!"

"不用为我担心,"萨莎音量不高,但语气坚决,"我知道猎人是可以阻止的。他有两半……我都见过,一半想杀人,另一半想救人!"

"你在胡说些什么!"荷马双手挥舞着,"根本没有什么两半,而是一个整体,一个被封印在人体内的怪物!一年前……"

荷马将猎人与梅尔尼克的对话简单复述了一遍,结果非但没能说服萨莎,反而让她越发笃信自己的看法了。

"只不过内心的怪物骗过了另一个,"她急切地寻找着合适的字眼,试图向老人解释清楚,"让猎人误以为自己没有选择。所以他才这么着急赶去图拉站,两半都在拽着他去,一半为了杀人,一半为了救人!必须拆散他们,给他新的选择——救人,但不用杀人……"

"上帝啊!他根本连听都不会听你的!你为什么非去不可?"

"因为你的书,"萨莎对老人微微一笑,"我知道你的书还能改写。结局不是还没写呢吗?"

"胡说!简直胡闹!"荷马绝望地嘟囔着,"我跟你提那本破书干吗啊……小伙子,你倒是说句话啊。"他拽住列昂尼德的胳膊,"算我求你了,我知道你本性不坏,你撒谎也没恶意。带她走吧,你不是一直想这样做吗?你们两个都还这么年轻、漂亮……你们今后的路还长着呢!她不能去那儿,明白吗?你也不能去。那里很快就要……血流成河。你们那些拙劣的谎话谁也骗不过……"

"那不是谎话,"列昂尼德谦恭地说,"我可以向您发誓。"

"好吧,好吧。"老人摆摆手,"就算我信你,可猎人他……你只见过他一面吧?"

"听却听了很多。"列昂尼德苦笑一声。

"他……你怎么可能拦得住他?用你的笛子吗?还是你以为他会听萨莎的?他已经被怪物控制了……而怪物根本不管不顾……"

"老实说,我打心眼里赞同您所说的。"列昂尼德向老人鞠了一躬,"但美丽的女士向我求助,而我,毕竟是绅士嘛。"说着,他朝萨莎挤了下眼。

"你们怎么就不明白呢……这不是闹着玩!"荷马用哀求的眼神看看萨莎,又看看列昂尼德。

"我明白。"萨莎坚定地说。

"一切都是闹着玩。"列昂尼德平静地说。

* * *

假如列昂尼德真的是莫斯科温之子，那么关于疫病他完全有可能知道一些猎人所不知道的内情……但猎人是真的不知道吗？荷马也怀疑列昂尼德是在招摇撞骗，可万一辐射真的能治好疫病呢？老人不顾意志和理智的反驳，开始为这个说法收集佐证。这不正是他最近几天一直在祈求的吗？这样说来，咳嗽、口腔出血、呕吐……都只是辐射病的症状罢了？他在卡霍夫卡站受到的辐射剂量肯定足以杀死病毒的了……

魔鬼最知道用什么来诱惑老人了！

就算事实是这样，但图拉站的命运究竟会怎样？萨莎指望着自己能够阻止猎人，看上去她也确实对猎人有奇特影响。但猎人的内心有两半，对付他们，一个要用丝绸笼嘴，一个要用钢铁笼嘴。谁能预料到，在决定命运的时刻挣脱出来的会是哪一个呢？

这次，林地站没向三人中的任何一个展示任何预兆。站台空荡荡的，像是僵死了多年。这本身是否就是预兆？是吉是凶？荷马猜不出。也许是隧道吹来的穿堂风将致幻毒气全部吹散了吧。还是说，荷马犯了什么错，现在的他已经没有未来可供林地站向他揭示了？

"翡翠是什么？"萨莎冷不丁地问。

"一种透明的绿色宝石。"荷马漫不经心地解释。

"真有趣。"萨莎若有所思地说，"这么说，它真的存在了……"

"你说什么？"列昂尼德精神一振。

"没有，我只是随口说说……你知道吗，"她看着列昂尼德，"我今后也会去寻找翡翠之城，总有一天我会找到的。"

荷马只是摇头，他到底没能说服自己相信，这个欺骗了萨莎、将她引诱到运动场站的小伙子的忏悔是真心的。

而萨莎却一直想着自己的心事，嘴里念念有词，还叹了两次气，然后突然问老人："在我身上发生的事情，你都记下来了？"

"我……正在写。"

"那就好。"萨莎点点头。

多勃雷宁站环线入口的警戒加倍了，面色阴沉、沉默寡言的士兵断然拒绝荷马一行进入。无论是列昂尼德的子弹，还是他的万能护照都没能让他们改变主意。最后还是老人救了局，他板着脸，要求士兵立刻打电话给安德烈·安德烈耶维奇。足足过了半个小时，一个睡眼惺忪的通信兵才捯着粗粗的电话线过来了，荷马威严地对着电话筒宣布，他们三人是游骑兵团的先遣队……多亏这句半真半假的谎话，他们三个才被引领着走过了大厅，前往多勃雷宁站站长接待室。大厅里十分沉闷，仿佛站台里的空气全部被抽空了，尽管眼下已是深夜，站台居民却睡意全无。

站长安德烈·安德烈耶维奇大汗淋漓，头发蓬乱，双眼凹陷，一身酒气，亲自在门口等候，勤务兵没在办公室。胖站长胆战心惊地看了一圈，没发现猎人，立时恢复了胆气，朝荷马喝问："他们很快就到那儿了吗？！"

"很快。"荷马断言。

"谢尔普霍夫站眼看就要暴动了，"胖站长焦躁地在接待室走来走去，"关于疫病已经谣言四起，站台上人心惶惶，有传言说，连防毒面罩都不管用。"

"这是真的。"列昂尼德插嘴道。

"南部隧道通往图拉站的哨卡整个叛逃了，这群孬种……第二哨卡被异教徒包围了……这些宗教狂在宣扬什么审判日……我自己的站台眼看就要沦陷了！可我们的拯救者在哪儿呢？啊？！"

大厅里传来一阵骂骂咧咧，有人在大喊大叫，守卫在大声叱骂。胖站长挤进自己的办公室，哆哆嗦嗦地从酒瓶子里往酒杯里倒露酒。而在勤务兵的办公桌上，一台电话似乎是专等站长走出接待室一样，急促地闪烁起红灯来——正是在一块胶布上写着"图拉站"的那台。

荷马迟疑了一秒钟，一步跨到桌边，舔了舔干裂的嘴唇，深吸了一口气，一把抓起电话：

"这里是多勃雷宁站！"

* * * *

"要怎么说?"阿尔乔姆呆呆地转向指挥官。

指挥官几近失去意识。他目光混浊,眼睛里仿佛蒙了一层翳膜,眼球不安地转动,不时爆发出一阵阵剧烈地咳嗽。大概是肺被扎穿了,阿尔乔姆想。

"你们还活着吗?"阿尔乔姆对着话筒大喊,"感染者冲出来了!"

随即他就反应过来,对方还不知道图拉站发生了什么。必须把事情一五一十地对他们解释清楚。这时,月台上传来一个女人的尖叫和机枪的怒吼。声音从门底缝隙钻进来,避无可避。电话线那头的人在回答什么,询问什么,但听得很不清楚。

"不能让他们跑出去!"阿尔乔姆对着话筒大喊,"必要时请射击!不要放他们进入站台!"

他又想到,他们并不知道感染者长什么样。该怎么向他们描述呢?浮肿?皮肤皲裂?散发着恶臭?可是,那些初期感染者,表面上看去基本与常人无异。

"把所有人都杀光!"他机械地说。

这样说来,即使他自己想要冲出站台,同样会被人射杀,这岂不是给自己也判了死刑?不,他反正也出不去的,站台上无人能够幸免……阿尔乔姆突然感到不堪忍受的孤独。他很害怕,唯恐多勃雷宁站跟他通话的那个人会挂断电话。

"请千万不要挂断电话!"阿尔乔姆近乎哀求地说。

但他不知道该跟这个素不相识的人说些什么,于是便开始对他讲述,自己打了多久才打通这个电话,说自己怕得要命,害怕地铁所有站台都已经感染,一个活人都没剩了。总之,他把什么都说了。现在不用担心被人说自己愚蠢,完全不必担心任何事情,只要能跟人说上话。

"波波夫!"指挥官在他身后呻吟着,"跟北部哨卡联系上了吗?气密门……封锁了吗？"

阿尔乔姆转过身，摇了摇头。

"笨蛋，"指挥官咳了一口血，"蠢货！听着……我在整个站台布了雷，就在地下水的泄水管附近。一旦引爆，整个图拉站就会被淹没。引爆器就在这个无线电室。必须关闭北部气密门，再确认南部隧道能否挺住。封闭整个站台，关闭气密门，别让水流到外面去，听明白了吗？等一切就绪，就向我汇报……哨卡联络还能用吗？"

"能。"阿尔乔姆点点头。

"你记着，自己也要留在气密门里头。"指挥官挤出一个惨淡的笑容，随即爆出一阵剧烈的咳嗽，"不然就不够义气……"

"那您呢……您，要留在这儿？"

"别犯尻，波波夫，"指挥官眯起眼睛，"每个人都有自己的使命。我的使命就是淹死这群该死的浑蛋，你的使命就是关闭气密门，像个正直的人一样死去。明白了吗？"

"明白。"阿尔乔姆回答。

"执行命令吧……"

* * *

听筒哑了。

承蒙电话之神的眷顾，图拉站守卫的话荷马听得算是相当清楚。只是最后几句话却怎么也听不出来，接着通信便完全中断了。

老人抬起眼睛，胖站长肥大的身躯伫立在面前。蓝色制服的腋下被汗水浸湿了两大块，两只粗胖的胳膊烦躁地挥舞着，哑着嗓子问道："那边情况怎么样？"

"已经彻底失控了。"荷马沉重地咽下一口唾沫，"把所有空闲的人手都调到谢尔普霍夫站吧。"

"不可能，"胖站长从裤兜里抽出马卡洛夫手枪，"多勃雷宁站已经陷入了恐慌。所有可靠的人我都安排在了通往环线隧道的入口，以免这儿的人跑出去。"

"人们可以安抚。"荷马壮着胆子反驳，"我们找到了治愈疫病的方法，用辐射。请你告诉人们……"

"用辐射？！"站长拧着眉毛说，"你自己相信吗？去吧，祝你们好运！"说着，他滑稽地朝老人敬了个礼，砰的一声关上了门，上了插销。

老人四下一看，萨莎和列昂尼德已经不见了。他赶紧走出廊道，跑到站台，呼喊着萨莎的名字……但到处都见不到二人的踪影。多勃雷宁站一片混乱，带孩子的妇女，背着包裹的男人被一道极薄的封锁线拦住，一顶顶帐篷被趁火打劫者掀翻，根本无人制止。荷马曾经见过这种场面，若不及时阻止，很快就会发生践踏伤人事件，然后就会朝手无寸铁的平民射击。

这时，隧道突然活了过来。

站台的喧哗戛然而止，人们一个个惊诧莫名。奇怪的嗡鸣声不断回响……仿佛罗马军团的行军乐队在轰鸣，他们在隧道里迷失了两千年，现在正向多勃雷宁站发起进攻……

士兵们手忙脚乱地移开路卡，隧道口钻出了一个庞然大物——一辆真正的装甲列车！巨大的驾驶舱被铁皮包裹着，密密麻麻的铆钉，射击孔，两挺大口径机枪，坚固而狭长的车身，车尾是另一个长着角的脑袋，注视着另一方向。这样的钢铁怪物就连荷马也从未见过。

车上一动不动地坐着一群无面的黑衣人，像落满了一群黑乌鸦。他们统一穿着密闭防化服，凯夫拉防弹衣，造型奇特的防毒面罩、军用背包，似乎根本不属于这个时代、这个世界。

装甲车停下了，穿着铠甲的外来人毫不在意站台上看热闹的闲人，跳到月台，排成三列横队。随后整齐划一地转身，像同一个人甚至一台机器那样，踏着整齐的步伐走向通往谢尔普霍夫车站的通道，铿锵的脚步声踩灭了站台的窃窃私语和孩子们的哭号。老人赶忙追过去，想从数十名黑衣人中找出猎人。但所有黑衣人几乎同等身高，紧身防化服如同浇铸在宽厚肩膀上的一样，所有人都是全副武装——背包式喷火器，带消音器的狙击步枪，身上均未佩戴帽徽、肩章或任何其他区分标志。也许，是走在最前排的三个人当中的一个？

老人跑到纵队前面，使劲儿挥舞着胳膊，在防毒面罩的玻璃视窗上来回搜索，但映入眼帘的全部是一模一样的冷漠、无情的目光。没有一个人回应，谁也没有注意到他。猎人真的在这里面吗？在，一定在！

老人一路上仍未发现萨莎和列昂尼德的身影。难道乐手终于想通了，带着萨莎躲起来了，以便远离灾祸？但愿如此吧……

黑衣纵队像一柄御风的利剑，劈开人群，急速向前，没有一个人敢挡路，就连汉萨的边防军也一声不吭地让开道路。荷马决定跟在纵队后面，以确保萨莎不会干出蠢事。黑衣士兵没有驱赶老人，好比开轨道车的人不会去在意一条乱叫的小狗。

进入隧道，纵队最前排的三位士兵打开了数百万坎德拉的强光手电筒，刺穿了密不透风的黑暗。队伍中无一人交头接耳，在齐刷刷的脚步声的衬托之下，隧道的寂静越发令人压抑、令人心悸。这自然是训练有素的表现，但老人总有这样一种感觉：这些人在提升身体机能的同时被压抑了人性，眼前这支队伍更像是一台完美的杀人机器，所有部件都是无意志的，只有其中一个是程序的持有者。当他下令"喷火"时，其余所有人会不假思索地将图拉站和其他任何站台付之一炬，将站台上的全部生命一并屠灭。

感谢上帝，他们走的区间不是异教徒聚集的那个。那些异教徒幸运地得到了延期审判——黑衣人首先要消灭图拉站居民，然后才会腾出手来收拾他们。

似乎捕获了某种常人无法接收的指令，队伍放慢了步伐。一分钟之后，荷马明白了是怎么回事：图拉站已经近在咫尺了。声嘶力竭的哀号声如一枚枚钉子，楔透了透明如玻璃的寂静。

而在哀号声之外,低不可闻、不合时宜、不可思议的音符一个一个飘了过来,令老人不由得怀疑起自己的理智……

* * * *

听筒吸引了老人的全部注意力,除了听筒里断断续续的声音,老人什么都注意不到了。萨莎当即明白,此时不跑,就再没机会了。

她侧身溜出接待室,等列昂尼德也出来,便拽着他离开了。他们先去了通往谢尔普霍夫站的通道,随后钻进了那条前途未卜的隧道,在隧道尽头,有很多条性命在等她拯救。

其中也包括猎人。

"你不怕?"萨莎问列昂尼德。

"怕。"列昂尼德笑笑,"但我有种感觉,终于能干点正事了。"

"你其实不用跟我去的……我们也许会死的。现在留下还来得及。"

"人的命是上天注定的。"列昂尼德满带哲理意味地举起一根手指,鼓起腮帮说。

"人的命由自己决定。"萨莎反驳说。

"算了吧,"列昂尼德讥笑道,"人不过是一群在迷宫里兜来转去的耗子。通道里到处是闸门,那些研究我们的人,有时将它们打开,有时将它们关闭。假如现在运动场站的闸门是关着的,那你是无论如何也过不去的;假如门后面是一个捕鼠夹,那你一定会被夹住,即便你感觉到了不对劲,也没有别的路可走。你只有两个选择,要么继续往前跑,要么以死抗议。"

萨莎皱着眉头问:"这样的命运你难道不觉得耻辱吗?"

列昂尼德说:"唯一令我耻辱的,就是看不到那些研究者的面目。"

"根本就没有什么迷宫。"萨莎咬着嘴唇道,"就算真的有,耗子也能把墙咬穿。"

"你是个暴动分子。"列昂尼德笑道,"而我,是个机会主义者。"

"不是的，"萨莎摇摇头，"你相信人是可以被改变的。"

"我不是相信，而是乐意相信。"列昂尼德说。

二人走过了被仓促放弃的哨卡。篝火尚未熄灭，还在冒烟，木炭上还亮着火星，皱巴巴、脏兮兮的裸女杂志扔在地上，墙上垂下一面孤零零的汉萨军旗。

又走了约莫十分钟，他们发现了第一具尸体。已经很难辨认出人形了。死尸被摆成"大"字形，像个精疲力竭之人想要好好休息一番，但四肢浮肿得厉害，将身上的衣服都撑破了。死者的面目比萨莎这辈子见过的任何怪兽都更加可怖。

"小心！"列昂尼德一把拽住萨莎，不让她靠近死尸，"这是个感染者！"

"怕什么？不是可以治愈吗？我们要去的地方全是感染者。"

前方远处响起枪声和叫喊。

列昂尼德说："我们来得正是时候，看来，他们没等你的朋友就自己动手了……"

萨莎一脸惊恐地望着他，随后热切而坚定地说："没关系！只要对他们解释清楚！他们只是以为一切都无可挽回了……只要能给他们希望！"

敞开的气密门旁，另一具死尸脸朝下趴在地上，看上去刚死不久。在他旁边，一个用于通话的铁匣子正发出咔咔咝咝的杂音，似乎有人正拼命联络哨兵。

紧挨隧道出口，几个人隐蔽在分散的沙袋后面，一个机枪手，两三个自动步枪手，这就是整个哨卡。

更前面，局促的隧道墙壁变得开阔，那是图拉站的站台，一群可怕的人正从那里逐步逼近。人群中既有感染者，也有未感染者；有些看着还像人，有些更像行尸走肉；有人手里拿着手电筒，而其余人已经无需光亮了。

那些隐蔽的哨兵试图守卫隧道。但他们的弹药已经打光了，射击声越来越稀疏，失去理智的人群越来越近。

"你们是援兵？"一个哨兵扭头看见萨莎，兴奋地大喊，"兄弟们，多勃雷宁站联系上了,援兵来了!"

人头攒动的人群像一头长着很多脑袋的怪物,咆哮着压了上来。

萨莎用尽全身力气大喊:"等等!听我说!有药!疫病可以治!你们不会死!再忍忍!求你们了,再忍耐一下!"

人群吞掉了她的话,不满地哼哼着,继续向哨卡逼近。机枪手咬牙切齿地朝人群打出了一梭子子弹,几个人呻吟着倒在地上,自动步枪也开了火。人群疯狂地加快了速度,企图不顾一切地将哨兵连同萨莎和列昂尼德一起踩死、撕碎。

千钧一发之际,奇异的事情发生了。

笛音乍响。起初还有些犹疑,随即便越来越自信,越来越高亢。在眼下这种危急关头,大概再没有什么比这更不合时宜的了。坚守的哨兵纷纷扭头向乐手投来惊诧的目光,人群不由自主地集体一怔,接着回过神来,继续逼近……但列昂尼德丝毫不以为意,他仿佛不是在为别人,而是在为自己演奏,同样是那首令萨莎着迷的曲子,那首每次演奏都能像旋涡一样聚拢数十名听众的旋律。

音符从笛管中流出,在隧道中久久回荡。人群竟悄悄地放慢了速度。不知是被这种令人感动的愚痴打动了呢,还是这笛声的确让他们想起了什么……

射击声停息了,列昂尼德继续演奏着,迎着人群缓缓走去……似乎在他面前的只是再普通不过的听众,他们会冲他鼓掌,并赏他子弹。

在千分之一秒的瞬间,萨莎恍惚在人群中看见了自己的父亲,脸上带着一抹平淡的微笑。原来,他就在这里等她……

萨莎想起来了:列昂尼德对她说过,这首曲子可以止痛。

* * * *

气密门的钢铁肚子里突然提前发出了咕噜声。

难道是别动队提前完成了任务？这样说来，图拉站的局势并没有那么危急，还是说，匪盗早就撤出了站台？

士兵们迅速四下散开，隐蔽在弧形拼板的凸起后面，只剩下四个卫兵护在丹尼斯·米哈伊洛维奇上校身旁，守在门边，持枪戒备。

门闩眼看就要拨开，再过一分钟，四十位塞瓦斯托波尔站重装突击兵就会冲入图拉站。任何抵抗将被粉碎，站台将会迅速易主。

这比上校预想的要简单得多。

他甚至没来得及下达戴上防毒面具的命令。

* * * *

黑衣纵队在行进中变换队形，每排三人变六人，堵住了整个隧道。第一排举起喷火器，第二排举起狙击步枪，整个队列如滚滚铁流，势不可当地向前涌去。

荷马跟在队尾，透过宽阔肩膀间的缝隙向前张望，在白色的手电筒光束中一眼便看见了整个场面：几个拼死防御的士兵，两个瘦弱的身影——正是萨莎和列昂尼德，还有正向他们缓慢逼近的一群可怕的丧尸。老人被吓得几乎停止了心跳。

列昂尼德仍在吹奏。笛声比以往任何一次都更加空灵，更加奇妙，不可思议。那群可怕的丧尸正贪婪地侧耳倾听着，原本趴伏在地上的哨兵们稍微抬起身子，想要看清楚乐手的面目。那奇妙的旋律宛如一堵透明墙，将对峙的双方隔开，不让他们在最后的厮杀中你死我活。

"预备！"数十名黑衣人中间的一个突然厉声高喊——到底是哪一个？！

第一排迅速跪姿戒备，第二排齐刷刷地举起狙击步枪。

"萨莎！"荷马大喊。

萨莎猛然转过身，立刻被强光刺得眯起眼睛。她伸出手掌挡住光线，迎着光束慢慢地走了过来，像在逆着狂风而行。

人群像被强光烘焦了，咕哝着，呻吟着，收缩了队形……

黑衣纵队屏息待命。

萨莎走到队列近前，高喊："猎人，你在哪儿？我有要紧话对你讲！求你了！"

无人回应。

"我们找到了治疗疫病的办法！可以治愈！不用杀死任何人！有办法！"

黑色的石像方阵继续沉默。

"求你了！我知道你也不想……你只是为了救他们……还有你自己……"

这时，似乎不是从任何一个人的胸腔里，而是从战斗方阵的头顶传出一个低沉的声音：

"走开，我不想连你一起杀。"

"你不需要杀死任何人！有药！"萨莎绝望地重复着，挤过千人一面的面罩方阵，试图在里面找到那个唯一。

"根本没药。"

"辐射！辐射管用！"

"我不信。"

"求求你了！"萨莎扯着喉咙大喊。

"站台必须清洗。"

"难道你不想改变一切吗？！你何苦要重复之前的错误？……对黑暗族犯下的错误？！为什么不愿意选择宽恕？"

石像方阵再不回应了，人群又开始逐渐逼近。

"萨莎！"荷马低声哀求，但萨莎没有听见。

"什么都无法改变，没有人能够宽恕。"声音终于再次传来，"我冒犯了……冒犯了……所以被惩罚了。"

"一切都取决于你的内心！"萨莎毫不退让，"你可以放过自己！你可以证明！你难道还不明白吗，那只是镜子而已！那只是你一年前的影子！而现在你可以做出另外的选择……再给人们一次机会……也给自己一次机会！"

"我必须杀死怪物！"方阵嘶哑地说。

"你杀不死的！"萨莎大喊，"没有人能够做到！我的内心也有怪物，任何人内心都有！这是肉体的一部分，心灵的一部分……当怪物苏醒时，它是杀不死的！只有让它再次睡去……"

丧尸群中突然挤出一个脏兮兮的小个子士兵，挤过石像般肃立的黑衣纵队，跑到气密门旁的通话装置，抓起话筒，朝里面喊了句什么……一声沉闷的枪响，小个子士兵一声不吭地歪倒在地。丧尸群闻到了血液的味道，突然兴奋起来了，愤怒地咆哮起来。

列昂尼德忙将魔笛重新举到唇边，演奏起来，但魔法还未来得及施展，乐手腹部就中了一枪，魔笛从唇边滑落，他用双手捂住伤口……

喷火器的喇叭口中喷出火舌，黑衣纵队齐步向前迈出一步。

萨莎扑到列昂尼德身边，舍命将他护住，丧尸群围拢上来，像是要从二人头上踩过去。

"不要啊！不要！"萨莎忍不住哭喊起来。

就这样，她一个人对抗数百名丧尸，一个人对抗一整个军团的杀手，一个人对抗整个世界，固执地高喊："我想要奇迹！"

突然，远处闷雷滚滚，隧道顶开始剧烈颤抖，丧尸群缩成一团，向后退却，黑衣纵队也不由得后撤一步。地上涌出汩汩水流，顶棚开始向下滴水……

"漏水了！"有人惊声尖叫。

黑衣人匆忙从站台撤离，退到气密门旁，老人跑步跟在后面，边跑边回头看萨莎。萨莎仍旧待在原地没动，她举起手掌，仰起脸，接住从天而降的水滴，怔怔地，居然……笑了。

"下雨了！"萨莎呼喊着，"雨水能够冲刷一切！一切都可以从头开始！"

黑衣纵队迅速撤到了气密门外，荷马跟他们一起。几个黑衣人合力关闭气密门，试图封锁图拉站，阻止洪水外泄。气密门缓缓移动，老人跳进门内，想冲回去救萨莎，但被黑衣人一把抓住，拽了回去。

直到这时，黑衣人中间的一个才突然闪到逐渐闭合的门缝中，探出手臂，冲萨莎高喊："快过来！我需要你！"

洪水已经漫过腰际，浅色头发的脑袋突然潜入水中，消失不见了。

黑衣人收回胳膊，气密门轰然关闭。

* * * *

南部隧道的气密门终究没有开启。隧道里一阵震颤，气密门另一侧传来爆炸声。丹尼斯·米哈伊洛维奇上校将耳朵贴到铁门上，凝神谛听……一滴水滴在脸颊上，他抬手将其擦去，惊诧地望着湿漉漉的棚顶。

"撤！"他咬紧牙关命令，"这里已经完事了。"

尾声

荷马长叹一声,翻过一页。笔记本只剩下最后两三页空地了,该用它们来记载什么?他将手掌探向篝火,好暖一暖冻僵的手指。

回到塞瓦斯托波尔站以后,老人主动请求留守南部隧道。在这里,面对黑洞洞的隧道,他写作的效率竟然更高,远胜于在家里的故纸堆中间,尽管叶莲娜已经尽力保持安静了。

猎人远离其他哨兵独自坐着,在光亮与黑暗的交界处。老人一直在想,为何猎人偏偏选择了塞瓦斯托波尔站。看来,这个站台的确有些与众不同之处……

猎人始终没对老人讲述,在林地站出现在他幻觉中的那个对手是谁。但荷马现在已经知道了,自己看到的并非预言,而是预警。

图拉站的洪水直到一个星期之后才逐渐消退,残留的水用从环线调来的强功率水泵才抽干。荷马以自愿者的身份随第一批侦察兵进入了站台。

将近三百具尸体。老人顾不上恶心,顾不上病毒,一具一具地翻看着尸体,但最终还是没有找到她。

后来,他在最后一眼见到萨莎的地方默坐了很久。他悔恨自己当时为何没有坚持扑向她,救出她,或者跟她一同死去。

在他的身边,谢尔普霍夫站的感染者正排成长长的队列朝塞瓦斯托波尔站方向走去,走进卡霍夫卡线的隧道,接受治疗。列昂尼德没有撒谎,辐射的确可以杀死病毒。

也许,关于翡翠之城他同样没有撒谎?它的确存在,只是需要找到入口……也许他生前已经找到了,只不过还没有足够的资格让大门为他开启。

然而，真正的诺亚方舟并非翡翠之城，而是地铁本身，这是最后的避难所，将所有人拯救于大洪水中：诺亚、闪和含[1]——虔诚者、冷漠者和无赖，每类人各有一对，每个人的功过都有待彻底清算。

他们人数太多了，一本书根本写不完，而老人的笔记本只剩下可怜的两三页了。他的书并非方舟，只是一条小船，没法容纳所有人。但荷马感觉，他到底用谨慎的线条勾勒出了一些至关重要的东西……不是关于众生，而是关于人性。

对逝者的记忆不会消失，荷马想。我们的整个世界都是由其他人的行为和想法构成的，一如我们每个人都是由承自祖辈的无数马赛克碎片构成的。祖辈在他们身后留下了痕迹，为后代留下了灵魂的分子。对此只需仔细凝视片刻便可发现。

他用纸张、思想和回忆构筑的这条小船，将在时间的海洋里无穷无尽地漫游，直到有人发现它，凝视它，并最终明白：人性从未改变，即便世界末日之后人类仍然忠于自我。曾经注入人心的火花，在风中摇曳，却从未熄灭。

现在，他个人的债偿清了。

荷马闭上眼睛，恍惚置身于一个被亮白的灯光洗刷得熠熠生辉的站台。月台上聚集了成千上万衣着光鲜的人，全部来自他的青年时代，那时他还不是荷马，甚至不是尊敬的尼古拉·伊万诺维奇，而只是无名后生尼古拉。接着，衣衫褴褛的地铁世界居民加入到了衣着光鲜的战前人类中间，双方都没有为彼此感到惊讶。有种什么共同的东西把他们联系在了一起……

他们都在等待什么，所有人都焦急地朝着黢黑的隧道深处张望。老人终于认出了那些面孔。那里有他的妻子和孩子们，有他的同事、同班同学、邻居，有他最好的两个朋友，还有阿赫梅特，以及他最喜爱的影

---

[1] 《圣经》中记载，闪和含是诺亚的儿子。闪是希伯来民族的祖先，含是古埃及人、苏美尔人、迦南人的祖先，也是现在非洲人的祖先。

星……他所记得的所有人都在里面。

隧道突然亮了起来，一趟列车无声地驶入站台，生机勃勃，亮堂的车窗，锃亮的车身，抹着润滑油的车轮。驾驶室却是空的，里面只挂着一身熨烫平整的制服和一件雪白的衬衫。

"那是我的制服，"老人想，"我的驾驶位。"

他走进驾驶室，开启车厢门。提示音响起，人群鱼贯而入，纷纷落座。座位足够所有人坐的，乘客们如释重负地微笑着。老人也笑了。

荷马知道，当他给自己的书画上最后一个句点时，这列满载幸福乘客的列车便会驶离塞瓦斯托波尔站，驶向永恒。

突然，近旁响起一声沉闷的非人的呻吟，将老人拽离了美妙的幻想。荷马身子一颤，抓起自动步枪……

呻吟声是队长发出的。老人站起身，想走过去看个究竟，但猎人又呻吟了一声……更大声些……又一声……渐渐小了……

荷马不敢相信自己的耳朵，屏息倾听着，浑身逐渐变得僵冷。

队长正用嘶哑的嗓音试探着唱出某段旋律。他一次次出错，却反反复复固执地尝试着，修改着……最后终于低声唱了出来，像首摇篮曲。

正是列昂尼德吹奏的那首，能够止痛的无名曲……

荷马在图拉站终究没有找到萨莎的尸体。

还有什么？

番外故事

道路尽头

一

村子里所有人都知道那条大路，包括万卡。

淹没在坑洼泥泞中的狭窄村路，不是通向那条大路的，而是朝着相反方向，通往马特维耶夫卡和一条小河。通往那条大路的只有一条曲曲折折的小径，多少年没有行人，几乎整个被野草盖住了。草丛里间或生长着一簇簇接骨木，结出的浆果一嘟噜一嘟噜的，足有小孩拳头大小。

那条大路去不得，这一点村里每个人都知道。早先男孩子们还不顾家长明令禁止，偷偷跑去那里，用碎砖头在黑色路面上涂鸦，或者拍皮球——那里路面坚硬，比土路上弹得高。后来，几个偷跑去的孩子无故失踪了，那条大路从此被视为诅咒之地、凶险之地。加之那条大路其实哪儿也不通，就更没人去了。于是，路就这么荒废了。

假如那天没有遇上那样的事，万卡也许一辈子都不会去那条大路。

他也许会和所有人一样，老老实实在村子里过上一辈子——要是活得结实，能活到五十岁；那些比马特维耶夫卡更远的地方，他连鼻子都不会凑过去一下。他去那条大路干吗？去喂狼吗？

从家里偷跑出去，而且还跑去那条大路，这不是明摆着瞎胡闹吗？图个啥？

为什么不去几里外的村子，去有人家的地方，而非要去那条大路？难道就为了证明自己的倔强和勇敢？想看看自己到底能向着凶险的未知走出多远，然后才算服了自己，如释重负地打道回府？

当然，在以前，那条大路至少一侧是有人家的。村里老人说，沿着那条路一路向东，五天五夜能到比尔扎纳，再走俩星期便是哈巴尔。

哈巴尔跟他们的村子，以及马特维耶夫卡村差不多，只是更大，大得多。所有房子都是砖砌的，跟他们的学校和村委会一样。几乎全是二层小楼，有的甚至三四层，令人感到有些奇怪，这么高的房子为什么不会塌。

没准老人们只是在吹牛皮，以便抬高身价——要不是他们知道这些个掌故和历史，谁会养他们呢？他们恐怕连一个冬天也熬不过去。村子里的一大乐事，就是寒冬傍晚，全村人聚在村俱乐部里，点燃松明，杯子里倒上家酿酒，听米哈伊洛维奇或者马拉特爷爷擦着冒汗的秃脑壳，讲过去的事。很多大人对这些时期都还多少有些印象，但也记不大清了。除了两三个老人之外，村子里连一个过三十的都没有，都因为"黑云"死光了。

万卡今年十三岁，正是开始明白父母其实啥也不懂、把日子过得一团糟的年纪。但他从不敢造次——父亲是个猎手，严厉得很，从不跟儿子废话，一言不合上手就打；母亲病恹恹的，虽然疼万卡，却不敢违拗丈夫。

在那天以前，一切都还勉强过得去。尽管万卡一边猴子似的躲闪着父亲的攻击，一边越来越放肆地还嘴，但父亲似乎还有足够的耐心容忍他的忤逆和自作聪明。只消再过个两三年，父子二人的关系也许就会稳定下来，万卡会学会宽容日渐衰老的父亲，而父亲也会逐渐习惯，如今家里已经有两个男人了，每一个都有权拥有自己的主张。

万卡也不是没动过离家出走的念头。以前每次挨了父亲的耳光，躲在仓库等父亲消气的时候，万卡就暗自决定，这种日子没法过了。但父亲的脾气来得快，去得也快，万卡也不爱使小性子，所以通常情况下，晚饭时一家人就又会围坐在一起，只不过每个人都低头盯着自己的盘子。

但这次不一样，万卡无论如何也没法原谅。因为那个耳光他根本就不该挨，父亲根本就是打猎不顺冲他撒气。父亲在林子里待了两天，回来时箭筒空了，肩膀上还挂了彩，鲜血染红了半个袖筒，却只带回来一只松鸡，至于说好的驼鹿，连根毛也没见着。出发前，小妹刚好害病，母亲放心不下，便央求父亲不要走远，于是父亲就说要打个大家伙，晒些肉干备用。没错，万卡的确嘴欠，问了一句："怎么没见着驼鹿？它要等会儿才到吗？"可难道就为了这样一句玩笑话，就一巴掌把他掴倒，让他好一阵子爬不起来？

更要命的是，还当着邻居家薇拉的面。万卡从新年开始偷偷喜欢她，到现在已经有七个月了,但薇拉眼里没有万卡,她正跟亚历山大好着。亚历山大比万卡和薇拉都大上三岁,瘦高个,万卡心知没戏,只能耐着性子等薇拉跟他闹翻。万卡没抱什么太大的希望,却从未放弃努力,一直试图赢得这位淡褐色头发的邻家女孩的芳心。万卡其实不清楚,万一自己成功了,该拿她怎么办,但每天晚上一闭眼,就能看见薇拉那沾满了草莓汁的丰满嘴唇——自从那天他撞见薇拉跟女伴们采果子的情景之后,这两瓣嘴唇便深深地印在了他的脑子里。

说老实话,万卡之所以会开驼鹿的玩笑,多半也是为了博薇拉一笑,却为此忽略了父亲的感受。结果,下一秒钟就躺地上了。父亲张开大手,抡圆了就是一个耳光,这一招万卡其实早就领教过了,但这次不同,父亲用足了力气。

脑袋里嗡鸣不止,眼前直冒金星,万卡躺在湿草地上,足有两三分钟才缓过气来,止住头晕,慢慢爬起来。父亲没再出手,却朝他脚底下啐了一口,骂道:"没良心的东西!"

等万卡站直了身子,用重影的视线环视四周时,既没有看见父亲,也没有看见薇拉。出了这么大的糗,想让薇拉青眼相待,简直连一点指望都没有了。万卡在仓库里坐了一个小时,三个小时,越想越憋屈。他不知道今后怎么跟薇拉走在同一条路上。他简直恨透了父亲。掺杂着羞辱的气愤让他在仓库里一连坐了好几个小时,脑子里不断盘算着各种报复计划,但后来,当耳鸣停止之后,他将所有那些天真幼稚的计划统统推翻,决心永远离家出走。可是去哪儿好呢?

去马特维耶夫卡的话,父亲肯定一下子就找到他了,他头一个就会去那儿找。躲进林子里?可在那儿能干什么呢?无非是在附近的林子里闲逛,但用不了几天,就会吃腻那些野果子和红菇,就会开始想念母亲煲的汤了。不行,必须有个目标才行。沿着那条大路,要么去哈巴尔,要么朝反方向走,只有这样的目标才让万卡觉得足够远大。看来,他真是被父亲一巴掌给打糊涂了。

哈巴尔如今肯定连一个人都没剩了,所有城市在一开始就被烧成了灰烬,再说那儿的辐射肯定也高得很,还没等靠近嗓子就会开始发痒,那就离昏迷不远了。一旦昏迷就完蛋了,受到的辐射剂量会让你再也站不起来,只能活活等死。

不过,这些都是猜测……哈巴尔已经快二十年毫无音信了,那些偶尔从那条大路上来的探险者,讲不出任何关于哈巴尔的确切消息。有人赌咒发誓,说哈巴尔已经被烧成一片荒原了,连个瓦片都不剩了,只剩下半米厚的烟黑和灰烬。其他人则相反,说楼房都还好好的,夜里窗户里甚至还亮着灯。但事实上,这些探险者很可能是从另一个村子来的,离这儿也许还不到一百公里。只不过,大部分人连这也不敢做,因此他们还是配得上探险者的称号和一块面包的供养的。

万卡大概是在指望,远征归来的他能够变得成熟、结实,对路上见闻夸夸其谈,以此让薇拉刮目相看,忘记自己曾被一个耳光扇得满嘴啃泥、站不起脚的衰样。

尽管村子里从未怠慢过探险者,但他们来得还是越来越少了:那条大路变得越来越凶险,莽林日益逼近,龟裂的地缝里有些竟长出了松树苗。不过,地缝倒还不算多。这里的沼泽是实打实的,承受了长达十五年的西伯利亚漫长冬季的严寒,可现如今,随着辐射尘埃逐渐落定,夏天的太阳越来越暖,七月甚至有些炎热了。

村子里来的最后一个外人,刨去马特维耶夫卡村的村民,已经是三年前了。而在更加与世隔绝的马特维耶夫卡村,已经有五年没见过外人了。万卡家所在的村子谢苗诺夫卡距离马特维耶夫卡大约六公里路程。路上坑坑洼洼,路旁有野狼出没,村子里偶尔去一回马特维耶夫卡都要赶着马车队,带着家伙,争取天黑之前往返。但这条运输线并未荒废,不管是谢苗诺夫卡人,还是马特维耶夫卡人都不会犯懒,都会及时地清理路上的树枝落叶,砍伐爬到路面的有毒的带刺植物,有时甚至会用沙土填平最深的坑,以免那些珍贵的大车——由报废的汽车改造而成的——陷在里面坏掉。

不然怎么办呢，除了马特维耶夫卡之外，方圆五十公里之内再没有其他活人了，也许其他更远的村子也已经不存在了——谁知道呢，又没有人去考察过。因此，两个村子约定守望相助，共同应对野人或者野兽袭击，又或者冬季给养中断等危机。若没有马特维耶夫卡，谢苗诺夫卡早就完了——马特维耶夫卡有河，河里有鱼，那是冬季唯一的指望；可若没有谢苗诺夫卡，马特维耶夫卡也好过不到哪儿去——他们的土地不行，除了沙子就是黏土，种种松树还行，但土豆蔬菜就不行了。而谢苗诺夫卡在这方面要幸运得多。最初几年，谢苗诺夫卡人只能在室内用木桶种蔬菜，但如今随着天空逐渐放晴，夏天越来越暖，村子里每家每户都有一个大菜园。

不，马特维耶夫卡不能去，这算什么离家出走呢？顶多是要耍小孩子脾气而已。

正是这种要干些大事的愚蠢念头，将万卡撺掇到了那条大路，而当他需要做出选择，是向东通往哈巴尔呢，还是向西通往未知时，他选择了向西。

从万卡记事起，从来没见有人打西边来过，所有探险者都是从东边来的。而当探险者从谢苗诺夫卡人口里得知，村子以西据说一百公里之内再无人烟，而前方莽林中却有可能独自拖走一头牛的巨狼时，他们通常会被吓得斗志全无，又沿原路返回了。极少数执意继续向西的人都再也没有回来过，至少再没有回过村子。

而万卡呢，每次想到那条大路，总有个不安生的想法：怎么可能呢？如果西边真的什么都没有，怎么会有一条如此宽阔的沥青大道呢？

当晚他在仓库里过了一夜，不想跟父亲见面。等家里人全都睡下了，他才溜进厨房，从母亲收拾到地窖里的汤锅里扒了几口冷汤，把能找见的肉干、面包干全部装进背包，又收拾了父亲的猎刀、自己的弓箭，躲起来，等待天亮。

入夜，村子入口会严密封锁，会架起两道松树原木做成的三米高的栅栏。就算能翻过栅栏，也很有可能会被瞭望塔上的人发现，搞不好还会被射杀。更要命的是，两道栅栏之间的空地上还放养着几条凶猛的大狗，万卡可不想掉进它们嘴里。万一失手被擒，少说也得被关俩星期的禁闭，外加牛仔裤被撕得稀巴烂。

这样的防御措施对于村子而言并非多余，尽管食人族已经两三年没出现过了，但这绝不意味着，他们已经彻底离开了这里。

几年前，这群野人时不时就会偷牲口，袭击采蘑菇者，并趁夜将挖去双眼的失踪者的头颅丢到村口大门前。后来，两个村子联合选拔了二百名勇士，突袭了这伙野人，将他们全部杀光。战斗结束之后，还在远处的林间空地里发现了一些女野人和小野人，对于他们是如何处置的，参战的勇士们讳莫如深，就连话最多的都绝口不提。只是在那天之后，林子里缓慢腾起的烟柱连续两天熏黑了天空。

这场战役为两个村子换来了几年的太平无事，现在人们留神提防的只有野狼和大蝙蝠。不过，附近极有可能还游荡着其他的野人部落，因此，瞭望塔上的哨兵每天三班倒不断人；村口大门日落即关，天亮才开；车队只是偶尔往返于马特维耶夫卡，而且必然沿路护送。两个村子虽然都没戒严，但谁也没有派出过远行考察队——能守住家园就不错了，哪里还顾得上其他的呢。

夜里从来没有人敢把鼻子探出栅栏，守卫也未必肯为了万卡从大门上撤下包着铁皮的原木门闩。最好还是等到天蒙蒙亮，谎称去采蘑菇，骗开大门，然后跑过羊肠小道，穿过散发着香气的高草，穿过灌木丛，再翻过一座小山坡，走到那条大路上。

家里人大概不会很快察觉，哨兵里有一个是父亲的好友，肯定会向他转告万卡的说法。只有到天黑关门之前万卡还不回来，家里人才会着急。一天的时间足够走出去很远了。四周不管朝哪儿看，都是山岗子。大路在山丘上起起伏伏，即便走到最高的山岗上，也只能看见最近的山顶，而山谷仍然隐藏在视野之外。再没有比这更便于出逃的地形了。要是再下上点雨，把他的气味冲散，那就连狗鼻子都不灵了……父亲是肯定会找他的，再怎么说，他也是他唯一的儿子。

对了，还要带把伞。尽管万卡和大战之后出生的所有孩子一样，对于毒雨的适应力要强过大人们，但患病的风险还是有的。村子里的伞都是用没剪毛的山羊皮自制的。这样的羊皮伞打起来有趣，还很舒适，只是雨水过后会有些发臭。村里人不知为何管这种伞叫作"鲁滨孙"，万卡小时候会叫成"鲁滨伞"，直到现在偶尔仍会这样叫。

万卡坐在干草垛上，凝望着嵌在仓库墙壁上的大圆面包似的一块深蓝色夜空，听着遥远的狼嚎，心里盘算着，还有没有留下来的余地。

不，绝对不行。这次他是真的把父亲给惹恼了，明早肯定免不了一顿训斥，甚至还有可能再找补一顿揍。再者说，在受了那么大的羞辱之后，他恐怕再也没法跟父亲在同一个屋檐下生活了。还有薇拉……如今是彻底没戏了，想到自己每天都要看见她，然后心里想着自己的衰样都被她看见了，还不如淹死的好。不行，无论如何得离开村子。

天空刚刚露出绯红，万卡重新检查了一下背包里的东西，蹿出了仓库。在村口，跟他预想的一样，没有受到任何盘问。哨兵们打着哈欠，揉着通红的惺忪睡眼，迷迷瞪瞪地听他讲了采蘑菇的说辞，骂了两句，轰隆隆撤去门闩，放他出了栅栏，又爬上了瞭望塔。

在哨兵视野范围之内，万卡故意走得很慢，边走边用磨光的柳条抽烂毒蘑菇，脚步尽量放轻，唯恐自己的脚步声、树枝折断声和草叶窸窣声掩盖住哨兵的追赶和呼喊。但他的担心是多余的，并没有人打算抓他回去。过了半个小时，当他确信起伏的山岗已经将哨兵的视线完全挡住时，便撒丫子跑起来。今年村子里似乎还没有一个人来过大路，通往那里的小径几乎被长到下巴颏的苔草叶子和杂草穗子完全埋没了。

虚红的太阳吃力地爬上山丘，洼地里充斥着蝈蝈的鸣叫，路边的灌木丛中，小鸟们在为清晨音乐会吊嗓，万卡的心头有股说不出的畅快，一两个小时之前他还犹豫是否打消的那个离家出走的愚蠢念头，竟似变成了他这辈子最正确、最明智的决定。

远远地望见了大路，万卡加快脚步，一直走到歪歪斜斜、锈迹斑斑的指示牌前才停下来歇口气。牌子上写着："谢苗诺夫卡四公里，马特维耶夫卡十公里"。牌子前方是一条漂亮的沥青坡路，但路面只向村子方向延伸了二十米，然后就换成了夯平的土路，再后来又变成了羊肠小道，蜿蜒通往村子。

谢苗诺夫卡村委会前面的广场上——俱乐部和学校就坐落在那里——还残留着一些龟裂的沥青地面，因此沥青坡路并没有令万卡吃惊。但大路仍然超越了万卡的一切想象：路面足有三十步宽，惊人地平坦，既不坑坑洼洼，也几乎没有裂缝，像一条深灰色的带子，捆绑在长满松树和杉树的山岗上，而且绑得那么结实，二十多年过去都没被甩开。带子上面还保留着记号，粗糙路面上的虚线仍清晰可辨。

但万卡顾不上愣神，他四下望望，深深吸入一口清晨的湿气，向西拐去。

二

他并没有特定的目标，也不可能有。当你走向虚无时，唯一的问题在于，何时能够鼓起勇气对自己承认，自己的远行是无意义的，然后掉头返回。诚然，还有极为渺茫的希望能够遇到人家，找到新的住所，但在内心深处万卡寻找的根本不是这个，他沿着大路走得越远，对此就看得越清楚。

起初，他每爬上一座山包就会蜷伏在路边，贴紧树干，尽量隐匿身形，搜索山丘之间的山谷地带。但一连十次，一望无际的路面上一个人影也看不见，他也就不再躲躲藏藏，爽性走到了大路中央，唱起一支从村子俱乐部里听来的歌给自己鼓劲儿。

直到中午走到一条小河流经的地方，万卡才停下来歇脚。河面很窄，水流湍急，河水几乎清澈透明。河面上横亘着一座很大的桥，似乎是为了有朝一日河水猛涨，堤岸被抬高三倍而预备的。万卡下到桥下，喝饱了水，从背包里取出干粮。走了这大半天，他连一个活物都没遇见，只远远地看见了一头母驼鹿带着一只幼鹿，却没敢靠近。他感觉自己已经离村子够远的了，早就记不清已经翻过了第多少个山头了，而大路依旧没完没了地伸向远方，路上连一个附近村子的指示牌都见不到，也没有通往村落的乡间土路。但人们总不可能修筑一条通往虚无的大路吧？大路尽头一定有什么东西……为了这个终点，数千工人——马特维耶夫卡和谢苗诺夫卡两个村子加在一起，再加上两个这样的村子，也许才能凑够这么多人——不分昼夜，年复一年，有些人活着干满了期限，有些人没等干满就累死了，直接被埋在荒郊野外，距离最近的人家足有上百公里。这些筑路人当中，如今在世的恐怕连一个都没有了……

若非万卡确切地知道，这条大路是人修的，那他恐怕是打死也不会相信的。但老人们众口一词地坚称：那是后来，在那些事之后，设备、燃料都没了，能操纵机器、绘制图纸的工人也都没了，这样的工程才变得不可想象了。要搁在从前，建摩天大楼、造跨海大桥都没什么稀奇，更别说铺设沥青路了。

村子里的栅栏和瞭望塔是集全村之力，耗费了四年时间才修建起来的，这还算快的。现在想造新房子，只能纯用木材搭建，因为钉子没地方找去，除非把旧钉子拔下来，但那些钉子早就锈透了……从旧世界留下来的砖砌建筑只有屈指可数的三座——平时用作俱乐部、学校和村委会，危急关头都被充当堡垒，一旦发生袭击，女人和儿童就藏到里面去。马特维耶夫卡同样如此，他们甚至连俱乐部都没有。

临近傍晚，难以想象的绝对空旷的大路开始令万卡惴惴不安。附近地区看样子是辐射过量了，这里的树木变得粗大异常，靠近路面的小山杨和小松树后面，依稀可见变异的橡树和云杉，支楞八叉、黑粗黑粗的。树干分成两杈，酷似濒死之人在绝望中高举的双臂，蜷曲的枝丫仿佛剧痛之下扭曲的手指。万卡很后悔没带上父亲的辐射剂量检测仪，眼下那东西刚好能派上用场。这里完全听不到鸟叫，密林中只传来夜猫子瘆人的笑声。当夜空泛出惨白的月光时，远远能听到一声令人毛骨悚然的狼嚎。谢天谢地，没有狼群回应，但万卡仍然不敢就地宿营。他挑了一棵大道近旁的歪脖子树，爬到了树干分叉的地方，搭了个树窝。离地面大约有四米高，摔下去少说得弄个骨折，但至少一般的狼是够不到的。

月亮洒下银勺子的光泽，疲惫的夜空现出星星的虫洞。万卡一边打着盹，一边遐想：黑夜只是有人给白天罩了块幕布，只要拉弓射上一箭，就能射出一个窟窿，光从里面透出来，就成了星星……

莽林里，死树的枯枝噼噼啪啪折断，活树的树干在无形的压力之下吱呀作响，被压弯的灌木丛卑微地窸窸窣窣……某个庞然大物正呼哧呼哧喘着粗气，势不可当地在密林中飞奔，万卡想象不出那会是什么东西。他所栖身的橡树随着怪兽的跑动震颤不已，仿佛橡树也和万卡一样被吓得浑身发颤，树叶惊恐地窃窃私语。万卡身子贴紧树干，将头稍微抬起一点，以便看清楚怪兽的模样，或者至少看清楚它离自己还有多远。

他先后被命运之神庇护了两次。第一次，当怪兽走到离他的树窝五十步远的林间空地时，忽然停了下来，四处睃视，嗅探。在山杨和云杉密集枝丫的遮挡之下，万卡只看见一个巨大的黑色剪影，无从确定这是某种他所知道的野兽呢，还是从未听闻的怪物。他只看见那怪兽是四条腿行进的，而且体高不低于三米。

风是朝万卡这面吹来的，这是命运之神第二次冲他微笑。怪兽搜索了一分钟，仍未能锁定万卡在哪里，发出一声不甘的怒吼，骤然发作，挥舞前掌，一连击断了好几棵小松树，这才返身钻进了密林。

整个过程中万卡一动都不敢动，连大气都不敢喘，像抱住母亲的大腿一样死死抱住粗壮的树干，冷汗蛰到眼睛都不敢揉。直到声音彻底消失在远方,他才小心翼翼地,尽量不发出一丝声音,躺回了自己的树窝,细细地喘匀呼吸。他凭直觉知道,遭遇这样的怪兽还能幸存,就算是最老练的猎手也很难做到。

尽管发生了这样的事,但精疲力竭的万卡仍旧很快就沉沉睡去。被怪兽吓坏的看来不止他一个,整个晚上四周都既没听到狼嚎,也没听到大蝙蝠的怪叫,甚至连夜猫子都没再发出瘆人的哭笑。

等万卡醒来时,太阳已经老高了。他警惕地下到地面,四下一看,顿觉头皮发麻:在他过夜的那棵橡树周围的地面上,新添了数十个爪印……是狼群留下的?他连忙四下环顾。密林似乎也在窥视他,阴沉着脸,翕动着千百万片树叶,拍打着云杉爪子,看着,看着……

不管怎样,此地不宜久留。就算狼群暂时放过了他,但肯定还会回来的。理智命令万卡立刻原地掉头,返回村子。但昨夜的遭遇对他产生了奇特的影响,稍微撩起了恐惧与懒惰的幕布,而在幕布后面,是整个未知的世界,谢苗诺夫卡和马特维耶夫卡之外的世界,眼前这条古老的大路通往的世界。这次遭遇虽将他吓得不轻,却也唤醒了他内心深处正值青春期的男孩子所特有的躁动不安的好奇心,这甚至压制了对于隐藏在黑暗中的未知怪兽的恐惧。

还没有考虑清楚该怎么办,万卡就皱着眉头,毅然决然地踏上了与村子相反的方向。

又走了几个小时,山路到头了。站在最后一个山坡顶部,整个巨大的峡谷一览无遗,谷底渗出黑色沼泽,长满了两米高的苇丛和苔草,弥漫着腐蚀性的蒸汽。这里的道路铺设在高高的碎石路基上。大道踩着脚下唯一一块坚实的土地,继续向前延伸,目力所及皆灰色平坦,标着不合时宜的明亮而喜庆的标记线,朝着某个只有那些无比强大的筑路者知晓的遥远终点。对于万卡而言,脚下这条大道是这片越发凶险而敌对的土地上最后的支撑。

薇拉、与父亲的矛盾、母亲的伤心,所有这些万卡眼下没法想,也不愿去想。现在占据他头脑的只有这条大路，以及道路尽头的那个世界。万卡开始幻想，调动自己全部的想象力——尽管他的想象力十分贫瘠，好比种在木桶里的蔬菜，终其一生也没出过屋子，见过太阳。

那会是一座城市吗？一座跟哈巴尔一样大甚至更大的城市？听马拉特爷爷说，之前有很多座城市，大部分人都住在里面。但"很多"具体是多少呢？五座？还是七座？那样的话得住下多少人哪，而这显然是不可能的——马拉特爷爷就爱夸大其词。

这条大道熬过了这么多年，承受了那么多的考验。根据它的质量来判断，在几百甚至几千公里的沥青路面的尽头，一定是些异常重要的东西。宝藏？药品仓库？军火库？万卡不由得想，要是他真的能够发现，比方说，一座装满了冲锋枪和火枪的地下军火库，那村里人会将他视为怎样的大英雄？整个谢苗诺夫卡只有两杆火枪，还都没有子弹。一杆挂在村长家，另一杆由威普尔——村子里最强壮、最厉害的猎手掌管。每逢村子里过节，威普尔都会威风凛凛地背着火枪出门，引来游园人群一阵阵艳羡的赞叹。但两杆枪都已经足足有八年时间没开过火了。

万卡小时候好像听见过火枪射击的声响，但儿时的记忆很不靠谱，他极有可能是把雷声错当成了枪声……

眼前的大道笔直得如同父亲的梭镖木杆，伸向蒸腾着淡白色雾气的地平线。从山岗上下来之后，万卡又沿着已经发烫的沥青路面走了足足三个小时，身后的最后那道山岗已经隐没在了沼泽蒸汽里，而前方依旧是道路、道路……天黑之前必须得找个地方过夜，不然他的远征很有可能会稀里糊涂地潦草收场。他沿着大道走得越远，关于其用途想得越多，就越不肯在弄明白道路尽头是什么之前死去。更何况，他也没脸就这么两手空空地返回村子。

自制凉鞋有些磨脚，等沥青路面没有那么烫了，万卡就把凉鞋脱了下来，拎在手里。有些沼泽水泡里的水完全适合饮用，万卡稍做休整，吃了一块风干肉，一捧面包干，就又上路了。沉浸在水泡里的血红色太阳还在用光线编织着苇秆,黑暗却越来越浓稠了,沼泽地里又开始了新的暮色生活。

远处有活物在凄楚地叫喊,酷肖人声,随后,一百步开外的水泡里有个什么大家伙在水下拍击,水柱溅起老高,似乎那里不是随便找个结实的长木棍就能通过的小片沼泽,而是深不见底的深渊,满是黑色的死水,水面却慵懒地漂浮着一簇簇魅惑人心的睡莲。一旦你被假象迷惑,撑着疲惫的双腿走进冰冷的水塘,沼泽就会一点一点将你吞噬,然后像打饱嗝一样吐出一串从你肺管里挤出的气泡——这是它交还水面的唯一东西。

不管再怎么疲惫,直接在大道中央,在野狼和其他野兽眼皮子底下过夜,都是万万不可的。藏在芦苇丛里?鬼知道那里面躲藏着什么。万卡的父亲从没离开村子这么远过,至少没有到过沼泽,他主要是在林子里打猎。沼泽是凶险之地,若非这条大道通往这里,万卡是永远不会到这儿来的。现在他只能一路向前,希冀着能找到一片宿营地,至少是一块僻静安全的结实地面。

可惜天公不作美,赶上一个多云的夜晚。昨天夜里,暗淡的月光还能照出很远距离外的物体轮廓,而眼下却只能勉强看见十米开外的道路,至于沼泽,则整个沉浸在黑暗中。

不过,大概再不可能遭遇比昨夜更可怕的了。

突然,身后依稀传来一阵奇怪的、不祥的声音,起初是怯生生的,不易察觉,接着越来越响,最后维持在一定的音量,好像一路追踪万卡的东西追上了他,然后保持适当的距离跟在后面,不让他脱离自己的视线。

这时突然响起有节奏的、可怕的吱吱嘎嘎声。在黑黢黢的夜里,在这样一条由过去死人铺设的、荒废已久的大道上听见这种声音,万卡一下子就想到了鬼魂,也许是那些筑路者的亡灵从周围的沼泽里钻了出来……

他又想到了那个关于狗熊的故事:一头熊被猎人布下的捕兽夹困住了,为求生咬断了脚掌,后来,它每天夜里都会绕着猎人孤零零的木屋转悠,用新装的木头脚掌挠门,要求归还被猎人挂在家里的肉掌……

万卡强压住恐惧，猛一回头——什么都没有。他大声问话，也没人回应。他转过走了两步，想把那东西吓走，但追踪者毫不退缩。这就是说，对方更强大。拿着父亲的猎刀扑上去太过愚蠢，谁知道那会是什么呢？它不主动攻击就已经是万幸了……

万卡被吓坏了，心脏在肋骨上猛撞，喉头像塞了团棉花。但他竭力控制住自己，告诫自己切不可奔跑：假如那是头野兽，逃跑会让它嗅到自己的恐惧，怂恿它发动攻击；如果那是人，他同样会明白，对方很弱小，是个可以轻易得手的猎物。谁知道他掉进了谁的伏击圈，又黏在了谁的捕猎网上呢？那些被大道的坚实路面诱惑的麻痹大意的探险者，完全可能变成食人族、人贩子或者萨满巫师的猎物——谁知道呢，没准儿马拉特爷爷在这件事上没有扯谎呢？

较之于背后的神秘声响，更可怕的反倒是自己的胡思乱想。万卡终于忍耐不住，没命地跑起来，脚掌在路面啪唧直响，粗重的喘息声和血管敲击耳膜的声音盖过了鬼魅的吱吱嘎嘎声……一口气跑了二十多分钟，他想应该甩掉了，便换跑为走。但他高兴得太早了，没过几分钟，声音又从背后的黑暗中追了上来，起初有些匆忙，似乎它也不得不花费些力气，随后便又恢复了正常节奏，仍旧是冰冷的、死气沉沉的吱吱嘎嘎……难道真的是狗熊的木头脚掌？抑或是被墓地的鸦群啃剩下的骷髅？

想要获救只能依靠奇迹了。万卡到底还是不敢停下来与追踪者正面遭遇，于是又快步向前疾走，活像一只走向屠宰场的无助的牲口，随时准备用后背和后脑勺接受致命一击，就此终结自己愚蠢的冒险。

就在这时，前方的稠密黑暗中突然吐出一样东西，是万卡万万没有料到的，但转念一想，在大道上，它的出现又是再合理不过的。

那是一辆公交车的残骸，就在离他只有十米远的地方。万卡一下子就认出了它，村子里有一辆跟这很像的，二十年前就被运到了村子。车轮和车轴被拆下来装到了改造的大车上，车厢在很长一段时间内充当了哨兵的营房，直到后来车舱盖锈透了，哨兵们便将车窗玻璃和密封胶条都拆下来搬回了家。

万卡心中一阵狂喜——就是它，掩体！车厢后门恰巧是半开着的。万卡最后扭头朝后看了一眼，跳上踏板，钻进了车厢内部。他试着关上门，躲在这个上天赐予的唯一掩体中，哪怕能够撑到天亮……

……一股呛鼻的湿狗毛味扑鼻而来。万卡猛一激灵，在千分之一秒的时间里就猜到了，自己闯进了什么地方，而从不止一个喉咙里发出的低沉吼叫第一时间印证了他的猜测。他浑身僵硬，没敢扭头看隐藏在车厢深处的狡猾的畜生，极其缓慢地，一步一步地退出车厢，下到了大道上——这下好了，前有野狼，后有野鬼，即便不被无形的追踪者撕碎，也会被狼群嚼烂。他已经不再抱有任何指望了：他的玩具弓箭和父亲的猎刀根本没可能打退狼群，躲又没地方躲，跑又跑不掉。先是一匹狼，接着是另一匹，悄无声息地跳到了路面。

在被云层遮蔽的混沌月光里，它们显得比实际上更为庞大。一看就是突变体，虽不是令村子闻风丧胆的那种巨狼。它们将身子高高弓起，像绷紧的弓弦一样，随时准备在精准的一击中瞬间伸展。万卡将持刀的手护在胸前，但心里已经认命了，野狼之所以迟迟没有攻击，也许只是在估计威胁而已……

骤然爆出一声巨雷，却没有闪电，也不是从天上，而是从万卡背后的大道上。一匹狼应声向后翻滚，发出狗一样的哀鸣，侧身倒地，挣扎着想往起站，却没法做到。它转身想爬回公交车，还没等爬到，便呜咽一声，身子一抽，断了气。第二匹狼无声地隐入了黑暗，消失了，仿佛从未出现过一样。万卡被突如其来的巨变惊呆了，半晌才回过神来。

离他二十步开外，一盏打火机啪嗒擦亮，点燃了一盏油灯。一个正常人，只有一个，手持奇怪的枪支，像火枪，但枪身更短些，中部有个大弹匣。在他身旁一动不动地蹲坐着一只凶悍的猎狗，身量似乎比死掉的那匹狼还要大些。这样一只大狗他是怎么驯服的，怎么会面对这一群野狼还能如此安静？而在沥青路面上，躺着个什么铁家伙，一只车轮还在凌空旋转……

"自行车。没见过？"那人声音里带有一丝讥笑，听来却很亲切，不会让人觉得羞辱。

"我见过，智……行车。"万卡硬着嘴说。

"你过来，不用怕，兔子不咬人。"那人亲热地拍拍狗脖子，那狗却警惕地盯着前方某处的黑暗。

"我叫万卡。谢谢你帮我打死了狼。但你干吗那么吓我？"

"我在观察你……这里什么都有可能，你是知道的……对不起。"那人尴尬地咳了一声。

"这是什么狗？"万卡已经完全原谅了刚才那场虚惊，再怎么说，跟方圆数十公里内唯一的大活人使小性子未免太过愚蠢，更何况这人刚刚救了自己的命。

"应该是狼狗吧，鬼知道它……"

"你管它叫'兔子'？"万卡好奇地问。

"当初谁知道它会长这么大呢。"那人无奈地耸耸肩，"好像还在继续长，看来是得给它改个名了。"

那人很高，但很瘦，还有点驼背。当万卡终于鼓足勇气靠近他时，他将遮住脸的军用雨衣的帽子摘下，向万卡伸出了瘦骨嶙峋的大手。他已经须发皆白，但发量还很多，剪了个锅盖头，胡子不长，眉毛浓密。看模样大概有五十岁，算得上一位德高望重的老人了，但说话和动作异常灵活。白发也许只是辐射闹的吧？

"你叫万卡？你可以管我叫谢拉菲姆·安东诺维奇。咱们进公交车里去吧。得找个地方过夜。"

"那里是狼窝，万一另一匹狼回来怎么办？"

"放心。"谢拉菲姆·安东诺维奇松开兔子的项圈，朝它背上拍了拍，狼狗照旧一声未发，向沼泽奔去，"只要不超过三匹，兔子就能像逮耗子一样把它们干掉。好狗，没白喂。"

谢拉菲姆·安东诺维奇用一根木棍顶住车门，将自己的军用雨衣铺在地板上，从背包里掏出用食品袋裹着的一大块烤肉，将一把刀插在上面。刀身非同寻常，乌黑发亮。

"抱歉，只能吃冷的了。不敢生火，谁知道前面有什么呢。乌七麻黑的，就算手电筒也照不到四十米开外。狼还是小事，野人更可怕……"

他给万卡切了块肉，又从坑坑洼洼的军用水壶里给他倒了一壶盖芳香四溢的透明液体。

"这一路上够你受的吧？喝吧，别怕，我跟你一块儿喝。你从哪儿来，要到哪儿去？"他直接对着壶嘴喝了一口，又朝万卡鼓励地点了下头。

看来他并不知道他们村，问得很详细，又打听了马特维耶夫卡的情况，包括对野人的防御和经营情况。十三岁的万卡已经懂得人心险恶，从来不会跟陌生人多嘴，但谢拉菲姆·安东诺维奇不一样，他很容易令人产生信赖，万卡觉得自己像是已经认识他很多年了，因此说起话来像对老熟人一样，毫无戒心。

当万卡讲到自己昨晚在莽林里的可怕遭遇时，谢拉菲姆·安东诺维奇一口否定道："撒谎！莽林里的魔鬼是绝不可能留下活口的。"

"那是突变体对吗？哪种野兽变的？你之前听说过？"

"听说过的人多了，但从来没人亲眼见过。据说那是一种罕见的熊变的……说这里从前有个原子能实验中心，属于机密，地图上找不到，路也不通。后来被敌人获悉了，实施了打击，方圆百公里以内的所有活物，包括昆虫，都死绝了。结果就出现了这些突变体怪物。不过……你大概从来没见过我们国家之前的地图吧？我这儿有一张。"说着，他将手探入背包，从里面抽出一个叠好的正方形纸页，"给，看看吧……这就是我们从前的国家。城市只有这儿，这儿，还有这儿。而这里的一大片土地，什么都没有，从古至今，明白吗？只有山岗、沼泽、溪流、森林……数千公里之内，连一条路，一个村子都没有……政府顶多每年开着直升机察看一圈……至于那些原始森林里有什么，谁也不知道。没准儿，那些怪物一直就在那儿住着呢。至于现在就更不用说了……"

万卡眨巴着眼睛,谢拉菲姆·安东诺维奇说的话他连一半都没听懂,那张黄褐色图画更是令他一头雾水。

"你说城市,就像哈巴尔那样的吗?"

"哈巴尔?你是说哈巴罗夫斯克[1]吧?是的。或者像符拉迪沃斯托克、圣彼得堡、莫斯科。"谢拉菲姆·安东诺维奇音量不高,但声音里透露出异样的苦涩,列举的每个地名——应该都是城市吧——听上去都像是葬礼上响起的钟声。这是他为自己所珍爱的那个旧世界举行的葬礼。

"再喝一杯吧,最后一杯。为了所有死去的同胞,整整一亿四千万。"他仰起脖子,对准壶嘴喝了一大口,皱了皱眉,不作声了。

万卡也沉默着,不知道该说什么好。车厢顶上打开的天窗上露出一角夜空。

起风了,厚重的云层移动得越来越快,很快就遮蔽了月亮。风挤进锈透的铁皮缝隙,低声呜咽,透过天窗落下一些细小的雨滴。眼下还只是蒙蒙细雨,算不上危险,但万卡还是站到了车座上,将自己的羊皮伞伸到天窗外面撑开。这样更保险些。明天也不知道还能不能继续赶路。再说,该去哪儿呢?

"你要去哪儿?"万卡问谢拉菲姆·安东诺维奇。

"去莫斯科,办事。"

"那是什么,也是城市吗?跟哈巴尔一样?"

"上帝保佑,千万不要让莫斯科跟哈巴罗夫斯克一样……我远远地见过哈巴罗夫斯克,整个像座鬼城,敌人当年在那儿使用的是细菌武器,说是为了保存基础设施,那帮浑蛋。直到今天,城市十公里以外就设立了检疫隔离带,连吃饭都要穿着防化服……我在那儿住了一个星期,始终无法

---

[1] 哈巴罗夫斯克,位于黑龙江、乌苏里江汇合口东岸的中等城市。2002年成为俄罗斯远东联邦管区的行政中心。

相信自己的眼睛：那是唯一一座没被战争损毁的城市，几乎还跟从前一样。我爬上一个小山坡，刚好距离城市最边缘的区域十一公里，朝那边望啊，望啊，一连望了好几个小时。我已经很多年没见过城市了，太想念了。就说符拉迪沃斯托克吧，战争开始后三分钟就沉到海底去了。"

车外传来一阵轻微的刮擦声，有谁在挠公交车的铁皮。谢拉菲姆·安东诺维奇站起身，朝布满灰尘的窗外望了一眼，打开车门。捕狼犬前爪搭在脚踏板上，先将灰色的大脑袋探进车厢，嗅了嗅，立刻不满地低吠起来，但随后还是纵身一跃，跳进了车厢，舔了舔主人的手掌，在他脚边坐下。起初它歪着脑袋，自下而上狐疑地瞅着万卡，过了一会儿，眼皮合上，开始打盹。随后万卡也沉沉睡去了。谢拉菲姆·安东诺维奇看着熟睡的万卡，微笑着摇了摇头，摸了摸自己的好狗，熄灭了油灯。

万卡梦见了马特维耶夫卡的小河，河水是透明的，泛着绿光，像酒瓶碎片一样。本村的男孩子们喜欢在岸边一棵大树上绑一根粗绳，双手抓住绳子，飞身跳下，临近水面时再松手落入水中。万卡也学着其他人的样子爬上大树，抓住绳子，但他没想到树竟然会那么高，原本宽阔的河面变成了距离脚下很远的一条狭窄小溪。他双脚已经离开了树枝，却怎么也不敢松开绳索，吓得不敢喘气。后来，实在是抓不住了，松开了绳子，重重地坠入水中，水花溅起老高。

万卡猛地睁开眼睛，发现自己正躺在天窗正下方。羊皮伞似乎是被风吹跑了，雨点懒洋洋地敲在脸上。天已放亮。万卡站上座椅，双手一撑，从天窗爬上车顶，想去找伞。但他立马被眼前可怕而鬼魅的景象吓呆了，将找伞的事忘了个一干二净，就那样呆呆地跪在车顶，眼睛死死地盯住前方……

夜雾正逐渐散去，太阳在他身后冉冉升起，天穹被染成了亮灰色。铺展在面前的道路，他们今天要走的那段，看得越来越清楚。

在离公交车五十米远的道路上，还有另外一辆几乎一模一样的公交车，而在更前面，还有一辆汽车，又一辆，十辆，二十辆，二百辆……比万卡总共会数的数还要多得多。它们中间有小汽车、大货车、大大小小的客运汽车，全部锈迹斑斑，占据了整个路面，伸向黎明的薄雾。万卡猜测，当天完全放亮，迷雾彻底散去，这条长队会延伸得更远，也许会直到天边……

他们过夜的这辆公交车是整个规模庞大的汽车纵队的最后一辆，二十年前，这些车辆正是沿着这条大道通往西方。

它们足有数百辆，数千辆，车内全部空无一人。其中一些轿车的车身拥有曼妙平滑的曲线，一看就知道贵得要命；另外一些则一副穷酸样，四个车辀辘架着一个铁车皮……有些车的车门四敞大开，其余的则半开着，似乎司机正准备重新坐回驾驶位，启动发动机，继续向前，等一切结束之后再回家。

车上的人都到哪儿去了？他们是决定继续徒步前进，以便尽量远离对他们穷追不舍的无形危险吗？他们消失了，而锈迹斑斑的汽车残骸变成了自己主人的墓碑，会在这里矗立一百年，三百年，直到酸雨将它们连同关于主人的回忆一起彻底腐蚀。

"看哪，这就是大疏散。"下方传来谢拉菲姆·安东诺维奇的声音，"人们远离国境线，向腹地逃亡，也许是想去赤塔……但没能走到。"

万卡将脑袋从车顶探下。谢拉菲姆·安东诺维奇正站着抽一根自卷纸烟，兔子蹲坐在旁边。公交车门外躺着另一具野狼的尸体，喉咙被咬穿了。

"这里面也许有很多弟兄的亲人，"他深深地吸了一口，咳嗽起来，吐出一团团蓝色烟雾，"军人家属提前得到了警报。但前面出了什么事呢？难道敌人专门对平民实施了打击？"

他将军用雨衣从车厢地板上捡起来，抖落灰尘，卷好，收进背包，将那把模样奇特的枪挎在肩上，仰头对车顶上的万卡说："好了，万卡，我要走了。你还是回家去吧。不要再往西走了。"

"把我也带上，好吗？"万卡想也没想地说，"我不想回村子。就算我想回，我也肯定会被狼吃掉的，我还是跟你走吧。我会打猎，可以帮你找吃的……"

"那好吧，"谢拉菲姆·安东诺维奇爽快地答应了，"两个人一起自然会慢一些，但有个伴儿至少不至于闷。从符拉迪沃斯托克出来一个月了，还真有点寂寞……你可以坐我自行车后座上。把你的东西收拾收拾。"

三

谢拉菲姆·安东诺维奇重新掌握了一下平衡，踩着脚踏板，自行车不堪重负地吱呀叫着，向前驶去。

他们沿着路边行驶，在汽车残骸间七扭八拐地行进，一个小时，两个小时，三个小时，兔子跟在车边碎步快跑，一双残耳低垂着。又开始下起蒙蒙细雨，二人停下来休息，万卡撑起捡回来的羊皮伞。

公交车、大货车、小汽车，车上全是空的。有些车遭到了洗劫，但大部分没人动过。透过脏兮兮的车窗玻璃能看见被匆忙遗落的东西——儿童玩具、书籍、包。万卡看着看着，不由得涌起一股难以言喻的哀伤，仿佛自己的亲人同样夹在这死亡车队里似的。

"这可不是一条普通的路，"谢拉菲姆·安东诺维奇低声说，"这在当时可是世纪工程……修了半个世纪，后来资金断了，就停建了。主要是在石油贵的那些年修的，后来不知为什么就停了……再后来又开始重修，总算建完了。六车道，最先进的技术，人们称它'通往未来的大道''新贝阿干线'[1]，说什么的都有。你想想，横跨全国的六车道公路！总统亲自剪

---

[1] 贝阿铁路干线是苏联修建的第二条横贯西伯利亚的大铁路，1984年10月27日全线通车。

彩，军乐合奏……"

"这条路是通往哪儿的？"

"赤塔、乌兰乌德，再到伊尔库茨克，然后是新西伯利亚、乌拉尔山的叶卡捷琳堡，最后到莫斯科。穿越整个国家，直抵首都。我老了，在家待着没事干，决定最后再好好看看我们的国家。"老人扭头看着万卡，歪嘴苦笑了一声。

"你是从很远的地方来的吗？"

"我们住在离符拉迪沃斯托克一百五十公里的地方。当我们漂到那儿的时候，战争已经结束好几个月了……我们在一个荒废的渔村驻扎下来，至今生活在那里。"

"'漂到那儿'？咋漂过去的？"万卡一头雾水。

"你是不会懂的……就算懂，你也不会相信。简单说吧，战争开始时，我正在一艘核潜艇上服役。核潜艇是不会被敌人发现的，除非自己暴露。它们可以潜到海底，隐蔽七个月，食品给养充足，饮用水和空气可以借用装置直接用海水生产。一艘潜水艇就像一座城市，比你们的村子还大。甲板上还有核弹，够把一整个国家从地球上抹去的，只要能精确瞄准。船员总共一百多人，个个百里挑一——半年半年地闷在铁棺材里沉在海底，可不是每个人都能行的。我们是很强的团队……"

"这么说你打过仗？"万卡简直不敢相信自己的耳朵，不管是谢苗诺夫卡，还是马特维耶夫卡，参过战的老兵连一个在世的都没了，讲战争故事的都是些跟战争毫不沾边的人。

"说不好。像是参加了，又像是没有。接到命令时，我们正在印度洋上……印度洋你知道吗？……总之，离打击目标很远。我们立即调整航线，驶向目标，嗐……"他苦笑了一声，"我们准备将全部核弹发射出去。可还没等我们赶到呢，整个世界已经毁灭了。战争并不像预期的那样，会逐渐升级，等待所有战斗部队陆续投入阵地，而是一下子就进入了白热化状态。到第四天我们跟莫斯科的联络就中断了，第五天跟符拉迪沃斯托克也失去了联络。但命令就是命令，我们驶到美国西海岸，照旧轰炸了一遍，尽管当时那里已经是一片废墟了，海岸线防御和反导弹防御都被摧毁了……根本没有人跟我们交火。我们射光了导弹，沉入海底，返航。我们已经看清楚了：印度、日本、澳大利亚……全没了，俄罗斯和美国就更不用说了……越是人口密集的国家，伤亡就越惨重。欧洲起初承受的主要是中子武器、细菌武器、化学武器，因为敌人还指望着能够占领、吞并欧洲，但很快，战争演变为集体自杀，整个地球坠入了地狱……他们也就不管不顾了，连人们逃亡的道路干线也遭受了打击……就像眼下这条。"

"那你们怎么没被发现呢？他们没在海底找你们？"

"我不是说了吗，只要核潜艇熄了火，打死也找不着。再说，当我们进入打击位置时，战争已经基本结束了。不过，谨慎起见，我们还是在海底隐蔽了两个星期。因为我们并没有应对全人类自我毁灭这种情形的操作指南。连投降都找不着受降的。我们的通信员在那两个星期里一直在搜索无线电空间，几乎没合眼，但俄罗斯的所有大城市都一片沉默：莫斯科、圣彼得堡、符拉迪沃斯托克。起初还有些边远地区的驻防军有消息，但后来跟他们也联系不上了。大部分的潜艇也已经覆没了。那些在美国沿岸的，在浮出水面发射导弹时暴露了，自己也就完了。但他们都很清楚自己在做什么。像我们这样幸运的潜艇只有两三艘。有一天，在我们彻底确信战争已经结束之后，另一艘我国的潜艇跟我们取得了联系，船籍港在阿尔汉格尔斯克。他们去了某个群岛，记不清是塞舌尔[1]还是马尔代夫了……反正是个旅游天堂。他们说，现在去哪儿都已经无所谓了，反正已经没地方可以返回了。我们本来也想着去太平洋上找个海岛。但我们艇上很多军官都是符拉迪沃斯托克的，水手也大都来自远东的城镇，不知怎么会这么凑巧。所以我们决定再等等，然后回家。"

---

[1] 位于非洲东部印度洋上的一个群岛国家。全境半数地区为自然保护区，享有"旅游者天堂"的美誉。

"敌人有人活下来了吗，那帮美国佬？"万卡随口说出了脑子里冒出的第一个念头。

"美洲大陆具体什么情况，我不清楚。但他们应该是有避难所的，因此应该也有幸存者，至少战后初期还有。但陆地上的事你最好还是去问战略火箭部队或者总参谋部的人——如果还有人活着的话。我只能告诉你海上的事。"谢拉菲姆·安东诺维奇停顿片刻，继续说道，"有过么一回，世界末日之后三个月，我们的潜艇刚游过原来的日本没多远，发现日本整个沉到了海底，包括北海道、本州……据我看，是哪个国家的一艘潜艇在一公里深的海底引爆了热核弹头。这招可真够狠，一下子就将日本变成了大西洲。未来的人类可以按照今天的地图探秘去了……只是这样一来，符拉迪沃斯托克也被海水淹了。我们当时正好游到东京底下……这时，声呐像是测定了一个什么大家伙。但声呐有些问题了——本来出海之前就该修的，出航后前三个月还好好的，后来就越来越差了——所以一开始没搞明白是怎么回事。等我们靠近时，已经晚了。当时我正好在指挥室，亲眼看到了一切。那个情形我一辈子也忘不了……下面是一整个被淹的大都市，大半已经毁坏，但也还有很多建筑完好无损，甚至包括摩天大楼。日本不是经常地震吗，所以那些楼房都造得异常坚固，甚至熬过了末日浩劫。声呐测定的那个大目标好像就在我们身边，但舷窗外面却什么都看不见，海水很混浊，周围只有些摩天大楼的轮廓，大概原本是个商务街区。我们就以为是这些建筑的原因……这时，船长突然用胳膊肘将我顶开，一把抓过耳机，戴到了自己头上……随后，从一栋摩天大楼后面，缓缓浮出一只巨大的黑色雪茄。船头和指挥室的探照灯发出强光，指挥室造型独特——是美国的"三叉戟"核潜艇[1]，绝对错不了。我当时就一身冷汗。他们看见了我们，我们也看见了他们。但两艇之间的角度没法互射鱼雷，必

---

[1] 俄亥俄级战略核潜艇，又称"三叉戟"潜艇。目前共有18艘俄亥俄级潜艇在美国海军中服役，其中四艘因舰体老化，被改装为巡航导弹核潜艇。

须掉头。船长将耳机贴在耳边，随时准备下令，却发现美国人并没有急于行动。也许是因为炮弹都射完了，但我想，当时不管是我们，还是他们，大概都有这样的想法，那就是，哪怕双方是不共戴天的死敌，哪怕正是这艘三叉戟核潜艇摧毁了圣彼得堡、罗斯托夫甚至是莫斯科，哪怕正是我们的潜艇将加利福尼亚化为了灰烬，但都已经过去了，战争结束了。我们和他们都只是执行了命令而已，为此我们失去了曾经的世界，再也无处可去，战争已经结束了三个月，而我们却仍像两只丧家犬一样，漫无目的地在海底乱转。而现在，再没有人命令我们了，也就是说，我们再没必要拼个你死我活了。我们没能避免那场同归于尽的战争，却可以选择规避这场荒唐的遭遇战。无线电沉默着，双方无须说话便达成了共识。我们的指挥室里同样是一片沉寂，静得几乎能听到一千公里以外的鲸鱼叫声。五分钟，十分钟，十五分钟，那艘三叉戟核潜艇就那样悬停在我们面前，在东京中央的浑水中，而在两艘潜艇的下方，两千万被鱼群啃光的日本人的尸骸正瞪大眼睛看着我们。二十分钟之后，三叉戟用探照灯朝我们打了几句暗语，慢慢地游走了，大概是在向我们致意吧……"

谢拉菲姆·安东诺维奇沉默了，万卡没有急于插嘴，他感觉得到，老人的话还没说完。

"有时我就在想，也许这艘三叉戟也会游到塞舌尔、马尔代夫或者其他岛屿，在那里遇上那艘阿尔汉格尔斯克的潜艇……再后来，中国最后幸存的潜艇没准儿也会游到那儿去。然后，所有潜艇都能相安无事地浮到水面，走上岸，将各自潜艇的舱口永远封闭。因为战争已经彻底终结了，他们所有人，从前是以服从命令为天职的职业军人和冷面杀手，但如今再也不必带来毁灭和死亡了。他们是时候退役了，他们可以选择忘却，相互原谅，可以在那个天堂般的热带海岛上和平共处，睡在洁白的沙滩上，跟古铜色皮肤的海岛姑娘热烈相爱，尽管她们永远无法替代他们死去的妻子……"

阴沉的铅色天空洒下清凉的雨滴，心事重重地敲在羊皮伞上，自行车车轮忧郁地吱呀作响，而废弃的汽车纵队仍旧一眼望不到尽头。

"可是，你去莫斯科也不是心血来潮的吧？"万卡一边问，一边扯下一只在篝火上烤熟的鸭大腿，满带骄傲地递给谢拉菲姆·安东诺维奇，那只野鸭是他用弓箭射下来的。

"二十年来我一直有这个打算。我住在那个小渔村，一直梦想着有一天能抛下一切，动身前往莫斯科。但妻子不放我走——第二任妻子，战后认识的，在定居符拉迪沃斯托克以后。但现在她死了……我们那个村再没什么好牵绊的了。我们没有孩子，也许是辐射的缘故，但不知道是她的问题，还是我的问题。至于为什么要去莫斯科，我也不知道该怎么解释……简单地说，就是我不相信，除了二三十个散落在这条道路沿线的荒野村落，我们的国家就什么都没剩了。我必须亲眼确认，什么都没了——伊尔库茨克、新西伯利亚、乌拉尔的城市……最重要的是，莫斯科绝不可能整个毁灭了。要知道，那里既有能抵御核弹的防空洞，也有反导弹防御，政府地堡，还有足够用几十年的粮食储备，抵御辐射污染的民用物资……要知道，我们国家从二十世纪五十年代就开始为核战做准备了！绝对不可能说，我们被打了个措手不及，被彻底消灭了！"

"就是！我们这不是还好好的吗！"万卡骄傲地说，"你还没看见我们村呢！你知道我们修了多么高的围栅吗？夏天有时候能有两次收成，吃的有的是，整个冬天都吃不完！"

"野人见过吗？"谢拉菲姆·安东诺维奇没头没脑地问。

"嗯，见过……"

"你们将他们视为野兽，可他们根本不是。他们原本也是人，跟你我一样的人。他们只是少了一样东西——文明，明白吗？就是语言、文化、记忆、祖祖辈辈的经验。在我一路上经过的村子里，所有人都在遗忘……遗忘一切。有些地方还能听老人们讲述，可有些老人自己都稀里糊涂，还有些老人啥也不懂。每个村子都有自己的神灵，关于末日战争，关于到底发生了什么，没有一个人确切地知道。你跟他们讲，他们会说，我们还管这个干什么，反正都是过去的事了。哪儿都没有电，别说电了，连铁都不会打。一个世纪之内忘干净的东西，再想捡起来要花上一百万年。只有三个村子的人识字，五个村子的人能数到一百。所有人都浑浑噩噩，混吃等死。只要再过上两代人，一切就全都遗忘了，我们就要退回中世纪了，那就离石器时代不远了。而莫斯科……莫斯科是全部的指望。要是连那儿都没有文明，那还能指望哪儿呢？而我，想在临死之前亲自确认，我们到底还有没有复兴的指望。我相信，莫斯科肯定还有人幸存，科学家、军人、演员、工程师、教授、管理者。你都想象不到，曾经的莫斯科是怎样一座城市！我总共去过三回，头一回是上小学时去参观游览，第二回是参军时从那儿路过，第三回是跟第一任妻子一起去度蜜月。它那么宏伟，那么辉煌，那么繁华……红场、斯大林"七姐妹"、莫斯科城[1]！那么多人！难道说，这么多人全都死绝了？我不相信……"

"那儿的蔬菜大概全年都能种吧？"万卡试着用自己贫瘠的想象力去设想那种宏伟。

"蔬菜算什么呀，"老人嘲笑地摆摆手，"那里收集着我们全部的知识，那里的幸存者会将它们一代代传承下去，以免我们退化，变成野人。政府肯定也还存在！我们的人对我说，要是部长、总统都还活着，他们肯定会去远东的，以便恢复全国政权。但我想，没有人会顾得上远东的。乌拉尔山以后，早先都一片蛮荒，更别说现在了，除了原始森林、沼泽，还能有什么呢？……"

谢拉菲姆·安东诺维奇只顾着讲述，万卡分享给他的鸭大腿始终没动，万卡眼巴巴地看着诱人的烤肉越来越凉，冒出的香气越来越少，不免有些心急。

"我们的国家能否复兴，希望全在莫斯科了。假如政府还在，必须让他们知道远东的情况！"老人眸子里似乎燃烧着两块火炭，万卡似乎明白

---

[1] 莫斯科城（Moscow City）是于1992年开始修建的现代摩天大楼建筑群，又被称为莫斯科国际商务中心（MIBC），其构想是打造莫斯科的华尔街。已修建的12座建筑中，有7座上榜欧洲10座最高楼榜单。

了，老人从哪儿来的这么多超乎年纪的力量与意志。

他们坐在一辆军用货车的车厢里，在破破烂烂的金属支架防水布蓬里躲避雨水的鞭打。货车前轮歪向一侧，司机似乎想掉头逃离塞车，结果却发现后面已经顶上了几十辆车，没有退路了。从远处望去，这辆油漆剥落的墨绿色乌拉尔重卡酷似一头饿死的怪兽，肚皮凹陷，肋骨突出。

沼泽地上，奶白色雾气弥漫开来，坠落的太阳带走了热气，防水布破洞里灌进湿冷的风。北面远处的泥沼腹地爆出一声响亮的巨吼，在湿重的空气中久久回荡，数千只青蛙顿时噤若寒蝉，四散逃窜。万卡被吓得浑身一哆嗦，老人竖起耳朵听了一会儿，向外望了一眼。捕狼犬紧紧贴在地板上，收紧耳朵，低吠了几声。

"今天不能再赶路了。"谢拉菲姆·安东诺维奇说着，将自行车也搬到了车厢里，"我有种不祥的预感，兔子有点反常，还是小心为妙……"

他将油灯点亮，挂在车厢的金属支架上。下雨也有个好处，讨厌的蚊子被雨水打湿，贴紧地面，可以放心地使用灯光，不必担心会招来蚊子大军。

老人卷了只烟，抽着烟陷入沉思，两人许久没有说话，黑暗越发压抑，令万卡十分憋闷。

"你们的潜艇，后来到底去哪儿了呢？"万卡终于打破了沉默。

"符拉迪沃斯托克，我们的船籍港。但那里当然已经既没有港口，也没有城市了，海水把一切都吞没了，像小孩子堆的沙堡一样。辐射剂量也高得很，在地表连半个小时都待不了。于是我们就又沉入水底，驶到了一百五十公里以外的地方。那里有个不错的海湾，很安全，里面还有个小渔村。我不知道村民们发生了什么，但他们扔下了一切，不知道去哪儿了。起初我们担心，敌人在整个海岸线使用了细菌武器，因为到处都见不着一个人影。所幸过了一星期，大家谁也没生病。后来才搞清楚，原来人们都逃到了内陆，因为害怕敌人的陆战队。我们将潜水艇泊在岸边，把村子收拾停当。那儿的辐射当然也不低，但至少不像符拉迪沃斯托克那么夸张。不管怎样，总不能一辈子都待在海底吧……我们很幸运，战争发生时我们刚开始战斗巡航，装载的燃料够潜艇用半年多的，而我们游了还不到四个月。我们将电缆从潜艇拉到岸上，通上了电。直到现在，几乎所有人家里都还有电灯、电炉、电吹风，都是我们从整个海岸线上收集来的。当然，这也很危险，毕竟是核反应堆，没有严格的技术监督，只有随航工程师负责监管……现在我们的孩子辈都长大了，已经很像个村子了。我们建了一个真正的要塞区，比你们谢苗诺夫卡的围栅可强太多了！二十年来也是什么事都经历过了。起初还好，基本上没什么突变体，过了五六年就开始了，特别是从海里。有一回……"

捕狼犬突然支棱起耳朵，随即跳起来，惊怒地低吼着。老人忙吹灭油灯，从背包里掏出一个类似望远镜的东西，架到眼前，万卡惊讶地猜测，那玩意儿大概能让他看清黑暗中的东西。接着老人又检查了自己的武器，捻灭了卷烟，示意万卡趴下。

"是野人。"他低声说，"大概是一路跟过来的，想吃掉我们，该死！"

尽管谢苗诺夫卡和马特维耶夫卡的联军打败了野人，但村民们都心知肚明，他们只是侥幸获胜。若非他们趁夜偷袭，野人们在梦里面稀里糊涂地丢掉了性命，谁死谁活还不一定呢。尽管野人人数少，但他们悍勇无畏，且力大无穷，对森林的熟悉程度远胜于村里的猎人。万卡完全不相信谢拉菲姆·安东诺维奇所说的，什么野人之前也是正常人——哪个正常人能在三秒钟之内爬到百年橡树的顶上呢？又有哪个正常人随手甩出一根树枝便能杀死经验丰富的猎手呢？村里人对野人怕得要命，将其视为树妖、魔鬼，不但杀光了野人，连他们的女人和孩子也没放过，像对付夜里的蚊子一样赶尽杀绝。可现在他们又在这里出现了，离村子还不到一个星期的路程。难道说，这条大道是他们的地盘？那些向西的旅行者难道是因为他们才失踪的？

"十五……十八……二十三……"老人小声数着，"小伙子，这次咱们要能活下来，那可就真是上帝显灵了。我的自动步枪有三个弹匣，但夜里打枪有一半得脱靶。这可不是傻乎乎的野狼,他们可狡猾着呢……他们已经分散开,把我们包围了。"

有一回,万卡和一个玩伴约好去马特维耶夫卡钓鱼——尽管家长们严禁小孩子私自前往此地。两人特意起了个大早,好不容易叫醒了瞭望塔上的哨兵,迫不及待地挤出了门缝,结果一脚就踢到了一颗人头,当场就被吓尿了,屁滚尿流地逃了回来。

那颗头是塔玛拉奶奶的。她有一只又瘦又倔的母山羊,几乎挤不出奶,还总是挣脱绳索逃跑,令人头疼得很。老太太心肠很好,自己有时候都揭不开锅,却从来不吝惜用鲜美的羊奶给村里的孩子们解解馋虫。万卡小时候也喜欢每天晚上往她家跑,喝上半杯羊奶,让老奶奶拍拍自己的脑袋。因此,尽管头颅已经血肉模糊,但万卡还是一下子就认出了她。事发的前一天,母山羊又跑了,老太太出村去寻找自己唯一的财产,一直找到天黑……

嗖的一声,一支标枪楔进了卡车的后车槽帮上。谢拉菲姆·安东诺维奇低声咒骂了一句,死死按住想要跳出车厢的捕狼犬,然后把住枪托,将奇特的望远镜架在眼前,扣下了扳机。一声巨响,万卡吓坏了,蜷缩到了货车的另一个角落。一声哀号,盖过了沼泽上空回荡的枪声。老人再次瞄准,打出了一个短点射,但这次好像是打空了。

这时,车舱顶部传来了击打的声音。

"上面!"万卡大喊,已经被吓傻了,呆呆地望着头顶的防雨布刺啦啦一声被刀子划开。

一个毛茸茸的脑袋从窟窿里探了下来,又过了一秒钟,一个弯腰驼背的干瘦人形跳进了车厢,一股恶臭扑鼻而来。捕狼犬狂吠一声,扑向野人,先一口咬到了持刀的手腕,转眼又咬断了野人的喉咙,热血喷涌如注。

但战斗已经输掉了。老人又开了两枪,自动步枪突然卡壳了,他骂了一句,一把扔掉枪,抽出了自己的短刀。又有几支标枪刺透防雨布,射入了车厢,其中一支离万卡的头皮只有三横指。万卡哆嗦着闭起眼睛——

睁着眼睛等死实在太可怕了……

这时,卡车突然剧烈晃动起来,将跳上车顶的野人纷纷抖落,差点侧翻。车外传来一声沉重的拍水声,接着是远处车辆从路面被扫开的轰隆声,继而是一声令人毛骨悚然的咆哮,万卡的耳朵几乎被震聋了,裤裆里一下子又湿又热。

他壮着胆子,抬起头,四肢贴地爬到后车帮,谢拉菲姆·安东诺维奇正从那里透过撕破的防雨布怔怔地看着路面的景象。

从最近的沼泽里——似乎就是万卡一个半小时之前射野鸭子的地方,爬出了一个庞大的身躯,在月光下闪着光泽,形状像个肥羊尾,挥舞着十个马鞭一样的触手。它靠触手爬行,将汽车残骸抛向一旁,爬到公路中间,用触手在四处乱探,将一个个被吓得鬼哭狼嚎的野人卷起来,送进看不见的巨嘴里。

剩下的野人打算逃回东边去,但水怪用一堆汽车残骸拦住了他们的去路。水怪用触手将躲在大货车下面的野人一个个揪了出来;又像起罐头一样掀开小汽车的车顶,将躲在里面的野人挖了出去;转身又朝着几个逃命的野人追了过去。它离乌拉尔重卡越来越远,这让万卡萌生了一丝希望。

噩梦般的狩猎总共持续了不到一刻钟。水怪吃饱了,又回到路边,探到最近的沼泽,水花四溅地沉入水中。一只触手仍然滞留在路面,又从芦苇丛中卷出一个蜷缩的人形,在沥青路面上摔死,拖入水塘中,发出了最后一声低吼。

谢拉菲姆·安东诺维奇坐在那儿,喘着粗气,一手捂住胸口;捕狼犬收紧耳朵,爬到主人旁边,舔他的另一只手掌;万卡揩去已经流到下巴的哈喇子,摸了摸湿热的裤裆……

四

"它还会回来吗?"足足过了五分钟,万卡才从嗓子眼里挤出了一句话。

"你问我?我活了六十岁,这样的怪物还是头回见。不管它回不回来,我反正是走不动了。心脏闹腾起来了……"

老人深吸一口气,艰难地支起身子,朝卡车外面望了一眼。

"看来野人一个都没剩了。要么全被水怪吃了,要么有几个逃掉了。说实话,我刚才真以为咱们死定了。感谢上帝……"说着,他虚弱无力地靠在了车帮上。

"你都有六十岁了?"万卡能数到一百,是母亲教他的,也大致能算出来,眼前这个传奇人物比本村两位长寿者都还大着好几岁。

"怎么,你觉得老了?"老人吃力地咽下一口唾沫,苦笑了一声,"从前人们能活到八十岁呢,我们家还有人活到了九十岁呢。本来还觉得自己活蹦乱跳的,现在才觉得自己不行了。"他说着拍了拍自己的胸口,"泵不行了。你会骑自行车吗?万一我走到半路挂了呢……还得教会你看地图,以防万一。"

万卡什么也没说,他知道老人想说什么。起初他跟老人走,并不是因为他有多么想看看那个神奇的莫斯科,只是因为一个人走这条路实在太可怕了,特别是在经历了那么多事情之后。再者说,跟谢拉菲姆·安东诺维奇在一起一点也不会闷,他将万卡的脑袋里塞满了各种各样的幻想,让他没工夫去想自己那些破事。两人一起走得越久,笼罩在周围广袤世界及二十年前那场末日浩劫之上的未知铁幕就升得越高,万卡就越发地忘记了自己的村庄,越发地被谢拉菲姆·安东诺维奇的梦想所感染。但尽管如此,眼下他仍然无法最终决定,自己到底是回村子呢,还是继续前往莫斯科。

"就算我死了,也值了。"老人咕哝道,"心心念念想了二十年,不后悔。必须走到!必须!至少临死前得看看上一眼……好啦,让我们把这家伙扔出去吧。"他用头点了点横在车厢最里面的被兔子咬死的野人尸体,"然后睡上一觉。"

没过几分钟他便打起了鼾,而万卡却继续坐了很久,战战兢兢地倾听着黑夜,努力将沼泽怪挥舞着巨大触手在路面狩猎的可怕场景挤出脑海……

等他一觉醒来,谢拉菲姆·安东诺维奇已经起来了,正在做早餐,一边还精神抖擞地吹着口哨。他的心脏已经好了,死到临头的恐惧释然了,寻找接班人的念头也打消了。但令万卡喜不自禁的是,老人教他学自行车的承诺却没有落空。云层已经散去,背后又升起一轮明亮的太阳。在太阳的光芒中,在从辽阔的远方吹向沼泽的清风之中,万卡明显感到了一切都在变好的希望,纠缠他一整晚的梦魇消散了,昨夜亲眼所见的可怖场景恍惚变成了一场荒唐大梦。

在半个小时的笨拙尝试之后,万卡终于驯服了轧轧作响的老自行车,学会了掌握平衡,开始兴奋地绕着颔首微笑的老人画圈,为自己重新找到了运动的快乐,活脱一只刚站稳的小狗崽,正急不可耐地试验着自己的力量。

地貌逐渐发生了变化。沼泽干枯了,向道路两侧退去,从小山岗后面怯生生探出头来的细小松树,逐渐变成了坚实土地上枝繁叶茂的大树。唯一不变的只有车轮下这条被成千上万汽车残骸塞得严严实实的道路。

"我还是想不通,车里的人都到哪儿去了呢?"这个问题万卡已经问了十来遍,"为什么他们都停下来了?"

"我想大概是车队最前方遭受了核打击,虽然辐射剂量检测仪一直没发出警报……人们应该是放弃了汽车,徒步逃命去了。至于究竟发生了什么,我也猜不出。大疏散应该是发生在战争爆发的头几天,我们的潜艇没得到任何消息……但很快就会知道了,这个车队总会有尽头的。"

"你为什么一个人去莫斯科?你们村其他人没有想去的吗?"

"谁也不相信那里还有幸存者。"谢拉菲姆·安东诺维奇叹了口气,"大家对目前的生活都很满意……那儿也的确比我一路上见到的地方要强得多,也许比我将要看到的地方也强。但那种生活长得了吗?总有一天,我们收集到的最后一盏电灯泡会烧坏，潜水艇的反应堆会熄灭，子弹会打光。到时候我们就不会再有闲暇教孩子们读书写字了，会有更重要的知识需要传授——钻木取火、制造弓箭……文明就像一座沙堡，很美好，却也脆弱得要命。必须一刻不停地小心看护，否则时间就会将它风干，土崩瓦解。只要连续三代人不会阅读，就足以忘掉之前两百代人精心创造、细心传承的一切。我们就会退回到五百年前，变成封建公国，甚至是氏族部落，我们会只剩下很少的人，而且过于分散，散布在过去国家的广袤土地上。渐渐地，三十年前从普斯科夫直到勘察加统一使用的那种语言，就会变得生疏，跟动植物、跟我们一起发生变异，最终变成数十种互不相通的方言土语。我们就再也没办法团结起来，重回人类曾经的巅峰。这些话我跟我们的人都讲了，讲了大概不下一千遍，但没有一个人愿意听。所有人都是过一天算一天，不愿意想将来的事。而我又太老了，我知道自己已经等不到明天了，但我害怕，怕我临死的时候还会担心，人类所有的幸存者都没有明天了……明白吗？"老人注视着万卡的眼睛，"事情不应该是这个样子。要知道，还有机会找回一切……眼下最重要的就是要走到底。"

路面陡然抬升，爬上了一个极高的山坡。万卡跳下自行车，开始推着走。老人说的话他似懂非懂，但老人对于另外一种美好生活的信念却感染到了他。那种生活里的人们能够修筑这样的道路，不害怕冬天挨饿，能用威力强大的火枪抵御野人和野兽，能在黑暗中看见东西，不会在五十岁时就死于各种疾病。假如为了获得这种生活，就必须忘记回家的路，跟谢拉菲姆·安东诺维奇一起走到道路尽头，那他已经下定了决心。

上坡路走到头了。万卡将自行车躺在路上，朝前跑去，好抢先看到山顶的景色。谁料头一眼便令他心灰意冷。他绝望地回头望着谢拉菲姆·安东诺维奇，老人慈祥地微笑着，慢慢爬了上来，最后几步他爬得尤为艰难，等爬到山顶，眼前的一切让他宁愿自己没有爬上来过。

山底的峡谷被一条湍急的黑色河流劈成了两半。道路在河岸边续上了一道混凝土大桥，大桥中部的两三段桥身早已坠入了湍急的水流中。断桥这侧挤满了公交车，还有几辆万卡从没见过的奇怪车辆：履带铠甲，扁平车身上还伸出了长长的炮筒。

而在大桥那面……道路中断了。仅仅几十米开外，六车道的公路就变成了一条狭窄的砾石路，插进难以通行的莽林。不远处还隐约可见各种废弃的机械——挖掘机、轧路机、拖拉机……再往前就什么都没有了。

"这么说，到底还是没建完……"谢拉菲姆·安东诺维奇用手掌揉着眼睛，像是不敢相信似的颤声说道，"我们下去吧，孩子，走到桥底下。"万卡生怕老人哭出来，忙使劲点头。

"大桥还没建完就开坦克来验桥，可真行。总统亲自视察……隆重剪彩……国家项目……"谢拉菲姆·安东诺维奇站在桥边，嘴里嘟囔着，像个小孩子似的用鞋尖将脚下的混凝土碎屑一块一块踢入混浊的河水中。

万卡站在稍远处，茫然无措地看着四周。他们的路走到尽头了，这一点，老人和万卡都心知肚明。

二十年间生长起来的莽林吞没了砾石路基，完全看不见痕迹。想要穿过几十、几百公里的莽林，继续追踪疏散者亡灵的足迹，无异于痴人说梦。这个国家最后一项伟大工程到底未能竣工。

谢拉菲姆·安东诺维奇坐在桥边，垂下双腿，嘴里念念有词，一会儿哀怨，一会儿愤慨，坐在身边的万卡透过水流的喧响，断断续续地听出了老人所说的："先进技术……未来之路……一点没错！这就是我们的未来……"

·全书完·

微信扫码下载地铁世界导航图
深入了解"地铁宇宙"的秘密

地铁 2034

产品经理 / 白东旭　　装帧设计 / 杨　慧
执行印制 / 梁拥军　　技术编辑 / 丁占旭
产品监制 / 黄圆苑　　出 品 人 / 于　桐

图书在版编目（CIP）数据

地铁2034 /（俄罗斯）德米特里·格鲁霍夫斯基著；
李春雨译. -- 上海：上海文化出版社，2021.8（2024.11重印）
ISBN 978-7-5535-2319-4

Ⅰ.①地… Ⅱ.①德…②李… Ⅲ.①幻想小说－俄罗斯－现代 Ⅳ.①I512.45

中国版本图书馆CIP数据核字(2021)第131610号

METPO 2034 by DMITRY GLUKHOVSKY
Copyright © by Dmitry Glukhovsky
Agreement by www.nibbe-literary-agency.com
Cover Illustration © by Diana Stepanova
Simplified Chinese edition copyright:
2021 Guomai Culture & Media Co. Ltd
All rights reserved.

著作权合同登记号：图字 09-2021-0466 号

出 版 人：姜逸青
责任编辑：郑　梅
特约编辑：白东旭
装帧设计：杨　慧

书　　名：地铁 2034
作　　者：〔俄罗斯〕德米特里·格鲁霍夫斯基
译　　者：李春雨
出　　版：上海世纪出版集团　上海文化出版社
地　　址：上海市闵行区号景路 159 弄 A 座 2 楼　201101
发　　行：果麦文化传媒股份有限公司
印　　刷：河北鹏润印刷有限公司
开　　本：710mm×960mm　1/16
印　　张：20.5
插　　页：4
字　　数：280 千字
印　　次：2021 年 8 月第 1 版　2024 年 11 月第 18 次印刷
印　　数：87,001—92,000
书　　号：ISBN 978-7-5535-2319-4/I · 903
定　　价：59.80 元

如发现印装质量问题，影响阅读，请联系 021—64386496 调换。